展讀巴利新課程
進入佛陀的語言世界

A New Course in Reading Pāli:
Entering the World of the Buddha

James W. Gair & W.S. Karunatillake 著　溫宗堃 編譯

通序

1994 年，本校創辦人聖嚴法師（1931-2009）為提供中華佛學研究所之各種研究成果以及各種獎助或補助的佛學相關著作，給學術界與社會大眾參考使用，精選出版《中華佛學研究所論叢》（*Series of the Chung-Hwa Institute of Buddhist Studies*，簡稱 *SCIBS*），希望能達到出版優良學術作品之目的外，更能鼓勵佛教研究風氣，希望由作者、讀者的互動中能培養更多有志於佛教學術研究的人才。同時，也藉由國際各佛學研究機構的出版品相互交流，進而提高國內佛教研究的國際學術地位。

因此，2007 年，法鼓佛教學院延續中華佛學研究所 26 年辦學經驗而成立之後，也延續創辦人聖嚴法師的願望，將各種佛學研究與實踐修行成果、或研討會議論文集與研修論壇等，經過相關審查程序，依照不同性質或版型，分為《法鼓佛教學院論叢》（*Dharma Drum Buddhist College Research Series*，簡稱 *DDBC-RS*）、《法鼓佛教學院譯叢》（*Dharma Drum Buddhist College Translation Series*，簡稱 *DDBC-TS*）、《法鼓佛教學院特叢》（*Dharma Drum Buddhist College Special Series*，簡稱 *DDBC-SS*）等類別。

2013 年 7 月，原「財團法人法鼓人文社會學院」與「財團法人法鼓佛教學院」合併存續更名為「法鼓學校財團法人」。2014 年 8 月，教育部通過兩校合併申請，校名為「法鼓文理學院」（Dharma Drum Institute of Liberal Arts，縮寫 DILA）。原來「法鼓佛教學院」繼續以「法鼓文理學院佛教學系博士、碩士、學士班」的名義招生。原來「法鼓人文社會學院」則以

「法鼓文理學院人文社會學群」的名義招生，將於 2015 年春季開始招收「生命教育」、「社區社群再造」、「社會企業與創新」、「環境與發展」等四個碩士學位學程學生。因此，原來的各類叢書，也更名為《法鼓文理學院論叢》（*Dharma Drum Institute of Liberal Arts Research Series*，簡稱 *DILA-RS*）、《法鼓文理學院譯叢》（*Dharma Drum Institute of Liberal Arts Translation Series*，簡稱 *DILA-TS*）、《法鼓文理學院特叢》（*Dharma Drum Institute of Liberal Arts Special Series*，簡稱 *DILA-SS*），可以更多元的發展學術出版成果。

未來因應 Web 2.0 時代，如何繼續結合網際網路（Internet）與資訊數位化出版趨勢，經由網誌（Blog）、分享書籤（Sharing Tagging）、維基（Wiki）、和社群網絡（Social Network）等新功能，讓上述成果能更快分享（share）與互動（interactive），讓資訊內容可因使用者的參與（participation）而隨時產生，發展為更具互動性與分享性之開放性學術研究環境（或許可稱為 Science 2.0），進而產生更豐富的數位人文資源，則是我們應該持續努力的目標。

釋惠敏

法鼓文理學院校長

2014 年 8 月 15 日 序於法鼓文理學院

獻詞

svākkhāto bhagavatā dhammo, sandiṭṭhiko, akāliko, ehipassiko,
opanayiko, paccataṃ veditabbo viññūhī'ti.

世尊所善說的法，是可親見的、不待時的、
可邀人來見的、正向的、為智者所親自了知的。

* * *

sabbe sattā bhavantu sukhitattā!

願一切眾生快樂！

略語表

文法

A.	attanopada	為自言
Ab.	ablative	從格（奪格）
abs.	absolutive	絕對體
Ac.	accusative	受格（業格）
a.	adjective	形容詞
adv.	adverb	副詞
aor.	aorist	過去式（不定法）
caus.	causative	使役
cond.	conditional	條件法
conj.	conjunction	連接詞
D.	dative	與格（為格）
f.	feminine	陰性
fut.	future	未來式
fpp.	future passive participle	未來被動分詞（義務分詞）
G.	genitive	屬格
ger.	gerund	連續體
I.	instrumental	具格
imper.	imperative	命令法
indec.	indeclinable	不變化詞
interj.	interjection	感嘆詞
inf.	infinitive	不定體

L.	locative	處格（位格、於格）
m.	masculine	陽性
N.	nominative	主格
n.	neuter	中性
num.	numeral	數詞
opt.	optative	祈願法
P.	parassapada	為他言
pass.	passive	被動態
pp.	past passive participle	過去被動分詞
ppr.	present participle	現在分詞
pf.	perfect	完了
pl.	plural	複數
pref.	prefix	接頭詞
pres.	present	現在式
pron.	pronoun	代名詞
sg.	singular	單數
suf.	suffix	接尾詞
V.	vocative	呼格
v.	verb	動詞

動詞變化中的 1st、2nd、3rd 分別代表第一、第二、第三人稱。

其他

APGFS	*A Pali Grammar for Student*, by Steven Collins
ITP	*Introduction to Pali*, by A. K. Warder
PG	*Pali Grammar*

凡例

一、 <X，表示「從 X 而來」。

二、√ 代表「字根」，如√gam 表示 gam 是字根。

三、方括弧［ ］內的數字，表示原書頁碼。

四、註腳編號前，若有米字號*，表示該註腳是原書註腳。無米字號者，表示該註腳乃中譯者所加。

五、原書中字母上的「^」符號，表示「前字與後字的母音連音」。「'」符號，表示「母音消失」。

六、在「字彙總整理」中，增補了巴利語字根、詞類、名詞性別。

七、各課「字彙說明」裡，增補了梵語字根、詞類，名詞性別。

前言

幾年前當作者發現，眼前並沒有一個巴利語入門教材，強調閱讀且選用了適合初學者，並能傳達巴利傳統所蘊含的根本佛教思想之時，便開始編集一些循序漸進的讀本與文法說明。這些便構成了本書的內容。材料的選取上，主要由 Karunatillake 教授負責，因而呈顯出斯里蘭卡佛教的觀點。同時，我們相信這類的教材，應依文法乃至字彙的難易度予以分級，因為我們的教學對象是初學者，並不預設學習者們擁有梵語等的背景知識。因此，我們決定將巴利當作一種獨立的語言來處理。總之，我們嘗試用教導現代口語與書寫語的教材中所採取的方式。在完成此書的過程中，我們做了許多次的更換、增補與重排次序，也花許多寶貴且令人愉快的時間，討論分析其文法與內容。在我們自己的課堂中也使用了這些課程，而學習者的進步與回響是讓人欣慰的。我們希望此書保有原先的本意與觀點。

對我們提供建議與鼓勵的同事與學生太多，無法一一列舉，在此我們想特別感謝其中一些人。歷屆的學生指出誤印、缺漏字，以及不清楚或難解之處。特別是 Kim Atkins，除了上述之事外，此書的大部分草稿皆是由他打字的。Richard Carlson 與 Tamara Hudec 在編輯方面貢獻良多。Ratna Wijetunga 與 L. Sumangala 提供一些有用的建議，John Ross Carter、Charles Hallisey 及 John Paolillo 鼓勵我們做出最後定稿。Charles Hallisey 在哈佛的課堂裡使用這個教材，而他提出的建議也已融入了這個版本。我們也要感謝 Lakshmi Narayan Tiwari 教授的許多寶貴意見，還要感謝 Motilal Banarsidass 出版社的 N.P. Jain 讓此教材出版。

我們歡迎任何的評論與建議，並希望這些材料對其他人也同樣有用。倘若它能提供學生（無論是正式課程與否）一個進入巴利佛典的語言與思想的入門，我們便會覺得一切的努力有了代價。

James W. Gair　W.S. Karunatillake

Ithaca, New York　Kelaniya, Sri Lanka

1994 年 7 月

展讀巴利新課程

目次

序論

序論的內容分成四部分：第一部分描述此教材的組織原則，並說明如何以最有效的方式來使用它。強烈建議學習者，特別是在正式課堂外自修的人，在開始學習之前，先閱讀這個部分。第二部分說明字母、字母順序，及巴利語的發音系統。有興趣的人可以稍後再探索發音，但所有人至少都應熟悉字母順序，以便能使用書中的字彙小辭典。第三部分提供一些巴利語言與文獻的一般背景知識，特別是本書引用的文獻。最後，列了學習巴利語及研讀此書時，學習者可能覺得有用的一些基本參考書目。

此書的最後附有全書的字彙說明，以及文法形式並文法概念之索引。

第一部分：本書及使用方式

本書所含的讀本及文法說明，目的是作為入門書，以便讓學習者對以巴利語（pāli，有時作 Pāḷi，在英語中常作 Pali）寫成的佛教典籍之內容有初步的認識。全書所強調的是閱讀能力，而讀本的選取與排序，也是依循著這樣的目標。不過，另一個原則是，這些讀本不應只是習題，還應具有重要且有趣的內容。因此，我們盡可能讓每個讀本，即便是從經文截取出的一小段，都能自我獨立、饒有趣味且內容完整。我們並未預設學習者已擁有梵語或其他印度阿利安語的知識，我們僅將巴利語當作一獨立的語言來學習。我們也考慮到各類的讀者，包含對佛教感興趣而正獨自研讀佛典的學習者、大學新生，乃至研究生。依據以往在課堂裡使用此書的不同版本的經驗，我們發現不同的學習者皆能夠成功地使用此書。我們盡可能讓文法的解釋清楚易懂，但是，具有一般文法知識的學習者，特別是那些曾學習過含有「格與動詞一致」的文法觀念的其他種語言的人，在一開始時會較容易了解書中的文法解釋，乃至讀本的內容。

為了有效地使用本書，應記住下列關於此書的組織與文本選取的幾點說明。

1. 每課含三部分：(1) 一組「基礎閱讀」與「字彙說明」。(2) 出現於該課的語詞形態之「文法解釋」。(3) 第二組的讀本與字彙說明。第二組的讀本不含新的文法觀念，只是加強已出現過的觀念而已。因此，學習者應該仔細地參考字彙與文法解釋，好好研讀基礎閱讀。[xii] 之後，他 / 她將具備充足的知識來閱讀第二組讀本，這時通常只需要參考字彙說明就夠了。

2. 這些讀本已謹慎地依文法特色作了分級，字彙則是累增的。因此，應依本書的次序來使用這些讀本。由於我們僅使用真正的佛典，有時候，尤其前幾課，無法避免地包含了一些後面才會介紹的文法形式。當每項內容（大多是文法）對學習者而言，都是全新的時候，我們不想讓前幾課成為學習者過大的負擔。因此，當較後的課程才會說明的文法形式出現在較早的課程之時，我們只先給予整體的意涵，而只有在後面的課程才詳細解釋。

3. 在許多讀本中，尤其前幾課的讀本，學習者會注意到有些重複的句型，而這重複的句型其中只有少數單字的改變。這實際上是這些讀本之所以被選用的原因之一。研讀時，只要學習者了解最初的部分，剩下的部分，只需要查出少數幾個生字的意思就能讀懂了。如此，閱讀這些讀本就不會是一種如解碼般查閱單字的費力工作，而是真正在閱讀佛典，只需查極少量的單字。這類讀本，也能夠幫助學習者記憶文法與辭彙，之後再遇到相同的句子時，就會更快明白句子的意思。因此，不要跳過這些重複句。相反地，由於它們可供學習者直取佛典的思想，所以閱讀它們其實是件愉悅的事，再者，這種重複也是巴利佛典常見的一種修辭特色。

現在，可以提一下並未被我們當作此書之目標的事。此書是作為巴利閱讀的入門書，並未在語言學或文學上對巴利語的學術研究有任何的貢獻。因此，我們的文法說明只是作為學習者的輔助工具，並未企圖含括在閱讀其他典籍時可能會遇到的所有變化形式。不過，在讀完這些讀本，熟悉基本的字彙與文法之後，學習者應該已具備充足的背景知識，能夠運用諸如序論之末所列出的參考書目，藉以了解未來可能遇見的新的文法形態。

我們處理字彙的方式，也同樣地需要說明一下。閱讀巴利佛典時，一定會遇到如 dhamma、khandha、kamma 等不僅特別且同時含有多種意思的佛教術語。巴利傳統與西方學術界，對這些術語作了廣泛的註解、說明，對某些術語的探討甚至比一本書的篇幅還來得大。雖然我們知道此類工作的重要性，也知道若想充分了解佛典，清楚地了解這些語詞是不可或缺的，但是，我們並未希望在這方面作出任何獨特的貢獻。因此，我們只提供這些術語在其出現的特定脈絡裡的意涵。[xiii] 對這類詞的種種意涵及其精確的專門用法感興趣的學習者，應參考探討佛教概念與哲學的學術著作。無論如何，在不同脈絡裡實際讀到這些術語時，便能了解它們的意思，我們希望此書的讀本能夠讓學習者開始朝這個目標邁進。

第二部分：巴利字母與發音

字母與字母順序

巴利語並無自己獨有的文字，然而視它在哪個國家被書寫與所針對的聽眾，而可用多種文字來書寫。在西方，通常以羅馬字體，配合一些辨視符號來加以書寫，如「巴利聖典協會」（PTS） 出版的典籍那樣，這也是本書依循的模式。

不過，字母的順序，如主要的字典所記，通常依循印度的模式。因為學習者若想參考這些字典，就必然要熟悉這順序，所以本書也就採用印度字母的順序。此中，母音在前，子音在後（把 ṃ 視作介於二者中間）。其順序如下：

a ā i ī u ū e o　ṃ　k kh g gh (ṃ / ṅ)　c ch j jh ñ

ṭ ṭh ḍ ḍh ṇ　t th d dh n　p ph b bh m

y r l v s h ḷ

注意到 ṃ 在 gh 之後，又出現一次（在括弧裡）。這是因為它代表著，錫蘭文和其他用以書寫巴利語的文字裡，一個有雙重用法的字母。就此書而言，一個簡單原則是，ṃ 介於母音與子音之間。因此在字母順序中，它排在所有的子音之前；不過，當它在一單字中緊接在 k、kh、g 或 gh 之前，這時候的字母順序它就排在 gh 之後。實際上，這會帶來一些困難，因為兩個位置非常接近，且 ṃ 常出現在一字之末或常出現在 k、kh、g

或 gh 之前。參考其他資料時也發現一些小小的不同。大多數資料像此書一樣。有的資料則區別 ṃ 的兩種用法，有的使用 ŋ，代替這裡的 ṃ，有的則把 g 之前的 ṃ 記作 ṅ（詳見「發音」一節）。有些把 ḷ 放在 l 之後，而非像此書將 ḷ 放在最後（此書，我們依照錫蘭的一般用法）。

發音

因為巴利是古典語，並非當代口語，所以發音也隨地域而有所不同。不過，許多當地文法家對如何發音有說明，加上我們還能從印度語的常識獲得一些訊息。此教材的目的，是要幫助學習者閱讀巴利，然而有的人也許覺得有系統的發音，會有所助益，有的人也許會想聆聽佛典朗誦。以下是對「古典」巴利語發音的概括敘述。[xiv] 通常，這吻合斯里蘭卡法師的發音方式（雖然，他們有時候無法區別某些不存於錫蘭語的音，如送氣／非送氣音，有時候則多少已有些改變）。

巴利語音及其字母順序					
1 → 母音：a ā i ī u ū e o	3	4	5	6	7
2 → 純鼻音：ṃ	↓ 軟顎音	↓ 上顎音	↓ 捲舌音	↓ 齒音	↓ 唇音
子音：無聲無氣音（停頓）	k	c	ṭ	t	p
無聲有氣音	kh	ch	ṭh	th	ph
有聲無氣音（停頓）	g	j	ḍ	d	b
有聲有氣音	gh	jh	ḍh	dh	bh

鼻音	ṃ / ṅ	ñ	ṇ	n	m
8 → 共振音 y r l v					
9 → 摩擦音 s h 10 →	其他：		ḷ	ḷh	
* 阿拉伯數字與箭頭，表示字母的順序。					

不像英語，巴利的字母有「一種符號，一種音」的特色，但有一些例外。

母音 a、i 與 u，有長音與短音之分，以長音符號 “-” 標示「長音」*。短音 a 發音像美國音 what 的 a，或像英國音 but 的 u。ā 像 father 的 a。i 像 bit 的 i；ī 像 seethe 的 ee。u 大致上像 look 的 oo；ū 則像 soothe 的 oo。所有的長母音，如其名所示，音要較短母音長。e 和 o 沒有長、短之分，但在單子音前或字末時發長音，在 tt 或 tth 等雙子音前或 nd、ṅg 等兩個子音之前則發短音。如此，ettha（於此）的 e 的音，像 bet 的 e，而 etaṃ（這個）的 e 則像 raid 的 ai 或 made 的 a…e。要注意：送氣子音（和 h 一起的）算單音，[xv] 所以 etha（來！）的 e 也發作長音。相同的規則也適用於 o。koṭi（末端）的 o 像英語 rose 的 o；koṭṭeti（咬）的 o 則為短音，雖英語中無真正的對應，但較像 hoping 的 o。英語與巴利或其他南亞語言的一個差異是，與巴利對應的英語長母音，常在後面有個滑音，所以 say 與 row 不僅是長音 e 與長音 o 而已，反較像是 ey 和 ow。巴利母音則只發長音，像 straight through，沒有滑音。

---

* 當長音是兩個字連結一起（即「連音」（sandhi））的結果之時，我們用 ^ 符號，來幫助學生拆字。（見第 1 課文法§ 5.2 段）

子音表中的標語，是語音學家所熟悉的，但我們在此不需向不熟悉語音的人解釋它們，因為符號本身大多已提供給我們充足的線索。但是我們得指出不存在於英語和歐洲語言，但於巴利語等印度語言中存在，或運用方式不同的幾個特色。子音表上方一欄，乃依照嘴中發音的部位。從左至右代表嘴的後端至前端。（試著依序念 k、t、p，並觀察你的舌頭與嘴唇）。

「有聲的音」，發音時喉頭會有忙碌的動作，「無聲的音」則沒有（試著塞住耳朵並說 b 與 p，再說 k 與 g 等等）。這個區別就英語與其他歐語而言都是重要的。巴利的 k、p、g 及 b 的發音基本上類似英語 making、hoping、good 與 bathe 裡的對應字母。c 與 j 的發音則像英語 choose 的 ch 與 just 的 j。

但是，巴利語中「齒音」與「捲舌音」的差別是一般的歐洲語言所沒有的。發齒音時，舌頭頂端抵住上牙齒背面的齒緣。捲舌音的發音部位更後面，且發音時舌尖上捲。事實上，英語 t 與 d 的發音幾乎是捲舌的，尤其是發 to、do 等字時，因此許多說南亞語的人會聽成捲舌的。齒音在英語中其實沒有真正的對應字，但法語、西班牙語與許多歐洲語的 t 與 d 則更有齒音的特色。

巴利語和其他南亞語，有一個很重要的特色是英語所沒有的，也就是「有氣音」（帶 -h 的）與「無氣音」的差別。發有氣音時，會加上一個吹氣。這些有氣音，除了送氣的差別之外，發音的位置與方式與對應的無氣音相同。英語中位於字首的 p、t 與 k，與法語乃至北印語的無氣音比較起來，實際上是有氣的。要注意巴利的有氣音，只算一個字音（這在談 e 與 o 的發音時已說過了）。在南亞的字母中，它們也只寫作一個符號而已。

m 的發音像英語 miss 的 m。n 與 ṇ 的發音是像 n 音，但各為齒音與捲舌音。ñ 像西班牙語 señor 的 ñ。[xvi] 至於 ṃ 的發音則較複雜，因為它在我們的表音系統中出現兩次：一在母音與字音之間，另一則作為「軟顎音」（velar）欄中的鼻音（nasal）。當 ṃ 出現在字尾時，其發音像英語 sing 的 ng（對語音學家而言，這只是一個音，表作 ŋ）。若在字的中間，它不會夾在母音之間，且一定是出現在子音之前，這時，它佔了該子音的位置。由於此「變色龍」的特色及其作為字末唯一鼻音的事實，ṃ 被當成「純鼻音」（pure nasal），具有獨特的地位。不過，要注意，當 ṃ 出現在軟顎音之前，它會變成軟顎音。因為除了字尾的 ṃ 之外，巴利語其他地方並沒有作為軟顎音的鼻音，所以並不需要兩個不同的符號。在此書中，我們依照單一種巴利寫本傳統。但是，其他的書會使用不同的符號，如用 ṃ 或 ŋ 表示「純鼻音」，用 ṅ 表軟顎音之前的鼻音。[1]一旦學習者熟悉本書的表音系統，他 / 她應該也能迅速地適應其他系統。但這有時候會影響某些詞在字彙中的順序。如前所述，在此書 ṃ 列在母音之後，但若它緊接在軟顎音之前，則會列在 gh 之後。實際上，只有很少的詞會受影響。

y 與 v 的發音很像英語的 y 與 v。r 常發音作蘇格蘭語或德語裡「顫抖的 r」，也像英國腔 very 裡「輕敲的 r」。l 像 lily 的 l，它有對應的反舌音 ḷ 與氣音 ḷh。

巴利子音可以成串出現，如 nd、ñj、ṅg、tv 等等，也能以同一子音重複兩次，如 appa（少）、magga（道、路）、rajjan（王國）、ettha（於此）、akkhi（眼）等等。要注意，這些巴

---

[1] 此中譯本，已將出現在軟顎音前的 ṃ 改為 ṅ。ṃg / ṃgh / ṃk / ṃkh →ṅg / ṅgh / ṅk / ṅkh。

利字母是真正的重複子音，單獨發音；不像英語 silly 中的重複子音，實際上只是指之前的母音。英語沒有雙重子音（除了有接頭詞的字，如某些人所說的 im-modest, un-natural 及 il-logical）如之前的例子所示，巴利的有氣音重複時，變成「無氣音 + 有氣音」。如此 th 與 dh 重複時，分別作 tth 與 ddh。

現在我們可以解釋一下表中「箭頭」的意思。巴利字母的組織與順序，符合大多數南亞字母與從此衍生的東南亞字母系統以語音原則為根據，是相當古老且科學的，至少可溯源自早期梵語文法家。其中包含許多原則，如母音自成一組在子音之前，無聲音在有聲音之前。無氣音在有氣音之前，非鼻音在鼻音之前，整體的順序是，從嘴的前部到後部。箭頭便是依循上述的原則，跟著它們就能得到字母的整個順序。有的學習者也許會覺得這對學習字母順序有些幫助，但是，單單從文化歷史的角度來看，它本身也是很有趣的。[xvii]

第三部分：語言與佛典

巴利語：一些歷史

基本上，巴利語是佛教的語言，因為幾乎所有的巴利典籍在性質上都和佛教有關。最早的典籍是巴利聖典 Tipitaka，即三藏。三藏在上座部佛教（Theravāda）國家，被視作喬達摩佛陀的真實言說。在緬甸、柬埔寨、斯里蘭卡、泰國等地，巴利語是佛教徒的聖典及儀式的用語（如果認為上座部佛教有儀式的話）。因此，上座部佛教有時也被稱為巴利佛教。當然，有人把它稱為「小乘」（Hīnayāna），而與大乘（Mahāyāna）相對，不過，這是不為上座部佛教徒所喜歡的名稱。

巴利語起源於何時何地，多年以來一直是學術界討論的問題，對於這議題所採取的立場，自然會受到個人是否相信聖典為佛陀親說的傳統說法所影響。依據傳統，特別是在斯里蘭卡，巴利語被視同摩竭陀語（Māgadhī），即佛世時摩竭陀國所用的語言。摩竭陀國是東北印的王國，是佛陀主要的說法地點（不過，佛陀自己則是出生於另一個小國，約於現在的尼泊爾）。摩竭陀語是一種印度亞利安語。印度亞利安語，包含古典梵語以及 Hindi、Bengali Panjabi、Gujarati 和 Marathi 等其他的北印度語（也含斯里蘭卡的錫蘭語），其中，現存最古老的，就是吠陀梵語。因為印度亞利安語是印歐語系中的一分支，所以巴利語終究也和英語有關，事實上也和大多數主要的歐洲語言有關，甚至和伊朗語如祆語（Avestan）、古波斯語、現代波斯語（Farsi、伊朗的主要語言）的關係更密切。

佛世時及之後幾個世紀的印度亞利安語，被通稱為「俗語」（Prakrit，梵文作 Prākṛt），因此，巴利是早期的俗語。儘管傳統將巴利等同於摩竭陀俗語，有的學者已指出，摩竭陀區的碑文（大多出自西元前三世紀阿育王（Asoka, Aśoka）時代）裡所發現的語言特色，是巴利語所欠缺的；再者，巴利語還含有其他地區的方言所具有的一些特色。如此，至少可以說，自佛世以來，巴利語似乎在佛典傳播的過程中，融攝了其他種言語的特色。巴利語的起源年代，傳統雖認為在西元前七至六世紀之間，但仍是有爭議的。此書的目的是呈顯巴利語本身與佛典，無意對上述的爭論有任何學術貢獻。因此，就巴利語及其起源地，我們引用巴利學巨擘 Wilhelm Geiger 的話作為代表，以顯示透過語言學的觀察所作出的學術觀點；但是，要提醒讀者的是，尚有其他學者並不同意 Geiger 的說法：[xviii]

> 我認為，明智的作法是，不要太快地完全否定傳統。應理解這話的意思是指：巴利語並非純粹的摩竭陀語，而是一種以摩竭陀語為基礎，曾為佛陀所使用的通俗語言。（*Pāli Literature and Language*, pp. 5-6）

眾所敬重的佛教學者羅睺羅化普樂尊者（Reverend Walpola Rahula），也表達類似的看法：

> 佛陀必然使用過西元前六世紀時流行於摩竭陀的一兩種以上的方言，這樣的假設是合理的。這些方言也許已被稱作摩竭陀語。雖然今日我們對這些方言沒有明確的認識，但我們可以合理地推測它們彼此之間的差異不會太大。不過，佛陀常講的方言是否就是現存三藏裡的語言，則又是另一回事。
>
> 今日被稱為巴利的，並非是一種具同質性的語言，而是一種混合語，內含多種方言形態與用詞。它可能是在佛陀通常所用的摩竭陀語的基礎上進一步發展出的一種新的人工書面語。
>
> （“Pali as a Language for Transmitting an Authentic Religious Tradition”）

想了解更多的人可以參考其他著作，包含序論之後提到的資料；在此只需要說，就虔誠的佛教徒而言，巴利聖典代表喬達摩佛陀的親口教說。

巴利文獻

巴利典籍分為兩大類：「聖典」與「非聖典」。本書的讀本大多取自聖典，少數取自待會兒將提到的著作。但是，聖典指什麼呢？我們可以透過另外兩個問題的說明來回答這個問題：第一個問題是，巴利典籍是如何被傳承的？第二個問題是，這些典籍是如何組織成的？

顯然的，這些典籍乃透過口傳的方式傳承了好幾個世紀。共有三次主要的結集會議，將它們編為聖典。第一次結集發生於佛滅後不久，地點在王舍城（Rājagaha, Rājagraha），斯里蘭卡傳統相信此發生於西元前五四三年，但這並非是無爭議的。這次的結集，確立了「律」與「經」兩大類。第二次結集在毘舍離（Vesāli, Vaisālī），約於第一次結集之後的一百年，此次結集，主要是因為對戒律的看法意見分歧。第三次結集，在華氏城（Pāṭaliputta, Pāṭaliputra），發生於阿育王在位之時（西元前 264-227 年）。在這次的結集，我們所知的聖典型式，已基本上完成、定型，[xix] 也包含第三藏，阿毘達磨藏。這次的結集會議也進行「破斥邪見」，而且，就是在這次結集，上座部具體成型，並派遣傳教團到國外傳教，其中包含到斯里蘭卡傳法的摩哂陀長老。一般公認的看法是，巴利聖典在西元前一世紀才被寫成文字（地點在錫蘭的 Aluvihāra）。事實上，口語傳承的方式，幫助我們了解聖典的一些特色，尤其是重複句的使用，重複句讓口傳更容易（如上所述，我們也試著善用這個特色，把它當作一種教學上的工具）。

關於被視為佛說聖典的典籍之分類方式，最廣為人知的，就是三藏的分法：經藏、律藏、論藏。它們的特色如下：

I. 經藏的內容就是「法」（佛陀的一般教誨），有時也被稱為

「法」。它包含五部《尼柯耶》（Nikāya），或說五部「經（suttanta，與佛的對話）的總集」。五部《尼柯耶》基本上依所收經典的形態而得名：

(a) Dīgha Nikāya《長部》，含篇幅較長的經典。

(b) Majjhima Nikāya《中部》，含中等篇幅的經典。

(c) Saṃyutta Nikāya《相應部》，依主題排列經典。佛陀的第一次說法，《轉法輪經》（見本書「進階閱讀十二」），就是收在此部。

(d) Aṅguttara Nikāya《增支部》，依據各經所含的主要數目，以漸增的次序，來安排位置。

(e) Khuddaka Nikāya《小部》，其內容，在緬甸、斯里蘭卡、泰國的版本裡有些不同。但它至少包含《法句經》、《本生經》（偈頌部分而已，相關的故事屬於注書內容）、《長老偈》、《長老尼偈》、《經集》，及其他可算是祈願書的典籍。

II. 律藏，記載僧團紀律。

III. 阿毘達磨藏。本質上是學術的，有些形而上的意味，大多的內容是以哲學的方式，討論佛陀教導。此藏被視為最難讀的佛典，因此，受到佛教學者的看重。[xx]

此外，還有《大護經》（Mahāparitta），錫蘭比丘在「護佑」法會所誦的典籍，能帶來吉祥，且能護衛佛法。

另一種分類方式是將聖典分為五部《尼柯耶》。五部就是指三藏之一，《經藏》所含的五部，但把阿毘達磨藏與律藏歸到《小部》。

除了屬於聖典的典籍外，巴利文獻還有相當多的非聖典，至今仍一直在增加。它們大部分屬於注釋文獻或年史。其餘的則含多種類型，包括故事性的、教學性的，以及文法。另外，有一些碑文，大多出自東南亞。

巴利的注釋文獻很龐大，累積了好幾個世紀。最有名的「注釋書」（aṭṭhakathā），是由約五世紀時名為覺音（Buddhaghosa）的比丘所寫的。覺音生於南印度，但到錫蘭撰寫注釋書，顯然他的大多著作乃奠基於更早期的但現已失佚的錫蘭注釋書。覺音也是著名的《清淨道論》的作者，這是一本佛法的概論。廣為人知的「本生故事」，實際上也是注釋文獻，它們構成了聖典裡《本生經》偈頌的註釋，此《本生經注》的作著也是覺音。除了注釋書之外，還有其他形式的注釋文獻，如解釋注釋書的「疏鈔」（ṭīkā）。

年史，包含《島史》（Dīpavaṃsa）（四世紀或五世紀初）、《大史》（Mahāvaṃsa）（約六世紀初），呈顯出從佛教比丘的立場所見的錫蘭歷史。之後，還有《小史》，記錄甚至迄於英人抵達錫蘭的年代。事實上，這類年史資料至今還持續增加著。

在其他的典籍中，還有兩部是較有趣的，本書也引用了它們的一些文段。首先是《彌蘭陀王問經》（Milindapañhā），它比覺音的注釋書還要早，可能是從梵語翻譯而來的，也曾被譯成漢文。其內容包含兩個人的對話。一位是彌蘭陀王（巴利 Milinda，希臘語 Menander），是西元二世紀「希臘大夏」國的國王，此國從亞歷山大入侵印度以來便存在；另一位是博學的那先比丘，以問答的方式向國王解說佛法。國王的提問方式與那先比丘的回答所含的機智，使得此經成為生動而富教育性的佛法入門書。

我們引用的另一典籍是《持味》（Rasavāhinī），約十四世

紀在斯里蘭卡編寫的，由 103 個傳說、故事所構成，本質上是教誡性質的，但表達的方式流暢而生動。[xxi]

第四部分：一些有用的資源

以下列出一些，可供學習者參考的書目與書評，若想獲得更多文法或關於字彙的訊息，它們可能會有幫助。

Buddhadatta, Mahathera A.P. *Concise Pali-English Dictionary.* Colombo Apothecaries, 1957. (Reprinted Motilal Banarsidass, Delhi 1989) 這是非常便利的簡明字典。雖然缺乏十足的學術內容，例如，下列其他較完整的辭典所具有的變體字等等。此書使用上非常便利，且字義雖簡潔，但都掌握到重點。

Geiger, Wilhelm. *Pāli Literature and Language*。原先於 1943 年由 University of Calcutta 出版，後由新德里的 Oriental Books 與 Munshiram Manoharlal 重印。由 Batakrishna Ghosh 從德文本英譯而成。這是研究巴利語很根本的學術資料，相當專業，集中探討巴利的語音學與構詞學。含有很好的語形索引，在尋找變體字時，很有用。它也有一個簡要的文獻概覽。

Hazra, Kanai Lal. *Pāli Language and Literature: A Systematic Survey and Historical Study.* Vol. 1: Language: History and Structure, Literature: Canonical Pāli Texts; Vol. 2: Literature: Non-Canonical Pāli Texts. D.K. Printworld, New Delhi 1994。最近出版的詳盡而廣泛的概要書。從歷史的角度，對巴利語的歷史及其結構作說明，作為整個巴利典籍的參考書，尤其有用。

Müller, Eduard. *A Simplified Grammar of the Pāli Language.* Bharatiya Vidya Prakashan, Varanasi, India。比 Geiger 的書更簡潔

的文法書，但也列出許多變體字、基本字型表。和 Buddhadatta 的字典一樣，簡明的特點使它成為首次查詢生字時的最佳選擇。

Nyanatiloka. *Buddhist Dictionary*, Manual of Buddhist Terms and Doctrines. Third revised and enlarged edition edited by Nyanaponika. Colombo: Frewin, 1972 (First published 1952) 。非常有用的佛教術語概要，說明術語的意思與彼此間的關係。

Rahula, Walpola Sri. *What the Buddha Taught* (revised edition). Grove Press, New York 1974 (first published 1959) 。清晰而流暢的佛法概論，含語詞索引。[xxii]

Rhys Davids. T.W. and W. Stede. *Pali-English Dictionary*. Pali Text Society, 1921-1925. (reprinted Munshiram Manoharlal, New Delhi 1975) 。一般稱為 PTS 字典。比 Buddhadatta 的字典完整許多，含許多變體字和語源解釋。語詞的專門語義，也更完整。（若不與 CPD 已完成的部分比較的話）它是目前最完整的字典。

Trenckner, Andersen, Smith et al. *A Critical Pāli Dictionary* (The CPD). Copenhagen 1924。 最完整的字典，一流的學術作品，但仍不完整。事實上，它僅含前幾個字母，所以雖然已完成的部分對學者而言很珍貴，但對學習者而言，用處有限。

Warder, A. *Introduction to Pali*. Pali Text Society, 1963。組織方式與本書不一樣的入門書。較不重視閱讀，而較重視文法。書中很多文法說明非常有用，它的文法索引讓它成為很好用的參考書。書中也有一個好用的動詞形態表。

第一課

[1]

基礎閱讀

讀本一

Buddhaṃ saraṇaṃ gacchāmi
dhammaṃ saraṇaṃ gacchāmi
saṅghaṃ saraṇaṃ gacchāmi

Dutiyaṃ pi buddhaṃ saraṇaṃ gacchāmi
dutiyaṃ pi dhammaṃ saraṇaṃ gacchāmi
dutiyaṃ pi saṅghaṃ saraṇaṃ gacchāmi

Tatiyaṃ pi buddhaṃ saraṇaṃ gacchāmi
tatiyaṃ pi dhammaṃ saraṇaṃ gacchāmi
tatiyaṃ pi saṅghaṃ saraṇaṃ gacchāmi (Khp. 1, Saraṅattayaṃ)

讀本二

"Cittaṃ, bhikkhave, adantaṃ mahato anatthāya saṃvattatî"ti.
"Cittaṃ, bhikkhave, dantaṃ mahato atthāya saṃvattatî"ti.
"Cittaṃ, bhikkhave, aguttaṃ mahato anatthāya saṃvattatî"ti.
"Cittaṃ, bhikkhave, guttaṃ mahato atthāya saṃvattatî"ti.
"Cittaṃ, bhikkhave, arakkhitaṃ mahato anatthāya saṃvattatî"ti.
"Cittaṃ, bhikkhave, rakkhitaṃ mahato atthāya saṃvattatî"ti.
"Cittaṃ, bhikkhave, asaṃvutaṃ mahato anatthāya saṃvattatî"ti.
"Cittaṃ, bhikkhave, saṃvutaṃ mahato atthāya saṃvattatî"ti.

"Nâhaṃ, bhikkhave, aññaṃ ekadhammaṃ pi samanupassāmi yaṃ evaṃ adantaṃ, aguttaṃ, arakkhitaṃ, asaṃvutaṃ, mahato anatthāya saṃvattatîti yathayidaṃ, bhikkhave, cittaṃ. cittaṃ, bhikkhave, adantaṃ, aguttaṃ, arakkhitaṃ asaṃvutaṃ mahato anatthāya saṃvattatî"ti. (AN 1.4)

讀本三

"Micchādiṭṭhikassa, bhikkhave, anuppannā c'eva akusalā dhammā uppajjanti, uppannā ca akusalā dhammā vepullāya saṃvattantî"ti.

"Nâhaṃ, bhikkhave, aññaṃ ekadhammaṃ pi samanupassāmi yena anuppannā vā kusalā dhammā n'uppajjanti, uppannā vā kusalā dhammā parihāyanti yathayidaṃ, bhikkhave, micchādiṭṭhi.

Micchādiṭṭhikassa, bhikkhave, anuppannā c'eva kusalā dhammā n'uppajjanti, uppannā ca kusalā dhammā parihāyantî"ti.

"Nâhaṃ, bhikkhave, aññaṃ ekadhammaṃ pi samanupassāmi yena anuppannā vā akusalā dhammā n'uppajjanti, uppannā vā akusalā dhammā parihāyanti yathayidaṃ, bhikkhave, sammādiṭṭhi.

Sammādiṭṭhikassa, bhikkhave, anuppannā c'eva akusalā dhammā n'uppajjanti, uppannā ca akusalā dhammā parihāyantî"ti. (AN 1.16.2) [2]

讀本四

"(bhikkhu*1)

...anuppannānaṃ pāpakānaṃ akusalānaṃ dhammānaṃ anuppādāya chandaṃ janeti; vāyamati; viriyaṃ ārabhati; cittaṃ

---

*1 將 bhikkhu 當作以下每一句的主詞。

paggaṇhāti; padahati;

…uppannānaṃ pāpakānaṃ akusalānaṃ dhammānaṃ pahānāya chandaṃ janeti; vāyamati; viriyaṃ ārabhati; cittaṃ paggaṇhāti; padahati…

…anuppannānaṃ kusalānaṃ dhammānaṃ uppādāya chandaṃ janeti; vāyamati; viriyaṃ ārabhati; cittaṃ paggaṇhāti; padahati...

…uppannānaṃ kusalānaṃ dhammānaṃ ṭhitiyā asammosāya bhiyyobhāvāya vepullāya bhāvanāya pāripūriyā chandaṃ janeti; vāyamati; viriyaṃ ārabhati; cittaṃ paggaṇhāti; padahati..." (AN 1.18)

字彙說明[*2]

akusala	*a.* 壞的、不足的、有罪的（a-kusala）
agutta	*a.* 沒有防護的、未被守護的（a-gutta）
añña	*a.* 另外的、其他的、其餘的
attha	*m.* 利益、意思、目標、目的
adanta	*a.* 未調伏的、未受控制的（a-danta）
anattha	*m.* 非義、非利、損失、無意義（an-attha）
anuppanna	*a.* 未生起的（an-uppanna）
anuppāda	*m.* 不生、無生、未生、不存在

[*2] 單字的排列順序，見序論第二部分「字母與發音」。

	（an-uppāda）
arakkhita	*a.* 無保護的、未被保護的、未被看顧的（a-rakkhita）
asaṃvuta	*a.* 未被克制的、未守護的、未關閉的（a-saṃvuta）
asammosa	*m.* 不迷惑、不昏亂、不糊塗（a-sammosa）
ahaṃ	*pron.* 我（*sg. N.*）
ārabhati (viriyaṃ…)	*pres.* 開始（努力、精進）（< ā-√rabh）
uppanna	*a. pp.* 已生的、存在的（< ud-√pad）
uppajjati	*pres.* 生起、發生、出生、存在（< ud-√pad）
uppāda	*m.* 生起、出生、出現、存在（< ud-√pad）
eka	*a. num.* 一、單一、單一個、唯一
eva	*indec.* 的確、確實、正是、就是（表強調，見本課文法§3）
evaṃ	*adv.* 如是地、這樣地
kusala	*a. n.* 善行、有德的、善的、有效的、精通
gacchati	*pres.* 去（< √gam）
gutta	*a. pp.* 被保護、被防護的、被防護（< √gup）
ca	*conj.* 和、與（見本課文法§3）
citta	*n.* 心

ceva	（= ca+eva） [3]
chanda	*m.* 欲望、決心、意志、欲、意欲
janeti	*caus.* 產生、令生起、導致（< √jan）
ṭhiti	*f.* 堅持、持續、安立、住
tatiyaṃ	*adv.* 第三次（tatiya 的受格）[1]
-ti	= iti，代表引號（見本課文法§3.3）
danta	*a. pp.* 已調伏的、被調伏（< dammati）
dutiyaṃ	*adv.* 第二次（dutiya 的受格）
dhamma	*m.* 教法、教義、身理或心理元素
na	*indec.* 不、未（表否定）（見本課文法§6）
nâhaṃ	我不（na+ahaṃ）
nuppajjati	不生（na+uppajjati）
paggaṇhāti	*pres.* 拿起、準備好、舉起、伸出（< pa-√grah）
padahati	*pres.* 努力、奮勉、精勤努力（< pa-√dhā）
parihāyati	*pres.* 衰退、墮落、減損（< pari-√hā）
pahāna	*n.* 捨斷、避免、破壞（< pa-√hā）
pāpaka	*a.* 邪惡的、有罪的、惡的、壞的

---

1 受格作副詞用，參考第三課文法§8。參考 PG§250；ITP 116。

pāripūri	*f.* 圓滿、完成
pi	*adv. conj.* 也、即使。強調的質詞（見本課文法§3）
buddha	*m. pp.* 覺者、佛陀、已醒悟者（< √budh）
bhāvanāya	*f.* 修行（bhāvanā 的單數，與格）
bhikkhave	*V.* 諸比丘！（bhikkhu 的複數，呼格）
bhikkhu	*m.* 比丘
bhiyyobhāva	*m.* 增加、成長（bhiyyo = 更多，bhāva = 狀態）
mahato	*m.* 大（mahant 的單數，與格）
micchādiṭṭhi	*f.* 錯誤的見解、邪見（micchā+diṭṭhi）
micchādiṭṭhika	*m.* 見解錯誤者、邪見者
yathayidaṃ	也就是、亦即、即（yathā 如+idaṃ 此）
yaṃ	*pron.* 某個、那個（見本課文法§4）
yena	*pron.* 某個、那個（見本課文法§4）
arakkhita	*a. pp.* 受保護、被看顧的（< √rakṣ）
vā	*conj.* 或者
vāyamati	*pres.* 努力、精勤、奮鬥（< vi-ā-√yam）
viriya	*n.* 精勤、努力、能量
vepulla	*n.* 廣大、豐富、滿、豐富

saṃvattati	*pres.* 導向、有助於（支配與格；< saṃ-√vṛt）
saṃvuta	*a. pp.* 被控制、被克制的、受節制的（< saṃ-√vṛ）
saṅgha	*m.* 僧、僧團、團體
samanupassati	*pres.* 見、注意到、正確了解（< saṃ-anu-√paś） [4]
sammādiṭṭhika	*m.* 正見者、具正見者（sammā-diṭṭhi-ka）
sammosa	*m.* 困惑、迷惑
saraṇa	*n.* 慰藉處、避難所、皈依處

文法一

§1. 名詞

§1.1. 巴利語的名詞形態

§1.1.1. 由「語基」構成。語基是根本，其他的形態皆依此衍生。

§1.1.2. 共有三種「性」：陽性、陰性及中性。語詞的性別雖和自然界的性別有一些關聯，也就是，指涉男性眾生的名詞，通常是陽性；指涉女性眾生的名詞，則通常是陰性。不過，這關聯並不是絕對的。尤其當語詞是指團體、無生命物或概念時，便很難預測它的性別。

§1.1.3. 共有兩種「數」：單數及複數。

§1.1.4. 共有八種「格」：主格、受格、具格、屬格、與格、從格、處格與呼格。[2]

§1.1.4.1. 「主格」最常見的用法，是當句子的主詞[3]，如：

bhikkhu vāyamati 比丘精進。

§1.1.4.2. 「受格」通常作為動詞的受詞[4]，如：

bhikkhu cittaṃ paggaṇhāti 比丘攝心。

§1.1.4.3. 「呼格」在呼叫、稱呼時使用。如：

bhikkhave! 諸比丘啊！

§1.1.4.4. 其他的格，通常相當於英語的介系詞。約略的原則是：「與格」常常（非必定）譯作英語的 to 或 for；「從格」譯作 from；「處格」譯作 in；「屬格」譯作 of（或表擁有的's）；「具格」譯作 with（像 with a hammer 的 with）或 by（像 by that means 的 by）。不過，這些只是一般的用法，以後會見到其他的用法。[5]

§1.2. 此讀本中出現四種常見的名詞形：-a 結尾的陽性語基、-a 結尾的中性語基、-i 結尾和-ī 結尾的陰性語基。

---

2 在傳統文法書中，主格被稱為第一格，受格是第二格，具格是第三格，與格是第四格，從格是第五格，屬格是第六格，處格是第七格。

3 主詞，指句子中發出動詞之動作的，或是被描述的名詞、代名詞。

4 受詞，指句中受動詞動作所影響的、或是成為動作之結果的名詞、代名詞。

5 參考附錄(一)：「文法表格」表 7：格的用法與複合詞。

注意：詞形變化表中作為例子的單字，通常只引用其語基形態。「字彙說明」裡，只有針對少數特別的名詞，會另外標明它的性。[6]名詞的性，通常會表現在它的語尾變化上，我們有一套統一的方式，來表現不同的類別：若無另外的說明，通常是使用「單數，主格」的形態。例如，字彙裡，以-o、-aṃ、-i 結尾的名詞，[5] 依序具有「-a 結尾的陽性語基」，「-a 結尾的中性語基」與「-i 結尾的陰性語基」。

應注意的是，某些特定名詞的語尾令人感到混淆，難以確定其性別。這是因為，在巴利語的歷史中，一個名詞有時會有不同的性別。例如，某處出現作陽性字的名詞，在某些地方會變成中性結尾。所以，下表的 dhammo（在此是陽性字，其複數型是 dhammā），在某些地方會出現中性複數的形態：dhammāni。名詞的性即使沒有改變，在不同時期、不同典籍裡，呈現出另一種語尾，也是有可能的。

§1.2.1. 「以 -a 結尾的陽性名詞語基」，此類名詞的語基以 -a 結尾。

例：dhamma「教義、特質」（此字多義）

<table>
<tr><th></th><th>單</th><th>複</th></tr>
<tr><td>主</td><td>dhammo</td><td>dhammā</td></tr>
<tr><td>受</td><td>dhammaṃ</td><td>dhamme</td></tr>
<tr><td>屬</td><td>dhammassa</td><td rowspan="2">dhammānaṃ</td></tr>
<tr><td>與</td><td>dhammāya / -assa</td></tr>
<tr><td>具</td><td>dhammena</td><td>dhammehi</td></tr>
</table>

6 中譯本的「字彙說明」已列出每個名詞的性別。

從	dhammā (-asmā, -amhā)	(-ebhi)
處	dhamme (-asmiṃ, -amhi)	dhammesu
呼	dhamma (-ā)	dhammā

§1.2.2. 「以 -a 結尾的中性名詞語基」，此類名詞也是以-a 結尾。在「字彙說明」中，它們的語尾會表現為「單數，主格」，-aṃ。注意這類中性名詞與上述的陽性名詞，在格尾變化上，只有在少數形態上有所差異。所有的中性名詞，其主格形態與受格形態完全相同。

例如：rūpa「色、影像」

	單	複
主 / 受	rūpaṃ	rūpāni
屬	rūpassa	rupānaṃ
與	rūpāya / -assa	
具	rūpena	rūpehi (-ebhi)
從	rūpā (-asmā, -amhā)	
處	rūpe (-asmiṃ, -amhi)	rūpesu
呼	rūpa (-aṃ)	rūpāni [6]

§1.2.3. 「-i 結尾與 ī 結尾的陰性語基」，這包含兩類名詞，但其語尾變化，幾乎相同。

§1.2.3.1. 「以 -i 結尾的陰性名詞語基」，其單數，主格形態還是 -i 結尾。

例：ratti「夜晚」（語基以 -i 結尾的陰性名詞）

	單	複
主	ratti	rattiyo / -ī

受	rattiṃ	
屬／與	rattiyā	rattīnaṃ
具／從		rattīhi / -ībhi
處	rattiyā / rattiyaṃ	rattīsu
呼	ratti	rattiyo / -ī

§1.2.3.2.「以 -ī 結尾的陰性名詞語基」，除了主格作 -ī 結尾之外，其他語尾變化皆和「-i 結尾的語基」的變化相同。

例：nadī「河」

	單	複
主	nadī	nadiyo / -ī
受	nadiṃ	
屬／與	nadiyā	nadīnaṃ
具／從		nadīhi / -ībhi
處	nadiyā / nadiyaṃ	nadīsu
呼	nadi	nadiyo / -ī

§2. 動詞

我們會隨著動詞的出現，漸進地介紹它們的各種形態。

§2.1. 字根與現在語基：動詞的形態，有「字根」型與「現在語基」型。「字根」[7]被認為是所有語詞形態的根本，所有的動語

---

7 「字彙說明」裡所列的字根，屬「梵語字根」。「文法」、「字彙總整理」所列的字根，則為「巴利語字根」。

形態皆從字根衍生。不過字根與從其衍生出的種種形態，在外型上的相似度是有所差異的： [7]

相似度	字根	現在語基
相似度高的	pat 掉落	pata-
	jīv 活	jīva-
相似度低的	nī 帶領	naya-
	gam 去	gaccha-
	ṭhā 站、是	tiṭṭha-

字根與語基之間的關係，以後會有更多的說明。

§2.2. 現在式：在現在語基之後加上如下列的語尾，就構成現在式：

	單數	複數
第一人稱（我、我們）	-:mi (-ṃ)	-:ma
第二人稱（你、你們）	-si	-tha
第三人稱（他、她、他們）	-ti	-nti

注意：每課「字彙說明」裡的動詞，採第三人稱，單數型，如 labhati、nayati 等。

語尾之前的「冒號」──「 : 」，表示語基的最後一個母音要變長音，如 -a 變成 -ā。

這樣，就動詞字根√labh-「得到」（現在語基：labha-）而言，其語尾變化如下：

	單	複
第一人稱	labhāmi	labhāma

第二人稱	labhasi	labhatha
第三人稱	labhati	labhanti

√labh 是一種稱為「-a 結尾語基」的動詞，因為它的現在式語基，以 -a 結尾。以後會遇到其他類的動詞。[8]

§3. 後置的質詞

§3.1. 巴利有許多置於一詞之後，且常與該詞連在一起的「質詞」。其專門術語是「前後屬詞素」（clitic）。在這一課出現五種：

pi	再、也（常有強調的意思）
(i)ti	代表「引號」
eva	正是、必定
ca	和、與
vā	或者 [8]

§3.2. ca 與 vā 通常會出現在所要連接的每一個語詞之後：

bhāsati vā karoti vā
（無論）說或做
saccañca dhammañca
真諦與教義（ṃ + c → ñc，見本課文法§5.3）

---

8 傳統文法家，依據動詞從「字根」形成「現在語基」的方式、過程，將字根分為七類或十類。有些字根可被歸類到兩個以上的類別。參考附錄「文法表格」之表 2：動詞語尾變化表(一)。

brāhmaṇassa ca putto gahapatikassa ca
婆羅門的兒子和家主（居士）的兒子

應注意，如上引最後一個例子所示，若是兩個字組成的詞組，質詞通常跟在第一個字之後。

§3.3. iti 或 ti 引號，接在所說、所想的內容之後。它也許會出現在「說」、「想」、「了知」等動詞的受詞之後，但是，它也可以單獨用來指，在它之前的那些字已被說了〔不須加其他動詞〕，就如本課讀本裡的例子所示。

如果(i)ti 之前的字，以母音結尾，則該母音要作長音，且(i)ti 的(i)要去掉。（見本課文法§5.2）

§4. 關係代名詞

§4.1. 關係代名詞[9]的語基為 ya-。出現在本課裡的陽性型及中性型的格尾變化如下（其他的格尾變化，以後再說）：

	陽性	中性
主	yo	yaṃ
具	yena	yena

§4.2. 關係代名詞可以像英語的關係詞（即 who、that 等）一樣，引出一個關係子句，來修飾在它之前（但未必相鄰）的名詞，如讀本裡的例子：

9 如英語的 which、who、that，透過它們，關係子句得以與句子的其他部分相連結。

aññaṃ ekadhammaṃ … yaṃ evaṃ … saṃvattatîti
會引生……的另一法
aññaṃ ekadhammaṃ… yena … dhammā uppajjanti
作為諸法生起之因的另一法……

注意，如上述的例子所示，關係代名詞通常會依其在關係子句中的作用，而採用不同的格位。

通常，巴利語的關係句子的形成，有賴於使用了一個關係代名詞的「相關構句」（correlative construction），下一課會再說明。 [9]

§5. 連音（sandhi）

當「兩個字」放在一起之時，或者「字的兩個組成分子」放在一起之時，那兩個字（或字的組成分子）或者只其中一個字（或字的組成分子），也許會在相連時有所變化。指涉這種現象的術語，即是「連音」。當它發生在一字之內〔也就是，發生在字的組成分子之間〕，稱為「內連音」，發生在兩個字之間，就稱為「外連音」。

在巴利語中，外連音並不徹底（這點就和梵語不同），通常只影響關係密切的形態、常用的結合。本課有三種連音的結果：

§5.1. 兩個母音相遇時，前一個可能消失。在此書，以「上標點」表示母音的消失：

ca + eva → c'eva
na + atthi → n'atthi

§5.2. 兩個相似的母音相遇時，結果可能是剩下一個長音，而非前一個母音消失。母音後加引號(i)ti 的時候，母音變長，且括弧裡的 i 消失。本書中，因連音而導致的母音長音化，會以「ˆ」標示，而不用「¯」。這並不表示兩者的發音有所不同，兩者的讀法仍是一樣的，但前者會較好辨認，方便查字（當學生閱讀一般印刷的巴利佛典時，就沒有這個輔助了，但是，希望他／她那時已習慣了各種的連音方式）。

na + ahaṃ → nâhaṃ
saṃvattati + (i)ti → saṃvattatîti

§5.3. 當鼻音在另一個子音之前時，它將與該子音同化，變成與該子音同類的鼻音。（見序論，第二部分「字母與發音」）：

saccaṃ + ca → saccañca

§6. 否定

§6.1. na 可否定整句。若後接的字以母音字母為首，na 的 a 通常會省略，若該母音是 -a，na 的 a 也可能長音化。

na + atthi → n'atthi 沒有、不存在
na + ahaṃ → nâhaṃ 我不（未、沒）……

注意，雖然 na 否定了整句，但它未必出現在動詞附近，這一點和英語的 not 並不相同：

nâhaṃ… samanupassāmi 我不見……

§6.2. a-否定單詞（像英語的 un- 或 in-），若在母音前，則作 an-：〔參考 ITP 98, 108, 189〕

a + sukho 快樂 → asukho 不快樂
an + attho 意思、利益 → anattho 無意義的、非利
[10]

注意：在此書中，以 a- 或 an- 為字首的否定詞，將不另外列在「字彙說明」中，除非它的意思無法直接從其構成分子那看出。所以，當學生在讀本裡讀到 asukha 時，若在「字彙說明」中找不到此字，便應找 sukha。

§7. 形容詞與被形容詞的一致性

形容詞[10]的「性、數、格」，要和其所修飾的名詞一致：

kusalo dhammo 好的教義（*m. sg. N.*）
akusalā dhammā 不好的要素（或教義）（*m. pl. N.*）
cittaṃ adantaṃ 未調御的心[11]（*n. sg. N. / Ac.*）

應注意，雖然形容詞常出現在所修飾的名詞之前，相反的情形也是有的，如上面最後一個例子。若是這種情形，該形容詞通常是從動詞衍生出的，像英語的情形一樣，可能會有特殊的意涵：「未調御的心」或者「當心未調伏時」。

---

10 形容詞是用以描述、修飾某名詞的詞。
11 原書作 subdued mind，顯然與巴利語不符。

§8. 受格可表目的地

表「移動」的動詞出現時，其目的地，常作受格：

buddhaṃ saraṇaṃ gacchāmi
我去佛陀避難所。〔= 我皈依佛〕

§9. 連接

句中的多個項目，或者多個句子，都可以直接依序列出，不必用 ca 或任何相當於英語 and 的字來連接：

kusalānaṃ dhammānaṃ ṭhitiyā asammosāya bhiyyobhāvāya vepullāya
為了善法的長住、不惑、增長與增廣
chandaṃ janeti; vāyamati; viriyaṃ ārabhati.
生欲、精進、發勤

§10. 複合詞

巴利語如英語一樣，兩個名詞可構成一個複合詞：

itthi 女人+ saddo 聲音 → itthisaddo 女人的聲音
puriso 男人+ saddo 聲音 → purisasaddo 男人的聲音

應注意，複合詞的前語，一般僅採語基型。就陽性名詞與中性名詞而言，語基型和單數呼格形是相同的。

注意：在本書，只有當複合詞的意思無法從其構成分子以及脈絡判斷出之時，我們才會寫出它的意思。因此，我們列出

itthisaddaṃ 與 itthirūpaṃ 的意思〔見原書第 13 頁〕，因為它們有特殊的意涵，分別是「『女人』這個詞」與「女人的美貌」。至於 itthigandho，則未列出它的意思。所以，學生必須學會如何憑複合詞的構成分子來辨識複合詞的意思。這是一個很重要的技巧，因為在巴利語中複合詞很常見，且在某一些佛典中會出現很長、很複雜的複合詞。[12]

進階閱讀一

讀本一

“Nâhaṃ, bhikkhave, aññaṃ ekadhammaṃ pi samanupassāmi yo evaṃ saddhammassa sammosāya antaradhānāya saṃvattati yathayidaṃ, bhikkhave, pamādo. pamādo, bhikkhave, saddhammassa sammosāya antaradhānāya saṃvattatî”ti.

“Nâhaṃ, bhikkhave, aññaṃ ekadhammaṃ pi samanupassāmi yo evaṃ saddhammassa ṭhitiyā asammosāya anantaradhānāya saṃvattati yathayidaṃ, bhikkhave, appamādo. appamādo, bhikkhave, saddhamassa ṭhitiyā asammosāya anantaradhānāya saṃvattatî”ti.

“Nâhaṃ, bhikkhave, aññaṃ ekadhammaṃ pi samanupassāmi yo evaṃ saddhammassa sammosāya antaradhānāya saṃvattati yathayidaṃ, bhikkhave, kosajjaṃ. kosajjaṃ, bhikkhave, saddhamassa sammosāya antaradhānāya saṃvattatî”ti.

“Nâhaṃ, bhikkhave, aññaṃ ekadhammaṃ pi samanupassāmi yo

---

12 複合詞的種類，參考巴利語文法表格：格的用法與複合詞。

evaṃ saddhammassa ṭhitiyā asammosāya anantaradhānāya saṃvattati yathayidaṃ, bhikkhave, viriyārambho. viriyārambho, bhikkhave, saddhammassa ṭhitiyā asammosāya anantaradhānāya saṃvattatî"ti.

"Nâhaṃ, bhikkhave, aññaṃ ekadhammaṃ pi samanupassāmi yo evaṃ saddhammassa ṭhitiyā asammosāya anantaradhānāya saṃvattati yathayidaṃ, bhikkhave, anuyogo kusalānaṃ dhammānaṃ,*3 ananuyogo akusalānaṃ dhammānaṃ. anuyogo, bhikkhave, kusalānaṃ dhammānaṃ, saddhammassa ṭhitiyā asammosāya anantaradhānāya saṃvattatî"ti. (AN. 1.10)

讀本二

"Nâhaṃ, bhikkhave, aññaṃ ekarūpaṃ pi samanupassāmi yaṃ evaṃ purisassa cittaṃ pariyādāya*4 tiṭṭhati yathayidaṃ, bhikkhave, itthirūpaṃ. Itthirūpaṃ, bhikkhave, purisassa cittaṃ pariyādāya tiṭṭhatî"ti. [12]

"Nâhaṃ, bhikkhave, aññaṃ ekasaddaṃ pi samanupassāmi yaṃ*5 evaṃ purisassa cittaṃ pariyādāya tiṭṭhati yathayidaṃ, bhikkhave, itthisaddo. tthisaddo, bhikkhave, purisassa cittaṃ

---

*3 「複數，屬格」(Pl. G)，在此具有「在（in）、關於（with reference to）」的意思。

*4 將 pariyādāya tiṭṭhati 解作 "having overcome, remains" 或 "overcomes and remains"。如 pariyādāya 的動詞形態，以後會再說明。

*5 雖然關係代名詞通常採某種符合其在子句裡的作用之格位，如文法§4.2，但是，有時候，它會被「吸引」，改採「它所指涉的主要子句裡的名詞」之格位。所以，在此，yaṃ 是「受格」與 saddaṃ 這個採受格的（陽性）名詞有相同的格位，即便它在自身的子句裡是主詞，本應採「主格」。

pariyādāya tiṭṭhatî"ti.

"Nâhaṃ, bhikkhave, aññaṃ ekagandhaṃ pi samanupassāmi yaṃ evaṃ purisassa cittaṃ pariyādāya tiṭṭhati yathayidaṃ, bhikkhave, itthigandho. Itthigandho, bhikkhave, purisassa cittaṃ pariyādāya tiṭṭhatî"ti.

"Nâhaṃ, bhikkhave, aññaṃ ekarasaṃ pi samanupassāmi yaṃ evaṃ purisassa cittaṃ pariyādāya tiṭṭhati yathayidaṃ, bhikkhave, itthiraso. Itthiraso, bhikkhave, purisassa cittaṃ pariyādāya tiṭṭhatî"ti.

"Nâhaṃ, bhikkhave, aññaṃ ekaphoṭṭhabbaṃ pi samanupassāmi, yaṃ evaṃ purisassa cittaṃ pariyādāya tiṭṭhati, yathayidaṃ, bhikkhave, itthiphoṭṭhabbaṃ. Itthiphoṭṭhabbaṃ, bhikkhave, purisassa cittaṃ pariyādāya tiṭṭhatî"ti.

"Nâhaṃ, bhikkhave, aññaṃ ekarūpaṃ pi samanupassāmi, yaṃ evaṃ itthiyā cittaṃ pariyādāya tiṭṭhati, yathayidaṃ, bhikkhave, purisarūpaṃ. Purisarūpaṃ, bhikkhave, itthiyā cittaṃ pariyādāya tiṭṭhatî"ti.

"Nâhaṃ, bhikkhave, aññaṃ ekasaddaṃ pi samanupassāmi, yaṃ evaṃ itthiyā cittaṃ pariyādāya tiṭṭhati, yathayidaṃ, bhikkhave, purisasaddo. Purisasaddo, bhikkhave, itthiyā cittaṃ pariyādāya tiṭṭhatî"ti.

"Nâhaṃ, bhikkhave, aññaṃ ekagandhaṃ pi samanupassāmi, yaṃ evaṃ itthiyā cittaṃ pariyādāya tiṭṭhati, yathayidaṃ, bhikkhave, purisagandho. Purisagandho, bhikkhave, itthiyā cittaṃ pariyādāya tiṭṭhatî"ti.

"Nâhaṃ, bhikkhave, aññaṃ ekarasaṃ pi samanupassāmi, yaṃ evaṃ itthiyā cittaṃ pariyādāya tiṭṭhati, yathayidaṃ, bhikkhave, purisaraso. Purisaraso, bhikkhave, itthiyā cittaṃ pariyādāya tiṭṭhatî"ti.

“Nâhaṃ, bhikkhave, aññaṃ ekaphoṭṭhabbaṃ pi samanupassāmi, yaṃ evaṃ itthiyā cittaṃ pariyādāya tiṭṭhati, yathayidaṃ, bhikkhave, purisaphoṭṭhabbaṃ. Purisaphoṭṭhabbaṃ, bhikkhave, itthiyā cittaṃ pariyādāya tiṭṭhatî”ti. (AN. 1.1)

進階閱讀一 字彙說明

anuyoga	*m.* 應用、實踐、實行、享受、致力
antaradhāna	*n.* 滅沒、消失、消失、隱沒 [13]
appamāda	*m.* 勤奮、不放逸
itthi	*f.* 女人、女眾
itthirūpa	*n.* 女人這個視覺對象、作為眼所緣的女人、美色
itthisadda	*m.* 女人的聲音、女人這個詞、「女人」一詞
kosajja	*n.* 懶惰、怠惰
gandha	*m. n.* 氣味、香味
tiṭṭhati	*pres.* 站、存在、持續、站立（< √sthā）
pamāda	*m.* 懶惰、放逸、怠惰
pariyādāya	*ger.* 已克服、打敗了、已擊敗、已佔領（< pari-ā-√dā）
purisa	*m.* 人、男人、男眾
phoṭṭhabba	*n. fpp.* 觸、所觸（< phusati）
rasa	*m.* 口味、味道、滋味

rūpa	*n.* 色、視覺對象
viriyârambha	*a. m.* 努力的、精進的、努力精進（viriya+ārambha）
sadda	*m.* 聲音、字詞
saddhamma	*m.* 真實的教法、正法

第二課

[14]

基礎閱讀

讀本一

Kiccho manussapaṭilābho
kicchaṃ maccānaṃ jīvitaṃ
kicchaṃ saddhammasavaṇaṃ
kiccho buddhānaṃ uppādo. (Dhp. 14:182)

Sabbapāpassa akaraṇaṃ
kusalassa upasampadā
sacittapariyodapanaṃ
etaṃ buddhāna(ṃ) sāsanaṃ. (Dhp. 14:183)

Na hi verena verāni
sammantīdha kudācanaṃ
averena ca sammanti
esa dhammo sanantano. (Dhp. 1:5)

讀本二

"Tīhi, bhikkhave, aṅgehi samannāgato pāpaṇiko abhabbo[*1] anadhigataṃ vā bhogaṃ adhigantuṃ, adhigataṃ vā bhogaṃ phātiṃ kātuṃ.[1] Katamehi tīhi? Idha, bhikkhave, pāpaṇiko pubbanhasamayaṃ na sakkaccaṃ kammantaṃ adhiṭṭhāti,

---

*1 視此為「省略連綴動詞的」句子。見本課文法§5。

1 關於雙受詞，參考 PG§251.a、ITP 18。

majjhaṇhikasamayaṃ na sakkaccaṃ kammantaṃ adhiṭṭhāti, sāyaṇhasamayaṃ na sakkaccaṃ kammantaṃ adiṭṭhāti. Imehi kho, bhikkhave, tīhi aṅgehi samannāgato pāpaṇiko abhabbo anadhigataṃ vā bhogaṃ adhigantuṃ, adhigataṃ vā bhogaṃ phātiṃ kātuṃ.

Evameva kho, bhikkhave, tīhi dhammehi samannāgato bhikkhu abhabbo anadhigataṃ vā kusalaṃ dhammaṃ adhigantuṃ, adhigataṃ vā kusalaṃ dhammaṃ phātiṃ kātuṃ. Katamehi tīhi? Idha, bhikkhave, bhikkhu pubbanhasamayaṃ na sakkaccaṃ samādhinimittaṃ adhiṭṭhāti,[2] majjhaṇhikasamayaṃ na sakkaccaṃ samādhinimittaṃ adhiṭṭhāti, sāyaṇhasamayaṃ na sakkaccaṃ samādhinimittaṃ adiṭṭhāti. Imehi kho, bhikkhave, tīhi dhammehi samannāgato bhikkhu abhabbo anadhigataṃ vā kusalaṃ dhammaṃ adhigantuṃ, adhigataṃ vā kusalaṃ dhammaṃ phātiṃ kātuṃ.

Tīhi, bhikkhave, aṅgehi samannāgato pāpaṇiko bhabbo anadhigataṃ vā bhogaṃ adhigantuṃ, adhigataṃ vā bhogaṃ phātiṃ kātuṃ. Katamehi tīhi? Idha, bhikkhave, pāpaṇiko pubbaṇhasamayaṃ sakkaccaṃ kammantaṃ adhiṭṭhāti, majjhaṇhikasamayaṃ... pe... sāyaṇhasamayaṃ sakkaccaṃ kammantaṃ adhiṭṭhāti. Imehi kho, bhikkhave, tīhi aṅgehi samannāgato pāpaṇiko bhabbo anadhigataṃ vā bhogaṃ adhigantuṃ, adhigataṃ vā bhogaṃ phātiṃ kātuṃ.

Evameva kho, bhikkhave, tīhi dhammehi samannāgato bhikkhu bhabbo anadhigataṃ vā kusalaṃ dhammaṃ anadhigantuṃ, adhigataṃ vā kusalaṃ dhammaṃ [15] phātiṃ kātuṃ.

---

[2] Mp II 187: **na sakkaccaṃ samādhinimittaṃ adhiṭṭhāti**ti sakkacca- kiriyāya samādhiṃ na samāpajjati.

Katamehi tīhi? Idha, bhikkhave, bhikkhu pubbaṇhasamayaṃ sakkaccaṃ samādhinimittaṃ adhiṭṭhāti, majjhaṇhikasamayaṃ... pe... sāyaṇhasamayaṃ sakkaccaṃ samādhinimittaṃ adiṭṭhāti. Imehi kho, bhikkhave, tīhi dhammehi samannāgato bhikkhu bhabbo anadhigataṃ vā kusalaṃ dhammaṃ adhigantuṃ, adhigataṃ vā kusalaṃ dhammaṃ phātiṃ kātuṃ"ti. (AN 3:19)

讀本三

...Evameva kho, bhikkhave, appakā te sattā ye manussesu paccājāyanti; atha kho ete'va sattā bahutarā ye aññatra manussehi paccājāyanti. Evameva kho, bhikkhave, appakā te sattā ye majjhimesu janapadesu paccājāyanti; atha kho ete'va sattā bahutarā ye paccantimesu janapadesu paccājāyanti ...

...Evameva kho, bhikkhave, appakā te sattā ye paññavanto, ajaḷā, aneḷamūgā, paṭibalā subhāsitadubbhāsitassa atthamaññātuṃ; atha kho ete'va sattā bahutarā ye duppaññā jaḷā eḷamūgā na paṭibalā subhāsitadubbhāsitassa atthamaññātuṃ.

...Evameva kho, bhikkhave, appakā te sattā ye ariyena paññācakkhunā samannāgatā; atha kho ete'va sattā bahutarā ye avijjāgatā sammūḷhā.

...Evameva kho, bhikkhave, appakā te sattā ye labhanti tathāgataṃ dassanāya; atha kho ete'va sattā bahutarā ye na labhanti tathāgataṃ dassanāya.

...Evameva kho, bhikkhave, appakā te sattā ye labhanti tathāgatappaveditaṃ dhammavinayaṃ savaṇāya; atha kho ete'va sattā bahutarā ye na labhanti tathāgatappaveditaṃ dhammavinayaṃ savaṇāya. (AN 1.16.4)

字彙說明

akaraṇa	*n.* 不做（a-karaṇa）
aṅga	*n.* 構成分子、支、分、成員、成分
aññatra	*adv.* 在……之外、除……外
aññāti	*pres.* 領悟、識別、了解、領悟（= ājānāti）
atthamaññāti	了知利益 (= atthaṃ + aññāti）
attha	*m. n.* 利益、意思、目標、使用、目的
atha	*indec.* 現在、那時
atha kho	現在、但是、然而、又
adhigacchati	*pres.* 發現、獲得、到達（< adhi-√gam）
adhigata	*a. pp.* 獲得的（< adhi-√gam）
adhigantuṃ	*inf.* 獲得（< adhigacchati（見本課文法§4））
adhiṭṭhāti	*pres.* 超越、勝過、照顧（< adhi-√sthā）
appaka	*a.* 少的、少量的
ariya	*a. m.* 聖的、殊勝的、尊貴的、聖者
avijjāgata	*a.* 無知的（avijjā 無明+gata）

idha	*adv. indec.* 在這裡、於此，在此世間[3]、現在
imehi	*pron.* 這些（ayaṃ / ima 的具格 / 從格）[16]
upasampadā	*f.* 獲得、成就、具足戒、具足、受戒
uppāda	*m.* 生起、出生
etaṃ	*pron.* 這、此（見本課文法§2）
ete	*pron.* 這些（見本課文法§2）
eva	*indec.* 的確、確實、正是、就是（表強調）
evameva	如此地、同樣地（evam + eva）
esa	*pron.* 這個
eḷamūga	*a.* 不受教的、愚笨的
katama	*a.* 哪個、什麼（見本課文法§3）
kammanta	*m. n.* 生意、事情、活動
karoti	*pres.* 做、製造
kātuṃ	*indec.* 做（< karoti）（見本課文法§4）
kiccha	*a.* 因難的、稀少的、痛苦的
kudācanaṃ	*adv.* 某些時候、曾經（kadā + cana）
kusala	*a. n.* 有德的、善的、功德

3 參考 ITP 237；CPD v. 2 p. 296。

kho	*indec*. 表強調
cakkhu	*n*. 眼睛
janapada	*m*. 領域、鄉村、國土、地方、區域
jaḷa	*a*. 遲鈍的、笨的、癡呆的、愚鈍的
jaḷa	*m*. 愚者、愚癡者
jīvita	*n*. 壽命、活命、生命
tathāgata	*m*. 如來、佛陀的稱號、這樣去的人（tathā + gata）
tathāgatappavedita	*a*. 如來所說明的、如來宣說的（tathāgata + ppavedita）
tīhi	*num*. 三（ti）的具格
te	*pron*. 他們（< ta）（見本課文法§2）
dassana	*n*. 視野、見、洞察
duppañña	*a*. 無智的、愚的、笨的、不智的、愚笨的（dur + pañña）
duppañña	*m*. 愚者、劣慧者
dubbhāsita	*a*. 惡說的（dur + bhāsita）
dhammavinaya	*m*. 佛陀的教導、法與律、佛陀的教法
dhamma	*m*. 教法、教義、身理或心理元素、要素、特質（也見第一課）
paccantima	*a*. 邊界的、鄰接的、鄉村的
paccājāyati	*pres*. 再生（< paṭi-ā-√jan）
paññavant	*m*. 智者、有慧者（-vanto *pl*. *N*.）

paññavant	*a.* 有智慧（的人）
paññā	*f.* 慧
paññācakkhu	*n.* 慧眼
paṭibala	*a.* 能夠、有能力的 [17]
paṭilābha	*m.* 成就、獲得
manussa-paṭilābha	*m.* 成就人身
pariyodapana	*a. n.* 清淨、淨化
pavedita	*a. pp.* 已被指出、已被說明的
pāpa	*n.* 罪、惡、惡行
pāpaṇika	*m.* 商人、店員
pubbaṇhasamayaṃ	*adv.* 在早上（pubba + aṇha + samaya）
pe	*indec.* 表「重複」（見本課文法 §8）
phāti	*f.* 增加、發展、增大、增殖
bahutara	*a.* 更多、許多（bahu + tara）
bhabba	*a.* 能夠的、有能力的
bhoga	*m.* 財富、擁有物、享受之物
macca	*m.* 會死的、人
majjhaṇhikasamayaṃ	*adv.* 在中午（majjha + aṇha + ika+ samaya）
majjhima	*a. m.* 中間、中間的
maññati	*pres.* 想、認為、以為
manussa	*m.* 人類、人

ye	*pron.* 那些（關係代名詞 ya 的陽性，複數，主格）
labhati	*pres.* 獲得、得[4]
vera	*n.* 憎恨、敵人、惡意
sa-	*pref.* 自己的（見本課文法§9）
sakkaccaṃ	*adv.* 恰當地、好好地、仔細地、徹底地
sacitta	*n.* 自心（sa + citta）
satta	*m.* 眾生
sanantana	*a.* 常恆的、舊的、古老的
sabba	*a. pron.* 一切、一切的
samannāgata	*pp.* 具備、具足、具有（支配具格）
samādhinimitta	*n.* 定相、禪修的所緣、定的所緣（samādhi+nimitta）
sammati	*pres.* 止息了、平靜了（< √śam）
sammūḷha	*a. pp.* 困惑、昏迷困惑的、迷惑的、笨的（< √muh$_3$）
savaṇa	*n.* 聽聞（< √śru）
sāyaṇhasamayaṃ	*adv.* 傍晚（sāya + aṇha + samaya）
sāsana	*n.* 教法、信息
subhāsita	*a.* 善說的（su + bhāsita）

---

4 在此為慣用法，意思是「有機會」、「被允許」的意思，見 ITP 136。如中文的「得」，用在動詞前，表示能夠。

subhāsitadubbhāsitaṃ	*n*. 善說的與惡說的
hi	*indec*. 的確；因為 [18]

文法二

§1. 名詞

§1.1. 以-ā 結尾的陰性名詞語基，在「字彙說明」中，以「主格，單數」的形態，即 -ā，出現（和語基相同）（出現在「讀本一」、帶與格的 bhāvanāya，就是屬於這類語基）。

例：sālā 會館、講堂

<table>
<tr><th></th><th>單</th><th>複</th></tr>
<tr><td>主</td><td>sālā</td><td rowspan="2">sālāyo (sālā)</td></tr>
<tr><td>受</td><td>sālaṃ</td></tr>
<tr><td>屬 / 與</td><td rowspan="2">sālāya</td><td>sālānaṃ</td></tr>
<tr><td>具 / 從</td><td>sālāhi (-bhi)</td></tr>
<tr><td>處</td><td>sālāya / sālāyaṃ</td><td>sālāsu</td></tr>
<tr><td>呼</td><td>sāle</td><td>sālāyo (sālā)</td></tr>
</table>

注意：這和 -i 結尾與 -ī 結尾的語基（見第一課§1.2.3）[*2] 的語尾變化很類似。要注意的是，「單數，與格 / 處格」作 -ya，而非 yā。「單數，呼格」作 -e。應注意，「單數，受格」時，語基末的 -ā，變短音 -a。

---

*2 阿拉伯數字，指該課的文法段落。

§1.2. 以-u 結尾的陽性名詞語基，在「字彙說明」中，以「主格，單數」的形態（和語基一樣），即 -u，出現。

例：bhikkhu 比丘

	單	複
主	bhikkhu	bhikkhū / bhikkhavo
受	bhikkhu / bhikkhuṃ	
屬 / 與	bhikkhuno (-ussa)	bhikkhūnaṃ
具 / 從	bhikkhunā (-usmā, umhā)	bhikkhūhi (-ūbhi)
處	bhikkhumhi (-usmiṃ)	bhikkhūsu
呼	bhikkhu	bhikkhū / bhikkhave / -avo

[19] 注意：表「複數，呼格」的 -ave，是此字的一個特色，如讀本所示，它經常出現。一般而言，此類語基的「複數，呼格」型，作 -ū。

§1.3. 以 -u 結尾中性名詞語基，在「字彙說明」中，以「單數，主格」的另一種形態，即 -uṃ 出現。

例：cakkhu 眼

	單	複
主 / 受	cakkhu / cakkhuṃ	cakkhū / cakkhūni
屬 / 與	cakkhuno (-ussa)	cakkhūnaṃ
具 / 從	cakkhunā (-usmā, umhā)	cakkhūhi (-ūbhi)
處	cakkhumhi (-usmiṃ)	cakkhūsu
呼	cakkhu	cakkhū / cakkhūni

注意：除了「單數，主格」的 -uṃ，及「複數，主格」的 -ūni 之外，其餘的格尾變化和 -u 陽性結尾的語基之變化一樣。

§2. 代名詞

§2.1. 第三人稱代名詞：

§2.1.1. sa / taṃ「他 / 她」。不同性的「單數，主格」型，如下：

陽性	so	他
陰性	sā	她
中性	taṃ	它

單數型與複數型的表格，分別如下：

<table>
<tr><td colspan="4">單</td></tr>
<tr><td></td><td>陽</td><td>中</td><td>陰</td></tr>
<tr><td>主</td><td>so / sa</td><td rowspan="2">taṃ / tad</td><td>sā</td></tr>
<tr><td>受</td><td>taṃ</td><td>taṃ</td></tr>
<tr><td>屬</td><td colspan="2" rowspan="2">tassa</td><td rowspan="2">tassā (-ya)
tissā (-ya), tāya</td></tr>
<tr><td>與</td></tr>
<tr><td>具</td><td colspan="2">tena</td><td rowspan="2">tāya</td></tr>
<tr><td>從</td><td colspan="2">tamhā (tasmā)</td></tr>
<tr><td>處</td><td colspan="2">tamhi (tasmiṃ)</td><td>tāsaṃ / tāyaṃ /
tissaṃ / tassaṃ</td></tr>
</table>

[20]

<table>
<tr><td colspan="4">複</td></tr>
<tr><td></td><td>陽</td><td>中</td><td>陰</td></tr>
<tr><td>主 / 受</td><td>te</td><td>tāni</td><td>tā / tāyo</td></tr>
</table>

屬／與	tesaṃ / tesānaṃ	tāsaṃ / tāsānaṃ
具／從	tehi (tebhi)	tāhi (tābhi)
處	tesu	tāsu

§2.1.2. etaṃ，意思和 sa / taṃ 大同，但限定更明確。格尾變化皆和 sa / taṃ 一樣，只是字首有 e-。

單			
	陽	中	陰
主	eso / esa	etam / etad	esā
受	etaṃ	etam / etad	etaṃ
以下省略			

§2.1.3. 關係代名詞 ya / yaṃ 的格尾和 taṃ 一樣，只是字首作 y-。

<table>
<tr><th colspan="4">單</th></tr>
<tr><td></td><td>陽</td><td>中</td><td>陰</td></tr>
<tr><td>主</td><td>yo</td><td rowspan="2">yaṃ / yad</td><td>yā</td></tr>
<tr><td>受</td><td>yaṃ</td><td>yaṃ</td></tr>
<tr><td>屬／與</td><td colspan="2">yassa</td><td>yassā (-ya), yāya</td></tr>
<tr><td>具</td><td colspan="2">yena</td><td rowspan="2">yāya</td></tr>
<tr><td>從</td><td colspan="2">yamhā (yasmā)</td></tr>
<tr><td>處</td><td colspan="2">yamhi (yasmiṃ)</td><td>yassaṃ / yāyaṃ</td></tr>
</table>

[21]

複			
	陽	中	陰
主／受	ye	yāni	yā / yāyo

屬 / 與	yesaṃ / yesānaṃ	yāsaṃ / yāsānaṃ
具 / 從	yehi (yebhi)	yāhi (yābhi)
處	yesu	yāsu

§2.1.4. 此讀本出現了指示代名詞 ayaṃ / ima（這個）的具格 / 從格形態，imehi。ayaṃ / ima 的主格與受格形態如下表。其餘的格尾，稍後再給，這些格尾通常像其他代名詞的格尾一樣，所以很容易辨認。

單			
	陽	中	陰
主	ayaṃ	imaṃ / idaṃ	ayaṃ
受	imaṃ		imaṃ

複			
	陽	中	陰
主 / 受	ime	imāni	imā / imāyo

§2.2. 從§2.1.1 到§2.1.4 所列的代名詞，皆可單獨使用（作「代名詞」），也可用來修飾其後的名詞（作「指示形容詞」）：

eso gacchati **此人去了**

eso dhammo **此法**

§3. 疑問詞

katama「哪個、什麼」，其格尾與上述的代名詞之格尾相同：[22]

<table>
<tr><td colspan="4">單</td></tr>
<tr><td></td><td>陽</td><td>中</td><td>陰</td></tr>
<tr><td>主</td><td>katamo</td><td rowspan="2">katamaṃ</td><td>katamā</td></tr>
<tr><td>受</td><td>katamaṃ</td><td>katamaṃ</td></tr>
<tr><td colspan="4">以下省略</td></tr>
</table>

§4. 動詞形態：-tuṃ 的不定體

§4.1. 不定體的形態

§4.1.1. 若該動詞的現在式語基是 -a 結尾，加上 -ituṃ，以取代 -a。

現在式第三人稱單數	現在語基	不定體
bhavati 是、成為	bhava-	bhavituṃ
gacchati 去	gaccha-	gacchituṃ*3
labhati 獲得	labha-	labhituṃ*3
passati 看見	passa-	passituṃ*3

§4.1.2. 若該動詞的現在式語基以 -ā、-e 或 -o 結尾，則加上 -tuṃ：

現在式第三人稱單數	現在語基	不定體
aññāti 了知	aññā	aññātuṃ
deseti 教	dese-	desetuṃ
neti 領導	ne-	netuṃ

---

*3 但也有另外的形式。

yāti 去	yā	yātuṃ
hoti 是	ho-	hotuṃ

§4.1.3. 不規則：有些不定體的形成，是不規則的：

karoti	做	kātuṃ
gacchati	去	gantuṃ
jānāti	知	ñātuṃ
tiṭṭhati	停留	ṭhātuṃ
dahati（或 dhīyati）	放	dahituṃ
deti（或 dadāti）	給	dātuṃ
passati	看	daṭṭhuṃ
pāpuṇāti	到達	pāpuṇituṃ
pivati	喝	pātuṃ
mīyati	死亡	marituṃ
labhati	得到	laddhuṃ
vikkiṇāti	賣	vikkiṇituṃ
suṇoti（或 suṇāti）	聽	sotuṃ / suṇituṃ

注意：passati 的語基，在其他時態、形式時，會換成含√dis 字根的語基。 [23]

§4.2. 不定體的用法：有多種用法，這裡先列兩種：

§4.2.1. 表示主要動詞的目的：

Buddhaṃ daṭṭhuṃ gacchāmi 我要去見佛陀。

§4.2.2. 與特定的形容詞連用，其用法通常像英語的不定詞（如"to go"）：

pāpaṇiko abhabbo anadhigataṃ bhogaṃ adhigantuṃ
那商人不能夠獲得〔他〕尚未獲得的財富。

§4.2.3. 注意：某動詞在獨立句子中所搭配的受詞等等，也可與該動詞不定體搭配，且該詞的格不會改變。又，不定體的主詞，幾乎總是和主要動詞的主詞相同。

§5. 對等句

所謂對等句，一句中的名詞或形容詞作為主詞的「述語」[5]，如英語的 "Harry is a carpenter"（亨利是木匠）或 "This book is excellent"（這書很棒）。在英語句子中，這種句子會有「連繫詞」[6]，但是巴利句子中，並不需要「連繫詞」。

§5.1. 以形容詞為述語：

eso dhammo sanantano
此法是恆常的。
ayaṃ pāpaṇiko abhabbo (bhogaṃ adhigantuṃ)
這商人無能（獲得財富。）
kicchaṃ jīvitaṃ
生命是難（獲得）的；（或者）生活很困難。

注意形容詞要與主詞一致。前二例子，都是「陽性，單數，主格」，後一例中是「中性，單數，主格」。語詞的順序

---

5 述語是句子中用來描述主詞的部分。
6 連接主詞與述語的字，尤指 be 動詞，但有時也包括 become、seem 等。

可有不同，以作強調之用。述語可能在最前，如上述最後一例，又如：

appakā te sattā 那些眾生很少。

如上所示，不論順序如何，性數格仍要一致。

§5.2. 以名詞為述語：

etaṃ sāsanaṃ 這是教法。 [24]

§6. 相關構句

在§1.4 曾討論過關係子句。巴利語常常使用相關構句，其特點如下：關係代名詞或其他關係詞，引出一關係子句，但是，關係子句不是放在主要子句裡，而是兩個句子並列且各自保持完整結構。關係子句仍然用來修飾主要子句裡的名詞或代名詞。被修飾的，通常放在該主要子句的前面，若是名詞，常跟在指示詞之後，此指示詞通常是§2 的代名詞，連結了該名詞與關係代名詞。也就是說，就像用英語說："Which book I read, that book is good"，而不是一般的說法："The book that I read is good"。

yaṃ jānāmi taṃ bhaṇāmi
我知道的，我說它 = 我說我所知道的事。
yo dhammo saddhammo so dhammo sanantano
正法是恆常的 = 凡法是正法，該法是恆常的。

關係子句通常在前，但不同的次序也是有的，如同此課讀本中的某些句子。*4

ete'va sattā bahutarā ye na labhanti tathāgataṃ dassanāya
有許多人無法去見如來。

§7. 介系詞與後置詞

除了置於名詞之前的「介系詞」（preposition）之外（如英語的 outside the garden），巴利語還有另一種具相同功能但置於名詞之後的「後置詞」（postposition）。有的後置詞也可放在名詞之前，例如 aññatra。aññatra 與帶具格的獨立名詞連用時，意指「在……之外」（outside），但與帶處格的獨立名詞連用時，則指「在……之中」（among）：

aññatra manussesu 或 manussesu aññatra
在人之中
aññatra manussehi 或 manussehi aññatra
除了人之外

§8. 代用字

peyyālaṃ 或其縮寫 pe，是用來代替與前文某部分完全相同的段落，以便縮減手寫本的篇幅。誦讀文本時，則仍然完整地誦出。[25]

---

*4 注意：在這類例子裡，關係子句放在句末，但句子的意思不變。

§9. 反身接頭詞[7]

置於名詞之前的 sa-，令該名詞多了「自己的」的意思。所以，sa + cittaṃ = sacittaṃ 自心。

§10. 受格可表時間

意指時間的名詞之受格形態，可當時間副詞[8]。

pubbaṇhasamayaṃ 在早上

§11. 複合詞

§11.1.「同等複合詞」：此複合詞中，兩個或以上的詞有同等、對等的關係。（巴利語中的術語作 dvanda，梵語中作 dvandva〔相違釋〕）。「同等複合詞」一般而言，使用「中性，單數」的格尾變化。唯最後一個成員會有格尾變化，其他的成員通常僅作語基形態。

dhammavinayaṃ 法及律
subhāsitadubbhāsitaṃ 善說之事與惡說之事

§11.2. 帶 -gata 的複合詞：若 gata（gacchati 的過去分詞）成為複合詞的最後一員時，它具有「已到達」、「具備」或「跟隨」的意思。

---

7 接頭詞（prefix）（upasagga），一般必須接在某字之前，不能單獨使用。
8 副詞補充說明動詞、形容詞、另一個副詞或整個句子之意思。

avijjā（無明）+ gata → avijjāgata 無明的、無知的

§12. 連音

巴利語中，某些字，當它之前加了一個以母音結尾的字而形成另一個字之時（即加了一個接頭詞，或者形成複合詞之時），該字字首的子音會重複。

tathāgata + pavedita → tathāgatappavedita

如來所顯示的

a + pamādo → appamādo

不放逸

注意，只有某些字會這樣重複子音。putto「兒子」便不具此特色。

sa + putto → saputto

因此，必須在遇到例子時，才知道哪些字會這樣重複子音。[*5]

[26]

*5 除非知道該巴利字的對應梵語之字首有兩個連續的子音。如：巴 pamāda = 梵 pramāda；巴 pavedita = 梵 pravedita。

進階閱讀二

讀本一

"Tīṇi'māni,[*6] bhikkhave, nidānāni kammānaṃ samudayāya.

Katamāni tīṇi?

Lobho nidānaṃ kammānaṃ samudayāya, doso nidānaṃ kammānaṃ samudayāya, moho nidānaṃ kammānaṃ samudayāya.

Yaṃ, bhikkhave, lobhapakataṃ kammaṃ lobhajaṃ lobhanidānaṃ lobhasamudayaṃ,[*7] taṃ kammaṃ akusalaṃ, taṃ kammaṃ sāvajjaṃ, taṃ kammaṃ dukkhavipākaṃ, taṃ kammaṃ kammasamudayāya[*8] saṃvattati; na taṃ kammaṃ kammanirodhāya saṃvattati.

Yaṃ, bhikkhave, dosapakataṃ kammaṃ dosajaṃ dosanidānaṃ dosasamudayaṃ, taṃ kammaṃ akusalaṃ, taṃ kammaṃ sāvajjaṃ, taṃ kammaṃ dukkhavipākaṃ, taṃ kammaṃ kammasamudayāya saṃvattati; na taṃ kammaṃ kammanirodhāya saṃvattati.

Yaṃ, bhikkhave, mohapakataṃ kammaṃ mohajaṃ mohanidānaṃ mohasamudayaṃ, taṃ kammaṃ akusalaṃ, taṃ kammaṃ sāvajjaṃ, taṃ kammaṃ dukkhavipākaṃ, taṃ kammaṃ kammasamudayāya saṃvattati; na taṃ kammaṃ kammanirodhāya saṃvattati.

---

*6 tīṇi'māni = tīṇi imāni / imāni tīṇi。

*7 如第一課文法§1.7 所述，形容詞可置於所修飾的名詞之前或之後。當好幾個形容詞修飾同一個名詞時，常常有一個形容詞在名詞之前，其餘的在名詞之後的情況。

*8 在此〔複合詞〕中，kamma 指「更進一步的」或「後續的」的行為。

Imāni kho, bhikkhave, tīṇi nidānāni kammānaṃ samudayāya.

Tīṇi'māni, bhikkhave, nidānāni kammānaṃ samudayāya.

Katamāni tīṇi?

Alobho nidānaṃ kammānaṃ samudayāya, adoso nidānaṃ kammānaṃ samudayāya, amoho nidānaṃ kammānaṃ samudayāya.

Yaṃ, bhikkhave, alobhapakataṃ kammaṃ alobhajaṃ alobhanidānaṃ, alobhasamudayaṃ, taṃ kammaṃ kusalaṃ, taṃ kammaṃ anavajjaṃ, taṃ kammaṃ sukhavipākaṃ, taṃ kammaṃ kammanirodhāya saṃvattati; na taṃ kammaṃ kammasamudayāya saṃvattati. [27]

Yaṃ, bhikkhave, adosapakataṃ kammaṃ adosajaṃ adosanidānaṃ, adosasamudayaṃ, taṃ kammaṃ kusalaṃ, taṃ kammaṃ anavajjaṃ, taṃ kammaṃ sukhavipākaṃ, taṃ kammaṃ kammanirodhāya saṃvattati; na taṃ kammaṃ kammasamudayāya saṃvattati.

Yaṃ, bhikkhave, amohapakataṃ kammaṃ amohajaṃ, amohanidānaṃ, amohasamudayaṃ, taṃ kammaṃ kusalaṃ, taṃ kammaṃ anavajjaṃ, taṃ kammaṃ sukhavipākaṃ, taṃ kammaṃ kammanirodhāya saṃvattati; na taṃ kammaṃ kammasamudayāya saṃvattati.

Imāni kho, bhikkhave, tīṇi nidānāni kammānaṃ samudayāyâ"ti. (AN 3.112)

讀本二

"Pañcahi, bhikkhave, dhammehi samannāgato bhikkhu cavati,

nappatiṭṭhāti saddhamme.[9]

Katamehi pañcahi?

Assaddho, bhikkhave, bhikkhu cavati, nappatiṭṭhāti saddhamme.

Ahiriko, bhikkhave, bhikkhu cavati, nappatiṭṭhāti saddhamme.

Anottappī, bhikkhave, bhikkhu cavati, nappatiṭṭhāti saddhamme.

Kusīto, bhikkhave, bhikkhu cavati, nappatiṭṭhāti saddhamme.

Duppañño, bhikkhave, bhikkhu cavati, nappatiṭṭhāti saddhamme

Imehi kho, bhikkhave, pañcahi dhammehi samannāgato bhikkhu cavati, nappatiṭṭhāti saddhamme.

Pañcahi, bhikkhave, dhammehi samannāgato bhikkhu na cavati, patiṭṭhāti saddhamme.

Katamehi pañcahi?

Saddho, bhikkhave, bhikkhu na cavati, patiṭṭhāti saddhamme.
hirimā, bhikkhave, bhikkhu na cavati, patiṭṭhāti saddhamme.
Ottappī, bhikkhave, bhikkhu na cavati, patiṭṭhāti saddhamme.
Āraddhaviriyo, bhikkhave, bhikkhu na cavati, patiṭṭhāti saddhamme.
paññavā, bhikkhave, bhikkhu na cavati, patiṭṭhāti saddhamme.

Imehi kho, bhikkhave, pañcahi dhammehi samannāgato bhikkhū na cavati, patiṭṭhāti saddhamme. (AN. 5.8) [28]

---

9 Mp III 224: **Cavati nappatiṭṭhātī**ti imasmiṃ sāsane guṇehi cavati, patiṭṭhātuṃ na sakkoti.

進階閱讀二 字彙說明

akusīta	*a.* 勤奮的、不怠惰的（a+kusīta）
adosa	*m.* 無瞋、無恨（a+dosa）
anavajja	*a.* 無罪的、無可責的、無過失的（an+avajja）
anottappī	*a.* 無愧的、魯莽的、不怕做惡的（anottappin 的陽性，單數，主格，an+ otappa + in，也作 anottāpin）
amoha	*m.* 無癡（a + moha）
alobha	*m.* 無貪（a + lobha）
assaddha	*a.* 無信的（a + saddha）
ahirika	*a.* 無慚的、無羞恥的、無恥的（a+hirika）
imāni	*pron.* 此（ima 的中性，複數，主格）
ottappin	*a.* 不魯莽、害怕犯罪的、嚴謹的
kamma	*n.* 業、行為、事
kusīta	*a.* 怠惰的、懈怠的
cavati	*pres.* 離去、落下、死、去（< √cyu）
-ja	*suf.* 因……而生的
X-ja	從 X 而生的、因 X 而生的
tīṇi	*n. num. pl.* 三（*n. pl. N.*）
dukkha	*a. n.* 苦

dosa	*m.* 瞋、惡意、生氣、瞋恚、怨恨
nidāna	*n.* 來源、原因、起源、根源
X-nidāna	以 X 為因的、以 X 為根源的
nirodha	*m.* 滅盡、滅、止滅
pakata	*a. pp.* 被造、被做、所造作
X-pakata	*a.* 由 X 所造作的、以 X 製造而成的
pañcahi	*num.* 五（pañca 的陽性，複數，具格）
paññavā	*a. m.* 有慧的（paññavant 的陽性，單數，主格）
patiṭṭhāti	*pres.* 住立不移、安住在、固立在（= paṭiṭṭhahati）
moha	*m.* 癡、愚癡、錯覺、困惑
lobha	*m.* 貪欲
vipāka	*m.* 果報、結果、成果
X-vipāka	*a.* 以 X 為其結果的、以 X 為果報（的）
saddha	*a.* 堅決的、有信的
samudaya	*m.* 集、生起、根源、因、原因、生起
X-samudaya	*a.* 以 X 為因的、以 X 為根源、X 的根源
sāvajja	*a.* 該被呵責的、有過失的、有罪的
sukha	*n.* 快樂、舒適、幸福、安樂
hirimant	*a.* 有慚的（hirimā 的陽性，單數，主格）

第三課

[29]

基礎閱讀

讀本一

"Bhante Nāgasena, atthi koci satto, yo imamhā kāyā aññaṃ kāyaṃ saṅkamatî?"ti.

"Na hi, mahārājâ"ti.

"Yadi, bhante Nāgasena, imamhā kāyā aññaṃ kāyaṃ saṅkamanto natthi, nanu mutto bhavissati pāpakehi kammehî?"ti.

"Āma, mahārāja, yadi na paṭisandaheyya, mutto bhavissati pāpakehi kammehi; yasmā ca kho, mahārāja, paṭisandahati, tasmā na parimutto pāpakehi kammehî"ti.

(Miln. III.5.7)

"Bhante Nāgasena, na ca saṅkamati, paṭisandahati câ?"ti.

"Āma, mahārāja, na ca saṅkamati paṭisandahati câ"ti.

"Katham,bhante Nāgasena, na ca saṅkamati paṭisandahati ca? Opammaṃ karohî"ti.

"Yathā, mahārāja, kocideva puriso padīpato padīpaṃ padīpeyya, kinnu kho so, mahārāja, padīpo padīpamhā saṅkamanto?"ti.

"Na hi bhante"ti.

"Evameva kho, mahārāja, na ca saṅkamati paṭisandahati câ"ti.

(Miln. III.5.5)

讀本二

"Taṃ kiṃ maññatha, Sāḷhā, atthi lobho"ti?

"Evaṃ, bhante."

"Abhijjhā ti kho ahaṃ, Sāḷhā, etamatthaṃ*1 vadāmi. Luddho kho ayaṃ, Sāḷhā, abhijjhālu pāṇaṃ pi hanati, adinnaṃ pi ādiyati, paradāraṃ pi gacchati, musā pi bhaṇati … yaṃ'sa*2 hoti dīgharattaṃ ahitāya dukkhāyâ"ti.

"Evaṃ, bhante."

"Taṃ kim maññatha, Sāḷhā, atthi doso"ti?

"Evaṃ, bhante."

"Byāpādo ti kho ahaṃ, Sāḷhā, etamatthaṃ vadāmi. Duṭṭho kho ayaṃ, Sāḷhā, byāpannacitto pāṇaṃ pi hanati, adinnaṃ pi ādiyati, paradāraṃ pi gacchati, musā pi bhaṇati … yaṃ'sa hoti dīgharattaṃ ahitāya dukkhāyâ"ti.

"Evaṃ, bhante."

"Taṃ kim maññatha, Sāḷhā, atthi moho"ti?

"Evaṃ, bhante."

"Avijjā ti kho ahaṃ, Sāḷhā, etamatthaṃ vadāmi. Mūḷho kho ayaṃ, Sāḷhā, avijjāgato pāṇaṃ pi hanati, adinnaṃ pi ādiyati, paradāraṃ pi gacchati, musā pi bhaṇati … yaṃsa hoti dīgharattaṃ ahitāya dukkhāyâ"ti."

"Evaṃ, bhante."

"Taṃ kiṃ maññatha, Sāḷhā, ime dhammā kusalā vā akusalā

---

*1 etaṃ + atthaṃ 見本課文法§13、§17。

*2 yaṃ'sa = yaṃ + assa （ayaṃ / idaṃ 的與格）。意思是「這對他而言……」。

vā"ti?

"Akusalā, bhante."

"Sāvajjā vā anavajjā vā"ti?

"Sāvajjā, bhante."

"Viññūgarahitā vā viññuppasatthā vā"ti?

"Viññugarahitā, bhante." (AN 3.66) [30]

讀本三

Yasmā ca kho, bhikkhave, sakkā akusalaṃ pajahituṃ, tasmâhaṃ evaṃ vadāmi: 'akusalaṃ, bhikkhave, pajahathâ'ti. Akusalaṃ ca hi'daṃ, bhikkhave, pahīnaṃ ahitāya, dukkhāya saṃvatteyya, nâhaṃ evaṃ vadeyyaṃ: 'akusalaṃ, bhikkhave, pajahathâ'ti. Yasmā ca kho, bhikkhave, akusalaṃ pahīnaṃ hitāya sukhāya saṃvattati, tasmâhaṃ evaṃ vadāmi: 'akusalaṃ, bhikkhave, pajahathā'ti.

Kusalaṃ, bhikkhave, bhāvetha. Sakkā, bhikkhave, kusalaṃ bhāvetuṃ...Yasmā ca kho, bhikkhave, sakkā kusalaṃ bhāvetuṃ, tasmâhaṃ evaṃ vadāmi: 'kusalaṃ, bhikkhave, bhāvethâ'ti. Kusalaṃ ca hi'daṃ, bhikkhave, bhāvitaṃ ahitāya, dukkhāya saṃvatteyya, nâhaṃ evaṃ vadeyyaṃ: "kusalaṃ, bhikkhave, bhāvethâ'ti. Yasmā ca kho, bhikkhave, kusalaṃ bhāvitaṃ hitāya, sukhāya saṃvattati, tasmâhaṃ evaṃ vadāmi 'kusalaṃ, bhikkhave, bhāvethâ'ti." (AN 2.2.19)

字彙說明

añña	*a.* 另外的、其他的、其餘的、另一個
atthaṃ vadati	描述特徵、賦予意義、說明、指出特徵（見本課文法§13）
atthi	*pres.* 是、有（見本課文法§2）
adinna	*n.* 未被給與的事物（a + dinna）
abhijjhā abhijjhālu	*f.* 貪、貪欲 *m.* 貪婪者
ayaṃ	*pron.* 這、這個（也可指前面說過的事物）
avijjā	*f.* 無明
avijjāgata	*m.* 無知者（avijjā + gata）
ahita	*n.* 傷害、不利（a + hita）
ādiyati	*pres.* 取、拿取、抓起、提起（< ā-√dā）
āma	*indec.* 是的！
imamhā	*pron.* 這個（idaṃ 的單數，從格）
evaṃ	*adv.* 如是地、這樣地
evameva	同樣地（evam eva）
opamma	*n.* 譬喻、比喻、例子
kathaṃ	*indec. adv.* 如何、怎樣
karohi	*imper.* 做（karoti 的命令法，第二人稱，單數）

kāya	*m.* 身、身體
kinnu	嗎？是否……？如何？為何？（kiṃ + nu）
kiṃ	*pron.* 什麼、如何、嗎？（見本課文法§8）
ka	*pron.* 誰、什麼
koci	*m.* 任何（人）、某（人）、任何的、某個（ko + ci）
kocideva	*m.* 某（人）、其他（ko + ci + eva，插入d）
garahita	*a. pp.* 被斥責、被譴責、不被認同的、被輕視的、受譴責的 < √garh
ci	*indec.* 表「不定」的質詞（見本課文法§10）
tasmā	*sg. Ab. pron.* 因此、從此（ta + smā） [31]
dīgha	*a.* 長的
dīgharattaṃ	*adv.* 長時、很久
dukkha	*n.* 苦
duṭṭha	*m.* 瞋恚的人
dosa	*m.* 瞋、惡意
nanu	是否（na + nu，見本課文法§10）
Nāgasena	*m.* 龍軍（人名，古漢譯為那先）
nu	*indec.* 疑問質詞（見本課文法§10）
pajahati	*pres.* 放棄、捨斷（< pa-√hā）
pajahatha	*opt. imper. pl.*（< pajahati）

pajahituṃ	*inf.*（< pajahati）
paṭisandahati	*pres.* 與……連結、再生、結生、受生（< paṭi -saṃ-√dhā）
padīpato	*m.* 燈（padīpa 的從格，見本課文法§15）
padīpeyya	*opt.* 點燈（padīpeti 的祈願法，見本課文法§4）
padīpeti	*caus.* 點亮、照亮、點燈（< padippati）
padīpa	*m.* 燈
paradāra	*m.* 別人的妻子（dāra = dārā）
parimutta	*m. pp.* 解脫者、徹底解脫的人
pasattha / pasaṭṭha	*a. pp.* 被讚歎的（< pasaṃsati < pa-√saṃs）
pahīna	*a. pp.* 被斷捨的（< pa-√hā）
pāṇa	*m.* 呼息、生物
purisa	*m.* 個人、男人
byāpannacitta	*m.* 惡毒的心（byāpanna + citta）
byāpāda	*m.* 惡意、瞋恚
bhaṇati	*pres.* 他說（< √bhaṇ）
bhante	*V.* 大德！尊者！
bhavati	*pres.* 是、成為（< √bhū，見本課文法§2）
bhāvita	*pp.* 獲得的、增加的、修得的（< bhāveti）
bhāveti	*caus.* 獲得、產生、增加、修得

	（< √bhū）
mahārājan	*m.* 大王（呼格 mahārāja）
mutta	*m. pp.* 解脫者、解脫、被放開 < √muc
musā	*adv.* 虛妄地、錯誤地、妄、虛妄
mūḷha	*m.* 愚者
yathā	*indec.* 如、如同……、像……
yadi	*indec.* 如果（見本課文法§9）
yasmā	因為（yaṃ 的單數，從格，見本課文法§12）
yo	*m.* 凡、他（ya 的陽性，單數，主格）[32]
luddha	*a. pp.* 貪婪者、貪的、貪婪的（< lubbhati < √lubh）
vadati	*pres.* 他說（< √vad）
viññū	*m.* 智者
viññugarahita	*a. pp.* 智者所斥責的
viññupasattha	*a. pp.* 智者所讚歎的
sakkā	*indec.* 能夠的（見本課文法§11）
saṅkanta	*a. pp.* 被跨越的、被經過的
saṅkamati	*pres.* 跨越、轉世、轉生（< saṃ-√kam）
saṅkamant	*ppr. m.* 轉生者、跨越者（現在分詞，見本課文法§6）
Sāḷha	*m.* 人名
hanati = hanti	*pres.* 打、傷害、殺（< √han）

hita	*n.* 利益、福利
hoti	*pres.* 是、變成（< √bhū）

文法三

§1. 疑問代名詞：ka（ko / kiṃ / kā）

疑問代名詞語基為 ka-。其格尾變化類似關係代名詞（第二課§3.3），只有中性型 kiṃ 及一些代替形式不相同而已。

單			
	陽	中	陰
主	ko	kiṃ	kā
受	kaṃ		kaṃ
屬 / 與	Kassa (kissa)		kassā
具	kena		kāya
從	kamhā (kasmā)		
處	kamhi (kasmiṃ, kimhi, kismiṃ)		kassaṃ / kāyaṃ / kassā / kāya

複			
	陽	中	陰
主 / 受	ke	kāni	kā / kāyo
屬 / 與	kesaṃ / kesānaṃ		kāsaṃ / kāsānaṃ
具 / 從	kehi (kebhi)		kāhi (kābhi)
處	kesu		kāsu

§2. 動詞：存在、成為

§2.1. “atthi”「存在、有」的現在式形態如下：

	單	複
第一人稱	asmi / amhi	asma / amha
第二人稱	asi	attha
第三人稱	atthi	santi

[33]

當作主要動詞時，atthi 通常肯定某物的存在，也就是「有某某」、「某某存在」：

atthi satto 有眾生。

§2.2. “hoti”「是、成為」的現在式如下：

	單	複
第一人稱	homi	homa
第二人稱	hosi	hotha
第三人稱	hoti	honti

hoti 可表「存在」，也可表示「成為、變成」的意思；但與 atthi 不同的是，它可用在「對等句」（也就是「甲是乙」）：

idha bhikkhu sīlavā hoti 這裡的比丘戒具足。
（sīlavā 有戒的）

§2.3. “bhavati”：另一個「be / become 動詞」，常以現在式形態出現（第一課§2.2）。其現在式，通常有「變成、成為」的意思，但是在其他時式（tense）、語氣（mode）[1]，則只是代替 hoti 而已。

§3. natthi 不存在

natthi 是 atthi 的否定，意思是「不存在」、「沒有」：

natthi satto yo evaṃ saṅkamati
如此轉生的眾生，並不存在。

§4. 祈願法

§4.1. 巴利語動詞的「祈願法」（或作「可能法」potential）之語尾變化有好幾組。下面列出其中一組和一些單數的代替型（其他的以後再列）。將這些語尾加諸「現在式語基」之後，再把語基的最後一個母音去掉。

	單	複
第一人稱	-eyyāmi / -eyyaṃ	-eyyāma
第二人稱	-eyyāsi (eyya)	- eyyātha
第三人稱	-eyya (-eyyāti)	- eyyuṃ

如 labhati「得」（現在語基 labha-）的祈願法，如下：

	單	複
第一人稱	labheyyāmi / labheyyaṃ	labheyyāma
第二人稱	labheyyāsi (labheyya)	labheyyātha

1 時式可分為過去式、現在式、未來式。語氣有直說、祈願、命令、條件法。

第三人稱	labheyya (labheyyāti)	labheyyuṃ

hoti 的祈願法，像其非現在式的形態一樣，源自 bhava-語基（見本課文法§2.3）：

	單	複
第一人稱	bhaveyyāmi / bhaveyyaṃ	bhaveyyāma
第二人稱	bhaveyyāsi (bhaveyya)	bhaveyyātha
第三人稱	bhaveyya (bhaveyyāti)	bhaveyyuṃ

atthi 的祈願法也是不規則的，像其他不規則的形態一樣，以後遇到的時候再列出來。

§4.2 祈願法的用法：祈願法通常指，所描述的情況是假設性的，也就是「可能是真的，或可能發生」。它的時式，常是未來，且可能會有言外之意：「如果……的話，會很好」。

Yadā tumhe … attanā'va jāneyyātha

當你們自己知道時……

祈願法本身，也就是不和其他意指「如果……」的字合用時，也可以有「如果」的意思：

kusalaṃ dukkhāya saṃvatteyya…nâham evaṃ vadeyyaṃ

如果善會引生苦的話，我便不會這麼說……

注意此例中，第二個祈願法（即 vadeyyaṃ）並沒有「如果」的意思，只是指依賴第一個祈願法所描述的假設情況而定的內容。在這個例子裡，有「與事實相反」的意味（見下面§9）。

祈願法也可用作客氣的命令法（即「若您……，那就好了」）：

atha tumhe … vihareyyātha
那麼！你們（應該）住…… [36]

§5. 命令法

第二人稱的命令法語尾如下：

	單	複
第二人稱	- ; -hi	-tha

這些語尾乃加在「現在語基」之後，單數語基的字尾母音若不是長音，要變長音：

現在式語基	單	複
labha-	labhāhi 你拿！	labhatha 你們拿！
gaccha-	gacchāhi 你去！	gacchatha 你們去！
jānā-	jānāhi 你知道！	jānātha 你們知道！
pajaha-	pajahāhi 你捨棄！	pajahatha 你們捨棄！

注意「命令法」的複數形，與一般的（即直說法的）「現在語基」之複數形一模一樣。

如果現在式語基以-a 結尾，這語基也可直接作為命令法的「第二人稱單數」形：

labha （你）拿吧！

§6. 現在分詞

§6.1. 現在分詞的形成

§6.1.1. 在動詞的現在語基之後加上 -nt，即形成現在分詞的語基：

現在式	現在式語基	現在分詞語基
gacchati 去	gaccha-	gacchant-
labhati 獲得	labha-	labhant-

§6.1.2. 完整的現在分詞，要在分詞語基之後加上表「性、數、格」的語尾。其中一組語尾，類似「-a 結尾語基」的陽性名詞之語尾（第一課§1.2.1），其主格與受格形如下：

	單	複
主	-anto / aṃ	-antā
受	-antaṃ	-ante

[37] 例 gacchati「去」：

	單	複
主	gacchanto / gacchaṃ	gacchantā
受	gacchantaṃ	gacchante

§6.2. 現在分詞的用法：現在分詞的一個用法，是作為名詞，表示動作的行為者。作此用法時，若行為者是陽性或未被指定，則採取上述的陽性名詞格尾變化：

evaṃ desento (bhabbo)

如此地宣說者（是能幹的。）

aññaṃ kāyaṃ saṅkamanto (natthi)

轉生到另一身者（並不存在。）

現在分詞的另一種用法是用來修飾名詞，像英語“The running man”裡的「-ing 分詞」。作此用法時，其語尾必須和所修飾之名詞的語尾具有相同的性、數、格：

buddhaṃ gacchantaṃ passāmi
我看見佛陀去。（*m. sg. Ac.* buddhaṃ）
dhammaṃ desento Tathāgato evaṃ eva vadati
宣說法的如來這樣子說。（*m. sg. N.* Tathāgato）

請注意，在完整句子裡與分詞連用的受詞、副詞等，在此用法中（即作為修飾詞之時）也可和分詞連用。另外，帶有分詞的修飾詞組，可置於所修飾的名詞之前或之後。

§7. 「-e-」語基的動詞與「-o-」語基的動詞

§7.1. 「-e-」語基的動詞：巴利語有許多動詞，其現在語基以 -e 結尾。它們的動詞語尾變化與 -a 結尾語基的動詞一樣，但是沒有將母音長音化。（因為 e 沒有長、短音之分）因此，以 bhāveti「修習、培養」為例：

	單	複
第一人稱	bhāvemi	bhāvema
第二人稱	bhāvesi	bhāvetha
第三人稱	bhāveti	bhāventi

-e 結尾的動詞，通常有「及物」[2]或「使役」[3]的意思。它們通常會有其他相關的動詞：（若 -e 是及物，則有不及物型。[4] 若 -e 是使役，則有及物型。-e 語基裡的母音通常是長音，或者是與相關的動詞語基裡的母音不同，後者的語基也會以與 e 不同的母音結尾：比較 bhavati（成為、存在）與 bhāveti（使存在、修習、培養）。 [38] 以後會看到其他的例子。

§7.2. 語基以-o 結尾的動詞：巴利語中有些動詞的語基以 o 結尾。像-e 結尾的語基一樣，加上動詞語尾時，最後母音不加長（因為 o 沒有長、短音之分）。

karoti「做、製造」的現在式如下：

	單	複
第一人稱	karomi	karoma
第二人稱	karosi	karotha
第三人稱	karoti	karonti

§7.3. 現在語基以-e 或 -o 結尾的動詞，在其現在語基後加 -nt 接尾詞，即構成現在分詞。

現在式	現在語基	現在分詞語基
karoti 做	karo-	karont-[*3]
deseti 教導	dese-	desent-

---

2 及物物詞，指必須有受詞的動詞，如「打破」、「照顧」。

3 使役動詞，其主詞使某個動作被執行，或令某個狀態出現。

4 不及物動詞，指不需要配合受詞的動詞，如「死亡」、「哭泣」。

*3 也有另一個形式：karant-。

§8. 受格可表方法

代名詞的受格形，可用來當方法副詞："taṃ"——如此地（thus）或那麼（so）；"kiṃ"——怎樣、如何（how）。[5]

taṃ kiṃ maññatha? 如此，你們怎麼想？

evaṃ 除了有「這樣」的意思外，可作禮貌的 "yes"，也就是「是這樣的」。

evaṃ, bhante 是的，大德！

§9. yadi 如果

yadi「如果」可和祈願法動詞合用，如果所述的情況被認為是假設性的，也就是，事實並非如此。

yadi na paṭisandaheyya
如果沒有再生……（事實是有的）

比較下列不含祈願法的句子：

yadi… saṅkamanto natthi
如果沒有轉生……（但可能有）
（也就是說，至少是將它當作是一個前提）[39]

5 參考 ITP 75, 74。

§10. 質詞

§1、§3 列了一些巴利語的質詞，這裡再列出一些：

§10.1. 不定代名詞：-ci 可加在疑問代名詞之後，形成不定代名詞：

kiñci（kiṃ + ci）	任何的（事）（單數受格）
koci	任何的（人）（單數主格）
kassaci	任何人的、對任何人而言（單數屬格）

§10.2. 強調：hi、kho、eva 和 nu 皆加強語氣，但是意思上彼此有一些不同，有時候又重疊。很難用英語翻譯。

§10.2.1. kho 有「正是」、「的確」、「正好」或「就……」的意思：

evameva kho, mahārāja, na ca saṅkamati
大王！正是如此，（它）不轉生。
（也就是，沒有轉生）

§10.2.2. hi 有「誠然、確實」或「因為」的意味：

kusalaṃ ca hi'daṃ… bhāvitaṃ ahitāya dukkhāya saṃvatteyya…
再者，如果此善被修習時，會引生非利益與痛苦……

§10.2.3. eva 有「僅僅、正是、的確、事實上」的意思：

evam eva 正是如此

§10.2.4. nu 是表疑問的強調詞，可加在疑問詞之後加強語氣，意思像英語的"then"，或可加在非疑問詞後，使之表疑問，通常含有回答應是"yes"的含意：

kinnu (kiṃ + nu) kho so padīpo saṅkamanto?
那麼，那燈會移轉嗎？
nanu（na + nu）
不是嗎？

§11. sakkā 能夠得

sakkā，意思是「……是可能的」或者「……能夠……」可和不定體連用：6

sakkā... gantuṃ 可以去（或譯為：可能去）[40]

§12. yasmā 表「因此」

yasmā，yaṃ 的從格形（第二課§2.1.3），本身可意指「因此，所以」。也可在關係句型中和 tasmā 連用，合表「因為……所以」。

§13. etamatthaṃ (vadāmi)

etamatthaṃ「那個意思」源自 etaṃ + atthaṃ。"X (i) ti

6 sakkā 的用法，參考 ITP 136；PG 372, 303。

etamatthaṃ vadāmi"的句型，意思是「我稱之為 X（的意思）」。

§14. 複合詞

複合詞裡的前語，雖以語基形態出現，但是它和複合詞的後語之間可能有不同的「格位」關係：

viññugarahita
被智者所斥責的
avijjāgato
無明者、帶著無明走的
(viññanaṃ) vijānanalakkhaṇaṃ
（識是）具有了知的特相的

§15. 接尾詞 -to 表「從格」的意味

接尾詞 -to 加在名詞語基後，構成「單數，從格」的形態[7]，具有「從……」的意思。這形態很常見：

dukkhato 從苦……
padīpato 從〔某〕燈……

§16. 未來式

巴利也有未來式，此課出現的是 bhavissati「將是、將成為」。

---

7 也可用於「複數，從格」。

以後再說明其形成方式。

§17. 連音

以鼻音（通常是 ṃ）結尾的字，若後面緊跟著另一個以不同子音為首的字，該鼻音常會有所改變（也就是被同化），變成與該子音同類的鼻音（見導讀第二部分：字母與發音）。

viññāṇaṃ + ti → viññānanti

yaṃ + ca → yañca

另外，ṃ 絕不會出現在兩個母音之間。因此，若 ṃ 結尾的字，之後跟著另一個以母音開頭的字之時，ṃ 與該母音要連音，ṃ 常變成 m。所以 etaṃ + atthaṃ（上面§13）變成 etamatthaṃ。 [41]

進階閱讀三

讀本一

"Taṃ kiṃ maññatha, Sāḷhā, atthi alobho"ti?

"Evaṃ, bhante."

"Anabhijjhā'ti kho ahaṃ, Sāḷhā, etamatthaṃ vadāmi. Aluddho kho ayaṃ, Sāḷhā, anabhijjhālu n'eva pāṇaṃ hanati, na adinnaṃ ādiyati, na paradāraṃ gacchati, na musā bhaṇati, paraṃ pi na tathattāya samādapeti, yaṃ'sa*2 hoti dīgharattaṃ hitāya sukhāyâ"ti.

---

*2 yaṃ'sa = yaṃ + assa（ayaṃ / idaṃ 的與格）。意思是「這對他而言……」。

“Evaṃ, bhante.”

“Taṃ kiṃ maññatha, Sāḷhā, atthi adoso”ti?

“Evaṃ, bhante.”

“abyāpādo’ti kho ahaṃ, Sāḷhā, etamatthaṃ vadāmi. Aduṭṭho kho ayaṃ, Sāḷhā, abyāpannacitto n’eva pāṇaṃ hanati, na adinnaṃ ādiyati, na paradāraṃ gacchati, na musā bhaṇati, paraṃ pi na tathattāya samādapeti, yaṃ’sa hoti dīgharattaṃ hitāya sukhāyâ”ti.

“Evaṃ, bhante.”

“Taṃ kiṃ maññatha, Sāḷhā, atthi amoho”ti?

“Evaṃ, bhante.”

“Vijjā’ti kho ahaṃ, Sāḷhā, etamatthaṃ vadāmi. Amūḷho kho ayaṃ, Sāḷhā, vijjāgato n’eva pāṇaṃ hanati, na adinnaṃ ādiyati, na paradāraṃ gacchati, na musā bhaṇati, paraṃ pi na tathattāya samādapeti, yaṃ’sa hoti dīgharattaṃ hitāya sukhāyâ”ti.

“Evaṃ, bhante.”

“Taṃ kiṃ maññatha, Sāḷhā, ime dhammā kusalā vā akusalā vā”ti?

“Kusalā, bhante.”

“Sāvajjā vā anavajjā vā”ti?

“Anavajjā, bhante.”

“Viññugarahitā vā viññuppasatthā vā”ti?

“Viññuppasatthā, bhante.”

“Samattā samādinnā hitāya sukhāya saṃvattanti, no vā... ?”

“Samattā, bhante, samādinnā hitāya sukhāya saṃvattantî...”ti.

“Yadā tumhe, Sāḷhā, attanā’va jāneyyātha: ‘ime dhammā kusalā, ime dhammā anavajjā, ime dhammā viññūppasatthā, ime dhammā samattā, samādinnā dīgharattaṃ hitāya, sukhāya saṃvattantî'ti.' atha tumhe, Sāḷhā, upasampajja vihareyyāthâ"ti. (AN.3.66)

讀本二

"Nâhaṃ, bhikkhave, aññaṃ ekadhammaṃ pi samanupassāmi, yaṃ evaṃ abhāvitaṃ, akammaniyaṃ hoti, yathayidaṃ, bhikkhave, cittaṃ.

Cittaṃ, bhikkhave, abhāvitaṃ akammaniyaṃ hotî"ti.

"Nâhaṃ, bhikkhave, aññaṃ ekadhammaṃ pi samanupassāmi, yaṃ evaṃ bhāvitaṃ, kammaniyaṃ hoti, yathayidaṃ, bhikkhave, cittaṃ.

Cittaṃ, bhikkhave, bhāvitaṃ kammaniyaṃ hotî"ti. [42]

"Nâhaṃ, bhikkhave, aññaṃ ekadhammaṃ pi samanupassāmi, yaṃ evaṃ abhāvitaṃ mahato anatthāya saṃvattati, yathayidaṃ, bhikkhave, cittaṃ.

Cittaṃ, bhikkhave, abhāvitaṃ mahato anatthāya saṃvattatî"ti.

"Nâhaṃ, bhikkhave, aññaṃ ekadhammaṃ pi samanupassāmi, yaṃ evaṃ bhāvitaṃ mahato atthāya saṃvattati, yathayidaṃ, bhikkhave, cittaṃ.

Cittaṃ, bhikkhave, bhāvitaṃ mahato atthāya saṃvattatî"ti.

"Nâhaṃ, bhikkhave, aññaṃ ekadhammaṃ pi samanupassāmi, yaṃ evaṃ abhāvitaṃ apātubhūtaṃ[8] mahato anatthāya saṃvattati,

---

[8] Mp I 52: Tatrāmayadhippāyo-vaṭṭavasena uppannacittaṃ nāma uppannampi **abhāvitaṃ apātubhūtam**eva hoti. Kasmā Lokuttarapādakajjhāna-vipassanāmaggaphalanibbānesu pakkhandituṃ asamatthattā.

yathayidaṃ, bhikkhave, cittaṃ.

Cittaṃ, bhikkhave, abhāvitaṃ apātubhūtaṃ mahato anatthāya saṃvattatî"ti.

"Nâhaṃ, bhikkhave, aññaṃ ekadhammaṃ pi samanupassāmi, yaṃ evaṃ bhāvitaṃ pātubhūtaṃ mahato atthāya saṃvattati, yathayidaṃ, bhikkhave, cittaṃ.

Cittaṃ, bhikkhave, bhāvitaṃ pātubhūtaṃ mahato atthāya saṃvattatî"ti.

"Nâhaṃ, bhikkhave, aññaṃ ekadhammaṃ pi samanupassāmi, yaṃ evaṃ abhāvitaṃ abahulīkataṃ mahato anatthāya saṃvattati, yathayidaṃ, bhikkhave, cittaṃ.

Cittaṃ, bhikkhave, abhāvitaṃ abahulīkataṃ mahato anatthāya saṃvattatî"ti.

"Nâhaṃ, bhikkhave, aññaṃ ekadhammaṃ pi samanupassāmi, yaṃ evaṃ bhāvitaṃ bahulīkataṃ mahato atthāya saṃvattati, yathayidaṃ, bhikkhave, cittaṃ.

Cittaṃ, bhikkhave, bhāvitaṃ bahulīkataṃ mahato atthāya saṃvattatî"ti.

"Nâhaṃ, bhikkhave, aññaṃ ekadhammaṃ pi samanupassāmi, yaṃ evaṃ abhāvitaṃ abahulīkataṃ dukkhâdhivāhaṃ hoti, yathayidaṃ, bhikkhave, cittaṃ.

Cittaṃ, bhikkhave, abhāvitaṃ abahulīkataṃ dukkhâdhivāhaṃ hotî"ti.

(AN 1.3)

讀本三

Idam kho pana bhikkhave dukkhaṃ ariyasaccaṃ:

"Jāti pi dukkhā, jarā pi dukkhā, vyādhi pi dukkhā, maraṇaṃ pi dukkhaṃ, appiyehi sampayogo dukkho, piyehi vippayogo pi dukkho, yaṃ p'icchaṃ na labhati taṃ pi dukkhaṃ.[9] Saṅkhittena pañc'upādānakkhandhā pi dukkhā."

(DN 22 *Mahāsatipaṭṭhānasuttaṃ*)

讀本四

"Bhante Nāgasena, kiṃlakkhaṇaṃ viññāṇan"ti? "

"Vijānanalakkhaṇaṃ, mahārāja, viññāṇan"ti.

"Opammaṃ karohî"ti.

"Yathā, mahārāja, nagaraguttiko majjhe nagare siṅghāṭake nisinno passeyya puratthimadisato purisaṃ āgacchantaṃ, passeyya dakkhiṇadisato purisaṃ āgacchantaṃ, passeyya pacchimadisato purisaṃ āgacchantaṃ, passeyya uttaradisato purisaṃ āgacchantaṃ, evameva kho, mahārāja, yañca puriso cakkhunā rūpaṃ passati, taṃ viññāṇena vijānāti, yañca sotena saddaṃ suṇāti, taṃ viññāṇena vijānāti, yañca ghānena gandhaṃ ghāyati, taṃ viññāṇena vijānāti, yañca [43] jivhāya rasaṃ sāyati, taṃ viññāṇena vijānāti, yañca kāyena phoṭṭhabbaṃ phusati, taṃ viññāṇena vijānāti, yañca manasā dhammaṃ vijānāti, taṃ viññāṇena vijānāti. "

"Evaṃ kho, mahārāja, vijānanalakkhaṇaṃ viññāṇan"ti.

"Kallo'si[*4], bhante Nāgasenâ"ti.

(Miln. III.3.12)

---

9 Sv III 799: **Yampiccha**nti yenapi dhammena alabbhaneyyavatthuṃ icchanto na labhati, taṃ alabbhaneyya vatthumhi icchanaṃ dukkhaṃ.

*4 kallo + asi（見本課文法§2.1）。

進階閱讀三 字彙說明

akammaniya	*a.* 不活動的、不活躍的、懶惰的、不適業的（a+kammaniya）
attanā	*adv.* 靠自己、自行（attan 的單數，具格）
aduṭṭha	*a.* 無瞋、無害心的、無惡意的（< dussati）
aduṭṭha	*m.* 無瞋者、無惡意者
adhivāha	*a.* 帶……的、含……的、帶來……的、需要……的
X-adhivāha	帶來 X 的、需要 X 的
anabhijjhā	*f.* 無貪、無貪欲
anabhijjhālū	*a.* 無貪的、不貪的
appiya	*a.* 令人不悅的、不可愛的事物（a + piya）
abyāpannacitta	*a.* 心無瞋恚的、*m.* 無瞋心者
abyāpāda	*m.* 無瞋、友善、無恚、無惡心、善意
amūḷha	*a.* 不愚的、非愚者、無癡者
aluddha	*m.* 無貪者
āgacchant	*ppr.* 來（< āgacchati）
icchā	*f.* 欲求、希求
uttara	*a.* 北方的、自北方的
upasampajja	*ger.* 到達、成就、具足（< upa-saṃ-√pad）

kammaniya	*a.* 適業的、可用的、準備好的、活躍的、堪任的
kalla	*a.* 賢明、明智的、聰明的
kiṃlakkhaṇa	*a.* 有什麼特質的、以什麼為特質、有什麼特相的（kiṃ 什麼 + lakkhaṇaṃ 特相）
ghāna	*n.* 鼻子
ghāyati	*pres.* 嗅
jarā	*f.* 老、年老、衰老、衰退
jāti	*f.* 生、誕生、新生
jānāti	*pres.* 了知、知道、理解（< √jñā）
jivhā	*f.* 舌、舌頭
tathatta	*n.* 那樣的狀態（tatha + tā）
tumhe	*pron.* 你們（tvaṃ 的複數，主格）
dakkhiṇa	*a.* 右、南方的
disā	*f.* 方向、方位
dukkha	*a.* 苦、苦的、令人不快的、有苦的 [44]
nagaraguttika	*m.* 市警長、巡城者、守城人（nagara + guttika；guttika *m.* 守護者）
nagara	*n.* 城市、都市、城鎮
nisinna	*a. pp.*（已）坐在（< nisīdati）
no	*adv.* 不（na+u；表否定）
pacchima	*a.* 西方的、最後的

pañca	*num.* 五
pañcupādānakkhandha	*m.* 五取蘊（pañca 五 + upādāna *n.* < upa-ā-√dā 取 + khandha *m.* 蘊）
pana	*conj.* 雖然、而且、但是
para	*a.* 其他（的）、他人的
passati	*pres.* 看、見、知道（< √paś）
pātubhūta	*pp.* 顯現的、出現了（< pātu-√bhū）
piya	*m.* 可愛的事物
puratthima	*a.* 東方的
phusati	*pres.* 觸、接觸（< √spṛś）
bahulīkata	*pp.* 多運用、多訓練（bahulī 多 + kata 做）
majjha	*a. m.* 中間、中的、中間的
manasā	*n.* 心、意（mana(s)之具格）
maraṇa	*n.* 死、死亡（< marati）
yadā	*adv.* 當、在……時（< ya-dā）
lakkhaṇa	*n.* 特徵、相、標誌
X-lakkhaṇa	*a.* 具有 X 的特徵的
vijānana	*n.* 識知、了別
vijānāti	*pres.* 了知、了別、識知（< vi-√jñā）
vijjā	*f.* 明、智慧、明智
vijjāgata	*a. m.* 有明的人、有智的、智者
viññāṇa	*n.* 識、意識、神識、知覺

vippayoga	*m.* 分開、分離、別離
viharati	*pres.* 居住、住、持續、停留（< vi-√hṛ）
vyādhi = byādhi	*m.* 病、病患、不調（< vi-ā-√dhā）
saṅkhittena	*adv.* 簡之、簡略地（saṅkhitta 的單數，具格）
sacca	*n.* 真實、諦、真理
samatta	*pp.* 被完成、被獲得、到達、成就（< saṃ-√āp）
samādapeti	*caus. pp.* 鼓勵、激發、激起（< saṃ-ā-√dā）
samādinna	*pp.* 被受持、被接受、被採納（< samādiyati）
sampayoga	*m.* 結交、交往、連結、來往（< saṃ-pa-√yuj）
sāyati	*pres.* 嘗味道、嘗味、吃（< √svad）
siṅghāṭaka	*m.* 十字路口、四衢街道（或作中性詞；siṅghāṭakaṃ *n.*）
suṇāti	*pres.* 聞、聽（< √śru）
sota	*n.* 耳朵

第四課

[45]

基礎閱讀

讀本一

Evameva kho, bhikkhave, cattāro'me[*1] samaṇabrāhmaṇānaṃ upakkilesā, yehi upakkilesehi upakkiliṭṭhā eke samaṇabrāhmaṇā na tapanti, na bhāsanti, na virocanti.

Katame cattāro?

Santi, bhikkhave, eke samaṇabrāhmaṇā suraṃ pivanti merayaṃ, surāmerayapānā appaṭiviratā. Ayaṃ, bhikkhave, paṭhamo samaṇabrāhmaṇānaṃ upakkileso, yena upakkilesena upakkiliṭṭhā eke samaṇabrāhmaṇā na tapanti, na bhāsanti, na virocanti.

Santi, bhikkhave, eke samaṇabrāhmaṇā methunaṃ dhammaṃ patisevanti, methunasmā dhammā appaṭiviratā. Ayaṃ, bhikkhave, dutiyo samaṇabrāhmaṇānaṃ upakkileso yena upakkilesena upakkiliṭṭhā eke samaṇabrāhmaṇā na tapanti, na bhāsanti, na virocanti.

Santi, bhikkhave, eke samaṇabrāhmaṇā jātarūparajataṃ sādiyanti, jātarūparajatapaṭiggahaṇā appaṭiviratā. Ayaṃ, bhikkhave, tatiyo samaṇabrāhmaṇānaṃ upakkileso yena upakkilesena upakkiliṭṭhā eke samaṇabrāhmaṇā na tapanti, na bhāsanti, na virocanti.

Santi, bhikkhave, eke samaṇabrāhmaṇā micchājīvena jīvanti,

[*1] cattāro'me = cattāro + ime.

micchājīvā appaṭiviratā. Ayaṃ, bhikkhave, catuttho samaṇabrāhmaṇānaṃ upakkileso yena upakkilesena upakkiliṭṭhā eke samaṇabrāhmaṇā na tapanti, na bhāsanti, na virocanti.

Ime kho, bhikkhave, cattāro samaṇabrāhmaṇānaṃ upakkilesā, yehi upakkilesehi upakkiliṭṭhā eke samaṇabrāhmaṇā na tapanti, na bhāsanti, na virocantīti.

Suraṃ pivanti merayaṃ, paṭisevanti methunaṃ

Rajataṃ jātarūpaṃ ca, sādiyanti aviddasū

Micchājīvena jīvanti, eke samaṇabrāhmaṇā. (AN 4.50)

讀本二

"Bhojanaṃ, Suppavāse, dentī ariyasāvikā paṭiggāhakānaṃ cattāri ṭhānāni deti.

Katamāni cattāri?

Āyuṃ deti, vaṇṇaṃ deti, sukhaṃ deti, balaṃ deti. [46]

Āyuṃ kho pana datvā āyussa bhāginī hoti dibbassa vā mānusassa vā. Vaṇṇaṃ datvā vaṇṇassa bhāginī hoti dibbassa vā mānusassa vā. Sukhaṃ datvā sukhassa bhāginī hoti dibbassa vā mānusassa vā. Balaṃ datvā balassa bhāginī hoti dibbassa vā mānusassa vā.

Bhojanaṃ, Suppavāse, dentī ariyasāvikā paṭiggāhakānaṃ imāni cattāri ṭhānāni detî"ti. (AN 4.57)

讀本三

Na bhaje pāpake mitte, na bhaje purisâdhame;
Bhajetha mitte kalyāṇe, bhajetha purisuttame. (Dhp. 6:78)

Sabbe tasanti daṇḍassa, sabbe bhāyanti maccuno;

Attānaṃ upamaṃ katvā, na haneyya na ghātaye.
Sabbe tasanti daṇdassa, sabbesaṃ jīvitaṃ piyaṃ;
Attānaṃ upamaṃ katvā, na haneyya na ghātaye.
(Dhp. 10:129-130)

Bahuṃ pi ce sahitaṃ bhāsamāno, na takkaro hoti naro pamatto, gopo'va[*2] gāvo gaṇayaṃ paresaṃ, na bhāgavā sāmaññassa hoti.

Appaṃ pi ce sahitaṃ bhāsamāno, dhammassa hoti anudhammacārī[1], rāgañ ca dosañ ca pahāya mohaṃ, sammappajāno suvimuttacitto, anupādiyāno idha vā huraṃ vā, sa bhāgavā sāmaññassa hoti. (Dhp. 1:19-20)

Piyato[2] jāyatī[*3] soko, piyato jāyatī bhayaṃ;
Piyato vippamuttassa, n'atthi soko, kuto bhayaṃ?
Pemato jāyatī soko, pemato jāyatī bhayaṃ;
Pemato vippamuttassa, n'atthi soko, kuto bhayaṃ?
Ratiyā jāyatī soko, ratiyā jāyatī bhayaṃ;
Ratiyā vippamuttassa, n'atthi soko, kuto bhayaṃ?
Kāmato jāyatī soko, kāmato jāyatī bhayaṃ;
Kāmato vippamuttassa, n'atthi soko, kuto bhayaṃ?
Taṇhāya jāyatī soko, taṇhāya jāyatī bhayaṃ;
Taṇhāya vippamuttassa, n'atthi soko, kuto bhayaṃ?

[*2] gopo + iva。見字彙說明與本課文法§10。

[1] Dhp-a I 158: Dhammassa hoti anudhammacārīti atthamaññāya dhammaññāya navalokuttaradhammassa anurūpaṃ dhammaṃ pubbabhāgapaṭipadāsaṅkhātaṃ catupārisuddhisīladhutaṅga-asubha-kammaṭṭhānādibhedaṃ caranto anudhammacārī hoti.

[2] Dhp-a III 278: Tattha **piyato**ti vaṭṭamūlako hi soko vā bhayaṃ vā uppajjamānaṃ piyameva sattaṃ vā saṅkhāraṃ vā nissāya uppajjati.

[*3] 按韻律的長音（也就是，為了符合讀韻而變長音）。

(Dhp. 16:212-216) [47]

字彙說明

attānaṃ	*m.* 自己、我（attan *m. sg. Ac.*）
Adhama adhama -purisa	*a.* 最低下的、最差的、低等的、下劣的 *m.* 下劣的人
anudhammacāri	*m.* 依法而行的人（anudhammacārin 的單數主格）
anupādiyāna	*a. ppr.* 無執著的（< anupādiyati）
appa	*a. n.* 少的
ariyasāvikā	*f.* 女眾聖弟子、女聖弟子、聖者的女弟子
aviddasu	*a.* 無智的、愚鈍的、無知的、愚笨的
ājīva	*m.* 生命、生活、生計、活命、謀生方式
āyu	*n.* 壽命、長壽、活力
ime	*pron.* 這些（ima / ayaṃ 的陽性，複數，見本課文法§1）
iva	*indec.* 如、如同、恰似（見本課文法§10）
uttama uttama -purisa	*a.* 最好的、最高的 *m.* 最好的人
upakkili	*a. pp.* 被染汙的（< upa-√kliś）

upakkilesa	*m.* 煩惱、染汙
upamā	*f.* 比喻、例子
eka	*pron. num.* 某些、一些（見本課文法§7 的 eka）
kalyāṇa	*a.* 真實的、善的、好的
kāma	*m. n.* 欲、（感官的）欲愛
kuto	*adv.* 從何處
gaṇayat	*ppr.* 算數、記算（gaṇeti 的現在分詞之單數，主格）
gāvo	*m.* 牛 go 的複數，受格（不規則變化）
go	*m.* 牛
gopa	*m.* 牧牛者、牧人
ghātayati	*pres.* 使殺害、令殺害
cattāri	*num.* 四（見本課文法§7 的 catu）
cattāro	*num.* 四（見本課文法§7 的 catu）
catu	*num.* 四
catuttha	*a.* 第四
ce	*indec.* 如果（見本課文法§11）
jātarūpa	*a. n.* 黃金、金、金的
jāyati	*pres.* 生起、他生起、出生（< √jan）
jīvati	*pres.* 他活命、他生活
jīva	*m.* 生命、壽命 [48]
ṭhāna	*n.* 場所、位置、處所、狀態、原因
takkara	*a.* 這樣做的、如此做的

takkara	*m.* 如此做的人、做彼者、盜賊
taṇhā	*f.* 渴愛、愛欲
tatiya	*a. num.* 第三
tapati	*pres.* 發熱、發光、發亮
daṇḍa	*m.* 棍、杖、處罰（見本課文法§3）
datvā	*ger.* 已給與、布施已（見本課文法§3）（< √dā）
dibba	*a.* 天的
dutiya	*a. num.* 第二
deti	*pres.* 給與、布施（< √dā）
denti	*f.* 給與者（見本課文法§5）
nara	*m.* 人
paṭiggahaṇaṃ	*n.* 接受
paṭiggāhaka	*m.* 接受者
paṭivirata	*pp.* 克制、戒除（支配從格；< paṭiviramati）
paṭisevati	*pres.* 追隨、追求、沉溺、經驗
paṭhama	*a. m.* 第一
pamatta	*m. pp.* 懶惰、不努力的人
para	*a.* 其他的、他人的
paresaṃ	*a.* 其他的 para 的複數，數格 / 與格
pahāya	*ger.* 已斷、捨已（< pa-√hā）
pāna	*n.* 飲料、喝
piya	*n.* 可愛的事物

pivati	*pres.* 喝
purisa	*m.* 個人、人、男人、男眾
pema	*n.* 情愛
bala	*n.* 力量、強壯、威力
bahu	*a.* 許多的
brāhmaṇa	*m.* 婆羅門；有時指過梵行生活的人而不論其種姓為何
bhajati	*pres.* 來往（對象帶受格）
bhaya	*n.* 害怕、憂懼、令人畏懼之事物
bhāgavant	*m.* 參與、享有者（*sg. N.* bhāgavā）
bhāginī	*f.* 參與者、享有者（所享有的事物帶屬格）
bhāyati	*pres.* 害怕、怖畏
bhāsati	*pres.* 說、誦、發光、照亮（< √bhaṣ）
bhāsamāno	*ppr. m.* 諷誦者（< bhāsati）（見本課文法§4）
bhojana	*n.* 餐、食物、養分 [49]
maccu	*m.* 死亡、死神
mānusa	*m. n.* 人（的）、人類
micchā	*adv.* 邪、錯誤地、錯誤的、不正確的
mitta	*m. n.* 友、友人、朋友
methuna methuna-dhamma	*a. n.* 淫欲的、性的、與性有關的 *m.* 淫法、性交、性行為、行淫
meraya	*n.* 迷羅耶、發酵的酒

rajata	*n.* 銀、任何非金的錢幣
rati	*f.* 喜愛
rāga	*m.* 貪、欲望
loka	*m.* 世間、世界、宇宙
vaṇṇa	*m.* 顏色、氣色、外表、稱讚
vippamutta	*m.* 解脫者（vi + pa + mutta）
virocati	*pres.* 放光、是明亮的（vi-< √ruc）
santi	*pres.* 有、存在 （atthi 的第三人稱，複數）
sabbesaṃ	*caus.* sabba 的複數，與格 / 屬格（見本課文法§8）
samaṇa	*m.* 沙門
sammappajāna	*m.* 正知者、正知
sahita	*n.* 典籍
sādiyati	*caus.* 挪用、承擔、享用、享受（< √svad）
sāmañña	*n.* 沙門的狀態、梵行
Suppavāsā Suppavāse	*f.* 人名（女性） *pron.* Suppavāsā 的呼格
surā	*f.* 酒
soka	*m.* 愁、悲傷
huraṃ	*adv.* 於他世、在另一個存有裡、在另一世

文法四

§1. ima 這、此

第二課§2.1.4 列了部分的格尾變化。全部的變化如下：

<table>
<tr><th colspan="4">單</th></tr>
<tr><td></td><td>陽</td><td>中</td><td>陰</td></tr>
<tr><td>主</td><td>ayaṃ</td><td rowspan="2">imaṃ, idaṃ</td><td>ayaṃ</td></tr>
<tr><td>受</td><td>imaṃ</td><td>imaṃ</td></tr>
<tr><td>屬</td><td colspan="2" rowspan="2">imassa, assa</td><td rowspan="2">imiassā (-ya)
imāya, assā (ya)</td></tr>
<tr><td>與</td></tr>
<tr><td>具</td><td colspan="2">iminā, anena</td><td rowspan="2">imāya</td></tr>
<tr><td>從</td><td colspan="2">imamhā, imasmā asmā</td></tr>
<tr><td>處</td><td colspan="2">imasmiṃ, imamhi, asmiṃ</td><td>imissā / imāyaṃ / imissaṃ / assaṃ</td></tr>
</table>

<table>
<tr><th colspan="4">複</th></tr>
<tr><td></td><td>陽</td><td>中</td><td>陰</td></tr>
<tr><td>主 / 受</td><td>ime</td><td>imāni</td><td>imā (yo)</td></tr>
<tr><td>屬</td><td colspan="2" rowspan="2">imesaṃ / imesānaṃ
esaṃ / esānaṃ</td><td rowspan="2">imāsaṃ /
imāsānaṃ</td></tr>
<tr><td>與</td></tr>
<tr><td>具</td><td colspan="2" rowspan="2">imehi / imebhi
ehi / ebhi</td><td rowspan="2">imāhi /
imābhi</td></tr>
<tr><td>從</td></tr>
<tr><td>處</td><td colspan="2">imesu / esu</td><td>imāsu</td></tr>
</table>

§2. 名詞 go「牛」

名詞 go 是陽性詞，和英語的 cow 不同，它不是指母牛，只指集合名詞的 cattle。此詞的格尾變化是不規則的，且有多種變型。不過大多都類似其他名詞的格尾變化，還算容易辨識。 [51]

<table>
<tr><th></th><th>單</th><th>複</th></tr>
<tr><td>主</td><td>go</td><td rowspan="2">gāvo / gavo</td></tr>
<tr><td>受</td><td>gāvaṃ / gavaṃ / gāvuṃ</td></tr>
<tr><td>屬</td><td rowspan="2">gāvassa / gavassa</td><td rowspan="2">gavaṃ / gunnaṃ
gonaṃ</td></tr>
<tr><td>與</td></tr>
<tr><td>具</td><td>gāvena / gavena</td><td rowspan="2">gohi / gobhi</td></tr>
<tr><td>從</td><td>gāvā / gāvamha / (-smā)
gavā / gavamha / (-smā)</td></tr>
<tr><td>處</td><td>gāve / gāvamhi / (-smiṃ)
gave / gavamha / (-smiṃ)</td><td>gāvesu / gavesu / gosu</td></tr>
<tr><td>呼</td><td>go</td><td>gāvo / gavo</td></tr>
</table>

§3. 連續體

§3.1. 連續體的形成

§3.1.1. 加 -tvā（na）：構成連續體時最常見之接尾詞是 tvā 或 tvāna。若動詞的現在語基以-a 結尾，加以 tvā（na）時，該-a 常變成 -i，如此其語基和不定體的語基（第二課§4）一樣。

現在式第三人稱單數	不定體	連續體
bhavati 是	bhavituṃ	bhavitvā (na)

labhati 得	labhituṃ	labhitvā (na)
garahati 斥責	garahituṃ	garahitvā (na)

若動詞的現在語基以-e 結尾，直接加上 -tvā（na）。這和不定體的語尾類似。

neti 引導	netuṃ	netvā (na)
deseti 教說	desetuṃ	desetvā (na)

其他動詞的連續體作法，在動詞字根之後直接加上接尾詞-tvā（na），但字根可能會有些改變，同時也有許多不規則型。以下列出一些，其他的，出現在讀本時再列。

現在式第三人稱單數	連續體
karoti 做	katvā (na)
gacchati 去	gantvā (na)
suṇoti / suṇāti 聽	sutvā (na) [51]
pivati 喝	pitvā (na)
passati 見	disvā (na)
deti 給與	datvā (na)
jānāti 了知	ñatvā(na) / jānitvā (na)
labhati 獲得	laddhā (na)

§3.1.2. 加 -ya：也有些連續體是加 -ya 而形成的。字根前有接頭詞的動詞，尤其常以這種方式形成連續體。「進階閱讀一」出現的 pariyādāya「已（徹底地）掌握」便是一個例子，它是 pariyādāti 的連續體。（pari + ā + √dā + ya）

§3.2. 連續體的用法：連續體常用來表達發生在主要動詞之前的動作，前後兩個動作之間，多少關係密切。意思常像英語的“go and see”。[3]

gantvā deseti

去已，宣說（或譯為：去且說）

cittaṃ pariyādāya tiṭṭhati

把握心已，住（或譯為：把握心且住）

注意，如在最後一例中所見，連續體可有它自己的受詞等等，且其主詞通常即是主要動詞的主詞。

§4. -māna 結尾的現在分詞

§4.1. 除了 -ant 結尾的現在分詞（第三課§6.1）之外，另一種現在分詞是 -māna 結尾。接尾詞 -māna 通常直接加在現在語基之後。

現在式第三人稱單數	現在分詞
gacchati 去	gacchamāna
uppajjati 生起	uppajjamāna

若現在語基以-e 結尾，加上 -māna 時，e 變成 aya。

deseti “說” → desayamāna

-māna 結尾的分詞，常基於梵語的用法，被稱為「為己現在

3 此外，它也可表示發生於主要動詞之後，或與之同時的動作，另外連續體的主詞可與主要動作的主詞不同，參考 APGFS 114。有時候，也可表「因為」、「如果」，見 PG §288, 289。

分詞」（middle present participle）。在梵語中，它通常用在有被動意或反身意的動詞。巴利也有類似的用法，但沒有梵語那樣的嚴格區分。所以，māna 大多時候僅單純地用在替代 -ant 而已，很多動詞都有這兩種形式：

gacchanta 或 gacchamāna
desenta 或 desayamāna [53]

§4.2. 有些現在分詞以-āna 結尾而非 māna。本課讀本裡的 anupādiyāno 就是一例，源自 anupādiyati「不取著」。

此課的 sammappajāno 也是一個不規則的「為己現在分詞」，源自 sammappajānāti「正知」。

§4.3. 注意：這些分詞，和其他類分詞一樣，可作形容詞或名詞用。所以 sammappajāno 本身可當名詞，意指「正知者」；也可當形容詞，意指「正知的」，用以修飾另一個（陽性，單數的）名詞。

§5. 陰性現在分詞以 ī 或 ā 結尾

以 -ant 結尾的現在分詞，可加上 -ī 之後，構成陰性詞（第一課§1.2.3）。

dentī（女性的）給與者
karontī（女性的）做者

不過，-māna 結尾的現在分詞，以 -ā 為其陰性詞結尾（第二課§1.1）如 gacchamānā「（女性的）去者」等。

§6. 更多的祈願法

除了第三課給的祈願法動詞語尾外，以下列出其他的語尾變化：

	單	複
第一人稱	-e	-ema (-eyyāmhe)
第二人稱	-e, (-etho)	-etha (-eyyavho)
第三人稱	-e, (-etha)	(-eraṃ)

括弧內的語尾，有時基於梵語最初的用法，被稱為「為自言」。但是，和分詞一樣，在巴利語已沒有嚴格的區分。

§7. 數詞

§7.1. 語基型：前五個數字是：

eka	一
dvi	二
ti	三
catu	四
pañca	五 [54]

§7.2. “eka”「一」有單數形與複數形。單數形時，常是作代名詞。複數形時，則同時有代名詞與形容詞的意味，意思是「有些」。無論單、複數，eka 的語尾像 sa / taṃ（第二課§2.1.1）的

語尾：

單			
	陽	中	陰
主	eko	ekaṃ	ekā
受	ekaṃ		ekaṃ
屬	ekassa		ekissā (ya)
與			ekissaṃ, ekāya
具	ekena		ekāya
從	ekamhā (ekasmā)		
處	ekamhi (ekasmiṃ)		ekissaṃ (ekāyaṃ)

複			
	陽	中	陰
主／受	eke	ekāni	ekā(yo)
屬 與	ekesaṃ (ekesānaṃ)		ekāsaṃ　(ekāsānaṃ)
具／從	ekehi (ekebhi)		ekāhi (ekābhi)
處	ekesu		ekāsu

§7.3. ti「三」與 catu「四」如同「一」一樣，有不同性。

ti「三」：

	陽	中	陰
主／受	tayo	tīṇi	tisso
與／屬	tiṇṇaṃ / tiṇṇannaṃ		tissannaṃ
具／從	tīhi / tībhi		

處	tīsu

[55] catu「四」：

	陽	中	陰
主／受	cattāro, caturo	cattāri	catassa
與／屬	catunnaṃ		catassannaṃ
具／從	catūhi / catūbhi / catubbhi		
處	catūsu		

§7.4. dvi「二」沒有性之分：

	一切性
主／受	duve / dve
與／屬	dvinnaṃ / duvinnaṃ
具／從	dvīhi / dvībhi (dīhi)
處	dvīsu (duvesu)

§7.5. 其他的數詞：剩餘的數詞，像 dvi，沒有性之分。其格尾變化都和 pañca 的格尾一樣：

	一切性
主／受	pañca
與／屬	pañcannaṃ
具／從	pañcahi
處	pañcasu

§8. sabba「一切」與 para「其他的」

當 sabba 作代名詞（而非用來修飾其他名詞）之時，它採用代名詞，如 sa / taṃ 的格尾變化。如此，陽性，複數，主格作 sabbe，中性作 sabbāni，陰性作 sabbā；陽 / 中性，屬 / 與格作 sabbesaṃ。

para「其他」也同樣採代名詞格尾，所以此課讀本的 paresaṃ 是複數，屬格（或與格）。 [56]

§9. 「懼怕」支配屬格

如 tasati 與 bhāyati 等，表示「懼怕」的動詞，所懼怕的對象採屬格：

tasanti daṇḍassa 他們怕杖罰

§10. iva 像、如

iva 在連音現象中常作「前後屬詞素」-va（見第一課文法 §3），用於比喻與比較之時，加在所比較的語詞之後。如同此課讀本中的例子：

gopo'va gāvo gaṇayaṃ paresaṃ
如牧童數他人的牛

§11. ce 如果、假若

ce 和 sace 一樣，表「如果」，是「前後屬詞素」（clitic），故不能置於句首，而需加在某字之後，通常是同句首字之後：

ahañce eva kho pana musāvadī assaṃ…
如果我說謊……（musāvadin 直譯作「騙子」）

在上例中，assaṃ 是 atthi 的祈願式，在此有假設的意味，非指事實，見第三課文法§4.2 與§9 的例子。

進階閱讀四

讀本一

Dve'mā, bhikkhave, parisā.
Katamā dve?

Uttānā ca parisā gambhīrā ca parisā.
Katamā ca, bhikkhave, uttānā parisā?

Idha, bhikkhave, yassaṃ parisāyaṃ bhikkhū uddhatā honti unnaḷā capalā mukharā vikiṇṇavācā … asampajānā asamāhitā vibbhantacittā pākat'indriyā.

Ayaṃ vuccati, bhikkhave, uttānā parisā.
Katamā ca, bhikkhave, gambhīrā parisā?

Idha, bhikkhave, yassaṃ parisāyaṃ bhikkhū anuddhatā honti anunnaḷā acapalā amukharā avikiṇṇavācā…sampajānā samāhitā ekaggacittā saṃvut'indriyā.

Ayaṃ vuccati, bhikkhave, gambhīrā parisā.
Imā kho, bhikkhave, dve parisā. (AN 2.5.1)

Dve'mā, bhikkhave, parisā.
Katamā dve?

Vaggā ca parisā samaggā ca parisā. [57]

Katamā ca, bhikkhave, vaggā parisā?

Idha, bhikkhave, yassaṃ parisāyaṃ bhikkhū bhaṇḍanajātā kalahajātā vivādâpannā…viharanti.

Ayaṃ vuccati, bhikkhave, vaggā parisā.
Katamā ca, bhikkhave, samaggā parisā?

Idha, bhikkhave, yassaṃ parisāyaṃ bhikkhū samaggā sammodamānā avivadamānā khīrodakībhūtā…viharanti.

Ayaṃ vuccati, bhikkhave, samaggā parisā.
Imā kho, bhikkhave, dve parisā.
(AN 2.44)

Dve'mā, bhikkhave, parisā.
Katamā dve?
Visamā ca parisā samā ca parisā.
Katamā ca, bhikkhave, visamā parisā?

Idha, bhikkhave, yassaṃ parisāyaṃ adhammakammāni pavattanti dhammakammāni nappavattanti, avinayakammāni pavattanti vinayakammāni nappavattanti, adhammakammāni dippanti dhammakammāni na dippanti, avinayakammāni dippanti vinayakammāni na dippanti.

Ayaṃ vuccati, bhikkhave, visamā parisā.
Katamā ca, bhikkhave, samā parisā?

Idha, bhikkhave, yassaṃ parisāyaṃ dhammakammāni pavattanti adhammakammāni nappavattanti, vinayakammāni pavattanti avinayakammāni nappavattanti, dhammakammāni dippanti, adhammakammāni na dippanti, vinayakammāni dippanti avinayakammāni na dippanti.

Ayaṃ vuccati, bhikkhave, samā parisā.
Imā kho, bhikkhave, dve parisā.

(AN 2.50)

讀本二

Appampādo amatapadaṃ, pamādo maccuno padaṃ[4];
appamattā na mīyanti[5], ye pamattā yathā matā.
Etaṃ visesato ñatvā, appamādamhi paṇḍitā;
appamāde pamodanti, ariyānaṃ gocare ratā. (Dhp. 2:21-22)

Yathā pi rahado gambhīro, vippasanno anāvilo;
evaṃ dhammāni sutvāna, vippasīdanti paṇḍitā. (Dhp. 6:82)

Selo yathā ekaghano, vātena na samīrati;
evaṃ nindāpasaṃsāsu, na samiñjanti paṇḍitā. (Dhp. 6:81)

Andhabhūto ayaṃ loko, tanuk'ettha vipassati;
sakunto jālamutto'va,appo saggāya gacchati. (Dhp. 13:174)

Udakaṃ hi nayanti nettikā, usukārā namayanti tejanaṃ;
dāruṃ namayanti tacchakā, attānaṃ damayanti paṇḍitā.
(Dhp 6:80)

讀本三

Dve'māni, bhikkhave, sukhāni.
Katamāni dve?
Gihisukhaṃ ca pabbajitasukhaṃ ca.
Imāni kho, bhikkhave, dve sukhāni.

---

4 Dhp-a I 228: **padan**ti upāyo maggo.

5 Dhp-a I 228: **appamattā na mīyantī**ti satiyā samannāgatā hi appamattā na maranti. Ajarā amarā hontīti na sallakkhetabaṃ.

Etadaggaṃ, bhikkhave, imesaṃ dvinnaṃ sukhānaṃ yadidaṃ pabbajitasukhaṃ ti. (AN 2:65)

Dve'māni, bhikkhave, sukhāni.
Katamāni dve?
Kāmasukhaṃ ca nekkhammasukhaṃ ca.
Imāni kho, bhikkhave, dve sukhāni.
Etadaggaṃ, bhikkhave, imesaṃ dvinnaṃ sukhānaṃ yadidaṃ nekkhammasukhaṃ ti. (AN 2:66)

Dve'māni, bhikkhave, sukhāni.
Katamāni dve?
Upadhisukhaṃ ca nirupadhisukhaṃ ca.
Imāni kho, bhikkhave, dve sukhāni.
Etadaggaṃ, bhikkhave, imesaṃ dvinnaṃ sukhānaṃ yadidaṃ nirupadhisukhaṃ ti. (AN 2:67)

Dve'māni, bhikkhave, sukhāni.
Katamāni dve?
Sâmisaṃ ca sukhaṃ nirāmisaṃ ca sukhaṃ.
Imāni kho, bhikkhave, dve sukhāni.
Etadaggaṃ, bhikkhave, imesaṃ dvinnaṃ sukhānaṃ yadidaṃ nirāmisaṃ sukhaṃ ti. (AN 2:69)

Dve'māni, bhikkhave, sukhāni.
Katamāni dve?
Ariyasukhaṃ ca anariyasukhaṃ ca .
Imāni kho, bhikkhave, dve sukhāni.
Etadaggaṃ, bhikkhave, imesaṃ dvinnaṃ sukhānaṃ yadidaṃ ariyasukhaṃ ti. (AN 2:70)

Dve'māni, bhikkhave, sukhāni.
Katamāni dve?
Kāyikaṃ ca sukhaṃ cetasikaṃ ca sukhaṃ.

Imāni kho, bhikkhave, dve sukhāni.

Etadaggaṃ, bhikkhave, imesaṃ dvinnaṃ sukhānaṃ yadidaṃ cetasikaṃ sukhaṃ ti. (AN 2:71)

讀本四

"Pañcahi, bhikkhave, aṅgehi samannāgato rājā cakkavattī dhammen'eva[6] cakkaṃ pavatteti, taṃ hoti cakkaṃ appaṭivattiyaṃ kenaci[*4] manussabhūtena paccatthikena pāṇinā.

Katamehi pañcahi? [59]

Idha, bhikkhave, rājā cakkavattī atthaññū ca hoti, dhammaññū ca, mattaññū ca, kālaññū ca, parisaññū ca.

Imehi kho, bhikkhave, pañcahi aṅgehi samannāgato rājā cakkavattī dhammeneva cakkaṃ pavatteti; taṃ hoti cakkaṃ appaṭivattiyaṃ kenaci manussabhūtena paccatthikena pāṇinā.

Evameva kho, bhikkhave, pañcahi dhammehi samannāgato tathāgato arahaṃ sammāsambuddho dhammeneva anuttaraṃ dhammacakkaṃ pavatteti; taṃ hoti cakkaṃ appaṭivattiyaṃ samaṇena vā brāhmaṇena vā devena vā mārena vā brahmunā vā kenaci vā lokasmiṃ.

Katamehi pañcahi?

Idha, bhikkhave, tathāgato arahaṃ sammāsambuddho

---

6 Mp III 283: **dhammaenā**ti dasakusaladhammena. **Cakkan**ti āṇācakkaṃ. **Atthaññū**ti rajjatthaṃ jānāti. **Dhammaññū**ti paveṇidhammaṃ jānāti. **Mattaññū**ti daṇḍe vā balamhi vā pamāṇaṃ jānāti.

*4 ko 的具格（第三課文法§1），再加表示「不定」的 -ci。所以是「被任何（人）……」的意思。

atthaññū, dhammaññū, mattaññū, kālaññū, parisaññū.

Imehi kho, bhikkhave, pañcahi dhammehi samannāgato tathāgato arahaṃ sammāsambuddho dhammeneva anuttaraṃ dhammacakkaṃ pavatteti; taṃ hoti dhammacakkaṃ appaṭivattiyaṃ samaṇena vā brāhmaṇena vā devena vā mārena vā brahmunā vā kenaci vā lokasmiṃ"ti. (AN 5.131)

進階閱讀四 字彙說明

atthaññū	*m.* 知利益者、知目標者、知正確意義者
attha	*m. n.* 利益、益處、意義、目的
anuttara	*a.* 無上的
andhabhūta	*a.* 愚盲、（心靈）眼盲的、無知的、盲目的
appamatta	*m.* 不放逸者、勤勞的
appaṭivattiya	*a.* 不可反轉的、不可抗拒的、不可逆轉的
appa	*a. n.* 少的
amata	*n.* 甘露、不死、涅槃
amatapada	*n.* 不死之路、不死處、不死道
arahaṃ	*m.* 阿羅漢、應供（arahant 的陽性，單數，主格）
ariya	*a. m.* 聖的、殊勝的、尊貴的、聖者
āmisa	*n.* 物質、食物、感官欲貪、肉欲
āvila	*a.* 混濁的、被染汙的、擾動的、染

	汙的
āsava	*m.* 漏、流出物、欲求、流出、欲望 [60]
indriya	*n.* 根、能力、感官
uttāna	*a.* 平的、明顯的、膚淺的
udaka	*n.* 水
uddhata	*pp.* 紛亂、不平衡的、掉舉的、被舉起的（< ud-√dhṛ）
unnala	*a.* 憍慢的、自大的
upadhi	*m.* 依、執著、所依、輪迴的所依
usukāra	*m.* 造箭者
ekaggacitta	*a.* 心專注的、心一境的
ekaghana	*a. n.* 緊密的、堅硬、硬實的、一塊的
etadaggaṃ…yadidaṃ	此是最上……亦即……
ettha	*adv.* 在此、關於此、在此脈絡裡
kalaha	*m.* 爭吵、爭論
kalahajāta	*a.* 愛爭吵的、好爭論的、好諍的（kalahav + jāta）
kāyika	*a.* 與身有關的、身的
kāla	*m.* 時間、早晨
kālaññū	*m.* 知時者、知適宜時間（kāla + ññū）
kiñcana	*a. n.* 任何的、瑣事、執著、某事
khīra	*n.* 乳、牛乳、牛奶

khīrodakībhūta	*a.* 水乳交融的，即和諧的（< khīra + udaka + bhūta）
gambhīra	*a.* 深的、甚深的
gihi-	*a.* gihin 在複合詞中的語幹形
gihin	*a. m. n.* 在家居士、在家的
gocara	*m.* 牧場、領域、行境
cakka	*n.* 輪
cakkavattin	*m.* 轉輪王（*sg. N.* cakkavattī）
capala	*a.* 搖晃的、不穩定的
cetasika	*a.* 屬於心的、心的、心所有的
jālaṃ	*n.* 網、羅網
ñatvā	*ger.* 了知、已知、知道、理解（< √jñā）
tacchaka	*m.* 木匠
tanuka	*a. m.* 稀疏的、少的、小的
tejana	*n.* 箭、箭桿、箭尖
damayati	*pres.* 調伏、馴服、控制（= dameti）
dāru	*n.* 木頭
dippati	*pres.* 發光（< √dīpa）
dhammaññū	*m.* 知法者
dhamma	*m.* 法 [61]
namayati	*caus.* 俯身、彎曲、流行、使彎曲、運用 < √nam$_1$（= nameti）
nayati	*pres.* 引導、帶領、導向、拿取

	（< √nī）
nindā	*f.* 指責、責備
nirāmisa	*a.* 無 āmisa 的、無食的
nirupadhi	*a.* 無執取的、無欲的
nekkhamma	*n.* 出離、捨世、離貪、離欲
nettika	*m.* 灌溉者
paccatthika	*a. m.* 對手、反對者、敵手、反對的、反對者
paṭivattiya	*a.* 可反轉的、可抵抗的
paṇḍita	*m.* 智者
pada	*n.* 地方、足、句、處所
pabbajita	*a. pp.* 出家人、遊方者
pamodati	*pres.* 感到欣喜、歡喜、快樂（< pa-√mud）
pamatta	*a. pp.* 懶惰、不努力的人、放逸的（< pa-√mad）
parisaññū	*m.* 知眾者（parisā + ññū）
parisā	*f.* 眾、群眾、團體
pavattati	*pres.* 進行、轉起、結果（< pa-√vṛt）< √vat
pavatteti	*caus.* 使前進、轉動（及物動詞）< √vat
pasaṃsā	*f.* 稱讚、稱譽
pākata	*a.* 公開的、無隱藏的、未被控制

	的、一般的、庶民的
pākatindriya	*n.* 放任諸根的、根門敞開的
pāṇin	*m.* 有生命的、生物、生命體（*Sg. I.* pāṇinā）
buddha	*pp.* 覺悟、醒了（< √budh）
brahmā	*m.* 大梵天、梵王、梵天 （= brahma）（*sg. I.* brahmunā）
bhaṇḍana bhaṇḍanajāta	*n.* 議論、訴訟、爭執、衝突 *a.* 好爭吵的
mata	*pp.* 死亡 < √mar
mattā mattaññū	*f.* 適量、量、數量、正確的方法 *a. m.* 知量的、知節制的、知量者
manussabhūta	*a. m.* 人、成為人的
māra	*m.* 魔、摩羅、摩王、死神
mīyati	*pres.* 死去、死 < √mar
mukhara	*a.* 饒舌的、吵的、說話鄙俗的、吵鬧的
mutta	*m. pp.* 被釋放、解脫、解脫者、解脫、被放開 < √muc
yassaṃ	*pron.* 關係代名詞 ya 的陰性，單數，處格。（見第二課文法§2.13）
rata	*pp.* 樂於、專心於、致力於、喜好、愛樂（< ramati < √ram）
rahada	*m.* 湖 [62]

loka	*m.* 世界、世間、世界、宇宙
vagga	*a.* 分開的、別離的、不合的（< vi-agga）
vāta	*m.* 風
vikkiṇṇavāca	*a.* 雜語的 *m.* 閒話、雜話（vikkiṇṇa + vāca）
vinayakamma	*n.* 毘奈耶羯磨、合律的行為
vipassati	*pres.* 清楚地看、觀（vi-√paś）
vippasanna	*a.* 清澈的、明淨的（< vi-pa-√sad）
vippasīdati	*pres.* 安詳、寧靜、喜悅、明淨（< vi-pa-√sad）
vibbhantacitta	*a.* 心混亂的、心躁動的、心遊移的、心困惑的
vivadati	*pres.* 爭吵（< vi-√vad）
vivadamāna	*ppr.* 在爭吵的
vivāda	*m.* 爭吵、爭論
vivād-āpanna	*a.* 在爭吵的
visama	*a.* 不平衡的、不平等的、不和諧的
visesato	*adv.* 特別地、完全、尤其（< visesa-to）
vuccati	*pass.* 被說、被叫（< √vac）
sakunta	*m.* 鳥
sagga	*m.* 天界、快樂的地方
sama	*a.* 平等的、和諧的
samagga	*a.* 和合的、統一的
samāhita	*pp.* 等持的、收在一起的、沉著的、

	專注的
samiñjati	*pres.* 搖動、被搖動、被移動
samīrati	*pres.* 被移動、晃動
sampajāna	*ppr.* 正知、正知的（< saṃ-pa-√jñā）
sammodamāna	*ppr.* 共歡喜、同意、共喜（< sammodati）
sâmisa	*a.* 有 āmisa 的、與 āmisaṃ 有關的（< sa-āmisa）
sâsava	*a.* 有漏的（< sa-āsava）
sutvāna	*ger.* 已聽聞（< √śru）
sela	*m.* 石頭

[63]

第五課

基礎閱讀

讀本一

“Jāneyya nu kho, bho Gotama, asappuriso asappurisaṃ: ‘asappuriso ayaṃ bhavaṃ’”ti?

“Aṭṭhānaṃ kho etaṃ, brāhmaṇa, anavakāso yaṃ asappuriso asappurisaṃ jāneyya: ‘asappuriso ayaṃ bhavaṃ’”ti.

“Jāneyya pana, bho Gotama, asappuriso sappurisaṃ: ‘Sappuriso ayaṃ bhavaṃ’”ti?

“Etam pi kho, brāhmaṇa, aṭṭhānaṃ anavakāso yaṃ asappuriso sappurisaṃ jāneyya: ‘sappuriso ayaṃ bhavaṃ’”ti.

“Jāneyya nu kho, bho Gotama, sappuriso sappurisaṃ: ‘Sappuriso ayaṃ bhavaṃ’”ti?

“Ṭhānaṃ kho etaṃ, brāhmaṇa, vijjati yaṃ sappuriso sappurisaṃ jāneyya: ‘sappuriso ayaṃ bhavaṃ’”ti.

“Jāneyya pana, bho Gotama, sappuriso asappurisaṃ: ‘asappuriso ayaṃ bhavaṃ’”ti?

“Etam pi kho, brāhmaṇa, ṭhānaṃ vijjati yaṃ sappuriso asappurisaṃ jāneyya: ‘asappuriso ayaṃ bhavaṃ’”ti. (AN 4.187)

讀本二

1. Yo hi koci manussesu, gorakkhaṃ upajīvati;
   evaṃ, Vāseṭṭha, jānāhi, ‘kassako’ so, na brāhmaṇo.
2. Yo hi koci manussesu, puthusippena jīvati;

evaṃ, Vāseṭṭha, jānāhi, 'sippiko' so, na brāhmaṇo.

3. Yo hi koci manussesu, vohāraṃ upajīvati;
evaṃ, Vāseṭṭha, jānāhi, 'vāṇijo' so, na brāhmaṇo.

4. Yo hi koci manussesu, parapessena jīvati;
evaṃ, Vāseṭṭha, jānāhi, 'pessiko' so, na brāhmaṇo.

5. Yo hi koci manussesu, adinnaṃ upajīvati;
evaṃ, Vāseṭṭha, jānāhi, 'coro' eso, na brāhmaṇo.

6. Yo hi koci manussesu, issatthaṃ upajīvati;
evaṃ, Vāseṭṭha, jānāhi, 'yodhājīvo', na brāhmaṇo.

7. Yo hi koci manussesu, porohiccena jīvati;
evaṃ, Vāseṭṭha, jānāhi, 'yājako' so, na brāhmaṇo.

8. Yo hi koci manussesu, gāmaṃ raṭṭhañca bhuñjati;
evaṃ, Vāseṭṭha, jānāhi, 'rājā' eso, na brāhmaṇo.

9. Na câhaṃ 'brāhmaṇaṃ' brūmi, yonijaṃ mattisambhavaṃ;
'Bhovādi' nāma so hoti, sa ve hoti sakiñcano.
akiñcanaṃ anādānaṃ, tamahaṃ[*1] brūmi 'Brāhmaṇaṃ'. [64]
Sabbasaṃyojanaṃ chetvā, yo ve na paritassati;
saṅgâtigaṃ, visaṃyuttaṃ, taṃ ahaṃ brūmi 'brāhmaṇaṃ'.
(Sn. 3.9)

讀本三

Appamādena maghavā, devānaṃ seṭṭhataṃ gato;
appamādaṃ pasaṃsanti, pamādo garahito sadā. (Dhp. 2, 30)

Yathâpi ruciraṃ pupphaṃ, vaṇṇavantaṃ agandhakaṃ;

[*1] tamahaṃ = taṃ + ahaṃ.

evaṃ subhāsitā vācā, aphalā hoti akubbato.
Yathâpi ruciraṃ pupphaṃ, vaṇṇavantaṃ sugandhakaṃ.
evaṃ subhāsitā vācā, saphalā hoti kubbato. (Dhp. 4, 51-52)

Dīghā jāgarato ratti, dīghaṃ santassa yojanaṃ;
dīgho bālānaṃ saṃsāro, saddhammaṃ avijānataṃ. (Dhp. 5, 60)

讀本四

Asevanā ca bālānaṃ, paṇḍitānañca sevanā;
pūjā ca pūjanīyānaṃ, etaṃ maṅgalamuttamaṃ.
Bāhusaccaṃ[1] ca sippañca, vinayo ca susikkhito;
subhāsitā ca yā vācā, etaṃ maṅgalamuttamaṃ.
Dānañca dhammacariyā[2] ca, ñātakānaṃ ca saṅgaho;
anavajjāni kammāni, etaṃ maṅgalamuttamaṃ.
Ārati virati pāpā, majjapānā ca saṃyamo;
appamādo ca dhammesu, etaṃ maṅgalamuttamaṃ.
Gāravo ca nivāto ca, santuṭṭhi ca kataññutā;
kālena dhammasavanaṃ, etaṃ maṅgalamuttamaṃ.
Khantī[3] ca sovacassatā, samaṇānañca dassanaṃ;
kālena dhammasākacchā, etaṃ maṅgalamuttamaṃ.
(Sn 2.4.)

---

1 Sn-A II 18(CSCD): Idāni **bāhusaccañcā**ti ettha **bāhusaccan**ti bāhussutabhāvo.

2 Sn-A II 24(CSCD): **Dhammacariyā**ti nāma dasakusalakamma- pathacariyā.

3 khantī = khanti.

字彙說明

akiñcana	*m.* 一無所有、離煩者、無事者、無煩惱者
aṭṭhāna	*n.* 不可能（見本課文法§7）
anādāna	*m.* 無取著者、無執著者
api	*indec.* 甚至、即使、但是、仍然
avakāsa	*m.* 可能性、空間、機會
ārati	*f.* 遠離（< ā-√ram）
issattha	*n.* 射箭的技術、弓箭
uttama	*a.* 最上的、最好的、最高的[65]
upajīvati	*pres.* 靠……過活、維生、謀生（< upa-√jīv）
kataññutā	*f.* 感恩、謝意
kassaka	*m.* 先生、農夫、栽培者
kālena	*adv.* 適時地、合時地、及時地
kubbanta	*ppr. m.* 實踐者、行為者（見本課文法§3）
khanti (-ī)	*f.* 忍耐、忍心
gāma	*m.* 村、村落
gārava	*m.* 尊敬、恭敬、尊重
Gotama	*m.* 喬達摩、佛陀的家姓
cora	*m.* 小偷、強盜、盜賊
chetvā	*ger.* 已砍斷、切斷、破壞（< chindati < √chid）
jāgarati	*pres.* 醒著、保持清醒、警覺

	（< √jāgṛ）
jāgarant	*ppr. m.* 警醒者（見本課文法§3）
ñātaka	*m.* 親戚、同族者
ṭhāna	*n.* 可能性
dāna	*n.* 給與、布施
deva	*m.* 天人、國王
dhammacariyā	*f.* 法行、正當的生活
nāma	*adv.* 的確、確實
nivāta	*a.* 謙遜、溫和、彬彬有禮、無風
parapessa	*m.* 服務他人（para + pessa）
paritassati	*pres.* 興奮、擔心、受苦、憂、受折磨 < √tas
pasaṃsati	*pres.* 讚賞（< pa-√saṃs）
pāna	*n.* 飲料
puthu	*a.* 廣、許多、多種的、很多、多樣、分別地
puppha	*n.* 花
pūjanīya	*a. fpp.* 值得受禮敬的（< √puj）
pūjā	*f.* 禮敬、供給、供養
pessika	*m.* 使者、僕人
porohicca	*n.* 家庭祭司之職務
brūti	*pres.* 說、談、解釋、告訴（< √brū）
bhavaṃ	*ppr. m. sg. N.* 人（< bhavant < √bhū）
bhuñjati	*pres.* 吃、享用（< √bhuj）

bho	*V.* 朋友啊！（敬語）
bhovādi	*m.* 說 bho 的人，指婆羅門（bhovādin 的單數主格）[66]
maghavā	*m.* 因陀羅、諸天之王（maghavant 的單數，主格）
maṅgala maṅgala-uttamaṃ	*n.* 吉祥、祝福、好預兆、慶祝、節日（= maṅgalaṃ） *n.* 最上的吉祥、最好的吉祥
majja	*n.* 酒、令人醉的飲料
mattisambhava	*a.* 母親生的
yājaka	*adj. m.* 獻供者、祭祀者、祭司
yojana	*n.* 由旬。長度單位，約四到八英哩
yodhājīva	*m.* 戰士、武士
yonija	*a.* 胎生的
raṭṭha	*n.* 土地、國家、王朝、王國、統治
ratti	*f.* 夜晚
rucira	*a.* 可愛的、令人愉快的、引人注意的
vaṇṇavant	*a.* 多彩的、美貌的、美的
vācā	*f.* 談話、言論
vāṇija	*m.* 商人
Vāseṭṭha	*m.* 人名
vijānant	*ppr.* 了知、了解、清楚了知（現在分詞，見本課文法§3）
vinaya	*m.* 律
virati	*f.* 遠離、徹底的戒除

visaṃyutta	*a. pp. m.* 無結者（< vi-saṃ-√yuj）
ve	*indec.* 的確、確實
vohāra	*m.* 貿易、字詞、事業
saṃyama	*m.* 控制、節制、克制（< saṃ-√yam）
saṃyojana	*n.* 結、縛束（< saṃ-√yuj）
saṃsara	*m.* 輪迴
sakiñcana	*m.* 有事者、有煩惱者（sa + kiñcano）
sakubbant	*ppr. m.* 行為者、實踐者、有實踐的（< sa + kubbant）
sagandhaka	*a.* 香的、有香味的（sa + gandhaka，見本課文法§8）
saṅgaha	*m.* 幫助、攝受、保護
saṅgâtiga	*m.* 超越束縛者、超越執著的人（saṅga-atiga）
sadā	*adv.* 總是、一直、永遠
santuṭṭhi	*f.* 滿足、知足、喜足
santa	*m. pp.* 疲累的人（< √sammati）
sappurisa	*m.* 善士
saphala	*a.* 有成果的、有效的、成果豐富的、有益的
sākacchā	*f.* 討論、談話、對談
sippa	*n.* 技藝、科學、專門知識、手工藝、技術、知識 [67]
sippika	*m.* 技工、工匠

susikkhita	*a.* 訓練良好的、被好好實踐過的、善學、好好學習過的
seṭṭhatā	*f.* 優勝、最勝處、最佳、一流
sevanā	*f.* 來往、結交
sovacassatā	*f.* 溫和、順從、柔和

文法五

§1. 第一人稱、第二人稱代名詞

§1.1. 第一人稱：第一人稱代名詞 ahaṃ「我」與 mayaṃ「我們」的格尾變化如下：

	我（單數）
主	ahaṃ
受	maṃ (mamaṃ)
與 / 屬	mama / mayhaṃ (mamaṃ / amhaṃ)
具 / 從	mayā
處	mayi

	我們（複數）
主	mayaṃ (amhe)
受	amhe (asme / amhākaṃ / asmākaṃ)
與 / 屬	amhākaṃ (asmākaṃ / amhaṃ)
具 / 從	amhehi (amhebhi)
處	amhesu

[68]

§1.2. 第二人稱：第二人稱代名詞 tvaṃ「你」與 tumhe「你們」的格尾變化如下：

	你（單數）
主	tvaṃ (tuvaṃ)
受	taṃ (tvaṃ / tuvaṃ /tavaṃ)
與 / 屬	tava / tuyhaṃ (tavaṃ / tumhaṃ)
具 / 從	tayā (tvayā)
處	tayi (tvayi)

	你們（複數）
主	tumhe
受	tumhe / tumhākaṃ
與 / 屬	tumhākaṃ
具 / 從	tumhehi (tumhebhi)
處	tumhesu

§1.3. 代名詞的附屬形：第一人稱與第二人稱也有「短」形或「附屬」形。雖不同格，但樣子相同，所以必須從文脈來判斷它的格位。

	形態	格位
sg. 我	me	I. D. G.
pl. 我們	no	Ac. D. I. G.

[69]

	形態	格位
sg. 你	te	I. D. G.
pl. 你們	vo	Ac. D. I. G.

§2. 以-vant 或-mant 結尾的名詞、形容詞

有些名詞、形容詞的語基以-vant 或-mant 結尾。它們的格尾變化除了有-m-、-v-的不同之外，其餘皆相同。這裡以 sīlavant「具戒的」為例，來指出它們的格尾。

§2.1. 陽性：

	單	複
主	sīlavā / -vanto	sīlavanto / -vantā
受	sīlavantaṃ (sīlavaṃ)	sīlavanto / -vante
屬／與	sīlavato / -vantassa	sīlavataṃ / -vantānaṃ
具／從	sīlavatā / -vantena	sīlavantehi (-ebhi)
處	sīlavati / -vante (-vantamhi, -vantasmiṃ)	sīlavantesu
呼	sīlavā, -va / -vanta	sīlavanto / -vantā

斜線（/）之後的另類格尾，是 -vant 語基後加上 a 而構成的「以-a 結尾的名詞」之語尾變化（第一課§1.2.1）。雖然較後期，但出現在巴利語不同發展階段裡。注意，其他的形態，包含三種語基：「單數，主／呼格」時作 -va／-ma；「單數受格」及「除了與格、屬格外的所有複數型」，作 -vant / -mant；其餘的作 -vat / -mat。

§2.2. 中性：中性形和陽性形一樣，僅「主格、受格」及「複數呼格」有所不同：

	單	複
主／受	sīlavaṃ	sīlavanti / -vantāni
呼	sīlava	

[70]
§2.3. 陰性：在 -vat（-mat）或 -van（-mant）後加 -ī，構成陰性詞。所以單數主格作 sīlavantī 或 sīlavatī。其格尾變化與 ī 結尾的陰性詞一樣。（見第一課文法§1.2.3.2）

§3. 現在分詞的格尾變化

第三課§6.1.2.列了一些-ant 結尾的現在分詞的格尾變化。其他的格尾大多同於以-vant（-mant）結尾的名詞之格尾。

§3.1. 陽性：以 gacchanta 為例，列出完整的格尾變化：

	單	複
主	gacchanto / gacchaṃ	gacchanto / gacchantā
受	gacchantaṃ	gacchanto / gacchante
屬 / 與	gacchato	gacchataṃ / gacchantānaṃ
具 / 從	gacchatā	gacchantehi (-ebhi)
處	gacchati	gacchantesu
呼	gacchaṃ / gacchanta	gacchanto / gacchantā

§3.2. 中性：除了主格、受格之外，和陽性詞一樣：

	單	複
主 / 受	gacchantaṃ	gacchantāni / gacchanti

§3.3. 陰性：如第四課§5 所述，現在分詞的陰性語基取 ī 結尾。其格尾變化如其他-ī 結尾的名詞的變化一樣，但 -nt 在非主格 / 受格時可能在變成 t。

所以有「單數，屬 / 與 / 具 / 從格」的 detiyā，以及「複數，屬 / 與格」的 detīnaṃ。

§4. arahant **阿羅漢**

名詞 arahant「阿羅漢／應供」，在進階閱讀四，出現為單數，主格形：arahaṃ。此字原是動詞 arahati「值得」的現在分詞。它的單數主格也可作 arahā，如同-vant（-mant）結尾的名詞，且其複數主格可作 arahā 和 arahanto。其餘的格尾和 -vant（-mant）名詞的格尾或現在分詞的格尾相同。 [71]

§5. **過去分詞**

§5.1. 過去分詞的形成：過去分詞（有時被稱作完成分詞或被動分詞）常由 -ta 或 -na 這兩個接尾詞之一形成。尤其，-ta 最常見。

§5.1.1. -ta 結尾的分詞：動詞字根後直接加 -ta。但某些以子音結尾的字根會在-ta 之前加 i：

動詞	字根	過去分詞
suṇoti / suṇāti 聽	√su-	suta
bhavati 是	√bhū	bhūta
gacchati 去	√ga (m)	gata
labhati 得	√labh	laddha (labh+ta)
passati 見	√dis-*2	diṭṭha (dis+ta)
garahati 斥責	√garah-	garahita
patati 掉落	√pat-	patita

*2 如前所述，passati 的字根，在非現在式的形態時，變成√dis。

如上述的例子所顯示，字根形成現在語基時，字形會有所改變，這可能比較複雜，若再加上 -ta，則又有其他變化，包含子音的同化與氣音移到後一個子音等，如：

labh + ta → labhta → labtha →laddha

雖然有些規則可循，但是不規則形也很多，這裡將不細談過去分詞之形成的詳細規則。就目前而言，只要遇到一個，學一個就可以了。

§5.1.2. -na 結尾的分詞：有的過去分詞的接尾詞是 -na。和 -ta 的情況一樣，字根與語基之間會有種種變化，例如：

現在式	字根	過去分詞
deti / dadāti 給	√dā-	dinna
uppajjati 生起	ud-√pad-	uppanna
chindati 切斷	√chid	chinna

§5.2. 過去分詞的用法：

§5.2.1. 像「現在分詞」一樣，「過去分詞」也可作為形容詞，以修飾名詞。顧名思義，過去分詞通常表過去的或已完成的動作。我們已熟悉這個用法，因為之前出現過的形容詞，很多實際上是過去分詞。例如，danta「已調伏的」，從 dameti「調伏」而來。pahīna「已斷捨的」 [72]，從 pajahati「捨、棄絕」而來。如之前已說過的，分詞當形容詞時，其性數格要與所修飾的名詞一致。

cittaṃ dantaṃ 心，被調伏時 = 已調伏的心

akusalaṃ pahīnaṃ 不善，被斷捨時 = 已斷的不善

它們可位於所修飾的名詞之前或之後。如此，我們可看到 dantaṃ cittaṃ 或 pahīnaṃ akusalaṃ。

如我們已看過的，過去分詞（雖然之前未說明它是過去分詞）在對等句（equational sentence）中可當述語，這時也是要與主詞性數格一致。

Ime dhammā (viññu) garahitā
這些事是被（智者）斥責的

§5.2. 與現在分詞一樣，過去分詞也可當名詞。過去分詞當名詞時，如果它所根源的動詞是不及物的話，該名詞通常指動作的執行者（即動詞的主詞）；如果它所根源的動詞是及物的話，該名詞常指動作的接受者（即動作的受詞）。

其格尾變化依照 -a 語基結尾的陽、中性名詞，以及-ā 語基結尾的陰性名詞。佛陀的稱號之一 tathāgata「如來，如此來者」就是一個例子，由 gacchati 的分詞 gata 而來。另外，mutto「被釋放者」源自 muñcati「解放、釋放」，也可有陰性詞：muttā「（女性的）解脫者」。同樣地，adinnaṃ「未被給與的」是 deti「給與」的過去分詞之否定、中性、單數型。巴利有非常多這樣的字，以後會看到更多的例子。

§6. yohi koci 無論哪一個

yohi koci（yo 關係代名詞 + hi 強調語 + ko 誰 + ci 表不定）有「無論哪一個……」的意思。此類語詞之後若加一個複數處格的名詞，該處格有「在……之中」的意思：

yohi koci manussesu 無論人們之中哪一個人……

§7. ṭhānaṃ 處、aṭṭhānaṃ 非處

§7.1. ṭhānaṃ「處、所」，常見到 vijjati「存在、可見」跟在其後。此時有「……是可能的」意思（直譯的話，「有空間給……」）：

ṭhānaṃ… vijjati yaṃ sappuriso sappurisaṃ jāneyya…
善人可以知善人，這是可能的 [73]

§7.2. aṭṭhānaṃ 則是 ṭhānaṃ 的相反，意指「不可能」。

注意：avakāso「空間、可能性」和其否定詞 anavakāso 的用法，也與 aṭṭhānaṃ、ṭhānaṃ 類似。

下列句子中，aṭṭhānaṃ 與 anavakāso 是用作 etaṃ 的對等述詞，表示不可能：

etaṃ… aṭṭhānaṃ, anavakāso yaṃ…
……是不可能的

§8. 接頭詞 sa-「具有……的」

除了接頭詞 sa-「自己的」（第二課§9）之外，還有另一個接頭詞 sa-「具……的、有……的、與……一起的」。因此，sakiñcano「有執著的（人）」，是由 sa- 與 kiñcana「執著」構成。比較 akiñcano「無執著的（人）」。之前的讀本也有一些類子，但我們未說明它的形成。在「進階閱讀五」，出現 sāsava「有漏（取著、欲望）的、與漏一起的」，及 sāmisa「有 āmisaṃ（俗物、食物、肉、欲、貪）的」。

§9. 此，非彼

「這個，非那個」也就是「甲，非乙」，在巴利語中可作 “X na Y”：

rājā eso, na brāhmaṇo 此人是王，非婆羅門

§10. 靠……謀生

「靠……謀生」在巴利語中有兩種表達方式：upajīvati「靠……活」，再加帶受格的名詞；或者 jīvati「生活」，再加帶具格的名詞。

進階閱讀五

讀本一

“Chahi, bhikkhave, dhammehi samannāgato bhikkhu āhuneyyo hoti pāhuneyyo dakkhiṇeyyo añjalikaraṇīyo, anuttaraṃ puññakkhettaṃ lokassa.

Katamehi chahi?

Idha, bhikkhave, bhikkhu cakkhunā rūpaṃ disvā n'eva sumano hoti na dummano, upekkhako viharati sato sampajāno.

Sotena saddaṃ sutvā …pe…

Ghānena gandhaṃ ghāyitvā …pe…

Jivhāya rasaṃ sāyitvā …pe…

Kāyena phoṭṭhabbaṃ phusitvā …pe…

Manasā dhammaṃ viññāya n'eva sumano hoti na dummano,

upekkhako viharati sato sampajāno.

Imehi kho, bhikkhave, chahi dhammehi samannāgato bhikkhu āhuneyyo hoti pāhuneyyo dakkhiṇeyyo añjalikaraṇīyo anuttaraṃ puññakkhettaṃ lokassâ"ti. (AN 6.1)

讀本二

"Tena hi, Sīvaka, taññev'ettha paṭipucchāmi. Yathā te khameyya tathā naṃ byākareyyāsi.

Taṃ kiṃ maññasi, Sīvaka, santaṃ vā ajjhattaṃ lobhaṃ 'atthi me ajjhattaṃ lobho'ti pajānāsi, asantaṃ vā ajjhattaṃ lobhaṃ 'natthi me ajjhattaṃ lobho'ti pajānāsî"ti?

"Evaṃ, bhante."

"Yaṃ kho tvaṃ, Sīvaka, santaṃ vā ajjhattaṃ lobhaṃ 'atthi me ajjhattaṃ lobho'ti pajānāsi, asantaṃ vā ajjhattaṃ lobhaṃ 'natthi me ajjhattaṃ lobho'ti pajānāsi – evaṃ pi kho, Sīvaka, sandiṭṭhiko dhammo hoti …"

"Taṃ kiṃ maññasi, Sīvaka, santaṃ vā ajjhattaṃ dosaṃ … pe …

… santaṃ vā ajjhattaṃ mohaṃ … pe …

… santaṃ vā ajjhattaṃ lobhadhammaṃ … pe …

… santaṃ vā ajjhattaṃ dosadhammaṃ … pe …

… santaṃ vā ajjhattaṃ mohadhammaṃ 'atthi me ajjhattaṃ mohadhammo'ti pajānāsi, asantaṃ vā ajjhattaṃ mohadhammaṃ 'natthi me ajjhattaṃ mohadhammo'ti pajānāsī"ti?

"Evaṃ, bhante."

"Yaṃ kho tvaṃ, Sīvaka, santaṃ vā ajjhattaṃ mohadhammaṃ 'atthi me ajjhattaṃ mohadhammo'ti pajānāsi, asantaṃ vā ajjhattaṃ mohadhammaṃ 'natthi me ajjhattaṃ mohadhammo'ti pajānāsi – evaṃ kho, Sīvaka, sandiṭṭhiko dhammo hoti."

"Abhikkantaṃ, bhante, abhikkantaṃ, bhante … pe … upāsakaṃ maṃ, bhante, bhagavā dhāretu ajjatagge pāṇupetaṃ saraṇaṃ gataṃ"ti.[4] (AN 6.5.5.)

讀本三

Rājā āha: "Bhante Nāgasena, yo jānanto pāpakammaṃ karoti, yo ca ajānanto pāpakammaṃ karoti, kassa bahutaraṃ apuññan"ti?

Thero āha "yo kho, mahārāja, ajānanto pāpakammaṃ karoti, tassa bahutaraṃ apuññan"ti.

"Tena hi, bhante Nāgasena, yo amhākaṃ[*3] rājaputto vā rājamahāmatto vā ajānanto pāpakammaṃ karoti, taṃ mayaṃ diguṇaṃ daṇḍemâ"ti.

"Taṃ kiṃ maññasi, mahārāja, tattaṃ ayoguḷaṃ ādittaṃ sampajjalitaṃ eko jānanto gaṇheyya, eko ajānanto gaṇheyya, katamo balikataraṃ ḍayheyyâ"ti.

"Yo kho, bhante, ajānanto gaṇheyya, so balikataraṃ ḍayheyyâ"ti.

---

4 Ud-a 288: **Upāsakaṃ maṃ bhagavā dhāretu ajjatagge pāṇupetaṃ saraṇaṃ gata**nti **ajjatagge**ti ajjataṃ ādiṃ katvā. "Ajjadagge" tipi pāṭho, tattha dakāro padasandhikaro, ajja agge ajja ādiṃ katvāti attho. **Pāṇupeta**nti pāṇehi upetaṃ, yāva me jīvitaṃ pavattati, tāva upetaṃ anaññasatthukaṃ tīhi saraṇagamanehi saraṇaṃ gataṃ ratanattayassa upāsanato upāsakaṃ kappiyakārakaṃ maṃ bhagavā upadhāretu jānātūti attho.

*3 複數在此表尊敬。

"Evameva kho, mahārāja, yo ajānanto pāpakammaṃ karoti, tassa bahutaraṃ apuññan"ti.

"Kallo'si, bhante Nāgasenâ"ti.

(Miln. III.7.8) [75]

讀本四

"Taṃ kiṃ maññatha, bhikkhave, rūpaṃ niccaṃ vā aniccaṃ vā"ti?

"Aniccaṃ, bhante."

"Yaṃ panâniccaṃ, dukkhaṃ vā taṃ sukhaṃ vā"ti?

"Dukkhaṃ, bhante."

"Yaṃ panâniccaṃ dukkhaṃ vipariṇāmadhammaṃ, kallaṃ[*4] nu taṃ samanupassituṃ -'etaṃ mama, eso'hamasmi, eso me attā'?"ti

"No h'etaṃ, bhante."

"Vedanā …pe… saññā …pe… saṅkhārā …pe… viññāṇaṃ niccaṃ vā aniccaṃ vā"ti?

"Aniccaṃ, bhante."

"Yaṃ panâniccaṃ dukkhaṃ vā taṃ sukhaṃ vā?"ti

"Dukkhaṃ, bhante."

"Yaṃ panâniccaṃ dukkhaṃ vipariṇāmadhammaṃ, kallaṃ nu taṃ samanupassituṃ, 'etaṃ mama, eso'hamasmi, eso me attā'?"ti

"No h'etaṃ, bhante." (SN 22.59)

[*4] kallannu = kallaṃ（中性）+ nu（表疑問），意思是「……是明智的嗎？」

進階閱讀五 字彙說明

ajjatagge	*adv.* 從今天起（ajjato + agge）
ajjhattaṃ	*adv.* 在內、內部地、主觀地
añjalikaraṇīya	*a.* 值得受禮敬的、值得合掌的
aññatara	*pron.* 某一個、某個、一個
abhikkanta	*a.* 極好的、超勝的、令人驚歎的 *n.* 希有、殊勝、奇妙
ayoguḷa	*m.* 鐵丸、鐵球（ayo 鐵 + guḷa 球、丸）
avoca	*aor.* 3rd *sg.* 說、誦（< √vac）
āditta	*a. pp.* 燃燒的、耀眼的（< ādīpeti < ā-√dīp）
āha	*pf.* 曾說
āhuneyya	*a. fpp.* 值得尊敬的、應供養的、值得受供養的 < ā-√hu
upasaṅkami	*aro.* 接近、靠近（< upa-saṃ-√kam）
upāsaka	*m.* 信士、優婆塞
upekkhaka	*a.* 平捨的
upeti	*pres.* 接近、取得、達到 < upa-√i
etadavoca	說此、這樣說（etad + avoca）
khamati	*pres.* 合適……、堪忍、允許、……是合宜的、堪能……
khetta	*n.* 田、土地、國土、地域、領域

gaṇhāti	*pres.* 撿起、拿、獲得、撿起
chahi	*num.* 六（cha）的具格
ḍayhati	*aor.* 被焚燒、荼毘（< ḍahati < √dah）
X-dhamma	*a.* 具有 X 的性質的
taññeva	彼（= taṃ + eva） [76]
tatta	*a. pp.* 熱的、被加熱的、燒燙的（< tapati）
tathā	*adv.* 那樣地、如此
tena hi	*indec.* 若如此、這樣的話
thera	*m.* 長老、年長（比丘）
dakkhiṇeyya	*a. fpp.* 應受供養的
daṇḍeti	*pres.* 處罰（< daṇḍa）
diguṇaṃ	*adv.* 兩倍地、雙重的
disvā	*ger.* 已見、見、見已（< dassati）
dummana	*a.* 不快樂的、沮喪的
dhāreti	*pres.* 持有、容忍、持有、接受、容忍
dhāretu	*imper.* 讓他持有（dhāreti 的第三人稱，單數，命令式）
naṃ	*pron.* taṃ 的另一種形式
nicca	*a.* 恆常的、持續的、非短暫的、永恆的、常的
no	*indec.* 表否定，語氣比 na 還強，不、否

pajānāti	*pres.* 了知、領悟、認識、了解（< pa-√jñā）
paṭipucchati	*pres.* 質問、回問、反問（< paṭi-√pṛcch）
paṭipucchissāmi	paṭipucchati 未來單數，第一人稱形
pāṇupetaṃ	*adv.* 終生、盡形壽（字面義是「具有呼吸時」< pāṇa 呼吸+ upetaṃ（upeti 的過去被動分詞）接近、獲得
pāpakammaṃ	*n.* 惡業
pāhuṇeyya	*a. fpp.* 值得接受款待的
puñña	*n.* 福、善、福德、功德
balikataraṃ	*adv.* 較強、較多、更多（balika + tara）
byākaroti	*pres.* 解釋、回答、闡明、解答（= vyākaroti）
bhagavant	*m.* 世尊、薄伽梵（佛陀的稱號）
mahāmatta	*m.* 大臣、大官
yaṃ	*pron.* 如英語的 that；由於（ya 的受格當副詞）
rājaputta	*m.* 王的兒子、王子
viññāya	*ger.* 已見、已知（< vi-√jñā）
viparināma	*m.* 變異、改變
vedanā	*f.* 感受、受
saṅkhāra	*m.* 行、受制約的事物、有為法、共同作用的心理要素

saññā	*f.* 想、感知、認知、指標、號誌
sata	*a. pp.* 具念、有正念的（< √smṛ）
sant(a)	*ppr.* 存在、有（atthi 的現在分詞）
sandiṭṭhika	*a.* 可見的、憑經驗得來的、可經驗的、在經驗上可證實的、有現世利益的
sampajjalita	*a. pp.* 燃燒、著火的、著火、起火（< saṃ-pa-√jval）
sammodi	*aor.* 欣喜（< saṃ-√mud）
Sīvaka	*m.* 人名
sumana	*a.* 心愉快的、快樂、喜悅的

第六課

[77]

基礎閱讀

讀本一

Pañca-sikkhāpadāni:

1. Pāṇâtipātā veramaṇī sikkhāpadaṃ samādiyāmi.
2. Adinnâdānā veramaṇī sikkhāpadaṃ samādiyāmi.
3. Kāmesu micchâcārā veramaṇī sikkhāpadaṃ samādiyāmi.
4. Musāvādā veramaṇī sikkhāpadaṃ samādiyāmi.
5. Surāmerayamajja-pamādaṭṭhānā veramaṇī sikkhāpadaṃ samādiyāmi.

(Khp.2 Dasasikkhāpadaṃ)

讀本二

Yathâpi cando vimalo, gacchaṃ[*1] ākāsadhātuyā;
sabbe tārāgaṇe loke, ābhāya atirocati.
Tath'eva sīlasampanno, saddho purisapuggalo;
sabbe maccharino loke, cāgena atirocati.

Yathâpi megho thanayaṃ, vijjumālī satakkaku;
thalaṃ ninnaṃ ca pūreti, abhivassaṃ vasundharaṃ.
Evaṃ dassanasampanno, Sammāsambuddhasāvako;
maccharim adhigaṇhāti, pañcaṭhānehi paṇḍito.

Āyunā yasasā c'eva, vaṇṇena ca sukhena ca;

[*1] 現在分詞（ppr.）的單數，主格，見第五課文法§1。

sa ve bhogaparibyūḷho, pecca sagge pamodatî"ti.
(AN 5.4.1)

讀本三

Atha kho Selo brāhmaṇo tīhi māṇavakasatehi parivuto … yena Keṇiyassa jaṭilassa assamo ten'upasaṅkami. Addasā kho Selo brāhmaṇo Keṇiyassamiye jaṭile app'ekacce uddhanāni khaṇante, app'ekacce kaṭṭhāni phālente, app'ekacce bhājanāni dhovante, app'ekacce udakamaṇikaṃ patiṭṭhāpente, app'ek acce āsanāni paññapente, Keṇiyaṃ pana jaṭilaṃ sāmaṃ yeva maṇḍalamāḷaṃ paṭiyādentaṃ.

Disvāna Keṇiyaṃ jaṭilaṃ etadavoca: "Kiṃ nu kho bhoto Keṇiyassa āvāho vā bhavissati, vivāho vā bhavissati, mahāyañño vā paccupaṭṭhito, rājā vā Māgadho Seniyo Bimbisāro, nimantito svātanāya saddhiṃ balakāyenâ"ti?

"Na me, Sela, āvāho bhavissati n'āpi vivāho bhavissati, n'āpi rājā Māgadho Seniyo Bimbisāro, nimantito svātanāya saddhiṃ balakāyena; api ca kho me mahāyañño paccupaṭṭhito atthi. Samaṇo Gotamo Sakyaputto Sakyakulā pabbajito, Aṅguttarāpesu cārikaṃ caramāno mahatā bhikkhusaṅghena … Āpaṇaṃ anuppatto. … So me nimantito svātanāya … saddhiṃ bhikkhusaṅghenâ"ti.

"'Buddho'ti, bho Keṇiya, vadesi?" [78]
"'Buddho'ti, bho Sela, vadāmi."

"'Buddho'ti, bho Keṇiya, vadesi?"
"'Buddho'ti, bho Sela, vadāmi."ti.

"Ghoso pi kho eso dullabho lokasmiṃ yadidaṃ 'buddho'"ti.
(Sn 3.7)

讀本四

"Dve'me, bhikkhave, puggalā loke uppajjamānā uppajjanti[1] bahujanahitāya bahujanasukhāya, bahuno janassa atthāya hitāya sukhāya ....

Katame dve?

Tathāgato ca arahaṃ sammāsambuddho, rājā ca cakkavattī. Ime kho, bhikkhave, dve puggalā loke uppajjamānā uppajjanti bahujanahitāya bahujanasukhāya, bahuno janassa atthāya hitāya sukhāya …"ti.

"Dve'me, bhikkhave, puggalā loke uppajjamānā uppajjanti acchariyamanussā.

Katame dve?

Tathāgato ca arahaṃ sammāsambuddho, rājā ca cakkavattī. Ime kho, bhikkhave, dve puggalā loke uppajjamānā uppajjanti acchariyamanussā"ti.

"Dvinnaṃ, bhikkhave, puggalānaṃ kālakiriyā bahuno janassa anutappā hoti.

Katamesaṃ dvinnaṃ?

Tathāgatassa ca arahato sammāsambuddhassa, rañño ca cakkavattissa.

Imesaṃ kho, bhikkhave, dvinnaṃ puggalānaṃ kālakiriyā bahuno janassa anutappā hotī"ti.

---

1 同一動詞的「現在分詞」與「限定動詞」出現在同一句子時，現在分詞表示假設。意思是此假設若成立，應如限定動詞所表達的那樣。參考 GP §277c。

"Dve'me, bhikkhave, thūpârahā.

Katame dve?

Tathāgato ca arahaṃ sammāsambuddho, rājā ca cakkavattī. Ime kho, bhikkhave, dve thūpârahâ"ti. (AN 2.5.6)

讀本五

Tameva vācaṃ bhāseyya, yāy'attānaṃ na tāpaye;
pare ca na vihiṃseyya, sā ve vācā subhāsitā.

Piyavācameva bhāseyya, yā vācā paṭinanditā;
yaṃ anādāya pāpāni, paresaṃ bhāsate piyaṃ.[2] [79]
'Saccaṃ ve amatā vācā'[3], esa dhammo sanantano;
'sacce atthe ca dhamme ca', āhu, 'santo patiṭṭhitā.' (Sn. 3.3)

字彙說明

Aṅguttarāpa	*m.* 地名
acchariya	*a. n.* 極妙、不可思議事、令人驚歎的、出色的、不可思議的、妙極的
atirocati	*pres.* 使失色、勝過（< ati-√ruc）
attānaṃ	*m.* 我 attan 的受格（見本課文法

---

2 Sn-a II 399: **Yaṃ anādāya pāpāni, paresaṃ bhāsate piya**nti yaṃ vācaṃ bhāsanto paresaṃ pāpāni appiyāni paṭikkūlāni pharusavacanāni anādāya atthabyañjanamadhuraṃ piyameva vacanaṃ bhāsati, taṃ piyavācameva bhāseyyāti vuttaṃ hoti.

3 Sn-a II 399: **Amatā**ti amatasadisā sādubhāvena. Vuttampi cetaṃ " saccaṃ have sādutaraṃ rasānan'ti Nibbānāmatapaccayattā vā amatā.

	§1.1）
atha	*adv. indec.* 現在、那時
adinnâdāna	*n.* 不與取、偷盜、拿取未被給與之物
addasā	*aor. 3rd sg.* 看見（< dassati*2）
adhigaṇhāti	*pres.* 勝過、超過（< adhi-√grah）
anādāya	*ger.* 未取（< an + ādāya）
anutappa	*fpp.* 應感後悔的（< anutappati）
anuppatta	*pp.* 被到達、已到達者、獲得 < √āp
api (ca)	*indec.* 甚至、即使、但、仍然
app'ekacce	*indec.* api 也 + ekacce 某些（見本課文法§17）
abhivassati	*pres.* 下雨（< abhi-√vṛṣ）
arahā	*m. sg. N.* 阿羅漢（< arahant）
ariya	*a. m.* 聖的、殊勝的、尊貴的、聖者
assamiya	*a.* 屬於寺院（廟宇）或阿蘭若的
assama	*m.* 寺院、隱居處、廟宇、阿蘭若、修行處
ākāsadhātu	*f.* 空界、天空、空間（ākāso + dhātu）
Āpaṇa	*m.* 地名
ābhā	*f.* 光亮、光澤、發光、光澤、光輝

*2 文法書與字典雖記有此動詞形，實際上它未曾以這個形態出現過。真正出現過的現在式是 dakkhiti。和它同義的還有 passati。

āyu	*n.* 壽命
āvāha	*m.* 結婚、帶來新娘、娶新娘
āsana	*n.* 座椅、座位
āhu	*pf.*（他們）（曾）說
udaka	*n.* 水
uddhana	*n.* 灶、爐、火爐
uppajjati	*pres.* 生起、發生、出生、存在（< ud-√pad）
ekacca	*a. pron.* 某個、一些
etad	*pron.* 這個、此（= etaṃ）
esa	*pron.* 這個，eso 的替代形態
kaṭṭha	*n.* 薪、木頭、柴
katvā	*ger.* 做後、完成後、已做（< √kṛ）
kāma	*m. n.* 欲愛 [80]
kāla	*m.* 時間、早晨、恰當的時機
kālakiriyā	*f.* 死亡
kiṃ	嗎？什麼？（< ka）（見第三課文法 §1，此處作疑問質詞）
kinnukho	為何、如何（kiṃ + nu + kho）
kuddha	*m.* 生氣的人、忿怒者
kula	*n.* 家、家族、傳承
Keṇiya	*m.* 人名
khaṇant	*ppr.* 挖、挖掘者（< khaṇati < √khaṇ）
ghosa	*m.* 音聲、喧鬧聲、噪音、聲音

canda	*m.* 月亮
cāga	*m.* 施捨、慷慨、寬大、捨、布施
cārikā	*f.* 旅程、行程、旅行、遊行
cārikaṃ caramāno	（在）旅行（之時）
jaṭila	*m.* 結髮者、結髮外道
jana	*m.* 人、個人
-ṭṭhānaṃ (X)-ṭṭhānaṃ	*n.* ṭhāna 的連音形 *n.* X 的狀態
tāpayati	*caus.* 折磨、使受苦
tārāgaṇa	*m.* 星群、星系
thanayati	*pres.* 吼、打雷、大吼 < √than
thala	*n.* 高地、台地、高原
thūpāraha	*a.* 值得有塔的、應得一座塔的
thūpa	*m.* 塔
dassana	*n.* 視野、見、洞察 < √das
dullabha	*a.* 難得的、稀有的
dhātu	*f.* 界、遺骨（見本課文法§6）
dhovant	*ppr. m.* 清洗者 < √dhov
nimanteti	*pres.* 邀請（< ni-√mant）
ninna	*a. n.* 低地
nu	*indec.* 疑問質詞，那麼；嗎？
paccupaṭṭhāti	*pres.* 現前、出現（< paṭi-upa-√sthā）
paññāpent	*ppr. m.* 準備者、安排者
paṭiyādeti	*caus.* 準備、安排（< paṭi-√yat）

paṇḍita	*pp. m.* 智者
patiṭṭhāpent	*ppr. m.* 放置者、放置、保持
patiṭṭhita	*pp.* 被建立、被安置
patinandita	*pp.* 高興（< pati-√nand）
pabbajita	*m. pp.* 出家人、遊方者、出家（< pa-√vraj）
pamodati	*pres.* 高興、享受、感到欣喜、歡喜、快樂（< pa-√mud）
paribyūḷha	*pp.* 具備、具有
parivuta	*pp.* 被跟隨、被圍繞（< pari-√vṛ）
para	*pron.* 其他的（人）（見本課文法§13） [81]
pāṇātipāta	*pp. m.* 殺生（pāṇa + atipāta）
pāpa	*n.* 罪、惡、惡行
puggala	*m.* 人、個人
putta	*m.* 兒子
purisapuggala	*m.* 人、男人
pūreti	*caus.* 充滿（< pūrati < √pṝ）
pecca	*ger. adv.* 死後（< pa-√i）
phālent(a)	*ppr.* 分開、打破（phāleti 的現在分詞）
balakāya	*m.* 軍隊（bala + kāyo）
bahu	*a.* 許多的
Bimbisāra	*m.* 人名、頻婆沙羅、影勝
bhavissati	*fut.* 將是、將有、將成為（bhavati 的未來式）

bhājana	*n.* 器、容器、器具、用具
bhāsati	*pres.* 說、誦、發光、照亮（< √bhāṣ）
bhāsate	*pres.* 說（現在式直說法 *3rd sg. A.*）
bhikkhusaṅgha	*m.* 比丘僧團
bhoga	*m.* 財物、擁有物、享用之物、財富
bhoto	*m.* 尊者 bhavant 的與格 / 屬格
maccharin	*m.* 有慳者、小氣鬼、貪心的人
majja	*n.* 酒、讓人醉的飲料、醉人的東西
maṇikā	*f.* 壺、甕、罐
maṇḍalamāla	*m.* 涼亭、有尖頂的圓形屋
mata	*pp.* 死了、死亡、死者、死的 < √mar
mahant	*a.* 大
mahāyañña	*m.* 大獻供、大祭祀、大布施
Māgadha	*a.* 摩竭陀的、摩竭陀國的
māṇavaka	*m.* 少年、童子（婆羅門）
micchâcāra	*m.* 邪行、錯誤的行為
musāvāda	*m.* 妄語、虛誑語
me	*pron.* 我（ahaṃ 的屬格 / 具格 / 與格，見第五課文法§13）
megha	*m.* 雲、雨雲、烏雲
yañña	*m.* 供犧、獻供、祭祀、布施
yadidaṃ	即、也就是、比如、亦即
yasas (yaso)	*n.* 名稱、稱譽、名聲、聲譽

yena…tena	句型（見本課文法§10）
loka	*m.* 世間、世界、宇宙
vaṇṇa	*m.* 顏色、氣色、外表、稱讚
vadeti	*pres.* 說、談（= vadati < √vad）
vasundharā	*f.* 大地 [82]
vācā	*f.* 言論、談話
vijjumālin	*m.* 帶閃電花蔓的（烏雲的描述語）
vimala	*a.* 無垢的、乾淨的、清淨、離垢（< vi-mala）
vivāha	*m.* 婚姻、帶走新娘、結婚、嫁新娘
vihiṃsati	*pres.* 傷害、壓迫（< vi-√hiṃs）
ve	*indec.* 的確、確實
veramaṇī	*f.* 戒除、禁除、制止
Sakya	*m.* 族名（佛陀的族名）、釋迦
sacca	*n.* 真實、真理、諦
sata	*num. n.* 一百、百
satakkaku	*a.* 雲的一個稱號、烏雲的描述語（「有百峰的」）
saddha	*a.* 堅決的、有信的
saddhiṃ	*indec.* 與……一起
sanantana	*a.* 恆常的、古老的
sant	*ppr. m.* 善人、好人（< √as）（見第五課文法§3）
samādiyati	*pres.* 承擔、受持（< sam-ā-√dā）
sammāsambuddho	*m.* 正等覺者、正等覺、完全覺悟的人

sāmaṃ sāmaṃ yeva	*adv.* 自己、自行 *adv.* sāmaṃ + eva
sāvaka	*m.* 弟子、聲聞
sikkhāpada	*n.* 學處、規定
sīlasampanna	*m.* 具戒者（sīla + sampanna）
Seniya	*m.* 族名（直譯作「屬於軍隊的」）
Sela	*m.* 人名
svātanāya	*adv.* 為了明天（svātana 的與格）
hanati	*pres.* 打、傷害、殺、殺害 = hanti

文法六

§1. -an 結尾的語基

§1.1. 語基以-an 結尾的名詞，其「單數，主格形」為 -ā，在「字彙說明」中只作 -an，以便和語基以-ā 結尾的名詞作區別。例：attan「我、神我」

	單	複
主	attā	attāna
受	attānaṃ / attaṃ	
屬 / 與	attano	attānaṃ
具	attanā / attena	attanehi (-ebhi)
從	attanā	
處	attani	attanesu
呼	atta / attā	attāno

注意：attan 的複數形有帶 -u 或 -ū 的其他種形式，如屬格 / 與格作 attūnaṃ，具格 / 從格作 attūhi / -bhi。處格作 attusu / ūsu。

§1.2. 許多語基以 -an 結尾的名詞，有不規則或其他的形式。如 brahman 與 attan 類似，但其單數，呼格可作 brahme，單數，與格 / 屬格作 brahmuno，其他形如下：

單數，具 / 從格：brahmunā (brahmanā)
複數，與 / 屬格：brahmunaṃ (brahmānaṃ)

注意：brahman 也有以 ṇ 取代 n 的形式，如 brahmuṇā, brahmaṇā, brahmuṇaṃ, brahmāṇaṃ。

§1.3. rājan「王」的變化如下：

<table>
<tr><th></th><th>單</th><th>複</th></tr>
<tr><td>主</td><td>rājā</td><td rowspan="2">rājāno</td></tr>
<tr><td>受</td><td>rājānaṃ / rājaṃ</td></tr>
<tr><td>屬</td><td rowspan="2">rañño / rājino
(rājassa)</td><td rowspan="2">raññaṃ / rājūnaṃ
(rājānnaṃ)</td></tr>
<tr><td>與</td></tr>
<tr><td>具</td><td>raññā rājinā</td><td rowspan="2">rājuhi (-ubhi)
rājehi (-ebhi)</td></tr>
<tr><td>從</td><td>raññā</td></tr>
<tr><td>處</td><td>rājini / raññe</td><td>rājūsu (rājesu)</td></tr>
<tr><td>呼</td><td>rāja / rājā</td><td>Rājāno</td></tr>
</table>

[84]

§2. 語基以 -in 結尾的名詞

語基以 -in 結尾的名詞，其單數主格形為 -ī，但在「字彙說明」裡記作 -in，以區別 -ī 結尾的名詞。其格尾變化如下：
例：maccharin「有慳者、小氣鬼」

<table>
<tr><th></th><th>單</th><th>複</th></tr>
<tr><td>主</td><td>maccharī</td><td rowspan="2">maccharino / maccharī</td></tr>
<tr><td>受</td><td>maccharinaṃ / maccharim̦</td></tr>
<tr><td>屬 / 與</td><td>maccharino / maccharissa</td><td>maccharīnaṃ</td></tr>
<tr><td>具</td><td rowspan="2">maccharinā / maccharimhā / -ismā</td><td rowspan="2">maccharīhi (-ībhi)</td></tr>
<tr><td>從</td></tr>
<tr><td>處</td><td>maccharini / -imhi (-ismiṃ)</td><td>maccharīsu</td></tr>
<tr><td>呼</td><td>macchari</td><td>maccharino / maccharī</td></tr>
</table>

§3. mahant **與** santo

§3.1. mahant「大」的格尾變化很像 -vant / -mant 結尾的語基之變化（第五課 §2），但其主格形如下（注意，mahā-可用於單數形與複數形）：

	單	複
主	mahā	mahā / mahanto / mahantā

§3.2. santo「善人」的單數主格與複數主格皆作 santo。其他的變化通常如 -ant 結尾的名詞之變化。

	單	複
主	santo	santo / santā

sant 本是 atthi 的現在分詞，在巴利語中可有兩種意思：「存在」，以及這裡所說的「善人」。我們只能從文脈來斷定

它在一句子中的意思。

§4. bhavant 的稱謂形

bhoto 是名詞 bhavant「尊者、大德」的屬格 / 與格形，用於客氣的稱謂。我們所熟悉的呼格稱謂形 bhante，實際上與它屬同一類型，且似乎源自另一種方言。 [85] 本來，它們源自 bhavati「是、成為」的現在分詞形，所以字面義是「存在者、存在」，但後來有了特別的用法，因此它的格變化很像現在分詞的格尾變化。Bhavant 的部分格尾變化從未出現過，以下列出可能會遇到的形式：

	單	複
主	bhavaṃ	bhavanto / bhonto
受	bhavantaṃ	bhavante
屬 / 與	bhoto	bhavataṃ / bhavantānaṃ
具	bhotā	bhavantehi
呼	bhavaṃ, bho	bhonto

§5. 語基以-as 結尾的名詞

巴利語也有以-as 結尾的名詞，如 manas「意、心」與 cetas「思、意念、意圖」。在梵語中，這種名詞自成一類，但是在巴利語，它們幾乎完全轉化成具 -a 語基的中性名詞（第一課 §2.2.），只剩下一些特殊的單數形，即下列所列第一種替代形。注意，其他的替代形與-a 語基結尾的名詞相同。複數性則完全和-a 語基結尾的名詞一樣。

例：manas「意、心」

	單
主／受	mano / manaṃ
屬／與	manaso / manassa
具	manasā / manena
從	manasā / manamhā (-asmā)
處	manasi / mane / -amhi (asmiṃ)
呼	mano / manaṃ

[86]

§6. 以 -u 結尾的語基

出現在本課讀本裡 ākāsadhātu 的 dhātu「界、遺骨」，屬於一類以 -u 結尾的陰性名詞。這種名詞很少，其格尾變化如下：

例：dhātu「界」

<table>
<tr><th></th><th>單</th><th>複</th></tr>
<tr><td>主</td><td>dhātu</td><td rowspan="2">dhātū / dhātuyo</td></tr>
<tr><td>受</td><td>dhātuṃ</td></tr>
<tr><td>屬／與</td><td>dhātuyā</td><td>dhātūnaṃ</td></tr>
<tr><td>具／從</td><td>dhātuyā</td><td>dhātūhi / dhātūbhi</td></tr>
<tr><td>處</td><td>dhātuyā, dhātuyaṃ</td><td>dhātūsu</td></tr>
<tr><td>呼</td><td>dhātu</td><td>dhātū / dhātuyo</td></tr>
</table>

§7. 過去式（Aorist）

巴利語有過去式（有時候，被叫作 Aorist，因為它大多源自梵語的 Aorist）。依其形成的方式，可分作幾類的動詞，本課出現的字屬於其中兩類。

§7.1.『addasā』類（-a Aorist 與 root Aorist）。此類的構成，通常在字根前加接頭詞 a-（稱為「增音」），並加上如下列的語尾。此時，字根也可能會有變化。

	單	複
第一人稱	-aṃ	-āma / -amha
第二人稱	-ā	- atha / -attha
第三人稱		-uṃ / -ū

有的字根有上述替代形語尾，有的則否。以 passati / √dis 為例：

	單	複
第一人稱	addasaṃ	addasāma / addasamha
第二人稱	addasā	addasatha / addasattha
第三人稱		addasuṃ

[87]

gaccha-「去」（√gam）的過去式如下（還有其他的，以後再列）

	單	複
第一人稱	agamaṃ	agamāma / agamamha
第二人稱	agamā	agamatha / agamattha
第三人稱		agamuṃ

§7.2.『upasaṅkami』類（-is Aorist）。巴利語中最常見的過去式，在字根後加下列的語尾（有時，字根有改變），如：

	單	複
第一人稱	-iṃ / -isaṃ	-imha / -imhā
第二人稱	i / ī	-ittha
第三人稱		-iṃsu / -isuṃ

upasaṅkamati「接近、趨近」（upa ＋ saṃ ＋ √kam）的變化如下：

	單	複
第一人稱	upasaṅkamiṃ	upasaṅkamimha / -imhā
第二人稱	upasaṅkami	upasaṅkamittha
第三人稱		upasaṅkamiṃsu

有時候，除了這些語尾外，還會加上增音 a-，尤其是語基較短的時候。如 bhāsati「說」變成 abhāsi「他〔曾〕說」。若字根已加了接頭詞，增音會出現在接頭詞與字根之間。如 pavisati「進入」（pa-√vis），變成 pāvisi，它來自 pa+a+√vis，其中 a 即是增音，另外也可變成 pavisi，這不具增音。

atthi「是、存在」也屬此類。注意單數時，第一個母音拉長音：

	單	複
第一人稱	āsiṃ	asimha
第二人稱	āsi	asittha
第三人稱		asiṃsu

[88]

gacchati 有「-is Aorist」類及「addasā」類的語尾，巴利的許多動詞都有這兩種語尾。如此，gacchati 的語尾除了§7.1.所列的之外，還有以下的語尾（注意增音）：

	單	複
第一人稱	agamisaṃ / agamiṃ	agamimha
第二人稱	agami	agamittha
第三人稱		agamiṃsu / agamisuṃ

§8. √vac「說」的過去式

字根√vac 是不完全變化的，因為它的現在式未曾實際被使用，雖然〔文法書〕有時候會引 vattai 或 vacati 的形式。在巴利語中，它的現在式已被 √vad 的現在式 vadati 所取代。但是，√vac 還有其他形態：它的過去式，採「addasā 類」的語尾。它另有一些替代語尾；其中之一是出現在「進階閱讀五」裡的 avoca「曾說」；其他形式，以後（第八課§4）再給。

§9. 過去分詞，以具格表主詞的句子

巴利語中常見到一種句子，其及物動詞[*3]是「以 -ta / -na 結尾的過去分詞」（第五課§5）。該分詞及其受詞性、數、格（主格）一致，其主詞則帶具格。如此，這像英語的句子：X has been done by Y（如中文的「甲被乙……了」）（在巴利中，字序是可變化的）。雖然這些句子有時候被稱作是「被動的」，但其意思通常是表「過去的」或「已完成的」：

so me nimantito 我邀了他。
（或譯為：他已被我邀請了。）

[*3] 及物動詞，指需與受詞配合的動詞。

desito Ānanda mayā dhammo 阿難！我已說法。

如果未明示直接受詞，則該分詞作「中性，單數」：

evaṃ me sutaṃ 如是我聞。

注意這些分詞也可伴隨一個助動詞，如 atthi：

me mahāyañño paccupaṭṭhito atthi
我已準備了一個大祭祀。 [89]

§10. yena... tena 句型

yena X tena Y 的句型很常見，其中 Y 是表移動的動詞；X 是帶主格的名詞，作移動的目的地：

Yena assamo ten'upasaṅkami （他）到那寺廟。

§11. āha, āhu 說

āha 與 āhu 是獨特的形態，它屬於梵語的完了形，在巴利語的完了形，除了此二字外，已完全消失（雖然，後來的注釋文獻有其他從梵語而來的完了形）。āha「他曾說」出現在「進階閱讀六」，是單數形；āhu 本是複數，但也出現單數的意思。複數有時也作 āhaṃsu。āhu 常出現在無主詞的情況，有不確定的意味，即「他們（曾）說」或「有人曾說……」。

§12. 一百

以「百」來計算事物的一個方式，是所計算的事物與 sata「百」合成一複合詞，再於前面加上一個與它的性數格一致的「數字」，指出有多少個百：

tīni mānavasatāni 三百位年輕人

tīhi mānavasatehi 三百位年輕人

注意，整個複合詞採中性，雖然所算的事物是有生命的。另注意，sata「百」採複數。

§13. para「其他的」與 añña「另一個」

para「其他的」與 añña「另一個」，和 sabba 一樣，都採代名詞的語尾變化（第四課 §8）。因此，它們的複數主格形分別是 pare 與 aññe，複數屬 / 與格則是 paresaṃ 與 aññesaṃ。

§14. saddhiṃ「與……一起」與 parivuta「被……伴隨」

saddhiṃ 與 parivuta 都指「與……一起」、「被……伴隨」，它們皆支配具格。parivuta 實際上是-ta 結尾的過去分詞，因此與被伴隨之事物在性數格上要一致：

brāhmaṇo cattāri mānavakasatehi parivuto...

婆羅門與四百年輕人……

bhikkhusaṅghena saddhiṃ

與比丘僧團 [90]

§15. -ṭhānaṃ 與 -dhamma 的複合詞

-ṭhānaṃ 與 -dhamma 常是複合詞的第二成員，分別具有「……的狀態」與「（具有）……的性質」的意思。「進階閱讀六」有個 -dhamma 的複合詞：vipariṇāmadhamma「有變異性質的」。ṭhānaṃ 若加在母音之後，其第一個子音要重複（見第二課文法§1.2），因此 pamāda + ṭhānaṃ→ pamādaṭṭhānaṃ。

§16. 處格可表「在……之中」或「在……」

具有地方、人群之意思的名詞，若呈顯「複數，處格」形，常用來指「在某國」或「在某國人民之中」：

Aṅguttarāpesu 在安古拉國
（或譯為：在安古拉人之中）

§17. 連音

有時候，當一字的結尾是閉鎖子音[4]加 i，且其後跟著一個以母音開頭的字之時，該子音會重複，且 i 消失。（ci + 母→cc + 母）：

api + ekacca → appekacca

與巴利語中其他類似的連音現象一樣，這種連音特別常出現在某些特定片語。

---

[4] p、b、t、d、k、g 等。

進階閱讀六

讀本一

"Nanu te, Soṇa, rahogatassa paṭisallīnassa evaṃ cetaso parivitakko udapādi: 'ye kho keci bhagavato sāvakā āraddhavīriyā viharanti, ahaṃ tesaṃ aññataro. Atha ca pana me na anupādāya āsavehi cittaṃ vimuccati, saṃvijjanti kho pana me kule bhogā, sakkā bhogā ca bhuñjituṃ puññāni ca kātuṃ. Yaṃ nūnâhaṃ sikkhaṃ paccakkhāya hīnāyâvattitvā bhoge ca bhuñjeyyaṃ puññāni ca kareyyaṃ'"ti?

"Evaṃ, bhante."

"Taṃ kiṃ maññasi, Soṇa, kusalo tvaṃ pubbe agāriyabhūto vīṇāya tantissare"ti?

"Evaṃ, bhante."

"Taṃ kiṃ maññasi, Soṇa, yadā te vīṇāya tantiyo accāyatā honti, api nu te vīṇā tasmiṃ samaye saravatī vā hoti kammaññā vā"ti?

"No h'etaṃ, bhante." [91]

"Taṃ kiṃ maññasi, Soṇa, yadā te vīṇāya tantiyo atisithilā honti, api nu te vīṇā tasmiṃ samaye saravatī vā hoti kammaññā vā"ti?

"No h'etaṃ, bhante."

"Yadā pana te, Soṇa, vīṇāya tantiyo na accāyatā honti nātisithilā same guṇe patiṭṭhitā, api nu te vīṇā tasmiṃ samaye saravatī vā hoti kammaññā vā"ti?

"Evaṃ, bhante."

"Evamevaṃ kho, Soṇa, accāraddhavīriyaṃ uddhaccāya

saṃvattati, atisithilavīriyaṃ kosajjāya saṃvattati. Tasmātiha*4 tvaṃ, Soṇa, vīriyasamataṃ adhiṭṭhaha, indriyānaṃ ca samataṃ paṭivijjha, tattha ca nimittaṃ gaṇhāhî"ti.

讀本二

Kodhano dubbaṇṇo hoti, atho dukkhaṃ pi seti so;
atho atthaṃ gahetvāna, anatthaṃ adhipajjati.[5]

Tato kāyena vācāya, vadhaṃ katvāna kodhano;
kodhâbhibhūto puriso, dhanajāniṃ nigacchati.

Kodhasammadasammatto, āyasakyaṃ nigacchati;
ñātimittā suhajjā ca, parivajjanti kodhanaṃ.
anatthajanano kodho, kodho cittappakopano;
bhayamantarato jātaṃ, taṃ jano nâvabujjhati.[6]

Kuddho atthaṃ na jānāti, kuddho dhammaṃ na passati;
andhatamaṃ tadā hoti, yaṃ kodho sahate naraṃ.

nâssa*5 hirī na ottappaṃ, na vāco hoti gāravo;
kodhena abhibhūtassa, na dīpaṃ hoti kiñcanaṃ.

---

*4 tasmā + iha，中間因連音，插入 t。

5 Mp IV 48: **Atho atthaṃ gahetvānā**ti atho vuddhiṃ gahetvā. **Anatthaṃ adhipajjatī**ti anattho me gahitoti sallakkheti. **Vadhaṃ katvānā**ti pāṇātipātakammaṃ katvā. **Kodhasammadasammatto**ti kodhamadena matto, ādinnagahitaparāmaṭṭhoti attho.

6 Iti-a II 97: **Bhayamantarato jātaṃ, taṃ jano nāvabujjhatī**ti taṃ lobhasaṅkhātaṃ antarato abbhantare attano citteyeva jātaṃ anatthajananacittappakopanādiṃ bhayaṃ bhayahetuṃ ayaṃ bālamahājano nāvabujjhati na jānātīti.

*5 na + assa （ayaṃ 的屬格 / 與格）。

讀本三

Rājā āha: "Kiṃlakkhaṇo, bhante Nāgasena, manasikāro, kiṃlakkhaṇā paññā"ti?

"Ūhanalakkhaṇo kho, mahārāja, manasikāro, chedanalakkhaṇā paññā"ti.

"Kathaṃ ūhanalakkhaṇo manasikāro, kathaṃ chedanalakkhaṇā paññā, opammaṃ karohî"ti.

"Jānāsi, tvaṃ mahārāja, yavalāvake?"ti. [92]

"Āma, bhante, jānāmî"ti.

"Kathaṃ, mahārāja, yavalāvakā yavaṃ lunantî"ti?

"Vāmena, bhante, hatthena yavakalāpaṃ gahetvā dakkhiṇena hatthena dāttaṃ gahetvā dāttena chindantî"ti.

"Yathā, mahārāja, yavalāvako vāmena hatthena yavakalāpaṃ gahetvā dakkhiṇena hatthena dāttaṃ gahetvā dāttena chindati, evam'eva kho, mahārāja, yogâvacaro manasikārena mānasaṃ gahetvā paññāya kilese chindati. Evaṃ kho, mahārāja, ūhanalakkhaṇo manasikāro, evaṃ chedanalakkhaṇā paññā"ti.

"Kallo'si, bhante Nāgasenâ"ti.

讀本四

Atha kho aññataro brāhmaṇo yena bhagavā ten upasaṅkami; upasaṅkamitvā bhagavatā saddhiṃ sammodi. ... ekamantaṃ nisīdi. Ekamantaṃ nisinno kho so brāhmaṇo bhagavantaṃ etadavoca:

"Sandiṭṭhiko dhammo, sandiṭṭhiko dhammo'ti, bho Gotama, vuccati. Kittāvatā nu kho, bho Gotama, sandiṭṭhiko dhammo hoti ..."ti?

"Tena hi, brāhmaṇa, taññevettha[*6] paṭipucchissāmi. Yathā te khameyya tathā naṃ byākareyyāsi. Taṃ kiṃ maññasi, brāhmaṇa, santaṃ vā ajjhattaṃ rāgaṃ 'atthi me ajjhattaṃ rāgo'ti pajānāsi, asantaṃ vā ajjhattaṃ rāgaṃ 'n'atthi me ajjhattaṃ rāgo'ti pajānāsī"ti?

"Evaṃ, bho."

"Yaṃ kho tvaṃ, brāhmaṇa, santaṃ vā ajjhattaṃ rāgaṃ 'atthi me ajjhattaṃ rāgo'ti pajānāsi, asantaṃ vā ajjhattaṃ rāgaṃ 'n'atthi me ajjhattaṃ rāgo'ti pajānāsi – evampi kho, brāhmaṇa, sandiṭṭhiko dhammo hoti ... ."

"Taṃ kiṃ maññasi, brāhmaṇa, santaṃ vā ajjhattaṃ dosaṃ ... pe ...

santaṃ vā ajjhattaṃ mohaṃ ... pe ...

santaṃ vā ajjhattaṃ kāyasandosaṃ ... pe ...

santaṃ vā ajjhattaṃ vacīsandosaṃ ... pe ...

santaṃ vā ajjhattaṃ manosandosaṃ 'atthi me ajjhattaṃ manosandoso'ti pajānāsi, asantaṃ vā ajjhattaṃ manosandosaṃ 'n'atthi me ajjhattaṃ manosandoso'ti pajānāsî"ti?

"Evaṃ, bhante." [93]

"Yaṃ kho tvaṃ, brāhmaṇa, santaṃ vā ajjhattaṃ manosandosaṃ 'atthi me ajjhattaṃ manosandoso'ti pajānāsi, asantaṃ vā ajjhattaṃ manosandosaṃ 'natthi me ajjhattaṃ manosandoso'ti pajānāsi - evaṃ kho, brāhmaṇa, sandiṭṭhiko dhammo hoti" ...iti.

"Abhikkantaṃ, bho Gotama, abhikkantaṃ, bho Gotama, ...

---

*6 taṃ + eva + ettha。

upāsakaṃ maṃ bhavaṃ Gotamo dhāretu ajjatagge pāṇ'upetaṃ saraṇaṃ gataṃ"ti. (AN 6.5.6.)

讀本五

Manujassa pamattacārino, taṇhā vaḍḍhati māluvā viya;
so palavati hurāhuraṃ, phalamicchaṃ'va vanasmi vānaro.

Yaṃ esā sahatī [*7] jammī, taṇhā loke visattikā;
sokā tassa pavaḍḍhanti, abhivaḍḍhaṃ'va bīraṇaṃ.

Yo c'etaṃ sahatī jammiṃ, taṇhaṃ loke duraccayaṃ;
sokā tamhā papatanti, udabindu'va pokkharā.
(Dhp, 24, 334-336)

進階閱讀六 字彙說明

agāriyabhūta	*a.* 身為居士（agāriya 有家的 + bhūta 是）
accāyata	*a.* 太長的、太緊的（ati 太 -āyata 長、延長。āyata < āyamati 拉開、伸展）
accāraddhaviriya	*n.* 太過的精進、過度努力、精進過當（ati + āraddha + viriya）
aññatara	*a.* 某一個（añña + tara）
atisithila	*a.* 寬鬆的、鬆散的、太鬆、太散漫

[*7] sahatī = sahati（為讀韻而變長音）。

atthaṃ gahetvāna	獲得利益、好處、取得利益[7]（*m.* + *ger.*）
atho	又、再者、同樣地（= atha）
adhiṭṭhaha	*imper.* 2nd *sg.* 專注、注意、實踐（< adhiṭṭhahati < adhi-√sthā）
adhipajjati	*pres.* 到達、成就（< adhi-√pad）
anattha	*a.* *n.* 無利益、非利、傷害、災禍
anupādāya	*ger.* 不執著（< an-upa-ā-√dā-ya）
antarato	*adv.* 從內部（antara *n.* *Ab.*）
andhatamaṃ	*n.* 深暗、黑暗（andha 盲；tama 黑暗）
abhibhūta	*pp.* 被征服、被打敗（< abhibhavati）
abhivaḍḍhati	*pres.* 增大、增長、長成（< abhi-√vṛdh）
avabujjhati	*pres.* 領悟、覺悟、了解（< ava-√budh）
āyasakya	*n.* 不名譽、壞名聲、恥辱
āraddhaviriya	*a.* 堅決的、充滿精進的、精進努力的
icchati	*pres.* 希求、想要、喜歡（< √iṣ）[94]
indriya	*n.* （體驗的或感知的）能力、感官、根

7 原書的解釋是 having held back or given up, profit or advantage。

iha	*adv.* 在這裡、現在、在此世、目前、在這世界
udapādi	*aor.* 曾生起、生起（過去式）（< ud-√pad）
udabindu	*m.* 水滴
uddhacca	*n.* 掉舉、興奮、分心、激動
ūhana	*n.* 舉起、推論、推理、考慮、檢驗（< udhanati = udharati）
ekamantaṃ	*adv.* 在旁邊、在一邊、在一旁（eka + anta）
ettha	*adv.* 在這方面、在此、關於此、在此脈絡裡
ottappa	*n.* 愧、怕作壞事
kammañña	*a.* 適合工作的、適業的、可用的
kalāpa	*m.* 聚、束、紮、捆
kiñcana	*a. n.* 任何的、某、瑣事、執著
kittāvatā	*adv.* 怎麼說、從何說、以什麼角度、云何
kilesa	*m.* 煩惱、不淨、（心靈上的）染汙
kodhana	*a.* 生氣的、有瞋的
kodha	*m.* 生氣、忿怒
gahetvāna	*ger.* 奪取、 捉住（< √grah）
guṇa	*m.* 特質、成分、構成要素
cārin	*m.* 行為者、作者
cetas (-o)	*n.* 心、精神、意識
chindati	*pres.* 毀壞、弄壞、破碎、切斷、斷

	絕（< √chid）
chedanaṃ	*n.* 切斷、破壞、斷、切、除去
janana	*a.* 引起……的、促使……的。*n.* 導致、引起、使發生
jammī	*a. f.* 可憐的、可鄙的、惡劣的（< jamma）
jāta	*pp.* 已生起的、生起（< janati）
jāni	*f.* 剝奪、損失
ñāti	*f.* 親戚、親類
tato	於是、從此、因此、之後（ta *Ab.*）
tattha	*adv.* 那裡、在那裡、向那裡、到那裡
tanti	*f.* 線、弦
tantissara	*m.* 弦音、弦樂（tanti 弦 + sara 聲）
tārā	*f.* 星星
dakkhiṇa	*a.* 右邊、右（「南方的」見進階閱讀三）
dātta	*n.* 杖、鐮刀、切割裝置
dīpa	*n.* 堅固的基礎、庇護處、避難所、庇護所、避難處
dukkhaṃ	*adv.* 痛苦地（作副詞用的受格，見第三課文法§8）
dubbaṇṇa	*a.* 壞色的、醜的、褪色的
duraccaya	*a.* 難超越、難克服的、難以克服的（< dur + accaya）

dhana	*n.* 財富、財產
nara	*m.* 人
nigacchati	*pres.* 進入、來到、墮入、落入、遭受（< ni-√gam）
nimitta	*n.* 念頭的對象、相、徵兆、原因、所緣 [95]
nisinna	*pp.* 坐下（< ni-√sad）
nisīdati	*pres.* 坐下（< ni-√sad）
nisīdi	*aor.* 已坐下（< ni-√sad）
pakopana	*n.* 令煩亂、惱亂。*a.* 擾亂的、使搖動的
paccakkhāya	*ger.* 放棄（< paṭi-ā-√khyā）
paññā	*f.* 慧、智慧
paṭipucchati	*pres.* 質問、回問、反問、問（< paṭi-√pṛcch）
paṭivijjha	*imper.* 穿透、獲得、領悟、精通（< paṭi-vi-√vyadh）。*ger.* 貫通 < √vidha$_3$。
paṭisallīna	*pp.* 獨處、宴坐、禪思、隱退（paṭi-saṃ-√lī）
paṭṭhita	*pp.* 已設定、已安立（< pa-√sthā）
papatati	*pres.* 掉落、落下、下降（< pa-√pat）
parivajjati	*pres.* 避免、迴避、躲開、放棄（< pari-√vṛj）

parivitakka	*m.* 審查、遍尋、反省、考慮、想法
palavati	*pres.* 漂、浮、遊蕩、跳（< √plu）
pavaḍḍhati	*pres.* 增長、增大、成長、增加（< pa-√vṛdh）
passati	*pres.* 發現、覺悟、見、看、知道（< √dṛś）
puñña	*n.* 福、善、福德、功德、有功績的行為
pubbe	*adv.* 之前、以前（< pubba）
purisa	*m.* 個人、人、男人、男眾
pokkhara	*n.* 蓮葉、蓮花葉
phala	*n.* 果、果實、有果的、結果
bīraṇa	*n.* 一種芬香的草、須芒草、蓼
bhuñjati	*pres.* 吃、享用、食用，受用，享受（< √bhuj）
manasikāra	*m.* 注意、作意、思惟
manuja	*m.* 人
mānasa	*n.* 意圖、心的意向、心的行為
māluvā	*f.* 蔓、藤、（長的）藤蔓、爬藤類的植物
mitta	*m. n.* 友、友人、朋友
yaṃ	某個、那個、如英語的 that。*indec.* 當……時（< ya）
yadā	*adv.* 當、在……時（< ya-dā）。*indec.* 當……時（< ya + dā）
yannūna	*indec.* 那麼、不如……吧！（yaṃ

	nūna）
yannūnâhaṃ	讓我……（yaṃ + nūna + ahaṃ）
yava	*m.* 麥、大麥、穀類
yogâvacara	*m.* 瑜伽行者、禪修者、修行者、勤勉的學生（yoga + avacara）
rahogata	*a.* 獨自一人的、獨處的、獨自（rahas 獨處 + gata 處於）
rāga	*m.* 貪
lāvaka	*m.* 切割者、切削的人、收割者
lunāti	*pres.* 剪、切、割（< √lū = √lu）
vaca	*m.* 語、言、話、言語（也作 vacā *f.*） [96]
vacī-	vaca 作為複合詞前語時的形態
vaḍḍhati	*pres.* 增長、增加、成長（< √vṛdh）
vadha	*m.* 殺、殺戮、殺害、破壞、毀滅
vana	*n.* 森林、林
vānara	*m.* 猴子
vāma	*a.* 左（邊）的、美的
vimuccati	*aor.* 被釋放、自由的、被解放的（< vi-√muc）
viya	*indec.* 好像、猶如、像、如（表示比較的質詞）
viriya	*n.* 努力、精進、能量
visattikā	*f.* 染著、執取、貪愛
viharati	*pres.* 居住、住、持續、停留 < √har
vīṇā	*f.* 魯特琴

saṃvijjati	*aor.* 存在、被見到、看似、顯得（< √vid）
sakkā	*indec.* 能夠的、有可能的
saddhiṃ	*adv.* 和……一起
sandosa	*n.* 染汙、汙染、冒瀆（saṃ + dosa 過、染）
sama	*a.* 平等的、和諧的
samatā	*f.* 平等、平衡
samaya	*m.* 時間、時間點、時期、時
sammatta	*pp.* 沉醉於、喜愛、受……支配（< saṃ-√mad）
sammada	*m.* 食後的睡意、醉、陶醉（saṃ + mada）
sammodati	*pres. aor.* 感到歡喜、交換友善的問候、共喜（sammodi）
saravatī	*a. f.* 有聲的、有旋律的、有悅耳的（< sara-vant）
sahati	*pres.* 征服、戰勝 < √sah
sikkhā	*f.* 學、訓練、學科
suhajja	*m.* 朋友、好心人
seti	*pres.* 居住、躺、住、睡 < √sī1
Soṇa	*m.* 二十億（耳）、（人名）
hattha	*m.* 手
hirī	*f.* 慚、羞恥心
hīna	*a.* 低的、卑下的、下等的、較差的

hīnāya āvattati	轉向低下處、還俗
hurāhuraṃ	*adv.* 一世一世地、從這一世到另外一世（< huraṃ 在他世）

第七課

[97]

基礎閱讀

讀本一

"Etha tumhe, Kālāmā, mā anussavena, mā paramparāya, mā itikirāya, mā piṭakasampadānena, …mā samaṇo no[*1] garuti. Yadā tumhe, Kālāmā, attanā'va jāneyyātha – 'ime dhammā akusalā, ime dhammā sāvajjā, ime dhammā viññugarahitā, ime dhammā samattā samādinnā ahitāya dukkhāya saṃvattantî'ti; atha tumhe, Kālāmā, pajaheyyātha."

"Taṃ kiṃ maññatha, Kālāmā, lobho purisassa ajjhattaṃ uppajjamāno uppajjati hitāya vā ahitāya vâ"ti?

"Ahitāya, bhante."

"Luddho panâyaṃ, Kālāmā, purisapuggalo lobhena abhibhūto pariyādinnacitto, pāṇaṃ pi hanati, adinnaṃ pi ādiyati, paradāraṃ pi gacchati, musā pi bhaṇati, paraṃ pi tathattāya samādapeti, yaṃ'sa[*2] [1]hoti dīgharattaṃ ahitāya dukkhāyâ"ti.

"Evaṃ, bhante."

"Taṃ kiṃ maññatha, Kālāmā, doso purisassa ajjhattaṃ uppajjamāno uppajjati hitāya vā ahitāya vâ"ti?

[*1] 注意，這個 no 不是否定詞，而是某代名詞的「前後屬詞素」形（見第五課文法§1.3）。

[*2] yaṃ + assa.

[1] Mp II 306: **Yaṃsa hotī**ti yaṃ kāraṇaṃ tassa puggalassa hoti.

"Ahitāya, bhante."

"Duṭṭho panâyaṃ, Kālāmā, purisapuggalo dosena abhibhūto pariyādinnacitto, pāṇaṃ pi hanati, adinnaṃ pi ādiyati, paradāraṃ pi gacchati, musā pi bhaṇati, paraṃ pi tathattāya samādapeti, yaṃ'sa hoti dīgharattaṃ ahitāya dukkhāyâ"ti.

"Evaṃ, bhante."

"Taṃ kiṃ maññatha, Kālāmā, moho purisassa ajjhattaṃ uppajjamāno uppajjati hitāya vā ahitāya vâ"ti?

"Ahitāya, bhante."

"Mūḷho panâyaṃ, Kālāmā, purisapuggalo mohena abhibhūto, pariyādinnacitto, pāṇaṃ pi hanati, adinnaṃ pi ādiyati, paradāraṃ pi gacchati, musā pi bhaṇati, paraṃ pi tathattāya samādapeti, yaṃ sa hoti dīgharattaṃ ahitāya, dukkhāyâ"ti.

"Evaṃ, bhante."

"Taṃ kiṃ maññatha, Kālāmā, ime dhammā kusalā vā akusalā vâ"ti?

"Akusalā, bhante."

"Sāvajjā vā anavajjā vā"ti?

"Sāvajjā, bhante".

"Viññugarahitā vā viññuppasatthā vā"ti?

"Viññugarahitā, bhante".

"Samattā samādinnā ahitāya dukkhāya saṃvattanti, no vā? Kathaṃ vā ettha hotî"ti?

"Samattā, bhante, samādinnā ahitāya dukkhāya saṃvattantî ti. Evaṃ no ettha hotî"ti. (AN 3.65)

讀本二

"Nâhaṃ, brāhmaṇa, 'sabbaṃ diṭṭhaṃ bhāsitabbaṃ'ti vadāmi; na panâhaṃ, brāhmaṇa, 'sabbaṃ diṭṭhaṃ na bhāsitabbaṃ'ti vadāmi; nâhaṃ, brāhmaṇa, 'sabbaṃ sutaṃ bhāsitabbaṃ'ti vadāmi; na panâhaṃ, brāhmaṇa, 'sabbaṃ sutaṃ na bhāsitabbaṃ'ti vadāmi; nâhaṃ, brāhmaṇa, 'sabbaṃ mutaṃ bhāsitabbaṃ'ti vadāmi; na panâhaṃ, brāhmaṇa, 'sabbaṃ mutaṃ na bhāsitabbaṃ'ti vadāmi; nâhaṃ, brāhmaṇa, 'sabbaṃ viññātaṃ bhāsitabbaṃ'ti vadāmi; na panâhaṃ, brāhmaṇa, 'sabbaṃ viññātaṃ na bhāsitabbaṃ'ti vadāmi."

"Yaṃ hi, brāhmaṇa, diṭṭhaṃ bhāsato akusalā dhammā abhivaḍḍhanti, kusalā dhammā parihāyanti, 'evarūpaṃ diṭṭhaṃ na bhāsitabbaṃ'ti vadāmi. Yaṃ ca khv'assa[*3], brāhmaṇa, diṭṭhaṃ abhāsato kusalā dhammā parihāyanti, akusalā dhammā abhivaḍḍhanti, 'evarūpaṃ diṭṭhaṃ bhāsitabbaṃ'ti vadāmi."

"Yaṃ hi, brāhmaṇa, sutaṃ bhāsato akusalā dhammā abhivaḍḍhanti, kusalā dhammā parihāyanti, 'evarūpaṃ sutaṃ na bhāsitabbaṃ'ti vadāmi. Yaṃ ca khv'assa, brāhmaṇa, sutaṃ abhāsato kusalā dhammā parihāyanti, akusalā dhammā abhivaḍḍhanti, 'evarūpaṃ sutaṃ bhāsitabbaṃ'ti vadāmi."

"Yaṃ hi, brāhmaṇa, mutaṃ bhāsato akusalā dhammā abhivaḍḍhanti, kusalā dhammā parihāyanti, 'evarūpaṃ mutaṃ na bhāsitabbaṃ'ti vadāmi. Yaṃ ca khv'assa, brāhmaṇa, mutaṃ abhāsato kusalā dhammā parihāyanti, akusalā dhammā abhivaḍḍhanti, 'evarūpaṃ mutaṃ bhāsitabbaṃ'ti vadāmi."

"Yaṃ hi, brāhmaṇa, viññātaṃ bhāsato akusalā dhammā

[*3] kho + assa，有「再者、另一方面、又」的意思。

abhivaḍḍhanti, kusalā dhammā parihāyanti, 'evarūpaṃ viññātaṃ na bhāsitabbaṃ'ti vadāmi. Yaṃ ca khv'assa, brāhmaṇa, viññātaṃ abhāsato kusalā dhammā parihāyanti, akusalā dhammā abhivaḍḍhanti, 'evarūpaṃ viññātaṃ bhāsitabbaṃ'ti vadāmi."

(AN 4.19.3)

讀本三

Saccaṃ bhaṇe na kujjheyya, dajjā'ppasmiṃ[*4] pi yācito[2]
etehi tīhi ṭhānehi, gacche devāna[*5] santike. (Dhp 17, 224)

Kāyappakopaṃ rakkheyya, kāyena saṃvuto siyā
kāyaduccaritaṃ hitvā, kāyena sucaritaṃ care.

Vacīpakopaṃ rakkheyya, vācāya saṃvuto siyā
vacīduccaritaṃ hitvā, vācāya sucaritaṃ care.
(Dhp 17, 231-232)

Yo pāṇamatipāteti, musāvādaṃ ca bhāsati
loke adinnaṃ ādiyati, paradāraṃ ca gacchati
Surāmerayapānaṃ ca, yo naro anuyuñjati
idh'evameso[*6] lokasmiṃ, mūlaṃ khaṇati attano.
(Dhp 18, 246-247)

[*4] dajjā + appasmiṃ，見本課文法§7。

[2] Dhp-a III 317: **Yācito**ti yācakā nāma sīlavanto pabbajitā. Te hi kiñcāpi "dethā"ti ayācitvāva gharadvāre tiṭṭhanti, atthato pana yācantiyeva nāma. Evaṃ sīlavantehi yācito appasmiṃ deyyadhamme vijjamāne appamattakampi dadeyya.

[*5] = devānaṃ。

[*6] idha+ eva + m=eso。eva 在此是表強調的 eva，-m 是插入的。

讀本四

Sace labhetha nipakaṃ sahāyaṃ,
saddhiṃcaraṃ sādhuvihāridhīraṃ;
Abhibhuyya sabbāni parissayāni,
careyya tena'ttamano satīmā.

No ce labhetha nipakaṃ sahāyaṃ,
saddhiṃcaraṃ sādhuvihāridhīraṃ;
Rājā'va raṭṭhaṃ vijitaṃ pahāya,
eko care mātaṅg'araññe'va nāgo. (Dhp 23, 328-329)

字彙說明

atipāteti	*caus. pres.* 殺害、令落下的、殺害、打倒
attano	*m. sg. G* 自己的（< attan）（見第七課文法§1.1）
attamana	*a.* 歡喜的、高興的
anuyuñjati	*pres.* 實踐、致力於（< anu-√yuj）
anussava	*n.* 隨聞、傳統、傳說
appa appasmiṃ dadāti	*a. n.* 少的 見本課文法§7
abhibhavati	*pres.* 打敗、克服、戰勝。（*ger.* 作 abhibhuyya；*pp.* 作 abhibhūta；< abhi-√bhū）
arañña	*n.* 森林、阿蘭若

assa	*pron.* 這個（< ayaṃ）（見第七課文法§1）
itikirā	*f.* 謠傳、純臆測
eka	*a.* 獨自的
etha	*imper.* 來（eti 的命令法，第二人稱，複數）（< √i）
evarūpa	*a.* 如此的、屬這類的
Kālāmā	*f.* 卡拉馬人（族名）
kujjhati	*pres.* 生氣、發怒、對……感生氣、不耐 < √kudh
khaṇati	*pres.* 挖、拔出（< √khan / khaṇ）
garu	*m.* 尊貴的人、尊者、老師
carati	*pres.* 行走、行為、實踐、舉止、表現
jānāti	*pres.* 了知、已知、知道、理解 < √jñā
tathatta	*n.* 那樣的狀態（ta + -tta）
tumhe	*pron.* 你們（見第五課文法§1.2）
dajjā	*opt.* 給與、給、布施（< deti / dadati 的見本課文法§1）
dadāti	*pres.* 給與、布施（< √dā） [100]
diṭṭha	*pp.* 所見（< √dassati < √dṛṣ）
duccarita	*n.* 惡行、壞行為
duṭṭha	*a. pp.* 壞心的、壞的、有惡意的（< dussati）
nāga	*m.* 大象

nipaka	*a.* 聰明的、成熟的
pakopa	*m.* 激動、不安、生氣
paramparā	*f.* 傳統、傳承、系列
pariyādinnacitta	*a.* 心已被擊敗的、心被……控制的
parissaya	*m. n.* 障礙、危險、麻煩
parihāyati	*pres.* 減少、退墮（< pari-√hā）
para	*a. m.* 其他的、另外的
pahāya	*ger.* 已斷、捨已、捨斷已、已斷捨、斷捨（< pa-√hā）
piṭaka	*n.* 籃子、藏，指巴利聖典
piṭakasampadāna	*n.* 三藏的傳統、三藏的權威
purisapuggalo	*m.* 人、男人
bhāsitabba	*fpp.*（見本課文法§2）（< bhāsati）
mā	*indec. adv.* 表示禁止、否定、表禁止的質詞（見本課文法§4）
mātaṅga	*m.* 大象、象、象的種類
muta	*a. pp.* 所覺、所思、所想
mūla	*n.* 根本、根、根源
yācita	*pp.* 被請求、乞求（< √yāc）
rakkhati	*pres.* 保護、照顧、控制、防衛 < √rakkh
luddha	*a. pp.* 貪婪者、貪的、貪心的（< √lubh）
vijita	*pp.* 被征服（< vi-√ji）
viññāta	*pp.* 已知、所知、所解（< vi-√jñā）
sace	*indec.* 如果（見本課文法§6）

sacca	*n.* 真實、真理、諦、真諦
satimā	*a. m.* 具念的（satimant 的單數，主格）（文中 i 拉長音是為了押韻）
saddhiṃcara	*m.* 忠誠的伙伴、同伴、同行者
santike	*adv.* 在……附近、在……面前（< santika）
sabba	*a.* *pron.* 一切
samādinna	*pp.* 被受持、被接受、被採納（< saṃ-ā-√dā）
sahāya	*m.* 朋友
sādhuvihāridhīra[3]	*m.* 聖行者、堅定不移者、具善行者、堅定者、善活的智者
siyā	*opt.* 有、存在（< √as）（見本課文法§1）
sucarita	*n.* 善行、好行為 [101]
suta	*pp.* 被聽、所聞、所聽的、被聽（< suṇāti < √śru）
hitvā	*ger.* 捨斷、捨棄（< jahāti < √hā）（見本課文法§8）

---

3 Dhp-a IV 29：**Sādhuvihāridhīran**ti: bhaddakavihāriṃ paṇḍitaṃ.

文法七

§1. 祈願法

§1.1. 加 -ya 的祈願法：少數動詞，如 deti「給」、jānāti「知」與 karoti「做」，有時候加上 -yā 接尾詞形成祈願法。所以，除了 dadeyya、jāneyya、kareyya 等，我們也看到 dajjā（√dad + yā）、jaññā（√jan + yā）或 janiyā，以及 kariyā（√kar + yā）等第三人稱的祈願法。有時也會看到第一人稱的祈願法，如 dajjaṃ 或 dajjāmi，但一般而言，是很少見的。

§1.2. atthi「是」的祈願法：

	單	複
第一人稱	assaṃ / siyaṃ	assāma
第二人稱	assa	assatha
第三人稱	assa / siyā	assu / siyuṃ

第三人稱單數形常用於建構假設情境，也就是「假若……」或者「就……吧」。

> Siyā … bhagavato … bhāsitaṃ jano aññathā pi paccāgaccheyya
> 可能（或「如果」）人們對世尊所說的，有不一樣的了解（paccāgaccheyya[*7]）。

§2. 未來被動分詞

[*7] 字面義是「遇到」或「返回」。

§2.1. 語基後加上 -(i)tabba 或 -anīya（若接在 -r- 之後，可能會作 -ṇīya）構成未來被動分詞。有時候也有加 -aneyya 的，少數的動詞則加 -ya。所用的語基，通常（但非絕對）類似現在語基。如此：

現在式	未來被動分詞
gacchati 去	gantabba
suṇāti 聽	sotabba
karoti 做	kattabba / kātabba / karaṇīya / kicca
bhavati 是	bhavitabba / bhabba*8 (bhav + -ya)
carati 行、移動	caritabba [102]
jānāti 知	jānitabba / ñātabba / ñeyya
passati 見	daṭṭhabba / dassanīya / dassaneyya
pūjeti 禮敬、尊敬	pūjanīya / pujja (puj + -ya)
hanati 殺	hantabba / hañña (han + -ya)
deti 給	dātabba / deyya
pivati 喝	peyya / pātabba
labhati 獲得	laddhabba

§2.2. 未來被動分詞不僅有未來被動的意思，即「將被做」，它也可含有「應被做」或「值得被做」的意思。此種分詞在之前的讀本已出現過許多次，但那時未加以說明。

Bhikkhu … hoti añjalikaraṇīyo

比丘值得受尊敬（añjali 合掌）

---

*8 bhabba 有「能夠」的意思，我們在第二課的讀本 2 曾見過。

pūjā ca pūjanīyānaṃ…
以及對可敬者的禮敬

注意，如這些例子所示，未來被動分詞，像其他分詞一樣，可當作形容詞或名詞，語尾變化依照-a 結尾或-ā 結尾的名詞格尾變化。

§3. 作為反身代名詞的 attan「我」

attan（第六課§1）可用作反身代名詞，即「自己、自身」。一般而言，當作副詞使用時，保持單數，如下面的例子所示（在此例，作具格）：

yadā tumhe attanā'va jāneyyātha…
當你們自己了解……的時候

§4. 否定詞 no 與 mā

§4.1. mā 是表禁止的質詞，形成否定的命令、禁止。可用於過去式、祈願法及命令法：

mā saddaṃ akattha （你們）莫作聲！
（akattha = karoti 過去式第二人稱複數）
mā saddaṃ akāsi （你）莫作聲！
（akāsi = karoti 過去式第二人稱單數）
mā pamādaṃ anuyuñjetha 你們不應沉溺於放逸
(anuyuñjetha = anuyuñjati 祈願法第二人稱複數）
mā gaccha 別去！

（gaccha = gacchati 命令法第二人稱單數（第三課§5））。 [103]

§4.2. no 是表否定的強調詞。no vā 有「或不然？」、「或者不是？」的意思：

eso dhammo kusalo, no vā
此法是善的嗎？還是不然？

§5. eti 來

動詞 eti「來」直接在現在語基 e- 之後加表人稱，數的語尾變化：emi「我來」。etha「你們來」等等。它的其他形如下：

過去分詞：ita
命令法，第二人稱，單數：ehi
命令法，第二人稱，複數：etha

§6. sace 與 ce

sace 與 ce 皆表「如果」的意思。

§6.1. 第四課文法§1.1 說過 ce，如之前說過的，它是個「前後屬詞素」（clitic），因此必定跟在其他字之後，通常是句中第一個字之後：

ahañce eva kho pana musāvadī assaṃ… 如果我說謊
（直譯是，「如果我是說謊者（musāvadin）」）

§6.2. sace 像英語的 if，是獨立詞，通常置於句首。

Sace labhetha nipakaṃ sahāyaṃ…
若你們得到有智慧的朋友……

與 sace 連用的動詞形態（以及出現在「那麼……」句中的動詞形態），可有許多種。在上述取自讀本的例子中，動詞形態是「祈願法」。這很常見，但現在式（及其他形態的）也有。

Sace … saccaṃ vadasi adāsī bhavasi
如果你說實話……你將不會是僕人
（a-dāsī = 非僕人（陰性名詞））

§7. 處格

與 deti（或 dadāti）「給與」連用時，處格可表「出自、來自」：

dajjāppamasmiṃ 當從甚少〔的財物取出來〕布施
（dajjā + appasmiṃ）

注意：appa「少」，如 para「其他」、sabba「一切」等詞，作代名詞時採代名詞格尾變化。（見第四課文法§8） [104]

§8. hā 字根

從 hā 字根可衍生出許多重要的動詞，例如：hāyati「減少、耗損」；vijahati「放棄、斷除、捨棄」；pajahati「放棄、斷捨」；jahati 或 jahāti；hāpeti「去掉、忽略、刪去」。注意好幾個是同義詞、或近義詞，另外它們都有 jah(a)語基。這些動詞的其他形態如下：

現在式	hāyati	vijahati	pajahati / pajahāti	jahāti	hāpeti
過去式	hāyi	vijahi	pajahi	jahi	hāpesi
現在分詞	hāyanta / hāyamāna	vijahanta	pajahanta	jahanta	hāpita
過去被動分詞	hīna	vijahita	pajahita	jahita	hāpetvā
連續體	hāyitvā	vijahitvā / vihāya	pajahitvā / pahāya	jahitvā / hitvā	hāpetvā
未來被動分詞	hātabba	vijahitabba	pajahitabba	jahitabba	hāpetabba

hīyati「衰滅、被捨棄」也是源自相同的字根，它的一些形態如下：

pres. 3rd sg.	hīyati
aor. 3rd sg.	hīyi
ppr.	hīyamāna

進階閱讀七

讀本一

"Tayo'me, brāhmaṇa, aggī pahātabbā parivajjetabbā, na sevitabbā. Katame tayo? Rāgaggi, dosaggi, mohaggi."

"Kasmā câyaṃ, brāhmaṇa, rāgaggi pahātabbo parivajjetabbo, na sevitabbo? Ratto kho, brāhmaṇa, rāgena abhibhūto pariyādinnacitto kāyena duccaritaṃ carati, vācāya duccaritaṃ carati, manasā duccaritaṃ carati. So kāyena duccaritaṃ caritvā, vācāya duccaritaṃ caritvā, manasā duccaritaṃ caritvā, kāyassa bhedā paraṃ maraṇā apāyaṃ duggatiṃ vinipātaṃ nirayaṃ upapajjati. Tasmâyaṃ rāgaggi pahātabbo parivajjetabbo, na sevitabbo."

"Kasmā câyaṃ, brāhmaṇa, dosaggi pahātabbo parivajjetabbo, na sevitabbo? Duṭṭho kho, brāhmaṇa, dosena abhibhūto pariyādinnacitto kāyena duccaritaṃ carati, vācāya duccaritaṃ carati, manasā duccaritaṃ carati. So kāyena duccaritaṃ caritvā, vācāya duccaritaṃ caritvā, manasā duccaritaṃ caritvā kāyassa bhedā paraṃ maraṇā apāyaṃ duggatiṃ vinipātaṃ nirayaṃ upapajjati. Tasmâyaṃ dosaggi pahātabbo parivajjetabbo, na sevitabbo." [105]

"Kasmā câyaṃ, brāhmaṇa, mohaggi pahātabbo parivajjetabbo, na sevitabbo? Mūḷho kho, brāhmaṇa, mohena abhibhūto pariyādinnacitto kāyena duccaritaṃ carati, vācāya duccaritaṃ carati, manasā duccaritaṃ carati. So kāyena duccaritaṃ caritvā, vācāya duccaritaṃ caritvā, manasā duccaritaṃ caritvā kāyassa bhedā paraṃ maraṇā apāyaṃ duggatiṃ vinipātaṃ nirayaṃ upapajjati. Tasmâyaṃ mohaggi pahātabbo parivajjetabbo, na sevitabbo. Ime kho tayo, brāhmaṇa, aggī pahātabbā parivajjetabbā, na sevitabbā."

(AN 7.5.4)

讀本二

Rājā āha: "Bhante Nāgasena, kiṃlakkhaṇā paññā?"ti

"Pubbe kho, mahārāja, mayā vuttaṃ: 'chedanalakkhaṇā paññā'ti, api ca obhāsanalakkhaṇā paññā"ti.

"Kathaṃ, bhante, obhāsanalakkhaṇā paññā?"ti

"Paññā, mahārāja, uppajjamānā avijjandhakāraṃ vidhameti, vijjobhāsaṃ janeti, ñāṇâlokaṃ vidaṃseti, ariyasaccāni pākaṭāni karoti; tato yogâvacaro 'aniccanti vā 'dukkhanti vā anattāti vā sammappaññāya passatî"ti.

"Opammaṃ karohî"ti.

"Yathā, mahārāja, puriso andhakāre gehe padīpaṃ paveseyya, paviṭṭho padīpo andhakāraṃ vidhameti, obhāsaṃ janeti, ālokaṃ vidaṃseti, rūpāni pākaṭāni karoti, evameva kho mahārāja, paññā uppajjamānā avijjandhakāraṃ vidhameti, vijjobhāsaṃ janeti, ñāṇâlokaṃ vidaṃseti, ariyasaccāni pākaṭāni karoti, tato yogāvacaro aniccanti vā dukkhanti vā anattāti vā sammappaññāya passati. Evaṃ kho, mahārāja, obhāsanalakkhaṇā paññā"ti.

"Kallo'si, bhante Nāgasenâ"ti.

(Miln. III.1.14)

讀本三

"Bhante Nāgasena, nav'ime puggalā mantitaṃ guyhaṃ vivaranti na dhārenti. Katame nava: rāgacarito, dosacarito, mohacarito, bhīruko, āmisagaruko, itthī, soṇḍo, paṇḍako, dārako"ti.

Thero āha "Tesaṃ ko doso?"ti

"Rāgacarito, bhante Nāgasena, rāgavasena mantitaṃ guyhaṃ

vivarati na dhāreti; duṭṭho, dosavasena mantitaṃ guyhaṃ vivarati na dhāreti; mūḷho mohavasena mantitaṃ guyhaṃ vivarati na dhāreti; bhīruko bhayavasena mantitaṃ guyhaṃ vivarati na dhāreti; āmisagaruko āmisahetu mantitaṃ guyhaṃ vivarati na dhāreti; itthī ittaratāya mantitaṃ guyhaṃ vivarati na dhāreti; soṇḍiko surālolatāya mantitaṃ guyhaṃ vivarati na dhāreti; paṇḍako anekaṃsikatāya mantitaṃ guyhaṃ vivarati na dhāreti; dārako capalatāya mantitaṃ guyhaṃ vivarati na dhāreti.

Bhavatîha:
Ratto duṭṭho ca mūḷho ca, bhīru āmisagaruko
Itthī soṇḍo paṇḍako ca, navamo bhavati dārako.
Nav'ete puggalā loke, ittarā calitā calā
etehi mantitaṃ guyhaṃ, khippaṃ bhavati pākaṭan"ti.
(Miln. IV. Intro) [106]

讀本四

Middhī yadā hoti mahagghaso ca
Niddāyitā samparivattasāyī[4]
Mahāvarāhova nivāpapuṭṭho

---

4 The-a 73: **Niddāyitā**ti supanasīlo. **Samparivattasāyī**ti samparivattakaṃ samparivattakaṃ nipajjitvā ubhayenapi seyyasukhaṃ passasukhaṃ middhasukhaṃ anuyuttoti dasseti. **Nivāpapuṭṭho**ti kuṇḍakādinā sūkarabhattena puṭṭho bharito..... Idaṃ vuttaṃ hoti– yadā puriso middhī ca hoti mahagghaso ca nivāpapuṭṭho mahāvarāho viya aññena iriyāpathena yāpetuṃ asakkonto niddāyanasīlo samparivattasāyī, tadā so "aniccaṃ dukkhaṃ anattā"ti tīṇi lakkhaṇāni manasikātuṃ na sakkoti. Tesaṃ amanasikārā mandapañño punappunaṃ gabbhaṃ upeti, gabbhāvāsato na parimuccatevāti.

punappunaṃ gabbhamupeti mando
Appamādaratā hotha, sacittamanurakkhatha
Duggā uddharath'attānaṃ, paṅke sanno'va kuñjaro.
(Dhp 23, 325, 327)

進階閱讀七 字彙說明

aggi	*m.* 火（複數形為 aggī）*9
anattan	*m.* 無我、非我（an-attan）
anurakkhati	*pres.* 守、守護、保護（< anu-√rakṣ）
anekaṃsikatā	*f.* 不確定、不決定、疑（aneka 多 + aṃsi 角落 + ka + tā）
andhakāra	*m. n.* 暗、愚、黑暗
apāya	*m.* 損失、離去、惡趣、苦處（< apa-√i）
api	也、即使（= -pi）
apica	此外、而且、再者、又（api + ca）
ariyasacca	*n.* 聖諦（ariya + sacca）
avacara	*m.* 精通者、熟練……的、擅長……者、行者（< ava-√car）
āmisa	*n.* （生）肉、物質、食物、欲、感官欲貪、肉欲
āmisagaruka	*a.* 重物欲者、重視物質、享樂的人、貪婪的、貪婪者
āmisacakkhuka	*a.* 著眼於物質的、著眼於物質享受的

*9 這屬於 -i 結尾的陽性名詞。第八課文法會列出其餘的語尾變化。

āloka	*m.* 看見、視力、光、明亮、光明
ittara	*a.* 暫時的、易變的、無常的
ittaratā	*f.* 易變、易變性、不定性
uddharati	*pres.* 舉起、拉出、抽起、上舉（< ud-√dhṛ）
upeti	*pres.* 到、接近、取得、達到（< upa-√i）
uppajjamāna	*ppr.* 生起（< uppajjati < ud-√pad）
obhāsana	*a. n.* 發光的、光、光耀、光芒（< ava-√bhās）
obhāsa	*m.* 光明、光照、照亮
kasmā	何故？（ko 的從格，見第二課文法§1）[107]
kāyassa bhedā paraṃ maraṇā	身體敗壞、死亡之後（kāyassa *m. sg. G.* 身、身體。bhedā *m. sg. Ab.* 毀滅、敗壞。paraṃ *adv.* 之後。maraṇā *n. sg. Ab.* 死亡）
kuñjara	*m.* 大象
khippaṃ	*adv.* 快、迅速地、急速地
gabbha	*m.* 子宮、胎、母胎
garuka	*a.* 重的、重要的、重大的、重視……的
guyha	*a. fpp.* 祕密的、被隱藏的、隱密的（< gūhati）
geha	*n.* 家、住處
capalatā	*f.* 游移性、不定性、不穩、善變
carati	*pres.* 走路、步行（< √car）

carita	*n. pp.* 所行、行持、行為
carita	*pp. m. n.* 性格、行為、人格特質
X-carita	*a.* 有X的性格的
cala	*a.* 會動的、不穩定的、善變的
calita	*a. pp.* 動搖、顫動（< calati）
ñāṇa	*n.* 智、知識、智慧
tato	於是、從此、之後、因此、從那時起（ta *sg. Ab.*）
dāraka	*m.* 小孩、幼兒
dugga	*a. m. n.* 難路、險道
duggati	*f.* 惡趣、悲慘的地方
dosa	*m.* 瞋、惡意、生氣、瞋恚、怨恨、過失、缺點
navama	*num* 第九、第九次
niddāyitar	*m.* 昏睡者、懶散的人
niraya	*m.* 煉獄、地獄、泥犁（= naraka）
nivāpapuṭṭha	*a.* 以飼料餵養的（nivāpa *m.* 餌、飼料；puṭṭha *a.* 餵養）
paṅkaṃ	*m. n.* 泥、汙泥、泥地、泥巴
pajahati	*pres.* 放棄、斷除、捨、斷、捨斷（< pa-√hā）
paṇḍaka	*m.* 閹人、黃門、半折迦
paraṃ	*adv.* 之後（para 之受格）
parivajjeti	*caus.* 逃避、迴避、避免、避開（< parivajjati）
paviṭṭha	*pp.* 已進入、已製造（< pavisati < pa-

	√viś）
paveseti	*caus.* 使……進入、放進、令入、製造、提供（< pa-√viś）
passati	*pres.* 發現、覺悟、見、看、知道、看見 < √paś
pahātabba	*a. fpp.* 應被捨斷的（< pa-√hā）
pākaṭa	*a.* 公開的、顯現的、顯露的、普通的、粗野的
pākaṭaṃ karoti	令顯現、表露、使證實、闡明
puna	*conj.* 再、又
punappunaṃ	*adv.* 一再地
bhavatîha	有說……（bhavati iha）（bhavati 是、存在，iha *adv.* 在此）
bhīru	*a. m.* 膽小
bhīruka	*m.* 恐懼者、膽怯者
bheda	*m.* 破壞、不和合、離間、種類、區分、分裂、分解
mantita	*a. pp.* 忠告、建議、密言、建言（< manteti）
manda	*a.* 愚蠢的、笨的、慢的、遲鈍的、傻瓜、愚鈍者
mahagghasa	*a.* 大食漢、貪婪者、大食、貪欲、貪吃的、貪心的（maha + ghasa 吃）
mahā	*a.* 大、偉大、巨大、大的（< mahant 的主格）

middhī	*n.* 懈怠者、懶散者
yoga	*m.* 軛、束縛、繫縛、結合、關係、瑜伽、暝想、修行、努力、應用
rata	*a. pp.* 樂於、專心於、致力於、喜好、樂著、愛好（< ramati < √ram）
ratta	*pp. m.* 貪婪者、貪婪、入迷、狂熱、染著（< rañjati < √rañj）
rāgaggi	*m.* 貪火（rāga + aggi）
lolatā	*f.* 貪婪、思慕、貪婪
varāha	*m.* 豬、野豬
vasena	由於、因為（vasa *m. n.* 自在、權力、影響）
vijjobhāsa	*m.* 光明智、明智的光芒（vijjā *n.* 明 + bhāsa *m.* 光明）
vidaṃseti	*pres.* 指出、令顯現（daṃseti = dasseti） *caus.* 展現、顯露 = vidasseti
vidhameti	*pres.* 破壞、毀滅、驅除（= vidhamati）
vinipāta	*m.* 險難處、墮處、受苦之處
vivarati	*pres.* 打開、揭露（< vi-√vṛ）
vutta	*pp.* 言說、講話、被說（< √vad）
satta	*m.* 有情、眾生
sanna	*pp.* 下沉的（< sīdati < √sad）
samparivattasāyi	*a.* 睡到翻來覆去（< saṃparivatta + sāyin）
sammappaññā	*f.* 正慧、正智
sevati	*pres.* 親近、實踐、依附、服務、練習；

	sevitabba *fpp*.（< √sev）
soṇḍika	*m*. 酒徒、酒屋、酒鬼、賣酒者
soṇḍa	*m*. 酒徒、酒癮者、酗酒者
hetu	*m*. 因、原因、理由
X -hetu	*a*. 以 X 為因的；*adv*. 由於 X，因為 X

第八課

基礎閱讀

讀本一

Atha kho Venāgapurikā brāhmaṇagahapatikā yena Bhagavā ten'upasaṅkamiṃsu; upasaṅkamitvā app'ekacce Bhagavantaṃ abhivādetvā ekamantaṃ nisīdiṃsu; app'ekacce Bhagavatā saddhiṃ sammodiṃsu … ekamantaṃ nisīdiṃsu; app'ekacce nāmagottaṃ sāvetvā ekamantaṃ nisīdiṃsu; app'ekacce tuṇhībhūtā ekamantaṃ nisīdiṃsu. Ekamantaṃ nisinno kho Venāgapuriko Vacchagotto brāhmaṇo Bhagavantaṃ etadavoca:

"Acchariyaṃ, bho Gotama, abbhutaṃ, bho Gotama! Yāvañc'idaṃ bhoto Gotamassa vippasannāni indriyāni, parisuddho chavivaṇṇo pariyodāto. Seyyathâpi, bho Gotama, sāradaṃ badarapaṇḍuṃ parisuddhaṃ hoti pariyodātaṃ, evameva bhoto Gotamassa vippasannāni indriyāni parisuddho chavivaṇṇo pariyodāto. Seyyathâpi, bho Gotama, tālapakkaṃ sampati bandhanā pamuttaṃ parisuddhaṃ hoti pariyodātaṃ, evameva bhoto Gotamassa vippasannāni indriyāni, parisuddho chavivaṇṇo pariyodāto." (AN 3.7.3)

讀本二

Tena kho pana samayena Uggatasarīrassa brāhmaṇassa mahāyañño upakkhaṭo hoti. Pañca usabhasatāni thūṇ'ûpanītāni honti yaññatthāya; pañca vacchatarasatāni thūṇ'ûpanītāni honti yaññatthāya; pañca vacchatarisatāni thūṇ'ûpanītāni honti yaññatthāya; pañca ajasatāni thūṇ'ûpanītāni honti yaññatthāya; pañca urabbhasatāni thūṇ'ûpanītāni honti yaññatthāya. Atha kho Uggatasarīro brāhmaṇo yena Bhagavā ten'upasaṅkami; upasaṅkamitvā Bhagavatā saddhiṃ sammodi ... ekamantaṃ nisīdi. Ekamantaṃ nisinno kho Uggatasarīro brāhmaṇo Bhagavantaṃ etadavoca:

"Sutaṃ m'etaṃ, bho Gotama, aggissa ādānaṃ yūpassa ussāpanaṃ mahapphalaṃ hoti mahânisaṃsaṃ"ti.

"Mayā pi kho etaṃ, brāhmaṇa, sutaṃ aggissa ādānaṃ yūpassa ussāpanaṃ mahapphalaṃ hoti mahânisaṃsaṃ"ti. Dutiyam pi kho Uggatasarīro brāhmaṇo … pe ... tatiyampi kho Uggatasarīro brāhmaṇo Bhagavantaṃ etadavoca: "Sutaṃ m'etaṃ, bho Gotama, aggissa ādānaṃ yūpassa ussāpanaṃ mahapphalaṃ hoti mahânisaṃsaṃ"ti.

"Mayā pi kho etaṃ, brāhmaṇa, sutaṃ aggissa ādānaṃ yūpassa ussāpanaṃ mahapphalaṃ hoti mahânisaṃsaṃ"ti.

"Tayidaṃ, bho Gotama, sameti bhoto c'eva Gotamassa amhākaṃ ca, yadidaṃ sabbena sabbaṃ". Evaṃ vutte āyasmā Ānando Uggatasarīraṃ brāhmaṇaṃ etadavoca:

"Na kho, brāhmaṇa, tathāgatā evaṃ pucchitabbā - 'sutaṃ m'etaṃ, bho Gotama, aggissa ādānaṃ yūpassa ussāpanaṃ mahapphalaṃ hoti mahânisaṃsan'ti. Evaṃ kho, brāhmaṇa, tathāgatā pucchitabbā 'ahaṃ hi, bhante, aggiṃ ādātukāmo yūpaṃ ussāpetukāmo - Ovadatu maṃ, bhante, Bhagavā. Anusāsatu maṃ, bhante, Bhagavā yaṃ[1] mama assa dīgharattaṃ hitāya sukhāyā'"ti. Atha kho Uggatasarîro brāhmaṇo Bhagavantaṃ etadavoca: "ahaṃ

---

1 關係詞作不變化詞的用法，參考 ITP 72。

hi, bho Gotama, aggiṃ ādātukāmo yūpaṃ ussāpetukāmo: 'Ovadatu maṃ bhavaṃ Gotamo. Anusāsatu maṃ bhavaṃ Gotama yaṃ mama assa dīgharattaṃ hitāya sukhāyā'"ti. (AN 7.5.4)

讀本三

Dunniggahassa lahuno, Yatthakāmanipātino
cittassa damatho sādhu, cittaṃ dantaṃ sukhâvahaṃ.[2]

Sududdasaṃ sunipuṇaṃ, Yatthakāmanipātinaṃ
cittaṃ rakkhetha medhāvī, cittaṃ guttaṃ sukhâvahaṃ.

Anavaṭṭhitacittassa, saddhammaṃ avijānato
Pariplavapasādassa, paññā na paripūrati. (Dhp 3, 35-36, 38)

Yāvajīvam pi ce bālo, paṇḍitaṃ payirupāsati
Na so dhammaṃ vijānāti, dabbī sūparasaṃ yathā.

Muhuttamapi ce viññū, paṇḍitaṃ payirupāsati
Khippaṃ dhammaṃ vijānāti, jivhā sūparasaṃ yathā.

Na taṃ kammaṃ kataṃ sādhu, yaṃ katvā anutappati
Yassa assumukho rodaṃ, vipākaṃ paṭisevati.
Taṃ ca kammaṃ kataṃ sādhu, yaṃ katvā nânutappati
Yassa patīto sumano, vipākaṃ paṭisevati. (Dhp 5, 64-65, 67-68)

Attānameva paṭhamaṃ, patirūpe nivesaye[3]
Atha'ññamanusāseyya, na kilisseyya paṇḍito.[4] (Dhp 12, 158)

---

[2] Dhp-a I 300: **Yatthakāmanipātina**nti jāti-ādīni anoloketvā labhitabbālabhitabba-yuttāyuttaṭṭhānesu yattha katthaci nipatanasīlaṃ.

[3] Dhp-a III 142: Tattha **patirūpe nivesaye**ti anucchavike guṇe patiṭṭhāpeyya. Idaṃ vuttaṃ hoti- yo appicchatādiguṇehi vā ariyavaṃsapaṭipadādīhi vā paraṃ anusāsitukāmo, so **atthānameva paṭhamaṃ** tasmiṃ guṇe patiṭṭhāpeyya.

字彙說明

aggi	*m.* 火（見本課文法§1）
acchariya	*a. n.* 極妙、不可思議事、不可思議的、妙極的、奇事、令人吃驚的事、希有的
aja	*m.* 公羊
añña	*a. indec. m.* 另外的、其他的、其餘的、另一個
atthāya	*adv.* 為了……、以……為目的（見本課文法§8）
anavaṭṭhita	*a.* 不穩定、不沉著（an + ava +ṭhita）
anutappati	*pres.* 後悔（< anu-tappati < anu-√tap）
anusāsati	*pres.* 建議、勸告、訓誡（< anu-√śas）
abbhuta	*a.* 未曾有的、不可思議的、令人驚奇的、罕有、令人吃驚的、令人訝異的
abhivādeti	*pres.* 問訊、禮敬、問候、表敬意（< abhi-√vad）
avoca	*aor. 3rd sg* 曾說、說、誦（< vatti < √vad）（見本課文法§4）
assa	*opt. 3rd sg* 有、存在（< atthi）

4 Dhp-a III 142: Evaṃ karonto **paṇḍito na killisseyyā**ti.

assumukha	*a.* 有一張淚臉的、滿臉眼淚的（assu 淚 + mukha 臉）
ādātukāma	*a.* 想要取、想要把（儀式）整理起來（見本課文法§8 的 kāma） [111]
ādāna	*n.* 捉取、舉起、捉、取、放置（< ā-√dā）
Ānanda	*m.* 阿難（人名，佛陀的主要侍者）
ānisamsa	*m. n.* 利益、福利、好結果
āyasmā	*m.* 具壽、尊者（āyasmant 的單數，主格）（āyu + mant）
uggatasarīra	*m.* 某婆羅門的名字，意思是「身挺直的」。
upakkhaṭa	*pp.* 已準備、已安排、準備好（< upakaroti）
upanīta	*pp.* 供、呈獻（< upaneti < upa-√nī）
upasaṅkamati	*pres.* 前往、接近 < upa-saṃ-√kam
urabbha	*m.* 公羊
usabha	*m.* 公牛
ussāpana	*n.* 舉起、樹立、豎立、直立（< ussāpeti）
ussāpeti	*pres.* 舉起、豎立、立直（< ud-√śri）
evaṃ vutte	如是說已（絕對處格，見本課文法§3）
ovadati	*pres.* 建議、教誡、指導、勸告（< o-√vad）
kilissati	*pres.* 被染汙、受染、做錯（< √kliś）

khippaṃ	*adv.* 快速地、快、迅速地、急速地
gahapatika	*a.* 居士的、屬於居士身分的（gaha-pati-ka）
gotta	*n.* 家系、家世、血統、種姓
chavi	*f.* 皮膚
tayidaṃ	因此、所以 、如此，這……（taṃ + idaṃ）
tālapakka	*n.* 棕櫚果、多羅果
tuṇhībhūta	*a. pp.* 沉默、沉默的（tuṇhī + bhūta）
thūṇa	*m.* 柱子、祭壇之柱
dabbī	*f.* 杓子、湯匙
damatha	*m.* 克制、訓練、調伏
dunniggaha	*a.* 難以約制的、難以約束的
nāma	*n.* 名字
nāmagotta	*n.* 名字與（家）姓
niveseti nivesaye	*caus.* 進入、建立、安排、確定（< ni-√viś） *opt.* 3rd *sg*（< niveseti）（見第七課文法§1）
patirūpa	*a.* 合宜的
patīta	*pp.* 高興、愉悅的（< pacceti < paṭi-√i）
pamutta	*pp.* 解開、解脫（< pamuñcati）
payirupāsati	*pres.* 來往、結交（< pari-upa-√ās）
paripūrati	*pres.* 充滿……、圓滿、滿了（< pari-

	√pṛ） [112]
pariplava	*a.* 動搖的、不穩固、不穩定、搖擺的
pariplavapasāda	*m* 其信仍搖擺者
pariyodāta	*caus. pp.* 清淨、明淨（< pari-o-√dā）
parisuddha	*pp.* 清淨、完美（< pari-√śudh）
pasāda	*m.* 信、平靜、清澈、清淨、信心仍不穩固者
pucchati	*pres.* 提問、詢問、問（< √pṛcch）
badarapaṇḍu	*n.* 淡黃（新鮮的）滇刺棗樹果（badara 滇刺棗樹 + paṇḍu 淡黃）
bandhana	*n.* 縛、結縛、拘束、束縛、羈絆
mahā	*a. m. sg. N.* 大、偉大、巨大、大的（< mahant）
muhuttaṃ	*adv.* 一瞬間、須臾
medhāvin	*a. m.* 智慧的、智者
yañña	*a. m.* 供犧、獻供、祭祀、供奉祭品、布施
yattha	*adv.* 在某某處、無論何處（ya+tha）
yattha kāmanipātin	*a.* 掉落 / 執取於任何所欲之處的
yāva(ṃ)	*adv. prep.* 一直到、只要……
yāvajīvaṃ	*adv.* 只要仍活著、盡形壽
yāvañcidaṃ	也就是、換言之、只要是……、亦即、就……而言、到……為止（yāvaṃ+ca+idaṃ）（參考 yadidaṃ）
yūpa	*m.* 獻祭用的柱子、犧牲用的柱子、

	宮殿
rodati	*pres.* 哭泣、悲傷、哭 < √ruda
lahu	*a.* 輕快地、輕的
Vacchagotta	*m.* 某婆羅門的名字，意思是「屬於婆蹉種姓的」（Vaccha + gotta）
vacchatara	*m.* 犢牛、一頭小公牛
-tarī	*f.* 一只使斷奶的母小牛犢、一只小母牛、小母牛
vaṇṇa	*m.* 顏色、氣色、膚色、外表、稱讚
vippasanna	*pp.* 寧靜、安詳、明淨、喜悅、清淨的、明亮的、高興的 （< vi-pa-√sad）
Venāgapura Venāgapurika	城市名 屬於 Venāgapura 的
sata	*num. n.* 一百、百（見第六課文法§12）
sabbena sabbaṃ	*adv.* 完全地、徹底地、全部
sameti	*pres.* 符應、與……一致、同意、符合（< saṃ-√i）
sampati	*adv.* 現在、剛剛
sādhu	*a.* 好的、善的
sārada	*a.* 秋天的、新鮮的
sāveti	*caus.* 宣布、說、公布（< suṇāti < √śru）
sukhâvaha	*a.* 帶來快樂的（sukha + āvaha）
sududdasa	*a.* 極難見的 / 理解的

sunipuṇa	*a.* 非常微細的
sūpa	*m. n.* 湯、肉湯、咖哩
seyyathā	*adv.* 就如、就像

文法八

§1. -i 結尾陽性語基

此課讀本裡的 aggi 代表一類名詞：語基以 i 結尾的陽性名詞。「字彙說明」中記其單數主格形，並加注 *m.*（=masculine）以區別 -i 語基結尾的陰性詞。

例：aggi 火

	單	複
主	aggi	aggī / aggayo
受	aggiṃ	
屬 / 與	aggissa / aggino	aggīnaṃ / agginaṃ
具	agginā	aggībhi / aggīhi
從	agginā / aggimhā / -smā	
處	aggimhi / aggismiṃ	aggisu / aggīsu
呼	aggi	aggī / aggayo

§2. 命令法第三人稱

§2.1. 第三課§5 說過第二人稱命令法。另有第三人稱命令法，其語尾如下：

	單數	複數
第三人稱	-tu	-ntu

例如：

bhavatu / hotu / atthu	願它 / 他是
hontu / bhavantu / santu[5]	（願）他們是……
labhatu	（願）它獲得
labhantu	（願）他們獲得

§2.2. 在巴利語中，第三人稱形常用於直接稱呼以表尊敬。在此，第三人稱命令法，也比第二人稱較為常用。

Desetu bhante bhagavā dhammaṃ
大德！請您說法吧！ [114]
etu kho bhante Bhagavā
大德！請您來吧！

也可用來表「願望」：

suvatthi hotu 願幸福！

§3. 絕對處格

絕對結構，表達在主要動詞的動作之前發生的動作，或與之同時的動作，但兩個動作的主詞不同（這和連續體、現在分詞的情況不同）。巴利語的絕對結構，可由帶處格的現在分詞

5 atthi 的 *pres.* 3rd *pl.* 是 santi，其 *imper.* 3rd *sg.* 是 santu。

或過去分詞形成絕對處格。主詞若出現，亦採處格；動作的對象、工具等等，保持其在一般句子中所用的格。過去分詞〔常〕表發生在主要動詞之前的動作；現在分詞則表與主要動詞同時發生的動作：

evaṃ sante 這樣的話……

purise āgacchante 當那人來的時候……

evaṃ vutte 如是說已……

parinibbute Bhagavati 當世尊般涅槃後……

注意字序的多樣化，主詞不須在分詞之前，如最後的例子即是。

√as 的現在分詞[6] santa，其處格作 sante，通常用於無人稱的結構，如上述第一例。它的替代形是 sati，用法相同。

taṅhāya sati 貪存在時……

§4. √vac「說」的語尾變化

§4.1. 如第六課§8 已說，字根√vac「說」，在巴利語中，未曾有現在式出現過，已被表示相同意思的 vadati「說」所取代，僅管仍可能會見到人為的現在式：vatti 或 vacati。不過，其他的時式是有的。

√vac 的過去式：

6 原本誤作「過去分詞」(past participle)。

	單數	複數
第一人稱	avacaṃ, avocaṃ	avacumha, avocumha
第二人稱	avaca, avoca, avacāsi	avacuttha, avocuttha
第三人稱	avaca, avoca, avacāsi	avacuṃ, avocuṃ

[115]另外的形態：

不定體	vattuṃ
連續體	vatvā (na)
過去分詞	vutta
現在分詞	vuccamāna
未來被動分詞	vattabba

§4.2. 我們之前遇過另一個從√vac 源生而來，但有被動意味的動詞：vuccati（或 vuccate）「被說」。

§5. bhavant 的稱謂型

bhoto 是 bhavant 的屬 / 與格，用於客氣的稱謂。呼格的 bhante 實際是同類的字，但似乎是借自於另一種方言。本來，它們都是 bhavati 的現在分詞形，所以字面義是「存在的、存在者」，後來才有此特殊意義。Bhavant 未出現全部的格形式，以下列出將來可能會遇到的形式：

	單	複
主	bhavaṃ	bhavanto / bhonto
受	bhavantaṃ	bhavante
屬 / 與	bhoto	bhavataṃ
具	bhotā	bhavantehi

呼	bhavaṃ, bho	bhonto

§6. -e 結尾的動詞：nivesaye

如於第三課所見，許多巴利動詞的現在語基以-e 結尾，如 niveseti「確立、建立」。當語基加上接尾詞時，語基的-e 可以變成-ay。所以，此課讀本便有 nivesaye（*opt. 3rd sg.*）。另外如 cintayati 與 cinteti「思、想」；pūjayati 與 pujeti「獻供」；nayati 與 neti「引導」等等。一般而言，-e- 的形式較多出現在後來的典籍，-aya 的形式則較早。（這是因為這些字大多源自梵語有 -aya- 動詞，此 -aya 在巴利語中通常變成 -e（aya → e）。

§7. 格的用法

§7.1. 具格有時用來形成時間副詞：

tena samayena 在那時

§7.2. vatti / vacati「說」的對象採受格：

Bhagavantaṃ avoca 他向世尊說…… [116]

§8. attho 意思、目的

attho，「意思、目的、用處」，可帶與格，當作複合詞的後語 -atthāya，具有「為了……」的意思。複合詞的前語，一般採語基形式：

yaññatthāya（yañña + atthāya） 為了獻祭

§9. -kāma 想要

kāma「欲愛」，接在一個不定體之後形成複合詞時，表「想要做（不定體的動作）」。此時，不定體最後的 ṃ 消失，而整個詞可做陽性或陰性格尾變化。

aham Bhagavantaṃ dassanāya gantukāmo
我想要去見世尊（說者為男性）。
aham Bhagavantaṃ dassanāya gantukāmā
我想要去見世尊（說者為女性）。

§10. 連音

§10.1. 一字的尾音是 a 或 ā 時，若後跟著母音開始的字，該字尾的母音可能會消失，這時，後一字字首的母音可能會變長：

thūṇa + upanīta → thūṇ'ûpanita

§10.2. 字尾為 -ā 的字，之後若結合字首為 ā- 的字，會只剩一個 -ā-。

mahā + ānisaṃsaṃ → mahânisaṃsaṃ

進階閱讀八

讀本一

1. Ekaṃ samayaṃ Bhagavā Vesāliyaṃ viharati Mahāvane Kūṭāgārasālāyaṃ. Atha kho Sīho senāpati yena Bhagavā

ten'upasaṅkami; upasaṅkamitvā Bhagavantaṃ abhivādetvā ekamantaṃ nisīdi. Ekamantaṃ nisinno kho Sīho senāpati Bhagavantaṃ etadavoca: "Sakkā nu kho, bhante, Bhagavā sandiṭṭhikaṃ[7] dānaphalaṃ paññāpetuṃ"ti?

"Sakkā, Sīhâ"ti Bhagavā avoca: "dāyako Sīha, dānapati bahuno janassa piyo hoti manāpo. Yaṃ pi Sīha, dāyako dānapati bahuno janassa piyo hoti manāpo, idaṃ pi sandiṭṭhikaṃ dānaphalaṃ. "

"Puna ca paraṃ, Sīha, dāyakaṃ dānapatiṃ santo sappurisā bhajanti. Yaṃ pi, Sīha, dāyakaṃ dānapatiṃ santo sappurisā bhajanti, idaṃ pi sandiṭṭhikaṃ dānaphalaṃ."

"Puna ca paraṃ, Sīha, dāyakassa dānapatino kalyāṇo kittisaddo abbhuggacchati. Yaṃ pi, Sīha, dāyakassa dānapatino kalyāṇo kittisaddo abbhuggacchati, idam pi sandiṭṭhikaṃ dānaphalaṃ"ti.

"Puna ca paraṃ, Sīha, dāyako dānapati yaṃ yadeva parisaṃ upasaṅkamati - yadi khattiyaparisaṃ yadi brāhmaṇaparisaṃ yadi gahapatiparisaṃ yadi samaṇaparisaṃ - visārado upasaṅkamati amaṅkubhūto. Yaṃ pi, Sīha, dāyako dānapati yaṃ yadeva parisaṃ upasaṅkamati...visārado upasaṅkamati amaṅkubhūto, idaṃ pi sandiṭṭhikaṃ dānaphalaṃ."

"Puna ca paraṃ, Sīha, dāyako dānapati kāyassa bhedā paraṃ maraṇā sugatiṃ saggaṃ lokaṃ upapajjati. Yaṃ pi, Sīha, dāyako dānapati kāyassa bhedā paraṃ maraṇā sugatiṃ saggaṃ lokaṃ upapajjati, idaṃ samparāyikaṃ dānaphalaṃ"ti.

(AN 5.34)

---

[7] Mp III 249: **sandiṭṭhikan**ti sāmaṃ passitabbakaṃ.

讀本二

Ekaṃ samayaṃ Bhagavā Vesāliyaṃ viharati Mahāvane Kūṭāgārasālāyaṃ. Atha kho Mahāli Licchavi yena Bhagavā ten'upasaṅkami; upasaṅkamitvā Bhagavantaṃ abhivādetvā ekamantaṃ nisīdi. Ekamantaṃ nisinno kho Mahāli Licchavi Bhagavantaṃ etadavoca:

"Ko nu kho, bhante, hetu, ko paccayo pāpassa kammassa kiriyāya, pāpassa kammassa pavattiyā"ti?

"Lobho kho, Mahāli, hetu, lobho paccayo pāpassa kammassa kiriyāya, pāpassa kammassa pavattiyā. Doso kho, Mahāli, hetu, doso paccayo pāpassa kammassa kiriyāya pāpassa kammassa pavattiyā. Moho kho, Mahāli, hetu, moho paccayo pāpassa kammassa kiriyāya, pāpassa kammassa pavattiyā. Ayonisomanasikāro kho, Mahāli, hetu, ayonisomanasikāro paccayo pāpassa kammassa kiriyāya pāpassa kammassa pavattiyā. Micchāpaṇihitaṃ kho, Mahāli, cittaṃ hetu, micchāpaṇihitaṃ cittaṃ paccayo pāpassa kammassa kiriyāya pāpassa kammassa pavattiyā ti. Ayaṃ kho, Mahāli, hetu, ayaṃ paccayo pāpassa kammassa kiriyāya pāpassa kammassa pavattiyā"ti. (AN 10.5.7)

讀本三

Akkodhano'nupanāhī, amāyo rittapesuṇo
sa ve tādisako bhikkhu, evaṃ pecca na socati.

Akkodhano'nupanāhī, amāyo rittapesuṇo
guttadvāro sadā bhikkhu, evaṃ pecca na socati.

Akkodhano'nupanāhī, amāyo rittapesuṇo
kalyāṇasīlo so bhikkhu, evaṃ pecca na socati.

Akkodhano'nupanāhī, amāyo rittapesuṇo
kalyāṇamitto so bhikkhu, evaṃ pecca na socati.

Akkodhano'nupanāhī, amāyo rittapesuṇo
kalyāṇapañño so bhikkhu, evaṃ pecca na socati.
(Theragāthā 8.2)

讀本四

Rājā āha: "Bhante Nāgasena, yo idha kālaṅkato brahmaloke uppajjeyya yo ca idha kālaṅkato Kasmīre uppajjeyya, ko cirataraṃ ko sīghataranti?"

"Samakaṃ, mahārājâ"ti.

"Opammaṃ karohî"ti.

"Kuhiṃ pana, mahārāja, tava[*1] jātanagaran"ti?

"Atthi, bhante, Kalasigāmo nāma, tatthâhaṃ jāto"ti.

"Kīva dūro, mahārāja, ito Kalasigāmo hotî"ti.

"Dumattāni, bhante, yojanasatānî"ti.

"Kīva dūraṃ, mahārāja, ito Kasmīraṃ hotî"ti?

"Dvādasa, bhante, yojanānî"ti.

"Iṅgha, tvaṃ mahārāja, Kalasigāmaṃ cintehî"ti.

"Cintito, bhante"ti.

"Iṅgha, tvaṃ mahārāja, Kasmīraṃ cintehî"ti.

"Cintitaṃ bhante"ti.

"Katamaṃ nu kho, mahārāja, cirena cintitaṃ, katamaṃ

---

*1 tvaṃ 的屬格，見第五課文法§1。

sīghataran"ti?

"Samakaṃ bhante"ti.

"Evameva kho, mahārāja, yo idha kālaṅkato brahmaloke uppajjeyya, yo ca idha kālaṅkato Kasmīre uppajjeyya, samakaṃ yeva uppajjantī"ti.

"Bhiyyo opammaṃ karohî"ti.

"Taṃ kiṃ maññasi, mahārāja: dve sakuṇā ākāsena gaccheyyuṃ, tesu eko ucce rukkhe nisīdeyya, eko nīce rukkhe nisīdeyya, tesaṃ samakaṃ patiṭṭhitānaṃ katamassa chāyā paṭhamataraṃ paṭhaviyaṃ patiṭṭhaheyya, katamassa chāyā cirena paṭhaviyaṃ patiṭṭhaheyyâ"ti?

"Samakaṃ, bhante"ti.

"Evameva kho, mahārāja, yo idha kālaṅkato brahmaloke uppajjeyya, yo ca idha kālaṅkato Kasmīre uppajjeyya, samakaṃ yeva uppajjantî"ti.

"Kallo'si bhante Nāgasenâ"ti.

(Miln. III.7.5)

進階閱讀八 字彙說明

akkhodana	*a. m.* 無忿怒（者)、無惡意（者）
anupanāhin	*a.* 無敵意、無怒者（an-upanāha-in）
abbhuggacchati	*pres.* 向前行、昇起（< abhi-ud-√gam）
amāya	*a.* 不欺誑的
ākāsa	*m. n.* 外太空、天空、虛空

ārāma	*m.* 園林、消遣休閒處、獻給佛陀或僧團使用的私人園林
iṅgha	*indec.* 勸誘的質詞。來吧、看、去吧
ito	*indec.* 由此、因此、今後、此後
ucca	*a.* 高的、崇高的、高貴的
upapajjati / uppajjati	*pres.* 生起、發生、出生、存在（< ud-√pad）
karaṇa X-karaṇa	*n.* 導致、製造、產生 *a.* 製造 X 的
Kalasigāma	*m.* 地名
kalyāṇasīla	*a.* 有善戒的（kalyāṇa 善的 + sīla 戒）
kalyāṇamitta	*m.* 善知識、善友
Kasmīra	*m.* 罽賓、伽濕彌羅、喀什米爾（地名）
kālakata	*a.* 死亡的、死了的（kāla + kata）
kitti	*f.* 稱譽、稱讚、名聲
kittisadda	*m.* 稱譽之聲、稱讚的聲、稱讚、有名的
kiriyā	*f.* 做、行為、唯作
kīva	*a. adv.* 多少、如何、多大
kuhiṃ	*adv.* 在哪裡、在何處
kūṭāgārasālā	*f.* 有閣樓的房子、亭閣、重閣講堂
khattiya	*m.* 剎帝利、王族
gahapati	*m.* 家主、居士、資產家
guttadvāra	*a.* 守護根門的（gutta + dvāra）

cinteti	*pres.* 思考、想 *pp.*（cintita < √cint）
cirataraṃ	*adv.* 相當長、較久、延遲（cira-tara）
cirena	*adv.* 很久之後（cira 的具格）
chāyā	*f.* 影子、（亮的）影像
jāta -nagara	*a. pp.* 出生、生起的、已生起的、生起（< janati < √jan） 出生的城市
tattha	*adv.* 那裡、在那裡、向那裡、到那裡
tādisaka	*a.* 那樣的、具有那種的特質的、天性、像那樣的
dānapati	*m.* 施主、檀越、慷慨的施主（dāna + pati）
dāyaka	*m.*（在家）施者、給予者
du-	*num.* 二（複合詞用語幹）
dūra	*a.* 遠的、遙遠的
dvādasa	*a. num.* 十二
nivāseti	*caus.* 穿衣、打扮、著衣（< nivasati < ni-√vas）
nisīdeyya	*opt.* 坐、停（< nisīdati < ni-√sad）
nīca	*a.* 矮的、低的 [120]
paggaṇhāti	*pres.* 拿起、準備好、舉起、伸出（< pa-√grah）
paccaya X-paccaya	*m.* 原因、根據、動機、方法、條件 *a.* 以 X 作為緣的、依靠 X 的

paññāpeti	*caus.* 指出、令知、宣布、使知道、宣稱（< pa-√jñā）
patiṭṭhita	*pp.* 排列、住立、確定（< pa-√sthā）
paṭhamataraṃ	*adv.* 盡早、首先、較先、較早
paṭhavī	*f.* 土地、地
paṇidahati	*pres.* 提出、希望、運用、指引、希求、引導、發願（*pp.* paṇihita，< pa-ni-√dhā）
pavatti	*f.* 轉起、事件、顯現、行使、執行、發生
puna ca paraṃ	*conj.* 此外、再者
brahmaloka	*m.* 梵界、梵天界
bhiyya	*adv.* 再、進一步
bhajati	*pres.* 結交、來往（< √bhaj）
maṅkubhūta	*a.* 意志消沉、煩惱、不滿的、困擾的、不滿的、為難的、迷惑的
matta	*a. pp.* 大約、只有、量有（< mināti < √mī）
manāpa	*a.* 宜人的、合意的、令人歡喜的、讓人滿意的、合意的、有魅力的
Mahāli	*m.* 摩訶利（人名）
Mahāvana	*n.* 大林、森林的名稱
yaṃ yadeva	無論哪一個、任何一個（= yaṃ yad eva）
yonisomanasikāra	*m.* 適當的注意、如理作意

rittapesuna	*a.* 不誹謗的（ritta 缺乏 + pesuna(ṃ) 中傷）
rukkha	*m.* 樹
Licchavi	*m.* 一國的種族名、離車族（族群（部落）名）
visārada	*a. m.* 冷靜的、自信的、沉著的、知道自己該如何行事、知如何自處的（vi + sārada）
Vesālī	*f.* 毘舍離城（地名）
sakkā	*indec.* 能夠的（與動詞不定體連用）
sakuṇo	*m.* 鳥
sant	*a. m. ppr.* 善人、好人、好的、善的（= santa < atthi）
samakaṃ	*adv.* 平等地、同時
samparāyika	*a.* 來世的、屬於下一個世界、當來的、後世的（< saṃ-parā-√i）
sīghataraṃ	*adv.* 更快、時間更短
Sīha	*m.* 人名（sīha *m.* 獅子）
sugati	*f.* 善趣、善道、快樂的地方
senāpati	*m.* 將軍
hetu	*m.* 因、原因、理由

第九課

基礎閱讀

讀本一

Ekaṃ samayaṃ Bhagavā Bhoganagare viharati Ānandacetiye. Tatra kho Bhagavā bhikkhū āmantesi: "Bhikkhavo"ti.

"Bhadante"ti te bhikkhū Bhagavato paccassosuṃ.

Bhagavā etadavoca: "Cattāro'me, bhikkhave, mahâpadese desessāmi, taṃ suṇātha, sādhukaṃ manasikarotha; bhāsissāmī"ti.

"Evaṃ, bhante"ti kho te bhikkhū Bhagavato paccassosuṃ.

Bhagavā etadavoca:

"Katame, bhikkhave, cattāro mahāpadesā? Idha, bhikkhave, bhikkhu evaṃ vadeyya: 'Sammukhā m'etaṃ, āvuso, Bhagavato sutaṃ, sammukhā paṭiggahitaṃ: ayaṃ dhammo, ayaṃ vinayo, idaṃ satthusāsanaṃ' ti. Tassa, bhikkhave, bhikkhuno bhāsitaṃ n'eva abhinanditabbaṃ nappaṭikkositabbaṃ. Anabhinanditvā appaṭikkositvā tāni padabyañjanāni sādhukaṃ uggahetvā sutte otāretabbāni, vinaye sandassetabbāni. Tāni ce sutte otāriyamānāni vinaye sandassiyamānāni na c'eva sutte otaranti na vinaye sandissanti, niṭṭhamettha[*1] gantabbaṃ: 'Addhā, idaṃ na c'eva tassa Bhagavato vacanaṃ Arahato Sammāsambuddhassa…'iti[1] h'etaṃ, bhikkhave, chaḍḍeyyātha."

[*1] niṭṭhaṃ + ettha。

[1] iti 的用法，見 APGFS 142。

"Idha pana, bhikkhave, bhikkhu evaṃ vadeyya: 'Sammukhā m'etaṃ, āvuso, bhagavato sutaṃ, sammukhā paṭiggahitaṃ - ayaṃ dhammo, ayaṃ vinayo, idaṃ satthusāsanan'ti. Tassa, bhikkhave, bhikkhuno bhāsitaṃ n'eva abhinanditabbaṃ nappaṭikkositabbaṃ. Anabhinanditvā appaṭikkositvā tāni padabyañjanāni sādhukaṃ uggahetvā sutte otāretabbāni, vinaye sandassetabbāni. Tāni ce sutte otāriyamānāni vinaye sandassiyamānāni sutte c'eva otaranti vinaye ca sandissanti, niṭṭhamettha gantabbaṃ: 'Addhā, idaṃ tassa Bhagavato vacanaṃ Arahato Sammāsambuddhassa …'ti. Idaṃ, bhikkhave, paṭhamaṃ mahāpadesaṃ dhāreyyātha." (AN 4.18.10)

讀本二

"Ahaṃ kho, bhikkhave, ekâsanabhojanaṃ bhuñjāmi; ekâsanabhojanaṃ kho, ahaṃ, bhikkhave, bhuñjamāno appābādhataṃ ca sañjānāmi appātaṅkataṃ ca lahuṭṭhānaṃ ca balaṃ ca phāsuvihāraṃ ca. Etha, tumhe'pi, bhikkhave, ekâsanabhojanaṃ bhuñjatha; ekâsanabhojanaṃ kho, bhikkhave, tumhe'pi bhuñjamānā appābādhataṃ ca sañjānissatha appātaṅkataṃ ca lahuṭṭhānaṃ ca balaṃ ca phāsuvihārañcâ"ti. (MN 65 Bhaddālisuttaṃ)

讀本三

Pāpañce puriso kayirā, na naṃ kayirā punappunaṃ;
na tamhi chandaṃ kayirātha[*2], dukkho pāpassa uccayo.
Puññaṃ ce puriso kayirā, kayirāth'etaṃ punappunaṃ. [122]

[*2] -tha 在此是第三人稱。下一課才會提此語尾。

tamhi chandaṃ kayirātha, sukho puññassa uccayo.
Pāpo'pi[*3] passati bhadraṃ, yāva pāpaṃ na paccati;
yadā ca paccati pāpaṃ, atha pāpo pāpāni passati.
Bhadro'pi passati pāpaṃ, yāva bhadraṃ na paccati;
yadā ca paccati bhadraṃ, atha bhadro bhadrāni passati.
(Dhp 9, 117-120)

Pāṇimhi ce vaṇo nâssa, hareyya pāṇinā visaṃ;
nâbbaṇaṃ[*4] visamanveti – n'atthi pāpaṃ akubbato.
(Dhp 9, 124)

Gabbhaṃ eke uppajjanti, nirayaṃ pāpakammino;
saggaṃ sugatino yanti, parinibbanti anâsavā. (Dhp 9, 126)

字彙說明

akubbant	*ppr. m.* 非作者、不實踐者
addhā	*adv.* 的確、確實
anāsava	*m.* 無漏者、離四漏者（四種漏：kāmâsava 欲漏、bhavâsāva 有漏、diṭṭhâsava 見漏、avijjâsava 無明漏）
anveti	*pres.* 進入、跟隨、跟從（< anu-√i）
apadesa	*m.* 教法、理由、原因、論證、陳述
appātaṅkatā	*f.* 無病（appa-ātaṅka-tā）
appābādhatā	*f.* 健康（appa-ābādha-tā）

*3 源自 api。
*4 na + a + vaṇa。

abbaṇa	*a.* 無傷口（a + vaṇa）
abhinandati	*pres.* 感到高興、同意、歡喜
Ānandacetiya	*n.* 阿難寺、阿難佛塔／僧院（Ānanda + cetiya）
āmantesi	*aor.* 對……講話、稱呼、說（< āmanteti）
āvuso	*V.* 友啊！（客氣的稱呼）、朋友、兄弟、老兄，一種禮貌性的稱呼（通常用於比丘之間互稱）
uggaheti	*pres.* 學習（< ud-√grah）
uccaya	*m.* 堆積、集積、累積 < ud-√ci
ekâsanabhojanaṃ	*adv.* 日中一食（< eka-āsana-bhojana）（受格形作副詞 ）
otarati	*pres.* 下降、進入（< o-√tṝ）
otāriyati	*aor. caus.* 被迫下降（見本課文法§4）
otāriyamāna	*aor. caus. ppr.* 被迫下降者（見本課文法§5）
otāreti	*caus.* 令下降、降低、降低、往下帶
kammin	*m.* 行為者、作者（kamma + in）
kāyira	*opt.* 做（< karoti）（見本課文法§7）
chaḍḍeti	*pres.* 放棄、遺棄、吐、拋棄（< √chṛd） [123]
chanda	*m.* 欲、想要、喜樂、意欲
tatra	*adv.* 在那裡（< ta + tra）
deseti	*caus.* 教說、宣說、宣教、布道、說

	教（< disati < √diś）
niṭṭhaṃ gacchati	下結論（niṭṭhaṃ 結束 + gacchati 去）
paccati	*pass.* 成熟、變成熟（< pacati < √pac）
paccassosuṃ	*aor.* 3rd*pl.* 同意（見本課文法§2.3）（< paṭissuṇāti）
paṭikkosati	*pres.* 譴責、反對、拒絕（< paṭi-√kruś）
paṭiggahita	*pp.* 接受、承擔（< paṭigaṇhāti）
pada	*n.* 字（在第四課有「地方、足、句、處所」之意）
parinibbāti	*pres.* 滅去、入滅、般涅槃（< pari-ni-√vā）
pāṇi	*m.* 手、拳
pāpa	*m.* 作惡者
phāsuvihāra	*m.* 舒適、安樂、樂住
byañjanaṃ	*n.* 音節、子音、符號、標記
bhadante	*V.* 大德、尊師啊（比丘們常用於稱呼佛陀的一種稱謂）
bhadra	*a.* 賢、好的、好人
bhadra	*m.* 善人
Bhoganagara	*n.* 城名、寶加城
manasikaroti	*pres.* 思惟、作意、注意、思考、認知、記住
mahâpadesa	*m.* 大教法、大教說

	（mahā 大 + apadesa 理由、論說*5）
yāti	*pres.* 去、行進、進前、行、進行下去（< √yā）
yāva	*adv. prep.* 直到……、一直到、到……程度、只要……
lahuṭṭhāna	*n.* 輕快、身體輕盈、健康
vacana	*n.* 說話、談話、講話
vaṇa	*m.* 傷口
vadati	*pres.* 他說、說、說、講
vinaya	*n.* 律、倫理規範*6
visa	*n.* 毒藥
sañjānāti	*pres.* 知道、認知、覺察、查覺
satthu	*m.* 老師、佛陀（*sg. G.* satthar）（見本課文法§1）
sandassiyamāna	*caus. ppr.* 被比較的
sandasseti	*caus.* 比較、確認（< sandassati）
sandissati	*aor.* 與……一致、符合、一起被看、教導、吻合、存在（< saṃ + dissati < saṃ-√dṛś）
sammukha	*a.* 當面的、在場的、在面前的
sādhukaṃ	*adv.* 好好地 [124]
sāsana	*n.* 教法、信息、訊息

*5 這也被解釋作 mahā + padeso（地區、部分、地域、地點）。

*6 vinayo 指規範比丘生活的規則，與 dhammo 相對，後者指巴利聖典裡教義思想的部分。

sugatin	*m.* 有德之士、善趣者、善趣者
sutta	*n.* 修多羅、經（梵語 sūtra）
harati	*pres.* 帶走、移除（< √hṛ）

文法九

§1. 語基以-ar 結尾的名詞

§1.1. 本課出現語基以-ar 結尾的名詞。在「字彙說明」中，列出其語基形 -ar。這類名詞又分兩小類：（1）加上 -tar 接尾詞的名詞，以及（2）表親屬關係的名詞（少數）。它們的格尾變化如下：

§1.1.1. 行為者名詞

例：satthar「老師、佛陀」

	單	複
主	satthā	satthāro
受	satthāraṃ (-araṃ)	satthāro / satthāre
屬 與	satthu (-ssa) / satthuno	satthūnaṃ / satthārānaṃ / satthānaṃ
具	satthārā / satthunā	satthārehi (-ebhi) / satthūhi
從	satthārā / sattharā	
處	satthari	satthūsu / satthāresu
呼	satthā / sattha / satthe	satthāro

§1.1.2. 親屬名詞

例：pitar「父親」

<table>
<tr><th></th><th>單</th><th>複</th></tr>
<tr><td>主</td><td>pitā</td><td>pitaro</td></tr>
<tr><td>受</td><td>pitaraṃ / pituṃ</td><td>pitaro, pitare</td></tr>
<tr><td>屬</td><td rowspan="2">pitu / pituno / pitussa</td><td rowspan="2">pitunnaṃ (-ūnaṃ)
pitarānaṃ / pitānaṃ</td></tr>
<tr><td>與</td></tr>
<tr><td>具</td><td>pitarā , pitunā</td><td rowspan="2">pitūhi (-ūbhi) /
pitarehi (-ebhi)</td></tr>
<tr><td>從</td><td>pitarā</td></tr>
<tr><td>處</td><td>pitari</td><td>pitūsu / pitaresu</td></tr>
<tr><td>呼</td><td>pita / pitā</td><td>pitaro</td></tr>
</table>

注意這兩類名詞的格尾變化幾乎相同。重要的差別在於：

（1）在行為者名詞裡作 -ār- 或 -ar- 的地方，親屬名詞一律只有 -ar-。

（2）親屬名詞的複數與格常是 -unnaṃ，但行為者名詞的複數與格則是 -ūnaṃ。 [125]

§1.2. 以-ar 語基結尾的名詞，作複合詞前語時，會以-u 結尾（satthu, pitu）：

satthusāsanaṃ 大師之教
pitusantakaṃ 父的財產

§1.3. 上面舉的例子是 -ar 語基的陽性名詞，另有陰性的親屬名詞，如 mātar「母親」，它的格尾和陽性詞很類似。

例：mātar「母親」

<table>
<tr><th></th><th>單</th><th>複</th></tr>
<tr><td>主</td><td>mātā</td><td rowspan="2">mātaro</td></tr>
<tr><td>受</td><td>mātaraṃ</td></tr>
</table>

屬／與	mātu / mātuyā	mātūnaṃ
具／從	mātarā / mātuyā	mātūhi
處	mātari / mātuyā (-yaṃ)	mātusu
呼	māta / mātā	mātaro

§2. 過去式

§2.1. 『assosi』型過去式（-s- aorist ）

第六課§7 列了兩種過去式。本課出現另一種，它由下列的語尾變化所構成（像其他種過去式一樣，有時會加上「增音」-a-）：

	單數	複數
第一人稱	-siṃ	-(i)mha (-simha)
第二人稱	-si	-(i)ttha (-sittha)
第三人稱		-suṃ / -(i)ṃsu

注意，單數第一、第二、第三人稱的形式很像『upasaṅkami 型』的過去式之語尾（第六課§7.2），只是多了一個 -s-。複數第一、第二人稱的替代形格尾，也是如此，但它們很少出現。-suṃ 像是『addasa 型』的格尾（第六課§7.1），但多了 -s-。複數的其他格尾，很像『upasaṅkami 型』的格尾。

動詞字根可能會經過一些變化之後，才構成過去式語基，並與這些語尾結合。例如，√su-「聽」（*pres.* suṇāti）與√kar-「做」（*pres.* karoti）的變化如下（注意「增音」的存在）。
[126]
√su-「聽」：

	單數	複數
第一人稱	assosiṃ	assumha
第二人稱	assosi	assuttha
第三人稱		assosuṃ

√kar-「做」：

	單數	複數
第一人稱	akāsiṃ	akamha
第二人稱	akāsi	akattha
第三人稱		akāsuṃ, akaṃsu

注意語基最後的母音，若接無 s 的格尾，會「變短」（即 ā 變 a；o 變 u ）。

現在式語基有 -e- 的動詞，無論是使役與否，通常會採這種過去式，且依現在語基而形成過去式。語尾無 s 時，e 變成 ay，且會有連接的母音 i。

例如：deseti「宣說、講」

	單數	複數
第一人稱	desesiṃ	desayimha (desesimha)
第二人稱	desesi	desayittha (desesittha)
第三人稱		desesuṃ / desayiṃsu

§2.2. gacchati 的過去式

動詞 gacchati「去」可以用『upasaṅkami』型的過去式語尾（比較第六課§7.1 ）：

	單數	複數
第一人稱	agamisaṃ, agamiṃ	agamimha

<table>
<tr><td>第二人稱</td><td rowspan="2">agami</td><td>agamittha</td></tr>
<tr><td>第三人稱</td><td>agamisuṃ, agamiṃsu</td></tr>
</table>

[127]

§2.3. paṭissuṇāti 的過去式：動詞 paṭissuṇāti「承諾、同意」採 assosi 型的過去式，但有個非常不規則的過去語基 paccasso：paccassosi「他 / 你同意了」。

它也有另一個過去語基：paṭisun-，採 upasaṅkami 型的過去式語尾：paṭisuṇi「他 / 你同意了」。

連續體是 paṭissuṇitvā 或 paṭissutvā。

§3. 未來式

§3.1. 於現在語基之後加上 -(i)ss- 和現在式語尾，便構成巴利語的未來式。因此，bhavati 的未來式語尾：

	單數	複數
第一人稱	bhavissāmi	bhavissāma
第二人稱	bhavissasi	bhavissatha
第三人稱	bhavissati	bhavissanti

有時候，所採用的語基可能和現在語基不同，或者會有替代的形式。如：

gacchati「去」的未來式，作 gamissati 或 gacchissati。
suṇāti「聽聞」的未來式，作 sossati 或 suṇissati。

§3.2. 未來式可用來指可能性、普遍真理或未來時間。

§4. 被動式動詞

巴利有些動詞具有被動的意味。也就是說，這類動詞的主詞是被該動詞所影響的或所造作的，如 vuccati「被說」，dassiyati「被見」等。一般而言被動式動詞與及物動詞有關。被動式動詞的形成，經常是於及物動詞的現在語基之後加上-iya-或-īya-（現在語基可能也會有些改變）。例如，deti「給」與 dīyati「被給」；pūjeti「禮敬」與 pūjiyati「被禮敬」。karoti「做」與 kariyati、karīyati「被做」。有時候，被動動詞有重複子音，而相關的及物動詞唯單一子音或子音串：例如，hanati「殺」與haññati「被殺」；bhindati「打破」與 bhijjati「被打破」；pacati「煮」與 paccati「被煮」等等。（這些重複子音的出現乃因為部分被動動詞是加 -y- 而成的，有時重複前一個子音，有時改變它，但最終 y 都消失）。無論如何，動詞及其被動式，得隨遇隨記，畢竟，因語基也會變化，所以二者間的關係未必清楚明了。 [128]

§5. 被動動詞的現在分詞

§4. 所述的被動式動詞，形成現在分詞時，通常採用-māna（第四課§4），如：pūjiyamāna「正被禮敬」、vuccamāna「正被說」、dassiyamāna「正被看」、kayiramāna「正被做」等等。同樣地，desiyamāna「正被宣說」與 deseti 有關「宣說」。

§6. yāti 去

yāti「去、進行」的現在式語尾如下：

	單數	複數
第一人稱	yāmi	yāma
第二人稱	yāsi	yātha
第三人稱	yāti	yanti

其他形態是：

現在分詞	yanti
不定體	yātuṃ / (yātave)
過去分詞	yātā

§7. kayirā 做

kayirā 與 kayirātha 是 karoti 的以-ya 結尾的祈願法（見第七課文法§1）。

進階閱讀九

讀本一

Evaṃ me sutaṃ. Ekaṃ samayaṃ Bhagavā Rājagahe viharati Veḷuvane Kalandakanivāpe. Tena kho pana samayena Sigālako gahapatiputto kālass'eva vuṭṭhāya Rājagahā nikkhamitvā allavattho allakeso pañjaliko puthudisā namassati: puratthimaṃ disaṃ dakkhiṇaṃ disaṃ pacchimaṃ disaṃ uttaraṃ disaṃ heṭṭhimaṃ disaṃ uparimaṃ disaṃ.

Atha kho Bhagavā pubbaṇhasamayaṃ nivāsetvā pattacīvaramādāya Rājagahaṃ piṇḍāya pāvisi. Addasā kho Bhagavā Sigālakaṃ gahapatiputtaṃ kālass'eva vuṭṭhāya Rājagahā nikkhamitvā allavatthaṃ allakesaṃ pañjalikaṃ puthudisā namassantaṃ: puratthimaṃ disaṃ dakkhiṇaṃ disaṃ pacchimaṃ disaṃ uttaraṃ disaṃ heṭṭhimaṃ disaṃ uparimaṃ disaṃ. Disvā Sigālakaṃ gahapatiputtaṃ etadavoca: "kinnu kho tvaṃ, gahapatiputta, kālass'eva uṭṭhāya Rājagahā nikkhamitvā allavattho allakeso pañjaliko puthudisā namassasi: puratthimaṃ disaṃ dakkhiṇaṃ disaṃ pacchimaṃ disaṃ uttaraṃ disaṃ heṭṭhimaṃ disaṃ uparimaṃ disanti?"

"Pitā maṃ, bhante, kālaṃ karonto evaṃ avaca: 'disā, tāta, namasseyyāsī'ti. So kho ahaṃ, bhante, pitu vacanaṃ sakkaronto garu-karonto mānento pūjento kālass'eva uṭṭhāya Rājagahā nikkhamitvā allavattho allakeso pañjaliko puthudisā namassāmi: puratthimaṃ disaṃ -pe- uparimaṃ disanti."

"Na kho, gahapatiputta, ariyassa vinaye evaṃ chaddisā namassitabbāti."

"Yathā kathaṃ[2] pana, bhante, ariyassa vinaye chaddisā namassitabbā? Sādhu me, bhante, Bhagavā tathā dhammaṃ desetu, yathā ariyassa vinaye chaddisā namassitabbāti."

"Tena hi, gahapatiputta, suṇohi sādhukaṃ manasikarohi bhāsissāmîti."

"Evaṃ, bhante"ti kho Sigālo gahapatiputto Bhagavato paccassosi.

Bhagavā etadavoca: "Yato kho, gahapatiputta, ariyasāvakassa cattāro kammakilesā pahīnā honti, catūhi ca ṭhānehi pāpakammaṃ na karoti, cha ca bhogānaṃ apāyamukhāni na sevati, so evaṃ cuddasa pāpakâpagato chaddisā paṭicchādī, ubhaya lokavijayāya

---

2 Sv III 943: Tattha **yathā**ti nipātamattaṃ. **Kathaṃ panā**ti idameva pucchāpadaṃ.

paṭipanno hoti. Tassa ayaṃ c'eva loko āraddho hoti paro ca loko. So kāyassa bhedā paraṃ maraṇā sugatiṃ saggaṃ lokaṃ upapajjati.

(DN 31 Siṅgālakasuttaṃ)

讀本二

Atha kho, bhikkhave, Vipassissa Bhagavato arahato Sammāsambuddhassa etadahosi: "yannūnâhaṃ dhammaṃ deseyyan"ti. Atha kho, bhikkhave, Vipassissa Bhagavato arahato Sammāsambuddhassa etadahosi: "adhigato kho me āyaṃ dhammo gambhīro duddaso duranubodho santo paṇīto atakkâvacaro nipuṇo paṇḍitavedanīyo. Ālayarāmā kho panâyaṃ pajā ālayaratā ālayasammuditā. Ālayarāmāya kho pana pajāya ālayaratāya ālayasammuditāya duddasaṃ idaṃ ṭhānaṃ yadidaṃ idappaccayatā-paṭiccasamuppādo.[3] Idampi kho ṭhānaṃ duddasaṃ yadidaṃ sabbasaṅkhārasamatho sabbūpadhipaṭinissaggo taṇhākkhayo virāgo nirodho nibbānaṃ. Ahañc'eva kho pana dhammaṃ deseyyaṃ, pare ca me na ājāneyyuṃ; so mam'assa kilamatho, sā mam'assa vihesā"ti.[4]

(DN 14 Mahāpadānasuttaṃ)

---

[3] Sv II 464: **Idappaccayatāpaṭiccasamuppādo**ti imesaṃ paccayā idappaccayā, idappaccayā eva idappaccayatā, idappaccayatā ca sā paṭiccasamuppādo cāti idappaccayatāpaṭiccasamuppādo. Saṅkhārādipaccayānaṃ avijjādīnaṃ etaṃ adhivacanaṃ.

[4] Sv II 464: **So mamassa kilamatho**ti yā ajānantānaṃ desanā nāma, so mama kilamatho assa, sā mama vihesā assāti attho. Kāyakilamatho ceva kāyavihesā ca assāti vuttaṃ hoti, citte pana ubhayampetaṃ buddhānaṃ natthi.

讀本三

Ko imaṃ pathaviṃ vijessati,
yamalokañca imaṃ sadevakaṃ?
Ko dhammapadaṃ sudesitaṃ,
kusalo pupphamiva pacessati?
Sekho pathaviṃ vijessati,
yamalokañca imaṃ sadevakaṃ;
sekho dhammapadaṃ sudesitaṃ,
kusalo pupphamiva pacessati.
Pheṇûpamaṃ kāyamimaṃ viditvā,
marīcidhammaṃ abhisambudhāno;
chetvāna mārassa papupphakāni,
adassanaṃ maccurājassa gacche. (Dhp 4, 44-46)

Yo bālo maññati bālyaṃ,
paṇḍito'vâpi[*7] tena so;
bālo ca paṇḍitamānī,
sa ve "bālo"ti vuccati. (Dhp 5, 63)

進階閱讀九 字彙說明

atakkâvacara	*a*. 超越思惟的、超越邏輯的、深奧的（a 非 + takka 邏輯、思維 + avacara 進入）[5]

[*7] paṇḍito + eva +api。

[5] Sv II 464: **Atakkāvacaro**ti takkena avacaritabbo ogāhitabbo na hoti, ñāṇeneva avacaritabbo.

adassana	*n.* 無見
addasā	*aor.* 3rd *sg.* 看見、見、理解（< dassati）
adhigata	*pp.* 證得、了悟（< adhi-√gam）
apagata	*pp.* 離開、停止、遠去（< apa-√gam）
apāyamukha	*n.* 衰敗、損失的原因、苦處之因（apāya + mukha 方法、原因）
abhisambudhāna	*m.* 了悟（< abhi-saṃ-√budh）
ariyassa vinaye	*adv.* 在聖者的教法中、在聖者的律法裡
alla	*a.* 新鮮的、濕的（引申為乾淨的）
avaca	*aor.* 說（< √vac）
assa	*opt.* 3rd *sg.* 是、成為（< atthi）
ahosi	*aor.* 曾是、曾發生、是、發生（< hoti）
etadahosi	有如此的想法、有這樣的想法
ādāya	*ger.* 已取得、正取得、取、拿（< ā-√dā）
ājānāti	*pres.* 了知、抓住、了解（< ā-√jñā）
āraddha	*pp.* 開始、著手、從事（< ā-√rabh）
ālayarata	*a.* 愛阿賴耶、愛執取的（ālaya 所黏著的五欲 + rata 喜愛）
ālayarāma	*a.* 樂執取的（ālaya 會黏著的百八愛行 + rāma 愛樂）[6]

6 Sv II 464: **Ālayarāmā**ti sattā pañcasu kāmaguṇesu allīyanti, tasmā te ālayāti vuccanti. Aṭṭhasatataṇhāvicaritāni ālayanti, tasmā ālayāti vuccanti. Tehi ālayehi ramantīti **ālayarāmā.** Ālayesu ratāti **ālayaratā.** Ālayesu suṭṭhu muditāti **ālayasammuditā.**

ālayasamudita	*a.* 喜執取的（ālaya + samudita）
idappaccayatā	*f.* 此緣性（ida-paccaya-tā）
upama	*a.* 如……的、像……的、相同的、相似的
X- upama	*a.* 如 X 的、與 X 相似的
uparima	*a.* 最上的、頭上、上方的
ubhaya	*a.* 兩者、兩個的、雙方的
kammakilesa	*m.* 煩惱欲、行為的墮落、業之染汙
kalandakanivāpa	*m.* 栗鼠飼養處、迦蘭陀迦園
kāyassa bhedā param- maraṇā	*adv.* 身壞、死亡之後（kāyassa 身 + bhedā 壞 + param 後 + maraṇā 死）
kālaṃ karoti	死亡、命終（kālaṃ 時 + karoti 做）
kāla	*m.* 時間、早上、早晨、恰當的時機
kālassa eva	*adv.* 在早上、在早晨
kilamatha	*m.* 疲累、使疲累、疲勞
kusala	*a. n. m.* 善行、有德的、善的、有效的、精通、功德、善巧者、精通……者
kesa	*m.* 頭髮（常用複數 kesā）
khaya	*m.* 盡、盡滅、滅盡
garukaroti	*pres.* 尊敬、尊重、勝重考慮 [131]
gahapatiputta	*m.* 中產階級、族姓子、居士
cuddasa	*num.* 十四
cha	*num.* 六
chaddisā	*f.* 六方（東、西、南、北、上、下）
chindati	*pres.* 切斷

chetvāna	*n.* 切斷
ṭhāna	*n.* 場所、位置、處所、狀態、原因、可能性、處、原理、結論
taṇhā	*f.* 渴愛、愛、愛欲
tāta	*m.* 爸、愛子（表親愛的稱謂語，不限年齡，常做單數，呼格形 tāta）
disā	*f.* 方向、趨勢、指導
duddasa	*a.* 難見的、費解的、難解的、不易了知的
duranubodha	*a.* 難知的、難了的、難了悟的
dhammapada	*n.* 正當的話、法句、法徑
namassati	*pres.* 禮敬、行禮、禮拜、敬禮（< namo）
nikkhamati	*pres.* 出離、出家、出發、從……出離
nipuṇa	*a.* 深奧、巧妙的、熟練的、有效的、微細的、奧妙的
nibbāṇa	*n.* 涅槃、寂滅
nirodha	*m.* 滅盡、滅、止滅
nivāseti	*aor.* 穿衣、打扮、著衣（< nivasati < ni-√vas）
pacessati	*fut. 3rd sg.* 收集、集合（< pacināti < pa-√ci）
paccassosi	*aor.* 贊成、同意、答應（< paṭissuṇāti）
pacchima	*a.* 西方的、最後的
pajā	*f.* 眾生、人民、子孫、人們、後裔子孫、後代

pañjalika	*a.* 合掌的
paṭiccasamuppāda	*m.* 緣起（paṭicca + saṃ-ud-√pad）
paṭicchādin	*pp.* 覆蓋……的、覆蓋、包圍的（paṭicchāda-in）
paṭinissagga	*m.* 捨棄、捨離
paṭipanna	*pp.* 行走、到達、向……行（< paṭi-√pad）
paṇīta	*a.* 殊勝的、妙勝的、勝意向的
paṇḍitamānin	*a.* 自以為有智的（paṇḍita 智者 + mānin 以……為傲）
paṇḍitavedanīya	*a.* 智者所了解的
pattacīvara	*n.* 缽和衣（patta *n.* + cīvara *n.*）
papupphaka	*n.* 花箭、頂端有花的（欲）箭
para	*a.* 另外的、其他（的）、他人的
pavisati	*pres.* 進入（< pa-√viś）
pahīna	*pp.* 捨棄、捨斷（< pa-√hā）
pāpaka	*a. n.* 壞的、邪惡的行為
piṇḍa	*m.* 一團食物、團食
piṇḍāya	*m. sg. D.* 為了乞食
pitu	*m.* -tar 父親
puthu	*a.* 廣、許多、多種的、很多、多樣、分別地、個別的、獨特的、各種的
puratthima	*a.* 東方的、向東的
pūjeti	*pres.* 禮拜、尊敬、供養（< √pūj）
pheṇa	*n.* 泡沫
pheṇūpama	*a.* 如泡沫的、如泡沫般的（pheṇa +

	upama）
bālya	*n.* 無知、愚蠢、愚鈍的
maccurājā	*m.* 死王、死神
māññati	*pres.* 想、認為、以為（< √man）
marīcidhamma	*a.* 有陽炎性質的
māneti	*caus.* 尊敬、奉事、敬重（< √man）
māra	*m.* 魔、摩羅、魔王、死神、死亡
yato	因為、因此（< ya + to）
yathākathaṃ pana	那麼、如何、云何、怎麼會（yathā kathaṃ pana）
yannūna	*indec.* 那麼、不如……吧！那麼、讓我、我該（yaṃ + nūna）
yamaloka	*m.* 閻摩界、死者之世界
Rājagaha	*m.* 地名、王舍城
vattha	*n.* 布、衣料、衣服、衣裳
vijaya	*m.* 勝利
vijeti	*pres.* 勝過、征服（< vi-√ji）
viditvā	*ger.* 了知、明白、知道、領悟（< √vid）
Vipassin	*m.* 毘婆尸佛（古七佛之一）
virāga	*m.* 離貪、滅、消逝
vihesā	*f.* 惱害、煩惱、苦惱之事
(v)uṭṭhahati (v)uṭṭhāya	*pres.* 上升、起立（vuṭṭhāti*8 或 (v)uṭṭhahati 的連續體）

*8 若此動詞跟在以 -a 母音結尾的字後，便可能加上 v-。

saṅkhāra	*m*. 行、受制約的事物、有為法、共同作用的心理要素、五蘊之一
sakkaroti	*pres*. 尊敬、重視（< sat-√kṛ）
sadevaka	*a*. 有諸天的、與諸天一起的、與天人一起的
santa	*a*. *pp*. 平靜的、寧靜的、寂靜、寂止（< √śam）
samatha	*m*. 奢摩他、止、滅、止息（< √śam）
sekha	*m*. 有學、學習者
heṭṭhima	*a*. 較低的、在……下面、最下的

第十課

基礎閱讀

讀本一

Ekasmiṃ samaye satthā gaṇaṃ pahāya ekako'va ekaṃ vanaṃ pāvisi. Pārileyyakanāmo eko hatthirājā'pi hatthigaṇaṃ pahāya taṃ vanaṃ pavisitvā, bhagavantaṃ ekassa rukkhassa mūle nisinnaṃ disvā, pādena paharanto rukkhamūlaṃ sodhetvā soṇḍāya sākhaṃ gahetvā sammajji. Tato paṭṭhāya divase divase soṇḍāya ghaṭaṃ gahetvā pānīya-paribhojanīya-udakaṃ āharati. uṇhodakena atthe sati[1] uṇhodakaṃ paṭiyādeti. Kathaṃ? Kaṭṭhāni ghaṃsitvā aggiṃ pāteti; tattha dārūni pakkhipanto jāletvā, tattha tattha pāsāṇe pacitvā, dārukkhaṇḍakena pavaṭṭetvā, khuddakasoṇḍiyaṃ khipati. Tato hatthaṃ otāretvā, udakassa tattabhāvaṃ jānitvā, gantvā satthāraṃ vandati. Satthā tattha gantvā nahāyati. Atha nānāvidhāni phalāni āharitvā deti.

Yadā pana satthā gāmaṃ piṇḍāya pavisati, tadā satthu pattacīvaramādāya kumbhe ṭhapetvā satthārā saddhiṃ yeva gacchati; rattiṃ vāḷamiganivāraṇatthaṃ mahantaṃ daṇḍaṃ soṇḍāya gahetvā yāva aruṇ'uggamanā vanasaṇḍe vicarati. (Rasv)

讀本二

Atīte kira bārāṇasiyaṃ sālittakasippe nipphattiṃ patto eko

---

1 具格與 attha 連用，見 PG §254.d。

pīṭhasappi ahosi. So nagaradvāre ekassa vaṭarukkhassa heṭṭhā nisinno sakkharā khipitvā tassa paṇṇāni chindanto "hatthirūpakaṃ no dassehi, assarūpakaṃ no dassehī"ti gāmadārakehi vuccamāno icchit'icchitāni rūpāni dassetvā tesaṃ santikā khādanīy'ādīni labhati.

Ath'ekadivasaṃ rājā uyyānaṃ gacchanto taṃ padesaṃ pāpuṇi. Dārakā pīṭhasappiṃ pāroh'antare katvā palāyiṃsu. Rañño[*1] ṭhitamajjhantike rukkhamūlaṃ paviṭṭhassa chiddacchāyā sarīraṃ phari. So "kinnukho etaṃ"ti uddhaṃ olokento rukkhassa paṇṇesu hatthirūpakādīni disvā "kass'etaṃ kamman"ti pucchitvā "pīṭhasappino"ti sutvā taṃ pakkosāpetvā āha: "mayhaṃ purohito atimukharo, appamattake'pi vutte bahuṃ bhaṇanto maṃ upaddavati; sakkhissasi tassa mukhe nāḷimattā ajalaṇḍikā khipitun"ti? "Sakkhissāmi, deva; ajalaṇḍikā āharāpetvā purohitena saddhiṃ tumhe antosāṇiyaṃ nisīdatha. Ahamettha kattabbaṃ jānissāmî"ti.

Rājā tathā kāresi. Itaro'pi kattariy'aggena sāṇiyaṃ chiddaṃ katvā, purohitassa raññā saddhiṃ kathentassa mukhe vivaṭamatte ek'ekaṃ ajalaṇḍikaṃ khipi. Purohito mukhaṃ paviṭṭhaṃ paviṭṭhaṃ gili. Pīṭhasappī khīṇāsu ajalaṇḍikāsu sāṇiṃ cālesi. Rājā tāya saññāya ajalaṇḍikānaṃ khīṇabhāvaṃ ñatvā āha: "ācariya, ahaṃ tumhehi saddhiṃ kathento kathaṃ nittharituṃ na sakkhissāmi. Tumhe[*2] atimukharatāya nāḷimattā ajalaṇḍikā gilantā pi tuṇhībhāvaṃ nâpajjathâ"ti. [134]

Brāhmaṇo maṅkubhāvaṃ āpajjitvā tato paṭṭhāya mukhaṃ vivaritvā raññā saddhiṃ sallapituṃ nâsakkhi. Rājā pīṭhasappiṃ

---

*1 rājan 的屬格，見第六課文法§1 與本課文法§1。

*2 敬語形複數。

pakkosāpetvā "taṃ nissāya me sukhaṃ laddhan"ti tuṭṭho tassa sabbaṭṭhakaṃ nāma dhanaṃ datvā nagarassa catūsu disāsu cattāro varagāme adāsi. (Dhp-a II 70)

讀本三

Yathâgāraṃ ducchannaṃ, vuṭṭhī samativijjhati
evaṃ abhāvitaṃ cittaṃ, rāgo samativijjhati.

Yathâgāraṃ suchannaṃ, vuṭṭhī na samativijjhati
evaṃ subhāvitaṃ cittaṃ, rāgo na samativijjhati.

Idha socati pecca socati, pāpakārī ubhayattha socati
so socati so vihaññati, disvā kammakiliṭṭhamattano.

Idha modati pecca modati, katapuñño ubhayattha modati
so modati so pamodati, disvā kammavisuddhimattano.

Idha tappati pecca tappati, pāpakārī ubhayattha tappati
"pāpaṃ me katan"ti tappati, bhiyyo tappati duggatiṃ gato.

Idha nandati pecca nandati, katapuñño ubhayattha nandati
"puññaṃ me katan"ti nandati, bhiyyo nandati suggatiṃ gato. (Dhp 1, 13-18)

字彙說明

agāra	*n.* 家、室、房屋、屋
agga	*n.* 頂、端、梢
ajalaṇḍikā	*f.* 山羊的糞
ati-	*pref.* 極、非常、過度的、極端的、很大

atīta	*m. pp.* 過去
attano	*m.* 自己的（attan 的屬格）
antare	*adv.* 在……之間（< antara *n.*）
anto	*prep.* 在內、在……之後
antosāṇiyaṃ	*adv.* 在幕後、在簾幕之後（anto + sāṇī 簾）
appamattaka	*n.* 一點點（appa + mattaka）
abhāvita	*a.* 未被修、未被培養、未被訓練、未被修習的
aruṇ'uggamana	*n.* 明相、日出、破曉（aruṇa *m.* 曙光 + uggamana *n.* 上升）
assa	*m.* 馬
ācariya	*m.* 老師、阿闍黎
-ādi	*m. n.* 開始、……等等、起點（見本課文法§9）
āpajjati	*pres.* 到達、遇見、獲得（< ā-√pad）
āharati	*pres.* 帶來（< ā-√hṛ） [135]
āharāpeti	*caus.* 令帶來、使帶來（< āharati）
icchita icchit'icchitāni	*pp.* 想要的（< icchati < √iṣ，見本課文法§8） *a. n. pl.* 想要的每一個
itara	*a.* 其它的、另一個
uṇha	*a.* 暖的、溫暖、熱的
uddhaṃ	*adv.* 在上方、往上、向上、於上
upaddavati	*pres.* 麻煩（某人）、煩擾（< upa-√dru）
ubhayattha	*adv.* 在兩地、在兩處

uyyāna	*n.* 園、庭園、公園
ekaka	*a.* 單獨的
oloketi	*pres.* 看、見、眺望（< o-√lok）
kata	*pp.* 做、被做（< karoti）
katapuñña	*m.* 行善者（kata + puñña *n.*）（見本課文法§11）
kattari	*f.* 剪刀、小刀
kathā	*f.* 故事、言談、談論
katheti	*pres.* 說、談（< kathā）
kāreti	*caus.* 使製作、製造、使……做（< √kṛ）
kira	*indec.* 據說、的確（依傳聞而說）
kiliṭṭha	*pp. n.* 染汙、不淨、汙染（< kilissati 被汙染、變髒）
kumbha	*m.* 大象前半身、壺、陶師
khādanīya	*a. n. fpp.* 可吃的、食品（< khādati）
khipati	*pres.* 掉、放、扔、使困擾（< √kṣip）
khīṇa	*a. pp.* 滅、結束、滅盡的（< khīyati）
khuddaka	*a.* 小的
gaṇa	*m.* 一群、許多、一伙、團體、群眾
gantvā	*ger.* 去（< gacchati < √gam）
gahetvā	*ger.* 取、拿（< gaṇhāti < √grah）
gilati	*pres.* 吞、嚥（< √gir）
ghaṃseti	*caus.* 磨擦、磨（< ghaṃsati < √ghṛṣ）
ghaṭa	*m. n.* 壺、鍋、水壺

cāleti	*pres.* 動搖、使搖晃（< calati）
chidda	*pp.* 洞、切口（< √chid）
jāleti	*caus.* 點燃、放火（< jalati）
ṭhapeti	*caus.* 放著、擱著、放、置（< tiṭṭhāti）
ṭhitamajjhantike	*adv.* 中午、午時、在中午（< ṭhita + majjha + anta + ika）
tattabhāva	*m.* 炎熱、溫暖、熱的狀態（tatta 是 tapati 的過去被動分詞）
tappati	*aor.* 受苦、受折磨、被折磨（< tapati < √tap）
tuṭṭha	*a. pp.* 高興、滿意、快樂（< tussati < √tuṣ）
tuṇhībhāva	*m.* 沉默的狀態
daṇḍa	*m.* 棍、杖、處罰
dasseti	*caus.* 顯示、令見、顯出、指出、說明（< dassati < √dṛś）
dārukhaṇḍaka	*n.* 木片、木棍、斷木片 [136]（< dāru *n.* 木頭 + khaṇḍaka *n.* 碎片）
divasa	*m.* 一日、一天、白天
duggati	*f.* 惡趣、悲慘的地方
ducchanna	*a.* 未覆蓋好的（channa < √chad）
deva	*m.* 天、王、天人、國王
dvāra	*n.* 門
nandati	*pres.* 歡喜、快樂（< √nand）
nahāyati	*pres.* 洗浴、洗澡（= nhāyati < √snā）
nānavidha	*a.* 各式各樣的（nāna + vidha）

nāḷī nāḷimatta	*f.* 容量單位、一杯的 *a.* 約一 nāḷī 量的
nittharati	*pres.* 結束、完了（< nis-√tṛ）
nipphatti	*f.* 完結、完成、圓滿
nivāraṇattham̩	*adv.* 為了防範、為了避免（nivāraṇa + attha）
nissāya	*ger.* 由於、因為（< nissayati < ni-√śri）
pakkosāpeti	*caus.* 呼喚、召集、叫（< pakkosati < pa-√kruś）
pakkhipati	*pres.* 丟、放（< pa-√kṣip）
pacati	*pres.* 煮、烤、加熱（< √pac）
paṭiyādeti	*caus.* 準備、安排、用意（< paṭi-√yat）
paṭṭhāya	*ger.* 從……起（< pa-√sthā）（見本課文法§7）
paṇṇa	*n.* 葉子
patta	*pp.* 到達、成就（< √pat）
patta	*n. m.* 缽、器皿
paribhojanīya	*fpp.* 可被用的（< pari-√bhuj）
palāyati	*pres.* 逃走、跑走（< √palāy）
pavaṭṭeti	*caus.* 轉動、滾動（< pavattati < pa-√vṛt）
pavisitvā	*ger.* 進入（< pavisati < pa-√viś）
paharati	*pres.* 打擊、打、拍傷（pa-√hṛ）
pahāya	*ger.* 已斷、捨已、捨斷已、已斷捨、斷捨、已斷除（< pajahāti < pa-√hā）
pāteti	*caus.* 砍下、令掉落、使落下（< patati

aggimpāteti	< √pat 起火 = aggiṃ pāteti）
pāda	*m.* 腳、足
pānīya	*n. fpp.* 飲用水
pāpakārin	*m.* 造惡者、作惡者
pāpuṇati	*pres.* 到達（< pa-√āp）
Pārileyyaka	*m.* 大象的名字
pāroha	*m.* 嫩枝、榕樹的旁枝、從榕樹樹枝往下長的根
pāvisi	*aor.* 進入（< pavisati < pa-√viś）
pāsāṇa	*m.* 石頭
pīṭhasappin	*m.* 跛者、跛子（pīṭha 椅凳 + sappin 徐行）
purohita	*m.* 王的祭司
pharati	*pres.* 填滿、布滿、遍滿、擴散、散布（< √sphar）
bahuṃ	*adv.* 許多
Bārāṇasī	*f.* 波羅奈、瓦拉納西 [137]
maṅkubhāva	*m.* 意志消沉、不滿足、困惑。
mukha	*n.* 嘴、臉、口、方法
mukharatā	*f.* 多言、愛說話（mukhara-tā）
modati	*pres.* 歡喜、快樂、喜、喜悅（< √mud）
rūpaka	*n.* 影相、相似
laddha	*pp.* 所得（< labhati < √labh）
vaṭarukkha	*m.* 孟加拉榕樹、大榕樹
vanasaṇḍa	*m. n.* 森林、密林、深林、叢林

vandati	*pres.* 拜下、敬禮（< √vand）
varagāma	*m.* 世襲的村落、作為禮物的村落
vāḷamiga	*m.* 野獸
vicarati	*pres.* 遊蕩、遊走、移來移去（< vi-√car）
vivaṭa	*a.* 打開的、無遮掩的、被打開、公開的
vivaṭamatte	*adv.* 只要一打開（< vivaṭa + matta[2]）
visuddhi	*f.* 清淨
vihaññati	*pass.* 受苦（< vihanati < vi-√han）
vuccamāna	*pass. ppr.* 被說（< √vac）
vuṭṭhi	*f.* 雨
sakkoti	*pres.* 能夠（< √śak）
sakkharā	*f.* 小圓石
sakkhissati	*fut.* 將能夠（< sakkoti）
saññā	*f.* 想、感知、認知、指標、號誌
sati	*ppr. sg. L.* 是、存在（< sant < √as）（見本課文法§2）
santika	*n.* 附近、面前
santikā	*n. sg. Ab.* 從鄰近處、在……面前
sabbaṭṭhaka	*a.* 各項有八個的
samativijjhati	*pres.* 穿過、刺穿、穿透（saṃ-ati-

2 matta，在此表 even at, as soon as, because of 的意思，常與 api, eva, pi, yeva 等質詞連用，參考 PED。

	√vyadh）
sammajjati	*pres.* 掃、擦、掃除（< saṃ-√mṛj）
sarīra	*n.* 身體、舍利
sallapati	*pres.* 說、談（< saṃ-√lap）
sāṇi	*f.* 帷幕、簾、篷、簾幕
sākhā	*f.* 樹枝
sālittakasippa	*n.* 投石的技藝、丟石的技術（sālittaka + sippa）
suggati	*f.* 善趣
succhanna	*a. pp.* 好好覆蓋了的、覆蓋好的（su + channa）
subhāvita	*a.* 被善修的、被善習的
soṇḍā (-o)	*f. m.* 象鼻
soṇḍī	*f.* 岩上的自然水槽、岩石中天然的水池
sodheti	*pres.* 清潔、清淨、清除（< sujjhati < √śudh）
hattha	*m.* 手
hatthirājan	*m.* 象王
hatthin	*m.* 大象
heṭṭhā	*indec. adv.* 在下方、以下、在……下面

文法十

§1. 絕對屬格

之前在第八課§3 說過「絕對處格」。絕對結構也可用於屬格，絕對屬格的構成與絕對處格類似，只是分詞及其主詞（若寫出的話）都作屬格。與絕對處格一樣，分詞及其主詞，在性、數、格上要一致，且其主詞不同於主要子句的主詞。分詞若是過去分詞，該絕對結構指發生於主要子句之前的動作：

acira-pakkantassa Bhagavato ayaṃ … kathā udapādi
世尊離開不久之後……出現了這個議論。

§2. 絕對結構裡的 sati 與 sante

atthi「存在、有」的一個現在分詞作 sant(a)（第四課§3）。它的處格形有兩種：sati 與 sante。在絕對處格裡，常用 sati，但是在無人稱時，也就是當絕對結構無特定主詞的時候，則用 sante：

maharājassa ruciyā sati 奉國王的指示
（直譯作：當國王喜歡時）
evaṃ sante 如此的話……
（這樣子的時候……）

§3. 連續體 -tvā(na)

之前在第四課§3 提到 -tvā(na)與 -āya 結尾的連續體。這一課的讀本有許多的例子。注意它們可以成串出現，來表達發生在主要動作之前的一連串動作：

> ekā itthī puttaṃ ādāya mukhadhovanatthāya paṇḍitassa pokkharaniṃ gantvā puttaṃ nahāpetvā attano sāṇake nisīdāpetvā mukhaṃ dhovitvā nahātuṃ otari.
> 一個女人帶她兒子到那智者的蓮花池（pokkharani）盥洗（直譯：洗臉），幫兒子洗好澡之後，她把兒子放在自己的衣服上，洗了（她自己的）臉後，入（池）洗澡。

§4. 分詞的用法

現在或過去分詞（可帶有受詞、副詞等），皆可以修飾在它之前或之後的名詞。分詞與名詞，在性、數、格上要一致，且此句型可有英語關係子句的意思，尤其是當分詞是在名詞之後的時候：（讀本三）

> sīlasampanno puriso 具戒的人
> cittaṃ dantaṃ mahato atthāya saṃvattati ti 已調伏的心（或譯「心，當被調伏時，」）引生大利益。 [139]

「見」、「聽」等的動詞之受詞，之後可加分詞，如此形成類似英語 “I saw him going” 或 “I saw him seated there” 的結構：

> Ānandaṃ gacchantaṃ addasāma

我們見到阿難去。

Bhagavantaṃ ekassa[3] rukkhassa mūle nisinnaṃ disvā

見世尊坐一樹下之後……

現在分詞也可用來指同時發生的動作，或者某動作的方式，尤其是當它指（句子的）主詞之時：

dārūni pakkhipanto jālesi 他放下柴並把它點燃。

§5. 加 -nīya 的未來分詞

之前第七課§2 曾提到加 -tabba、-ya 或 -nīya 的未來被動分詞。有些動詞有一個以上的結尾。如 karoti「做」的未來分詞可以是 karaṇīya、kātabba 或 katabba。它們，尤其是以-nīya 結尾的，可當作名詞，具有「應接受該動作（的）」或「值得接受該動作（的）」的意思：如 pūjanīya「應被禮敬（的）」、「值得被禮敬（的）」。通常，它們也會有慣用的意思，如 khādanīya，源自 khādati「吃」，通常是指「固體的食物」；又如 karaṇīya，有「義務」的意思。

§6. 使役動詞

現在我們應很清楚，同一動詞的不同形態，因為皆源自同一字根，所以彼此相關，如出現在本課的兩組：otarati「下降」與 otāreti「降下」；āharati「帶來」與 āharāpeti「令帶來」。這

---

3 原書誤作 ekaṃ。

類情形乃從字根衍生出使役動詞的結果。使役動詞的作法有三種：

1. 動詞語基後加上接尾詞 -e-，但這語基通常是現在語基的變形，母音變長或有不同的母音：

otarati 下降	otāreti 降下、使下降
jalati 燒燃	jāleti 點燃
pavattati 滾、轉	pavatteti 使滾動、轉動

2. 在 -ā 結尾的動詞語基後加上 -p- 和接尾詞 -e-。

tiṭṭhati (√ṭhā) 存在、站	ṭhapeti 放、置
deti / dadāti (√dā) 給	dāpeti 令給 [140]

3. 在現在語基後加 -āpe-

nisīdati (√sid) 坐	nisīdāpeti 令坐
vadati (√vad) 說	vadāpeti 令說

通常一個動詞有多種使役形。如 karoti 的使役形有 kārāpeti、kāreti。又如 vadāpeti 與 vādeti 「令說」，二者皆源自同一個字根，此字根除了第六課讀本的「說」（√vad）之意思外，另有「彈奏樂器」的意思。有時候，原本的動詞及其使役形態，二者意思相同，如（第九課讀本的） uggaṇhāti 和其使役形 uggaheti，兩者的意思都是「學習」。

通常，若使役動詞所根源的動詞是不及物，則該使役動詞會是及物的；若原本的動詞是及物的，則使役動詞會是指「令某人做某動作」的意思。但是，有一些例外。如 pakkosāpeti 可指「招喚，請來」，但它所從出的 pakkosati 也可有相同的意思。另外，許多使役動詞有慣用法（像上述的 vādeti）。無論如何，記住一般的原則是有用的，因為遇到與已知的字有關聯的生字時，我們可以用此原則來推測生字的意思。本來，-āpe 是雙重使役形，有些字仍然保留這個意思，如 marati「死」的使役形，有 māreti「殺死」，以及 mārāpeti「令殺死」。

§7. 前置與後置

如之前第二課§7 所說，巴利有前置詞（介系詞）與後置詞。它們各有一些例子出現在此課讀本：

前置詞 anto「在……裡面」，並不要求它之後的名詞採任何特定的格，但與後詞形成一個複合詞。如此整個複合詞的格尾，依句子的需求而定：

antogāmaṃ pavisati 進入村莊內
antonivesanaṅgato 入屋內（者）
antonagare viharanti 住於城內

這一課有好幾個後置詞，與它們連用的名詞皆需採特定的格。

paṭṭhāya「從……（開始）」支配從格，如：

ajjato paṭṭhāya 從今天起
ito paṭṭhāta 此後

nissāya「因為、由於」支配受格：

idaṃ kammaṃ nissāya 由於此業
danaṃ nissāya 由於（藉由）財富

heṭṭhā「在……之下」可支配屬格：

rukkhassa heṭṭhā 樹下 [141]

但 heṭṭhā 也可像 anto（在……裡面）那樣與另一名詞形成複合詞：

heṭṭhāmañcaṃ 在床下（mañca 床 *m.*）

後置詞常常是源自如連續體的動詞形或者具有格尾的名詞，它們後來形成慣用法，作後置詞使用。像 nissāya 實際上是 nissayati「依靠、憑藉」的連續體；paṭṭhāya 是 paṭṭhahati「放下」的連續體；類似的情況是，本課出現的 santikā「在……附近」，是 santikaṃ 的從格，但可視作支配屬格的前置詞。

§8. 重複

語詞重複出現時，表「遍及每一個」（distributive）的意思[4]：

tattha tattha 到處、每個地方
yattha yattha 無論何處
icchit'icchitāni 任何所希求的（事）

4 參考 ITP 171, 72。

§9. ādi、ādīni 等等

ādi，原指「起點、開端」，加在一列名詞之後，有「……等等」的意思。此時，它通常採中性，複數格尾：

hatthirūpakādīni 大象等的影相
kasigorakkhādīni 農耕、顧牛等等
（kasi 犁耕、農業）

§10. 連音

以 u 開頭的字，跟在以-a 結尾的字之後時，可能變成-o-，尤其當它們結合成複合詞時，如 uṇha「暖」加 udakaṃ「水」變成 uṇhodakaṃ「熱水」。

§11. katapūñño 行善者

在大多複合詞（除了相違釋之外），最後一個成員表示整個複合詞所指涉的事物，而前面的成員（與後一員之間可有不同的格位關係）通常只是在修飾或限定最後一員而已。如 buddhadesito「佛陀所說（的）」、kasigorakkha「農業」（直譯的話是「犁與牛的維護」，它以「相違釋複合詞」作為前語）[5]。Kammakaro「工作者、工作的作者」；pubbakammaṃ「之前的動作」；kalyānamitto「善友」等。然而，巴利語中有一些複合詞，其前語是分詞，這時次序就相反了。如，

---

5 作者的解析與注釋書的解析不同，《本生經注》(Ja-a V 157)：**Kasigorakkhā**ti iminā kasiñca gorakkhañca nissāya jīvanakasatte dasseti。

diṭṭhapubbo「以前見過的」或 katapūñño「作福者」（比較英語的 aforesaid 或 spoilsport）。還有一些複合詞以 kata-為前語，如 katāparādho「做罪者、犯罪者」、katakalyāṇo「做善事者」等等。6

進階閱讀十

讀本一

Ath'eko makkaṭo taṃ hatthiṃ divase divase tathāgatassa upaṭṭhānaṃ karontaṃ disvā "ahampi kiñcideva karissāmî"ti vicaranto ekadivasaṃ nimmakkhikaṃ daṇḍakamadhuṃ disvā daṇḍakaṃ bhañjitvā daṇḍaken'eva saddhiṃ madhupaṭalaṃ satthu santikaṃ āharitvā kadalipattaṃ chinditvā tattha ṭhapetvā adāsi. Satthā gaṇhi. Makkaṭo "karissati nu kho paribhogaṃ, na karissatî"ti olokento gahetvā nisinnaṃ disvā "kinnukho"ti cintetvā daṇḍakoṭiyaṃ gahetvā parivattetvā olokento aṇḍakāni disvā tāni saṇikaṃ apanetvā adāsi. Satthā paribhogamakāsi. So tuṭṭhamānaso taṃ taṃ sākhaṃ gahetvā naccanto aṭṭhāsi. Tassa gahita-sākhā'pi akkantasākhā'pi bhijji. So ekasmiṃ khāṇumatthake patitvā nibbiddhagatto satthari pasannena cittena kālaṅkatvā tāvatiṃsabhavane nibbatti. (RasV., Kosambakavatthu)

讀本二

Atīte eko vejjo gāmanigamesu caritvā vejjakammaṃ karonto ekaṃ cakkhudubbalaṃ itthiṃ disvā pucchi: "Kiṃ te aphāsukan"ti?

6 關於「複合詞」的前、後詞對調，參考 ITP 138。

"Akkhīhi na passāmî"ti.

"Bhesajjaṃ te karomî"ti?

"Karohi, sāmî"ti.

"Kiṃme dassasî"ti?

"Sace me akkhīni pākatikāni kātuṃ sakkhissasi, ahaṃ te puttadhītāhi saddhiṃ dāsī bhavissāmî"ti. So bhesajjaṃ saṃvidahi. Ekabhesajjene'va akkhīni pākatikāni ahesuṃ. Sā cintesi: "ahaṃ etassa puttadhītāhi saddhiṃ dāsī bhavissāmī"ti paṭijāniṃ, "vañcessāmi nan"*3ti.

Sā vejjenā "kīdisaṃ, bhadde?"ti puṭṭhā "pubbe me akkhīni thokaṃ rujiṃsu, idāni atirekataraṃ rujantî"ti āha.

(RasV., Cakkhupālattheravatthu)

讀本三

Atīte kira eko vejjo vejjakammatthāya gāmaṃ vicaritvā kiñci kammaṃ alabhitvā chātajjhatto nikkhamitvā gāmadvāre sambahule kumārake kīḷante disvā "ime sappena ḍasāpetvā tikicchitvā āhāraṃ labhissāmî"ti ekasmiṃ rukkhabile sīsaṃ niharitvā nipannaṃ sappaṃ dassetvā, "ambho, kumārakā, eso sāḷikapotako; gaṇhatha nan"ti āha. Ath'eko kumārako sappaṃ gīvāya daḷhaṃ gahetvā nīharitvā tassa sappabhāvaṃ ñatvā viravanto avidūre ṭhitassa vejjassa matthake khipi. Sappo vejjassa khandhaṭṭhikaṃ parikkhipitvā daḷhaṃ ḍasitvā tatth'eva jīvitakkhayaṃ pāpesi.
(Dhp-a., Kokasunakhaluddakavatthu)

---

*3 taṃ.

讀本四

Atīte Bārāṇasiyaṃ Brahmadatte rajjaṃ kārente bodhisatto Bārāṇasiyaṃ vāṇijakule nibbatti. Nāmaggahaṇadivase ca'ssa Paṇḍito'ti nāmaṃ akaṃsu. So vayappatto aññena vāṇijena saddhiṃ ekato hutvā vaṇijjaṃ karoti. tassa Atipaṇḍito'ti nāmaṃ ahosi. Te Bārāṇasito pañcahi sakaṭasatehi bhaṇḍaṃ ādāya janapadaṃ gantvā vaṇijjaṃ katvā laddha-lābhā[*4] puna Bārāṇasiṃ āgamiṃsu. Atha tesaṃ bhaṇḍa-bhājanakāle Atipaṇḍito āha; "Mayā dve koṭṭhāsā laddhabbā"ti.

"Kiṃ kāraṇā"ti?

"Tvaṃ Paṇḍito, ahaṃ Atipaṇḍito. Paṇḍito ekaṃ laddhuṃ arahati, atipaṇḍito dve"ti.

"Nanu amhākaṃ dvinnaṃ bhaṇḍamūlakam'pi goṇādayo'pi sama-samā yeva? kasmā tvaṃ dve koṭṭhāse laddhuṃ arahasi?"ti

"Atipaṇḍitabhāvenâ"ti.

Evaṃ te kathaṃ vaḍḍhetvā kalahaṃ akaṃsu.

Tato atipaṇḍito "atth'eko upāyo"ti cintetvā attano pitaraṃ ekasmiṃ susirarukkhe pavesetvā "tvaṃ amhesu āgatesu 'atipaṇḍito dve koṭṭhāse laddhuṃ arahatī'ti vadeyyāsî"ti vatvā bodhisattaṃ upasaṅkamitvā "samma mayhaṃ dvinnaṃ koṭṭhāsānaṃ yuttabhāvaṃ vā ayuttabhāvaṃ vā esā rukkhadevatā jānāti, ehi naṃ pucchissāmâ"ti taṃ tattha netvā "ayye rukkhadevate, amhākaṃ aṭṭaṃ pacchindā"ti āha. Ath'assa pitā saraṃ parivattetvā "tena hi kathethā"ti āha.

"Ayye, ayaṃ Paṇḍito, ahaṃ Atipaṇḍito. Amhehi ekato vohāro

---

*4 這裡，受詞在分詞後，整個是複數，與所修飾的 te 一致。

kato; tattha kena kiṃ laddhabban"ti.

"Paṇḍitena eko koṭṭhāso, Atipaṇḍitena dve laddhabbā"ti.

Bodhisatto evaṃ vinicchitaṃ aṭṭaṃ sutvā "idāni devatābhāvaṃ vā adevatābhāvaṃ vā jānissāmî"ti palālaṃ āharitvā susiraṃ pūretvā aggiṃ adāsi. Atipaṇḍitassa pitā jālāya phuṭṭhakāle aḍḍhajjhāmena sarīrena upari āruyha sākhaṃ gahetvā olambanto bhūmiyaṃ patitvā imaṃ gāthaṃ āha:

"Sādhuko Paṇḍito nāma, natv'eva*5 Atipaṇḍito."

(Ja-a, Kūṭavāṇijajātakavaṇṇanā)

進階閱讀十 字彙說明

akkamati	*pres.* 步行、接近、攻擊、踩、出發（< ā-√kram；*pp.* akkanta 踩）
akkhi	*n.* 眼睛 [144]
aṭṭa	*n.* 問題、狀況、訴訟、案件、麻煩
aṭṭhāsi	*aor.* 住、站立（< tiṭṭhati < √sthā）
aṇḍaka	*n.* 蛋、雞蛋
Atipaṇḍita	*m.* 過智者（人名）（ati 極 + paṇḍita 智者）
atirekataraṃ	*adv.* 太多的（atireka 太多 + -tara）
addhajjhāma	*a.* 燒了一半的（addha + jhāma）
apaneti	*pres.* 移除、引開、帶到、去除、引開

*5 na + tu + eva。

	（apa-√nī）
aphāsuka	*n.* 疾病、疾病、不舒服 （a+ phāsuka）
ambho	*indec.* 哈囉，嗨
ayya	*m.* 尊者、大德；*a.* 尊貴的
arahati	*pres.* 值得……（< √arh）
avidūre	*adv.* 在附近、在不遠（< a-vidūra）
ādāya	*ger.* 已取得、正取得、取、拿、已取（< ādāti < ā-√dā）
āruhati	*pres.* 攀登（< ā-√ruh）
āhāra	*m.* 食物
idāni	*adv.* 今、現在
upaṭṭhāna	*n.* 隨侍、照顧
upari	*adv. prep. indec.* 在上面、在上、上面的、在上方
upāya	*m. n.* 方法、手段、方便
ekato	*adv.* 共同、合起來、一起、一同、一塊兒
olambati	*pres.* 掛在、攀附、依靠 （< o-√lamb）
kadalipatta	*n.* 芭蕉葉、香蕉葉（kadalī + patta）
kāraṇa	*n.* 因、原因、引起
rajjaṃ kāreti	統治（rajjaṃ 王位 + kāreti 建構）
kiñcideva	*a.* 某個、另外的（kiṃ + ci + eva）
kīdisa	*a.* 哪一種的、怎樣的
kīḷati	*pres.* 遊戲、嬉戲、玩耍（< √krīḍ）

kumāraka	*m.* 童子、少年、年輕的男孩
koṭi	*f.* 端、邊際、點、終點、頂點
koṭṭhāsa	*m.* 部分、一份（koṭṭha + aṃsa）
khandhaṭṭhikaṃ	*n.* 脊柱、背、脊背
khāṇu	*m.* 柱子、樹幹、木株、標樁
gatta	*n.* 肢體、五體、身體
gīvā	*f.* 頸、脖子、喉嚨
goṇa	*m.* 公牛
chātajjhatta	*a.* 飢餓的（chāta 飢餓 + ajjhatta 內）
jālā	*f.* 火焰、焰光、燃燒
ḍasāpeti	*caus.* 使咬、令刺 < ḍasati
tāvatiṃsabhavana	*n.* 三十三天界、三十三天的居處（< tāvatiṃsa *num.* 三十三 + bhavana *n.* 居處）
tikicchati	*pres.* 醫療、治好、治療
tu	*indec.* 不過、的確、但是、然而
tuṭṭhamānasa	*a.* 心滿意足的（tuṭṭha + mānasa）
thokaṃ	*a.* 稍微、些許、少
daṇḍakamadhu	*m.* 樹上的蜂窩（daṇḍaka + madhu）
daṇḍaka	*m.* 樹枝、杖、棍
dassasi	*fut.* 2nd *sg.* 布施、給與（< deti） [145]
daḷhaṃ	*adv.* 堅固地、緊緊地、強烈地
dāsī	*f.* 女僕人、婢女
dubbala	*a.* 弱的、虛弱的、微弱的
dhītar	*f.* 女兒

naccati	*pres.* 跳舞、玩樂（< √nṛt）
nāmagahana	*n.* 命名、取名（nāma 名字 + gahana 取）
nāmaṃ karoti	取名（akaṃsu *aor.* 3*rd* *pl.*）
nigama	*m.* 市鎮、小鎮、小的鎮
nipanna	*pp.* 躺下、臥躺、睡
nibbattati	*pres.* 發生、生起
nibbiddha	*pp.* 被刺透、洞悉、被刺穿（< nis-√vyadh）
nimmakkhika	*a.* 無蜜蜂的（nir + makkhika）
nīharati	*pres.* 取出、驅逐、除去、伸出、拿出（nir-√hṛ）
pacchindati	*pres.* 確定、解決、決定（< pa-√chid）
paṭijānāti	*pres.* 承諾（< paṭi-√jñā）
patati	*pres.* 掉落（*ger.* 作 pattvā）
parikkhipati	*pres.* 捲、盤繞、包圍（< pari-√kṣip）
paribhoga	*m.* 受用、使用、受用物、食物
parivatteti	*caus.* 使轉動、轉動、改變（< pari-√vṛt）
paveseti	*caus.* 放入、使進入（< pa-√viś）
palāla	*m. n.* 稾、麥桿
pasanna	*a. pp.* 喜、明淨、澄淨、淨信（< pa-√sad）
pākatika	*a.* 自然狀態的、原本狀態的、自然的、原來的

pāpeti	*caus.* 使到達、製造、導致、令到達（< pāpuṇāti）
puṭṭha	*pp.* 養育、尋問、被問（< pucchati）
phuṭṭha	*pp.* 觸、接觸、觸達（< phusati）
bila	*n.* 凹地、洞穴、孔、窟窿、洞
bodhisatta	*m.* 菩薩
Brahmadatta	*m.* 王名
bhañjati	*pres.* 破、破壞（< √bhañj）
bhaṇḍa	*n.* 貨物
bhaṇḍamūlaka	*n.* 資金（bhaṇḍa *n.* + mūlaka *n.*）
bhadde	*V.* 女士、親愛的、用以稱女性
bhājana	*n.* 分解、分開
bhāva	*m.* 本性、性、事實、狀態、態
bhijjati	*aor.* 壞了、破了、分裂了、被弄壞了（< bhindati < √bhid）
bhūmi	*f.* 地、土地、大地、國土、階位
bhesajja	*m.* 藥、醫藥、藥物
makkaṭa	*m.* 猴子、猿、獼猴、蜘蛛
matthaka	*m.* 頭、頭上、先端、頂端
madhu	*m.* 蜜、蜂蜜
madhu-paṭala	*m.* 蜂蜜堆、蜂巢
mānasa	*n.* 意、心意、意圖、心的意向、心的行為、心的 [146]
mūlaka	*n.* 代價、錢、資金
yutta	*a. pp.* 適當的、適合的

rajjaṃ karoti / kāreti	*pres.* 統治、在位、國治
rukkhadevatā	*f.* 樹神、樹的守護神
rujati	*pres.* 破壞、傷害、惱害惱害、使痛苦、疼（< √ruj）
laddhabba	*fpp.* 得（< labhati）
laddhuṃ	*inf.* 得（< labhati）
lābha	*m.* 得、利、利得、利養、獲得
vañceti	*caus.* 欺瞞、欺騙（< vancati < √vañc）
vaḍḍheti	*pres.* 增加、增長、生長（< √vṛdh）
vatvā	*ger.* 言說（< vacate < √vac）
vayappatta	*a. pp.* 長大、適婚（約 16 歲）
vinicchita	*pp.* 被決定、被裁決（< vinicchinati < vi-nis-√ci）
viravati	*pres.* 叫、鳴、吼叫、尖叫（< vi-√ru）
vejjakamma	*n.* 醫業、醫療行為
vejja	*m.* 醫師
saṃvidahati	*pres.* 整理、安排、準備、提供（< sam-vi- √dhā）
sakaṭa	*m. n.* 車子
sanikaṃ	*adv.* 逐漸地、慢慢地、漸漸地
santika	*n.* 附近、面前
sappa	*m.* 蛇
sama-sama	*a.* 相同的

sāmin	*m.* 擁有者、主人、丈夫（sāmi *V.* 先生）
sambahula	*a.* 眾多的、許多的
samma	*V.* 朋友啊、哈囉，打招呼
sara	*m.* 聲音
sākhā (-aṃ)	*f. n.* 枝、枝條、支流、樹枝
sādhuka	*a.* 好的、善的
sāmi	*m.* 擁有者、主人、先生、丈夫
sāḷikapotaka	*m.* 九官 / 鸜鵒的幼鳥、雛鳥（sāḷika 鳥 + potaka 幼）
sīsa	*n.* 頭、頂
susirarukkha	*m.* 中空的樹
hutvā	*ger.* 是、成為（< hoti / bhavati）

第十一課

基礎閱讀

讀本一

Atīte Jambudīpe Ajitaraṭṭhe eko gopālako vasi. Tassa gehe eko paccekabuddho nibaddhaṃ bhuñjati. Tasmiṃ gehe eko kukkuro ca ahosi. Paccekabuddho bhuñjanto tassa nibaddhaṃ ekaṃ bhattapiṇḍaṃ adāsi. So tena paccekabuddhe sinehaṃ akāsi. Gopālako divasassa dve vāre paccekabuddhassa upaṭṭhānaṃ gacchi. Sunakho'pi tena saddhiṃ gacchi.

Gopālo ekadivasaṃ paccekabuddhaṃ āha: "bhante, yadā me okāso na bhavissati, tadā imaṃ sunakhaṃ pesessāmi; tena saññāṇena āgaccheyyāthâ"ti. Tato paṭṭhāya anokāsadivase sunakhaṃ pesesi. So ekavacanen'eva pakkhanditvā Paccekabuddhassa vasanaṭṭhānaṃ gantvā tikkhattuṃ bhussitvā attano āgatabhāvaṃ jānāpetvā ekamantaṃ nipajji. Paccekabuddhe velaṃ sallakkhetvā nikkhante bhussanto purato gacchi. Paccekabuddho taṃ vīmaṃsanto ekadivasaṃ aññaṃ maggaṃ paṭipajji; atha sunakho tiriyaṃ ṭhatvā bhussitvā itaramaggameva naṃ āropesi.

Ath'ekadivasaṃ aññaṃ maggaṃ paṭipajjitvā, sunakhena tiriyaṃ ṭhatvā vāriyamāno'pi anivattitvā, taṃ pādena apanetvā pāyāsi. Sunakho tassa anivattanabhāvaṃ ñatvā nivāsanakaṇṇe ḍasitvā ākaḍḍhanto gantabbamaggam'eva pāpesi. Evaṃ so sunakho tasmiṃ paccekabuddhe balavasinehaṃ uppādesi.

Aparabhāge paccekabuddhassa cīvaraṃ jīri. Ath'assa gopālako

cīvaravatthāni adāsi. Paccekabuddho "phāsukaṭṭhānaṃ gantvā cīvaraṃ kāressāmī"ti. gopālakaṃ āha. So'pi "bhante, mā ciraṃ bahi vasitthā"ti avadi. Sunakho'pi tesaṃ kathaṃ suṇanto aṭṭhāsi. Paccekabuddhe vehāsaṃ abbhuggantvā gacchante bhuṅkaritvā ṭhitassa sunakhassa hadayaṃ phali.

Tiracchānā nām'ete ujujātikā honti akuṭilā.

Manussā pana aññaṃ cintenti, aññaṃ vadanti. (Rasv.)

讀本二

Evaṃ me sutaṃ: ekaṃ samayaṃ Bhagavā Āḷaviyaṃ viharati Āḷavakassa yakkhassa bhavane. Atha kho Āḷavako yakkho yena Bhagavā ten'upasaṅkami, upasaṅkamitvā Bhagavantaṃ etadavoca:

"Nikkhama, samaṇâ"ti.

"Sādhâvuso"ti Bhagavā nikkhami.

"Pavisa, samaṇâ"ti.

"Sādhâvuso"ti Bhagavā pāvisi.

Dutiyaṃ pi kho Āḷavako yakkho Bhagavantaṃ etadavoca:

"Nikkhama" ...pāvisi.

Tatiyaṃ pi kho Āḷavako yakkho Bhagavantaṃ etadavoca:

"Nikkhama"...pāvisi.

Catutthaṃ pi kho Āḷavako yakkho Bhagavantaṃ etadavoca:

"Nikkhama, samaṇā"ti.

"Na khvâhaṃ taṃ, āvuso, nikkhamissāmi: yante karaṇīyaṃ, taṃ karohî"ti.

"Pañhaṃ taṃ, samaṇa, pucchissāmi. Sace me na vyākarissasi, cittaṃ vā te khipissāmi, hadayaṃ vā te phālessāmi, pādesu vā gahetvā pāragaṅgāya khipissāmî"ti.

"Na khvâhaṃ taṃ, āvuso passāmi sadevake loke sabrahmake sassamaṇa-brāhmaṇiyā pajāya sadevamanussāya yo me cittaṃ vā khipeyya, hadayaṃ vā phāleyya pādesu vā gahetvā pāragaṅgāya khipeyya. Api ca tvaṃ āvuso puccha yad ākaṅkhasî"ti.

Atha kho Āḷavako yakkho Bhagavantaṃ gāthāya ajjhabhāsi:

"Kiṃ sū'dha vittaṃ purisassa seṭṭhaṃ?
Kiṃ su suciṇṇaṃ sukhamāvahāti?
Kiṃ su have sādutaraṃ rasānaṃ?
Kathaṃjīviṃ jīvitamāhu seṭṭhaṃ?"[1]

"Saddhîdha vittaṃ purisassa seṭṭhaṃ,
Dhammo suciṇṇo sukhamāvahāti;
Saccaṃ have sādutaraṃ rasānaṃ,
Paññājīviṃ jīvitamāhu seṭṭhaṃ". (Sn 1.10)

讀本三

Na antalikkhe na samuddamajjhe,
na pabbatānaṃ vivaraṃ pavissa
Na vijjati so jagatippadeso,
yatthaṭṭhito muñceyya pāpakammā.
Na antalikkhe na samuddamajjhe,
na pabbatānaṃ vivaraṃ pavissa.
Na vijjati so jagatippadeso,

---

1 Sn-a I 231 : Kathanti kena pakārena, kathaṃjīvino jīvitaṃ kathaṃjīvijīvitaṃ, gāthābandhasukhatthaṃ pana sānunāsikaṃ vuccati. "Kathaṃjīviṃ jīvatan"ti vā pāṭho. Tassa jīvantānaṃ kathaṃjīvinti attho. … kathaṃjīvino jīvitaṃ seṭṭhamāhū"ti ime cattāro pañhe pucchi.

yatthaṭṭhitaṃ na-ppasahetha maccu. (Dhp 9. 127-128)

Sukhakāmāni bhūtāni, yo daṇḍena vihiṃsati;
Attano sukhamesāno, pecca so na labhate sukhaṃ.
Sukhakāmāni bhūtāni, yo daṇḍena na hiṃsati;
Attano sukhamesāno, pecca so labhate sukhaṃ.
(Dhp 10.131-132)

Parijiṇṇamidaṃ rūpaṃ, roganiḍḍhaṃ pabhaṅguṇaṃ.
Bhijjati pūtisandeho, maraṇantaṃ hi jīvitaṃ. (Dhp 11.148)

讀本四

Atha kho Bhagavā pañcavaggiye bhikkhū āmantesi: "Rūpaṃ, bhikkhave, anattā. Rūpaṃ ca hidaṃ, bhikkhave, attā abhavissa, nayidaṃ rūpaṃ ābādhāya saṃvatteyya; labbhetha ca rūpe: 'evaṃ me rūpaṃ hotu, evaṃ me rūpaṃ mā ahosî'ti. Yasmā ca kho bhikkhave, rūpaṃ anattā, tasmā rūpaṃ ābādhāya saṃvattati. Na ca labbhati rūpe: 'evaṃ me rūpaṃ hotu, evaṃ me rūpaṃ mā ahosî 'ti.

Vedanā, bhikkhave, anattā. Vedanā ca hidaṃ, bhikkhave, attā abhavissa, nayidaṃ vedanā ābādhāya saṃvatteyya; labbhetha ca vedanāya: 'evaṃ me vedanā hotu, evaṃ me vedanā mā ahosî'ti. Yasmā ca bhikkhave, vedanā anattā, tasmā vedanā ābādhāya saṃvattati. Na ca labbhati vedanāya: 'evaṃ me vedanā hotu, evaṃ me vedanā mā ahosî 'ti.

Saññā, bhikkhave, anattā. Saññā ca hidaṃ, bhikkhave, attā abhavissa, nayidaṃ saññā ābādhāya saṃvatteyya; labbhetha ca saññāya: 'evaṃ me saññā hotu, evaṃ me saññā mā ahosî 'ti. Yasmā ca bhikkhave, saññā anattā, tasmā saññā ābādhāya saṃvattati. Na ca labbhati saññāya: 'evaṃ me saññā hotu, evaṃ me saññā mā ahosî 'ti.

Saṅkhārā, bhikkhave, anattā. Saṅkhārā ca hidaṃ bhikkhave attā abhavissiṃsu, nayime saṅkhārā ābādhāya saṃvatteyyuṃ; labbhetha ca saṅkhāresu: 'evaṃ me saṅkhārā hontu, evaṃ me saṅkhārā mā ahesun'ti. Yasmā ca kho bhikkhave, saṅkhārā anattā, tasmā saṅkhārā ābādhāya saṃvattanti. Na ca labbhati saṅkhāresu: 'evaṃ me saṅkhārā hontu, evaṃ me saṅkhārā mā ahesun 'ti.

Viññāṇaṃ, bhikkhave, anattā. Viññāṇañca hidaṃ bhikkhave, attā abhavissa, nayidaṃ viññāṇaṃ ābādhāya saṃvatteyya; labbhetha ca viññāṇe: 'evaṃ me viññāṇaṃ hotu, evaṃ me viññāṇaṃ mā ahosî'ti. Yasmā ca kho bhikkhave, viññāṇaṃ anattā, tasmā viññāṇaṃ ābādhāya saṃvattati. Na ca labbhati viññāṇe: 'evaṃ me viññāṇaṃ hotu, evaṃ me viññāṇaṃ mā ahosî 'ti. (Vin I 7-8)

字彙說明

Ajita	*m.* 國名、阿逸多、阿耆多國
ajjhabhāsati	*pres.* 說、講、說話、談話（< adhi-√bhāṣ）
anta	*m.* 端、目標、終極、目的
X-anta	*a.* 以 X 為目標的
antalikkha	*n.* 虛空、空氣、氛圍
apaneti	*pres.* 移除、引開、帶到、去除（< apa-√nī）
aparabhāga	*m.* 後時、後來（apara 下一個+ bhāga 部分）
abhavissa	*cond.* 是、成為（< bhavati）（見本

	課文法§2）
ākaṅkhati	*pres.* 想要、計畫（< ā-√kāṅks）
ākaḍḍhati	*pres.* 引、拉、牽引
āropeti	*pres.* 引向、令登上（< āruhati < ā-√ruh）
ābādha	*m.* 疾病、苦惱
āvahāti	*V.* 帶來、含有（詩韻故長音）（= āvahati） [150]
Āḷavaka	*m.* 鬼名、惡魔之名
Āḷavī	*f.* 地名
itara	*a.* 其它的、另一個
ujujātika	*a.* 質直的、正直的、誠實的
uppādeti	*caus.* 製造、產生、導致（ud-√pad）
esāna	*pres.* 尋找、希求（< esati < ā-√iṣ）
okāsa	*m.* 場合、時間
kathaṃ jīvin	*m.* 過什麼生活的人、怎樣生活的人 jīviṃ (*Ac. sg.*) < jīvin < jīva-in
kukkura	*m.* 狗
kāreti	*caus.* 建構、製作、使製作、製造、使……做（< karoti < √kṛ）
kuṭila	*a.* 邪曲的、彎曲的、不誠實的
-khattuṃ tikkhattuṃ	*adv.* ……次 *adv.* 三次
gopālaka	*m.* 牧羊人
catutthaṃ	*adv.* 第四次（< catuttha）
cittaṃ khipati	迷惑（某人的）心（cittaṃ 心 +

	khipati 擾亂、丟）
jagati	*adv.* 在世上（*n.* jagat 的處格）
jānāpeti	*caus.* 告知、通知、使知道（< jānāti）
jirati	*pres.* 老、衰老
ṭhāti	*f.* 站立、持續、停留
ḍasati	*pres.* 咬、咀嚼、啃（< √daṃś）
tiracchāna	*m.* 動物、畜生
tiriyaṃ	*adv.* 在對面、跨過、橫跨地
nikkhant	*pp.* 出發、離開（< nis-√kram）
niḍḍha	*n.* 巢、地方
nipajjati	*pres.* 躺下（< ni-√pad）
nibaddhaṃ	*adv.* 總是、一直、持續地
nivattati	*pres.* 回轉（< ni-√vṛt）
nivāsanakaṇṇa	*n.* 衣的褶邊、下裙的褶邊（nivāsana + kaṇṇa）
pakkhandati	*pres.* 躍向、撲向（< pa-√skand）
paccekabuddha	*m.* 沉默的佛或獨自的佛、辟支佛
pañcavaggīyā	*a. m. pl. N.* 五為一群的
paññājīvin	*m.* 慧命（< paññā + jīva + in）
pañha	*m.* 問題
paṭipajjati	*pres.* 進入、行者、到達（paṭi-√pad）
padesa	*m.* 地方、國土、地域、部分、區域
pabbata	*m.* 山、山岳、住在山上的人
pabhaṅguṇa	*a.* 易壞的、脆弱的（< pa-√bhañj）

payāti	*pres.* 向前、行進、出發、前進（pa-√yā）
parijiṇṇa	*pp.* 衰老、老朽、損壞了、衰退了（< pari-√jar）
pavissa	*ger.* 進入（< pavisati < pa-√viś）
pasahati	*pres.* 壓抑、鎮壓、壓迫（< pa-√sah）
pāpeti	*caus.* 帶到、使到達、製造、導致、令到達（< pa-√āp） [151]
pāragaṅgāya	*adv.*（*f. sg. L.*）過恆河、恆河的另一邊、在恆河彼岸（pāra + gaṅgā）
purato	*adv.* 前方、在……之前（pura-to）
pūtisandeha	*m.* 腐敗物的積聚、一團腐敗（pūti 腐爛的、臭的 + sandeha 堆聚）
peseti	*pres.* 送出（< pa-√iṣ）
phalati	*pres.* 將……分裂、分開、破了、裂了；熟、結實（< √phal）
phāleti	*caus.* 弄裂、打破、切開、使破碎（< √phal）
phāsuka	*a.* 安逸、安樂的、舒服的
balavant	*a.* 大的、強的、有力的
bahi	*adv.* 在外、外面的、外部的
brāhmaṇī pajā	*f.* 大梵天的後裔、婆羅門世代（子孫）
bhatta	*n. pp.* 飯、煮開的米、食物 < √bhaj
bhavanaṃ	*n.* 住處、領域、世界

bhijjati	*aor.* 壞了、破了、分裂了、被弄壞了（< bhindati < √bhid）
bhuṅkaroti	*pres.* 吠、叫罵
bhussati	*pres.* 吠
bhūtaṃ	*pp. n.* 眾生
majjha	*a. m.* 中道、中道的、中間的
muñcati	*caus.* 解開、釋放、放開、被解除（< √muc）
yakkha	*m.* 鬼、夜叉、藥叉、鬼神
roga	*m.* 疾病、病
labbhati	*pres.* 可用、被獲得（< √labh）
vattha	*n.* 布、衣料、衣服、衣裳、布料
vasati	*pres.* 住、居住（< √vas）
vasanaṭṭhāna	*n.* 住處、住宅
vāriyamāna	*caus. ppr.* 被阻止、被阻礙（< vāreti < vuṇāti < √vṛ）
vāra	*m.* 時機、回、時間、場合
vijjati	*pass.* 出現、被看見、顯得、似乎（< vindati）
vitta	*n.* 財富
vivara	*m. n.* 洞、穴
vīmaṃsati	*pres.* 檢視、考慮、檢驗、品嘗、觀
velā	*f.* 時間
vehāsa	*m.* 天空、空氣
vyākaroti	*pres.* 解釋、闡清、回答
saññāṇa	*n.* 標誌、標記、徵兆、相徵

saddhā	*f.* 決心、信
samudda	*m.* 海洋、大海
sallakkheti	*pres.* 觀察、思考、認為
sassamaṇa-brāhmaṇa	*a.* 含沙門、婆羅門的
sādutara	*a.* 較甜的、較甘美的、更快樂的（< sādu-tara）
sineha	*m.* 情愛、潤滑
su	*indec.* 的確、確實
sukhakāma	*a.* 想要快樂的
suciṇṇa	*pp.* 被好好練習過的（ciṇṇa < √car）
sunakha	*m.* 狗 [152]
seṭṭha	*a.* 最佳的、極好的、最佳、殊勝、最優
hadaya	*n.* 心、心臟
have	*indec.* 的確、誠然、確實
hiṃsati	*pres.* 壓迫、傷害（< √hiṃs）

文法十一

§1. 命令法

我們已碰見了幾次命令法：第三課§5 說到單數與複數的第二人稱型；第七課說到第三人稱型；另外，也應注意祈願法可表示客氣的命令語氣（第三課§4.2）。第三人稱命令法，也可對第二人稱〔你（們）〕表示客氣的請求（第八課§2.2）。[2]

在此課讀本，出現另一形的第二人稱命令法，它沒有 -hi 的語尾。這一類較稀少，主要見於現在語基為 -a 或 -ā 的動詞。要記住，語基尾音 -a，後加 -hi 時，要變長音 -ā；如果是另一種無 -hi 語尾的命令法，語基的 -a 一定是短音，即使本來是 -ā，也是如此。

現在式	有 -hi 的命令法	無 -hi 的命令法
labhati 得	labhāhi	labha
suṇāti 聽	suṇāhi	suṇa

注意：下面§4 說到「為己語態」（Middle Voice）時，會提及命令法的另一種形成方法。

§2. 條件法

巴利語的動詞也有條件法。它的形式看起來像是未來式與過去式的混合，形成方法如下：

(1) 加上接頭詞 a-。這和出現在過去式裡的「增音」（第六課§5）相同；

(2) 加上用於未來式的接尾詞 -iss-（第九課§3），但之後再加下列的語尾：

	單數	複數
第一人稱	-aṃ	-āma

2 參考 ITP 34。

第二人稱	-a	-atha
第三人稱		-aṃsu

注意：這些語尾很像過去式的語尾（第六課§6 及第九課§2），但是單數第三人稱以短-a 結尾（而非-ā），複數第三人稱含有（類似 -is aorist 形過去式的）-ṃsu。 [153]

以 bhavati「是、存在」的條件法為例：

	單數	複數
第一人稱	abhavissaṃ	abhavissāma
第二人稱	abhavissa	abhavissatha
第三人稱		abhavissaṃsu

§2.1. 條件法的用法：條件法用於「如果……那麼……」的句子。通常，「如果子句」的動詞用條件法。它的意思一般而言是強烈地假設，或與事實相反，也就是，暗示所說的情況並未發生或不可能發生。「那麼子句」的動詞，可以是祈願法，意味著所述情況是假設的。[3]

> no ce taṃ abhavissa ajātaṃ abhūtaṃ … nayidha jātassa bhūtassa nissaraṇaṃ paññāyetha.
>
> 如果沒有「不生」、「不有」……那麼就不會有「生的出離」、「有的出離」。（paññāyati 出現、是清楚的、明顯的；nissaraṇaṃ 出離、離開）

---

3 參考 ITP 331。

本課讀本四有一個很好的例子。注意兩種句子的對比：「先條件法，後祈願法」的句子，以及「先現在式，後過去式」的句子。

§3. 表禁止的質詞 mā

質詞 mā 通常與命令法、過去式或祈願法連用：

（1）與命令法連用：構成禁止的命令：

mā gaccha 別去！
mā evaṃ dānaṃ detha 別這樣給與施物！

（2）與過去式動詞連用：構成禁止句或否定的勸誡：

mā saddaṃ akāsi
別出聲！
alaṃ, Ānanda, mā soci mā paridevi
阿難！好了！莫悲傷！莫哭泣！

（3）與祈願法連用：意指不應做的事：

mā pamādaṃ anuyuñjetha 莫沉溺於放逸！

§4. 現在式與未來式的為己語尾

梵語有一類相對於「為他」語尾，被稱為「為己」（middle）或「反身」（reflexive）的動詞語尾。一般而言，「為己」語尾用於為動作者本身的利益而做的，或動作影響動作者本身的動詞。[154] 被動式的動詞也需使用這種語尾。在巴利語，此類語尾的形式有時也會出現，但是，相對而言很少，在長行中尤其是如此，幾乎消失殆盡。「為他」與「為己」，在意思上的差別已不明顯，使用為己語尾似乎常常只是為了添加一些古意，或者，為了在偈文中符合音韻的需要。因此，巴利語的為己語尾基本質上只是殘遺物，不過出現時，仍可能和具有「為己」意思的動詞有關。再者，雖然這類語尾與所熟悉的為他語尾相比，實在少見許多，但是二者的形態不同，因此學生應學會辨認它們。和為他語類一樣，為己語尾，隨著時式、語氣的不同，也有好幾組，在此我們只單純列出語尾，並以幾個動詞為例，如此學生可以辨認它們，或需要時參考這些表格。（要找一個動詞具有各類完整的為己語尾，是不可能的，或者至少是很困難的。）

§4.1. 現在式與未來式的為己語尾：

	單數	複數
第一人稱	-e	-mhe / -mhase
第二人稱	-se	-vhe
第三人稱	-te	-ante / -re

例子：maññe「我想、假如」；labhe「我得到」；labhate「他得到」；gamissase「你將去」；karissare「他們將去」。

§4.2. 過去式為己語尾：

	單數	複數
第一人稱	-aṃ	-mase / -mhase
第二人稱	-(t)tho	- vho / -vhaṃ
第三人稱	-(t)tha	-re / -ruṃ

例子：maññitha「他曾想」；maññitho「你曾想」；abhāsittha「他曾說」(注意增音）；pucchittho「你曾問」。

§4.3. 祈願法為己語尾：下列的祈願法語尾，嚴格說來（或者更精確地說，是「從歷史的角度來說」）是「為己語尾」。但是，因為這些語尾，已很大程度地與其他祈願法語尾混合，通常分辨不出它們的用法 [155]，有的語尾，之前已出現過，但只是單純地記作祈願法而已。

	單數	複數
第一人稱	-eyyaṃ	-(eyya)āmase
第二人稱	-etho	-eyyavho
第三人稱	-etha	-eraṃ

例子：labhetha「他應該（/ 可能）得到」；bhajetha「他應該（/ 可能）結交」；jāyetha「他 / 它應出生」；labbhetha「可能被得到」。

§4.4. 命令法的為己語尾

命令法的為己語尾如下。第二人稱單數似乎較其他形更常見，尤其是固定片語裡的一些動詞：

	單數	複數
第二人稱	-ssu	-vho
第三人稱	-taṃ	-antaṃ

例如：labhataṃ「讓他得到吧！」；gaṇhassu「你拿！」；bhāsassu「說吧！」

§4.5. 現在分詞：

如第四課§4 與第九課§5 所述，-māna 現在分詞本來是為己語基，但在巴利語，它的用法更廣，基本上只是用來代替-ant

分詞而已。

§5. 處格可表「關連」與「接觸點」

處格可以有「關於」、「有關」、「對於」的意思：

kathaṃ mayaṃ Tathāgatassa sarīre paṭipajjāma?
我們該如何處理世尊的遺體？
（sarīro 舍利、遺體；paṭipajjati 行路、依循）

與「捉」、「拿」等的動詞連用時，處格指接觸點：

taṃ kesesu gaṇhāti 捉住他的頭髮（頭髮用複數）

§6. 得 labbhati

labbhati 是 labhati 「獲得」的被動式，有「被獲得」的意思，也可以用來表示「出現」甚至「存在」的意思。（第五課§7 談到 vijjati（√vid 的被動式）與 ṭhānaṃ 連用時，也有類似用法）[156] 這樣的用法，可和表關連的處格（上面§5）連用，如本課讀本的句子所示。

§7. 比較級與最高級

巴利語表達比較級（英語的-er）時，最常用的方式是在形容詞後加上接尾詞 -tara：

形容詞	比較級
piya 可愛的	piyatara 更可愛

sādu 甜的	sādutara 更甜
bahu 許多	bahutara 更多
sīlavant 具戒的、有德的	sīlavantatara 更有德的
balavant 有力的	balavatara 更有力的

如最後二例所示，-(v)ant 形容詞加 -tara 接尾詞時，可以在語基後加上另一個 a 或去掉語基後面的子音。

最高級的接尾詞是-tama，如 sattama「最好的」（從 santa 而來）、piyatama「最可愛的」。但最高級很少出現，在巴利語，比較級常含有最高級的意味。

比較級與最高級都有不規則形，許多是從梵語-īyas 與-iṣṭha 變來的。音的改變將它們變了裝。在巴利語，它們通常以 -iya、-yya 或 (i)ṭṭha 結尾。如 seyya「較好的」、seṭṭha「最好的」、bhiyyo「較多的」、pāpiṭṭha「最壞的」、jeṭṭha「最老的」等。

§8. 辟支佛 Pacceka Buddha

Pacceka Buddha「單獨的（沉默的）佛陀」，是僅靠自己，未從他人聽聞佛法而證得涅槃的阿羅漢，這一點與透過他人教導後方得證悟的阿羅漢不同。他不具備教導他人悟入四聖諦的能力，這一點與喬達摩佛陀正等覺者不同。Pacceka Buddha 一詞在巴利三藏很少出現，這概念在大乘佛教才變得比較重要。

進階閱讀十一

讀本一

"Na tvaṃ addasā manussesu itthiṃ vā purisaṃ vā āsītikaṃ vā nāvutikaṃ vā vassasatikaṃ vā jātiyā, jiṇṇaṃ gopāṇasīvaṅkaṃ bhoggaṃ daṇḍaparāyaṇaṃ pavedhamānaṃ gacchantaṃ āturaṃ gatayobbanaṃ khaṇḍadantaṃ palitakesaṃ vilūnaṃ khalitaṃsiro[4] valitaṃ tilakāhatagattan"ti?

"Tassa te viññussa sato mahallakassa na etad ahosi: 'Ahaṃ pi kho'mhi jarādhammo jaraṃ anatīto. Handâhaṃ kalyāṇaṃ karomi, kāyena vācāya manasā"ti?

"Na tvaṃ addasā manussesu itthiṃ vā purisaṃ vā ābādhikaṃ dukkhitaṃ bāḷhagilānaṃ, sake muttakarīse palipannaṃ semānaṃ, aññehi vuṭṭhāpiyamānaṃ, aññehi saṃvesiyamānan"ti? [157]

"Tassa te viññussa sato mahallakassa na etad ahosi: 'Aham pi kho'mhi vyādhidhammo vyādhiṃ anatīto. Handâhaṃ kalyāṇaṃ karomi kāyena vācāya manasā"ti?

"Na tvaṃ addasā manussesu itthiṃ vā purisaṃ vā ekâhamataṃ vā dvīhamataṃ vā tîhamataṃ vā uddhumātakaṃ vinīlakaṃ vipubbakajātan"ti?

---

4 Mp II 228,19–229,1: Tattha **jiṇṇa**n ti jarājiṇṇaṃ. **Gopānasivaṅka**nti gopānasī viya vaṅkaṃ. **Bhogga**n ti bhaggaṃ. Iminā pi 'ssa vaṅkabhāvam eva dīpeti. **Daṇḍaparāyaṇa**n ti daṇḍapaṭisaraṇaṃ daṇḍadutiyaṃ. **Pavedhamāna**n ti kampamānaṃ. **Ātura**n ti jarāturaṃ. **Khaṇḍadanta**n ti jarânubhāvena khaṇḍitadantaṃ. **Palitakesa**n ti paṇḍarakesaṃ. **Vilūna**n ti luñcitvā gahitakesaṃ viya khallāṭaṃ. **Khalitasira**n ti mahākhallāṭasīsaṃ. **Valita**n ti sañjātavaliṃ. **Tilakâhatagatta**n ti setatilaka-kāḷatilakehi vikiṇṇasarīraṃ.

"Tassa te viññussa sato mahallakassa na etad ahosi:

"Ahaṃ pi kho'mhi maraṇadhammo maraṇaṃ anatīto. Handāhaṃ kalyāṇaṃ karomi kāyena vācāya manasā"ti?

(AN 3.36)

讀本二

"Katamā ca, bhikkhave, sammā-diṭṭhi?

Yaṃ kho, bhikkhave, dukkhe ñāṇaṃ, dukkhasamudaye ñāṇaṃ, dukkhanirodhe ñāṇaṃ, dukkhanirodha gāminiyā paṭipadāya ñāṇaṃ ayaṃ vuccati, bhikkhave, sammādiṭṭhi"ti.

(MN 141. Saccavibhangasuttaṃ)

Yato kho[5] āvuso ariyasāvako akusalañca pajānāti, akusalamūlañca pajānāti, kusalañca pajānāti, kusalamūlañca pajānāti: ettāvatā pi kho āvuso ariyasāvako sammādiṭṭhi hoti, dhamme aveccappasādena samannāgato, āgato imaṃ saddhamman'ti.

Katamaṃ panâvuso, akusalaṃ, katamaṃ akusalamūlaṃ, katamaṃ kusalaṃ, katamaṃ kusalamūlan'ti?

Pāṇâtipāto kho āvuso, akusalaṃ
adinnâdānaṃ akusalaṃ
kāmesu micchācāro akusalaṃ

musāvādo akusalaṃ
pisuṇā vācā akusalaṃ

---

5 Ps : **Yato kho**ti kālaparicchedavacanametaṃ, yasmiṃ kāleti vuttaṃ hoti. ...**ettāvatāpī**ti ettakena iminā akusalādippajānanenāpi.

pharusā vācā akusalaṃ
samphappalāpo akusalaṃ
abhijjhā akusalaṃ
byāpādo akusalaṃ
micchâdiṭṭhi akusalaṃ

Idaṃ vuccatâvuso akusalaṃ.
Ime dasa dhammā "akusalakammapathâ"ti nāmena pi ñātabbā.

Katamañcâvuso akusalamūlaṃ?

Lobho akusalamūlaṃ
doso akusalamūlaṃ
moho akusalamūlaṃ
idaṃ vuccatâvuso akusalamūlaṃ. [158]

Katamañcâvuso, kusalaṃ?
Pāṇâtipātā veramaṇī kusalaṃ
adinnâdānā veramaṇī kusalaṃ
kāmesu micchâcārā veramaṇī kusalaṃ

musāvādā veramaṇī kusalaṃ
pisuṇā vācā veramaṇī kusalaṃ
pharusā vācā veramaṇī kusalaṃ
samphappalāpā veramaṇī kusalaṃ

anabhijjhā kusalaṃ
abyāpādo kusalaṃ
sammā-diṭṭhi kusalaṃ

Idaṃ vuccatâvuso kusalaṃ.

Ime dasa dhammā "kusalakammapathâ"ti nāmena pi ñātabbā.

Katamañcâvuso kusalamūlaṃ?

Alobho kusalamūlaṃ,
adoso kusalamūlaṃ,
amoho kusalamūlaṃ.
Idaṃ vuccatâvuso kusalamūlaṃ.
(MN 9 Sammādiṭṭhisuttaṃ)

讀本三

Pañcahi, bhikkhave, aṅgehi samannāgato mātugāmo ekantâmanāpo hoti purisassa.

Katamehi pañcahi?

Na ca rūpavā hoti, na ca bhogavā hoti, na ca sīlavā hoti, alaso ca hoti, pajañcassa na labhati.

Imehi kho bhikkhave pañcahi aṅgehi samannāgato mātugāmo ekantâmanāpo hoti purisassa.

Pañcahi bhikkhave aṅgehi samannāgato mātugāmo ekantamanāpo hoti purisassa.

Katamehi pañcahi?

Rūpavā ca hoti, bhogavā ca hoti, sīlavā ca hoti, dakkho ca hoti analaso, pajañcassa labhati.

Imehi kho bhikkhave pañcahi aṅgehi samannāgato mātugāmo ekantamanāpo hoti purisassā. (SN 37.1)

Pañcahi bhikkhave aṅgehi samannāgato puriso ekantâmanāpo hoti mātugāmassa.

Katamehi pañcahi? [159]

Na ca rūpavā hoti, na ca bhogavā hoti, na ca sīlavā hoti, alaso ca hoti, pajañcassa na labhati:

Imehi kho bhikkhave pañcahi aṅgehi samannāgato puriso ekantâmanāpo hoti mātugāmassa.

Pañcahi bhikkhave aṅgehi samannāgato puriso ekantamanāpo hoti mātugāmassa.

Katamehi pañcahi?

Rūpavā ca hoti, bhogavā ca hoti, sīlavā ca hoti, dakkho ca hoti analaso, pajañcassa labhati.

Imehi kho bhikkhave pañcahi aṅgehi samannāgato puriso ekantamanāpo hoti mātugāmassâti. (SN 37.2)

讀本四

Pañcimāni bhikkhave mātugāmassa āveṇikāni dukkhāni yāni mātugāmo paccanubhoti, aññatr'eva purisehi.

Katamāni pañca?

Idha bhikkhave mātugāmo daharo va samāno patikulaṃ gacchati, ñātakehi vinā hoti. Idaṃ bhikkhave mātugāmassa paṭhamaṃ āveṇikaṃ dukkhaṃ yaṃ mātugāmo paccanubhoti aññatr'eva purisehi.

Puna ca paraṃ bhikkhave mātugāmo utunī hoti. Idaṃ bhikkhave mātugāmassa dutiyaṃ āveṇikaṃ dukkhaṃ yaṃ mātugāmo paccanubhoti aññatr'eva purisehi.

Puna ca paraṃ, bhikkhave, mātugāmo gabbhinī hoti. Idaṃ bhikkhave mātugāmassa tatiyaṃ āveṇikaṃ dukkhaṃ yaṃ mātugāmo paccanubhoti aññatr'eva purisehi.

Puna ca paraṃ bhikkhave mātugāmo vijāyati. Idaṃ bhikkhave mātugāmassa catutthaṃ āveṇikaṃ dukkhaṃ yaṃ mātugāmo paccanubhoti, aññatr'eva purisehi.

Puna caparaṃ, bhikkhave, mātugāmo purisassa păricariyaṃ upeti. Idaṃ kho bhikkhave mātugāmassa pañcamaṃ āveṇikaṃ dukkhaṃ yaṃ mātugāmo paccanubhoti aññatr'eva purisehîti.

Imāni kho bhikkhave pañca mātugāmassa āveṇikāni dukkhāni yāni mātugāmo paccanubhoti, aññatr'eva purisehîti. (SN 37.3)

讀本五

Atha kho rājā Pasenadikosalo yena Bhagavā ten'upasaṅkami. Upasaṅkamitvā Bhagavantaṃ abhivādetvā ekamantaṃ nisīdi. Atha kho aññataro puriso yena rājā Pasenadīkosalo ten'upasaṅkami. Upasaṅkamitvā rañño Pasenadīkosalassa upakaṇṇake ārocesi: "Mallikā, deva, devī dhītaraṃ vijātâ"ti. Evaṃ vutte, rājā Pasenadīkosalo anattamano ahosi.

Atha kho Bhagavā rājānaṃ Pasenadikosalaṃ anattamanataṃ viditvā tāyaṃ velāyaṃ imā gāthāyo abhāsi:

"Itthîpi hi ekaccī yā, seyyā posā janādhipa;
medhāvinī sīlavatī, sassudevā patibbatā.
Tassā yo jāyati poso, sūro hoti disampati;
tādiso subhariyā[6] putto, rajjampi anusāsatî"ti.
(SN 3.16)

進階閱讀十一 字彙說明

aññatr'eva	在……之外，除……外（支配具格）
atīta	*pp.* 過去的、過去、已超越過去的、免

6 Spk I 155: **Tādisā subhariyā**ti tādisāya subhariyāya.

	於……的
anatīta	*pp.* 未過去的、未免於……的
anattamana	*a.* 不高興的（an + atta + mana）
anattamanatā	*f.* 不高興
analasa	*a.* 不懶惰的（an-alasa）
anusāsati	*pres.* 統治、建言、建議、勸告、訓誡（< anu-√sās）
alasa	*a.* 懶惰的、怠惰的
aveccappasāda	*m.* 證淨、不壞淨信（*ger.* avecca < ava-√i）
ātura	*a.* 生病的、悲慘的
ābādhika	*a. m.* 病人、生病
āroceti	*caus.* 說、告知、通知（< ā-√ruc）
āveṇika	*a.* 固有的、特有的、特別的
āsītika	*a.* 八十歲大的
utunī	*f.* 值月事的女人、值經期的婦女
uddhumātaka	*a.* 腫的、膨脹的（< ud-√dhmā）
upakaṇṇake	*adv.* 在耳邊、近耳地（upa + kaṇṇa 耳 + ka）
ekaccī	*a. f.* 某個、某些
ekanta-	*adj* 徹底地、完全的、極……
ekāhamata	死後一天（eka 一 + aha 天 + mata *pp.* 死（< miyyati 死亡）
ettāvatā	*adv.* 憑此、到目前為止、至此、以至於、僅憑此

kammapatha	*m.* 業道、行為模式（kamma + patha）
karīsa	*n.* 糞、大便
khaṇḍadanta	*a.* 牙齒壞了的（khaṇḍa 壞了 + danta 牙齒）
khalita	*a.* 禿頭的
gatayobbana	*a.* 過了年少的、青春已逝的、年老的（gata 已去+ yobbana *n.* 年輕）
gatta	*n.* 肢體、五體、身體
gabbhinī	*f.* 孕婦、懷孕的女性
gāthā	*f.* 偈頌、詩節
(X)gāmin	*a. m.* 導向 X 的、趨向 X 的
gopānasī	*m.* 橫梁、椽、三角牆
gopānasīvaṅka	*a.* 彎曲的、彎如椽
janādhipa	*m.* 國王、人主、人王（jana + adhipa）
jāta	*a.* *pp.* 出生、生起的、已生起的、生起、有……性質的、是（X-jāta *a.* 已成為 X 的）
jātiyā	*adv.* 自從出生（jāti *f. Ab.*）
jiṇṇa	*a.* 虛弱的、衰老的
ñātaka	*m. n.* 親戚、、同族者
tādisa	*a.* 那樣的、那類的
tilaka	*m.* 斑點、雀斑
tilaka-āhatagatta	*a.* 身體布斑點的（tilaka + āhata 打、觸 + gatta 身體）
tīhamata	*pp.* 已死三天的（< ti + aha + mata）

dakkha	*a. n.* 能幹的、熟練的、聰明的、有能力的
daṇḍa	*m.* 棍子、杖、處罰
daṇḍa-parāyana	*a.* 依靠棍子的（parāyana < pari-√i）[161]
dahara	*a. m.* 年輕的
disampati	*m.* 國王（disā + pati）
dukkhita	*pp.* 受苦的
X-deva	*a.* 把 X 視作天的、以 X 為天、極尊敬 X 的
devī	*f.* 女神（亦用於指皇后）
dvīhamata	*a. pp.* 已死兩天的、死後兩天的（dvi + aha + mata）
nāvutika	*a.* 九十歲的
paccanubhoti	*pres.* 經歷、體驗
pajā	*f.* 眾生、人民、子孫、人們、後裔子孫、後代、後裔、人
pañcama	*a.* 第五的
paṭipadā	*f.* 道跡、道路、方法、過程
patikula	*n.* 夫家（pati + kula）
patibbatā	*f.* 賢妻（pati 丈夫 + vata 義務）
palāpa	*m.* 談論、閒聊、談話
palitakesa	*a.* 有灰髮的（palita 灰 + kesa 髮）
palipanna	*pp.* 掉入、沉入、沉迷（= paripanna）
pavedhati	*pres.* 顫動、震動
pāricariyā	*f.* 服侍、照料、隨侍

pisuna	*a.* 離間的、背後中傷的、毀謗的
posa	*m.* 男人、人
pharusa	*a.* 粗野的、惡劣的、刺耳的、粗暴的
bāḷhagilāna	*a.* 病重的（bāḷha 強的 + gilāna 的）
bhariyā	*f.* 妻子
bhogavant	*a.* 有錢的、富裕的、富有的（bhoga + vant）
bhogga	*a.* 邪惡的、彎曲的、歪的
manas	*n.* 意、心
mahallaka	*a. n.* 老的、老人、年老的
mātugāma	*m.* 女人
mutta	*n.* 尿、小便
medhāvinī	*f.* 有智慧的女人
rajja	*n.* 王國、王位、王權、統治、政權
rañño	*m.* 王（rājan 的單數，與格 / 屬格）
rūpavant	*a.* 美麗的（rūpa + vant）
vaṅka	*a.* 彎曲的
valita	*a. pp.* 皺皮的、有皺紋的
vassasatika	*a.* 一百歲的、百歲、百年
vijātā	*pp. f.* 已生產的婦女、產婦 < vijāyati
vijāyati	*pres.* 生下、生產
vinā	*indec.* 無……、缺乏……（支配具格）
vinīlaka	*a.* 黑青、紫的、變色的、褪色的
vipubbaka	*a.* 充滿膿的、潰爛的、充滿腐爛物的
vilūna	*a.* 剃除的、稀疏的、剃了……的、缺

	乏……的（< lūnati）
(v)uṭṭhāpiyamāna	*caus. pass. ppr.* 提舉（uṭṭhāpeti 的現在分詞，接在母音之後可加 v 作為連音）（< uṭṭhāpeti < uṭṭhahati） [162]
veramaṇī	*f.* 戒除、禁除、制止、離、避免（< viramati 停止）
velā	*f.* 時間點、時間
saṃvesiyamāna	*caus. pass. ppr.* 被放到床上、被送到（床上）（< saṃveseti < saṃvisati）
saka	*a.* 自己的
sato	*ppr. sg. N.*（< atthi）
samāna	*ppr.* 存在、有（< √as）
sampha	*a.* 瑣碎的、愚蠢的、綺語
sammādiṭṭhi	*f.* 正見
sammādiṭṭhin	*m.* 具正見者
sassar	*f.* 岳母、婆婆（複合詞裡作 sassu）
sira	*m. n.* 頭（受格為 siraṃ 或 siro）
sīlavatī	*a. f.* 具戒的女眾
sīlavant	*a.* 具戒的
subhariyā	*f.* 賢妻（su + bhariyā）
sūra	*a. m.* 勇者、有勇氣的、勇敢的、英勇的
semāna	*ppr.* 躺的（< seti）
seyya	*a.* 更好的、較好的
handa	*indec.* 現在、那麼

第十二課

基礎閱讀

讀本一

Evaṃ me sutaṃ: ekaṃ samayaṃ Bhagavā Sāvatthiyaṃ viharati Jetavane Anāthapiṇḍikassa ārāme. Atha kho Bhagavā pubbaṇhasamayaṃ nivāsetvā pattacīvaramādāya Sāvatthiṃ piṇḍāya pāvisi. Tena kho pana samayena Aggikabhāradvājassa brāhmaṇassa nivesane aggi pajjalito hoti āhuti paggahitā. Atha kho Bhagavā Sāvatthiyaṃ sapadānaṃ piṇḍāya caramāno yena Aggikabhāradvājassa brāhmaṇassa nivesanaṃ ten'upasaṅkami. Addasā kho Aggikabhāradvājo brāhmaṇo Bhagavantaṃ dūrato'va āgacchantaṃ, disvāna Bhagavantaṃ etadavoca: "Tatr'eva, muṇḍaka, tatr'eva, samaṇaka; tatr'eva, vasalaka tiṭṭhāhî"ti. Evaṃ vutte, Bhagavā Aggikabhāradvājaṃ brāhmaṇaṃ etadavoca: "Jānāsi pana tvaṃ, brāhmaṇa, vasalaṃ vā vasalakaraṇe vā dhamme"ti?

"Na khvâhaṃ, bho Gotama, jānāmi vasalaṃ vā vasalakaraṇe vā dhamme. Sādhu me bhavaṃ Gotamo tathā dhammaṃ desetu yathâhaṃ jāneyyaṃ vasalaṃ vā vasalakaraṇe vā dhamme"ti. "Tena hi, brāhmaṇa, suṇāhi, sādhukaṃ manasikarohi; bhāsissāmî"ti. "Evaṃ, bho"ti kho Aggikabhāradvājo brāhmaṇo Bhagavato paccassosi. Bhagavā etadavoca:

"Kodhano upanāhī ca, pāpamakkhī ca yo naro
vipannadiṭṭhi māyāvī, taṃ jaññā 'vasalo' iti.

Ekajaṃ vā dvijaṃ vā'pi[1], yo'dha pāṇaṃ vihiṃsati
yassa pāṇe dayā natthi, taṃ jaññā 'vasalo' iti.
Yo hanti parirundhati, gāmāni nigamāni ca
niggāhako samaññāto, taṃ jaññā 'vasalo' iti.

Yo mātaraṃ vā pitaraṃ vā, jiṇṇakaṃ gatayobbanaṃ
pahu santo na bharati, taṃ jaññā 'vasalo' iti.
Yo mātaraṃ vā pitaraṃ vā, bhātaraṃ bhaginiṃ sasuṃ
hanti roseti vācāya, taṃ jaññā 'vasalo' iti.

Rosako kadariyo ce, pāpiccho maccharī saṭho
Ahiriko anottāppī, taṃ jaññā 'vasalo' iti.
Na jaccā vasalo hoti, na jaccā hoti brāhmaṇo
kammanā vasalo hotivkammanā hoti brāhmaṇo..."

Evaṃ vutte, Aggikabhāradvājo brāhmaṇo Bhagavantaṃ etadavoca: "abhikkantaṃ, bho Gotama, abhikkantaṃ, bho Gotama. Seyyathâpi, bho Gotama, nikkujjitaṃ vā ukkujjeyya, paṭicchannaṃ vā vivareyya, mūḷhassa vā maggaṃ ācikkheyya, andhakāre vā telapajjotaṃ dhāreyya 'cakkhumanto rūpāni dakkhintī'ti, evameva bhotā Gotamena anekapariyāyena dhammo pakāsito. Esâhaṃ bhavantaṃ Gotamaṃ saraṇaṃ gacchāmi dhammañca bhikkhusanghañca; upāsakaṃ maṃ bhavaṃ Gotamo dhāretu ajjat'agge pāṇ'upetaṃ saraṇaṃ gataṃ"ti. (Sn 1.7) [164]

讀本二

"Kacci abhiṇhasaṃvāsā, nâvajānāsi paṇḍitaṃ?

---

[1] Sn-a I 178: Tattha **ekajo**ti ṭhapetvā aṇḍajaṃ avasesayonijo, so hi ekadā eva jāyati. **Dvijo**ti aṇḍajo. So hi mātukucchito aṇḍakosato cāti dvikkhattuṃ jāyati.

ukkādhāro manussānaṃ, kacci apacito tayā?"

"Nâhaṃ abhiṇhasaṃvāsā, avajānāmi paṇḍitaṃ;
ukkādhāro manussānaṃ, niccaṃ apacito mayā".

"Pañca kāmaguṇe hitvā, piyarūpe manorame;
saddhāya gharā nikkhamma, dukkhass'antakaro bhava.
Mitte bhajassu kalyāṇe, pantañca sayanâsanaṃ;
vivittaṃ appanigghosaṃ, mattaññū hohi bhojane.
Cīvare piṇḍapāte ca, paccaye sayanâsane;
etesu taṇhaṃ mākāsi, mā lokaṃ punar'āgami.
Saṃvuto pātimokkhasmiṃ, indriyesu ca pañcasu;
satī kāyagatā ty'atthu[*2], nibbidābahulo bhava.
Nimittaṃ parivajjehi, subhaṃ rāgûpasaṃhitaṃ;
asubhāya cittaṃ bhāvehi, ekaggaṃ susamāhitaṃ.
Animittañca bhāvehi[2] – mānânusayamujjaha:
tato mānâbhisamayā, upasanto carissasî"ti.

Itthaṃ sudaṃ Bhagavā āyasmantaṃ Rāhulaṃ imāhi gāthāhi abhiṇhaṃ ovadati. (Sn 2.11)

讀本三

Atha kho āyasmā Ānando yena Bhagavā ten'upasaṅkami; upasaṅkamitvā Bhagavantaṃ abhivādetvā ekamantaṃ nisīdi. Ekamantaṃ nisinno kho āyasmā Ānando Bhagavantaṃ etadavoca:

"Tīṇ'imāni, bhante, gandhajātāni, yesaṃ anuvātaññeva[*3]

[*2] te + atthu。

[2] Sn-a I 343: Tattha **animittañca bhāvehī**ti evaṃ nibbedhabhāgiyena samādhinā samādhinā samāhitacitto vipassanaṃ bhāvehīti vuttaṃ hoti.

gandho gacchati, no paṭivātaṃ.

Katamāni tīṇi?

Mūlagandho, sāragandho, pupphagandho. Imāni kho, bhante, tīṇī gandhajātāni, yesaṃ anuvātaññeva gandho gacchati, no paṭivātaṃ.

Atthi nu kho, bhante, kiñci gandhajātaṃ yassa anuvātampi gandho gacchati, paṭivātampi gandho gacchati, anuvātapaṭivātampi gandho gacchatî"ti?

"Atthânanda, kiñci gandhajātaṃ yassa anuvātampi gandho gacchati, paṭivātampi gandho gacchati, anuvātapaṭivātampi gandho gacchatî"ti.

"Katamañca pana, bhante, gandhajātaṃ yassa anuvātampi gandho gacchati, paṭivātampi gandho gacchati, anuvātapaṭivātam pi gandho gacchatî"ti?

"Idhânanda, yasmiṃ gāme vā nigame vā itthī vā puriso vā buddhaṃ saraṇaṃ gato hoti, dhammaṃ saraṇaṃ gato hoti, saṅghaṃ saraṇaṃ gato hoti, pāṇâtipātā paṭivirato hoti, adinnâdānā paṭivirato hoti, kāmesu micchācārā paṭivirato hoti, musāvādā paṭivirato hoti, surāmerayamajjapamādaṭṭhānā paṭivirato hoti, sīlavā hoti kalyāṇadhammo, vigatamalamaccharena cetasā agāraṃ ajjhāvasati … tassa disāsu samaṇabrāhmaṇā vaṇṇaṃ bhāsanti: 'asukasmiṃ nāma gāme vā nigame vā itthī vā puriso vā buddhaṃ saraṇaṃ gato hoti, dhammaṃ saraṇaṃ gato hoti, saṅghaṃ saraṇaṃ gato hoti, pāṇâtipātā paṭivirato hoti, adinnâdānā paṭivirato hoti, kāmesumicchâcārā paṭivirato hoti, musāvādā paṭivirato hoti, sīlavā

---

*3 ṃ 後跟著 -e，可能連音變成 ññ。

hoti kalyāṇadhammo, vigatamalamaccharena cetasā agāraṃ ajjhāvasatî'ti.

Devatâpi'ssa vaṇṇaṃ bhāsanti: 'asukasmiṃ nāma gāme vā nigame vā itthī vā puriso vā buddhaṃ saraṇaṃ gato hoti, ... pe ... sīlavā hoti kalyāṇadhammo, vigatamalamaccharena cetasā agāraṃ ajjhāvasatî'ti. Idaṃ kho taṃ, Ānanda, gandhajātaṃ yassa anuvātaṃ pi gandho gacchati, paṭivātampi gandho gacchati, anuvātapaṭivātampi gandho gacchatî"ti.

"Na pupphagandho paṭivātam'eti,
na candanaṃ tagaramallikā vā.
Sataṃ ca gandho paṭivātam'eti,
Sabbā disā sappuriso pavāti." (AN 3.80)

讀本四

Sāvatthiyaṃ Adinnapubbako nāma brāhmaṇo ahosi. Tena kassaci kiñci na dinnapubbaṃ. Tassa eko'va putto ahosi, piyo manāpo. Brāhmaṇo puttassa pilandhanaṃ dātukāmo "sace suvaṇṇakārassa ācikkhissāmi, vetanaṃ dātabbaṃ bhavissatî"ti sayam'eva suvaṇṇaṃ koṭṭetvā maṭṭāni kuṇḍalāni katvā adāsi; ten'assa putto 'Maṭṭakuṇḍalî'ti paññāyi.

Tassa soḷasavassakāle paṇḍurogo udapādi. Brāhmaṇo vejjānaṃ santikaṃ gantvā "tumhe asukarogassa kiṃ bhesajjaṃ karothâ"ti pucchi. Te assa yaṃ vā taṃ vā rukkhatacâdiṃ ācikkhiṃsu. So taṃ āharitvā bhesajjaṃ kari. Tathā karontass'eva tassa rogo balavā ahosi. Brāhmaṇo tassa dubbalabhāvaṃ ñatvā ekaṃ vejjaṃ pakkosi. So taṃ oloketvā "amhākaṃ ekaṃ kiccaṃ atthi; aññaṃ vejjaṃ pakkositvā tikicchāpehî"ti vatvā nikkhami.

Brāhmaṇo tassa maraṇasamayaṃ ñatvā "imassa dassanatthāya

āgatâgatā antogehe sāpateyyaṃ passissanti, tasmā naṃ bahi karissāmî"ti puttaṃ nīharitvā bahi āḷinde nipajjāpesi. Tasmiṃ kālakate brāhmaṇo tassa sarīraṃ jhāpetvā, devasikaṃ āḷāhanaṃ gantvā: "kahaṃ ekaputtaka! kahaṃ ekaputtakâ"ti rodi. (RasV. Maṭṭhakuṇḍalīvatthu)

字彙說明

Aggikabhāradvāja	*m*. 稱婆羅門中的拜火教徒、婆羅門的名字
ajjhāvasati	*pres*. 居住（< adhi-ā-√vas）
atipāta	*pp*. 殺害（< ati-√pat） [166]
Anāthapiṇḍika	*m*. 給孤獨長者
animitta	*a. n*. 無相、不受外相影響的
anuvātaṃ	*adv*. 順風、隨風（< anu-vāta）
anusaya	*m*. 癖好、傾向、隨眠、惡習
aneka	*a*. 許多、很多
antakara	*m*. 終止
anto	*indec*. 在……內
apacita	*pp*. 受尊敬的、尊敬（< apacināti < apa-√ci）
appanigghosa	*a*. 無聲的（appa + nigghosa）
abhiṇhaṃ	*adv*. 重複地、經常、一直
avajānati	*pres*. 輕視、蔑視（< ava-√jñā）
asuka	*a. pron*. 如此這般的、這樣的
ahirika	*a. m*. 無慚的、無羞恥的、無恥的

ācikkhati	*pres.* 告知、說、說明（< ā-√khyā）
āharitvā	*ger.* 取、拿（< āharati < ā-√hṛ）
ārāma	*m.* 林園；獻給佛陀、僧團的園林
āḷāhana	*n.* 火化場
āḷinda	*m.* 走廊、陽台
āhutī	*f.* 供品、犧牲、犧牲物、奉獻物
ukkā	*f.* 火炬
ukkujjati	*pres.* 豎直、使直立、扶起、轉正（< upa-√pad）
ujjahati	*pres.* 放棄（< ud-√hā）
upanāhin	*m.* 有怨恨者（upanāha-in）
upasaṃhita	*pp.* 具有……（< upa-saṃ-√dhā）
upasamati	*pres.* 使寧靜、使安息（現在分詞是 upasant）
ekagga	*a.* 平靜的、一境的
eka-ja	*a.* 投生一次的
kacci	*indec.* 也許、我想、我懷疑（不定疑問質詞，表示懷疑或不確定）
kadariya	*m.* 吝嗇的人
kāmaguṇa	*m.* 欲的種類、欲樂（kāma + guṇa）
kicca	*n.* 義務、工作、責任
kuṇḍala	*n.* 耳環
koṭṭeti	*pres.* 重擊、打、打擊、搗（< √kuṭ）
gatayobbana	*a.* 年老的（gata 已去 + yobbana *n.* 年輕）
gandha (jātānī)	*n. pl.* 各類氣味、香味（的種類）

gāthā	*f.* 偈頌、詩節
cakkhukaraṇī	*f.* 生眼、製造眼
cakkhumant	*a. m.* 具慧者、具眼者
candana	*m. n.* 檀木
cetasā	*n. I.* 心（< ceto）[167]
jaññā	*opt.* 3rd *sg.* 了知、知道（< jānāti）
jiṇṇaka	*a.* 脆弱的、老朽的、老舊的
Jetavana	*n.* 祇陀林、祇陀太子林、祇園
jhāpeti	*caus.* 燒、使燃燒、燃燒（< jhāyati < √kṣāy）
tagara	*n.* 格香、有香味的灌木、冷凌香
taca	*n.* 皮膚、樹皮、皮革
tikicchāpeti	*caus.* 請人治療（< tikicchati）（見第十課文法§6）
telapajjota	*m.* 油燈
dayā	*f.* 憐愍、同情、善意
dija	*a. m.* 二生者、鳥、生兩次的
dubbalabhāva	*m.* 虛弱的狀態
devasika	*a.* 每天出現的（devasa + ika）
nikkujjita	*pp.* 被上下顛倒的、被顛倒的事物（< nikkujjati）
niggāhaka	*m.* 迫害者、譴責者、責難者
nipajjati	*pres.* 躺下 < ni-√pad
nibbidā	*f.* 冷漠、厭離、無興趣
nimitta	*n.* 念頭的對象、相、徵兆、原因、所緣

nīharati	*pres.* 取出、驅逐、除去、伸出、拿出、趕出（< nis-√hṛ）
pakāseti	*caus.* 闡明、說明（< pakāsati）
pakkosati	*pres.* 召喚、叫、召集
paggaṇhāti	*pres.* 捉取（過去分詞作 paggahita）
paccaya	*m.*（比丘的）必需品、資具、支持、原因
pajjalati	*pres.* 燃燒、發光、熾然（*pp.* pajjalita）
paññāyati	*pass.* 顯現、變明顯、被知（< pa-√jñā）
paṭicchannaṃ	*pp.* 被覆蓋的（< paṭi-√chad）
paṭivātaṃ	*adv.* 逆風（< paṭi + vāta）
paṇḍuroga	*m.* 黃疸、貧血症
panta	*a.* 遙遠的、偏僻的、隱居的
pariyāya	*m.* 順序、過程、次序、方法、教說
parirundhati	*pres.* 徹底地包圍、徹底阻礙、囚禁（< √rudh）
parivajjeti	*caus.* 逃避、迴避、避免、避開（< pari-√vṛj）
pavāti	*pres.* 散發、吹送〔香味〕（< pa-√vā）
pahu (-ā)	*a.* 能夠的
pātimokkha	*n.* 波羅提木叉、戒、別解脫戒
pāpamakkhin	*m.* 覆罪者（pāpa + makkha + in）
pāpiccha	*m.* 心懷惡念者、心懷惡意的人（pāpa + iccha）
piṇḍa	*m.* 一團食物、團食

piya	*a. m. n.* 可愛的事物、可愛的
pilandhana	*n.* 裝飾品
putta	*m.* 兒子
balavant	*a. m.* 強壯的、力士、大的、強的
bahula	*a.* 多、屢屢、許多的
bhaginī	*f.* 姊妹 [168]
bhajassu	*imper.* 2nd *sg.* 陪伴、結交、依附（< √bhaj）
bharati	*pres.* 支持、維持、養育（< √bhṛ）
bhātar	*m.* 兄弟
bhesajja	*n.* 藥、醫藥、藥物
macchara	*n.* 貪婪、忌妒、慳吝
maṭṭa	*pp.* 磨亮、擦亮的（< majjati < √mṛj）
manorama	*a.* 令人愉快、可喜的、歡喜的
mala	*n.* 不淨、垢穢、汙垢
mallikā	*f.* 茉莉花（Mallikā，勝鬘夫人）
mātar	*f.* 母親
māna	*m.* 慢、慢心、憍慢
mānânusaya	*m.* 慢的傾向、慢隨眠
māyāvin	*m.* 誑者、幻士、幻術者、不誠實的人
muṇḍaka	*a. m.* 禿頭的、禿頭的人
mūḷha	*a.* 愚昧、愚癡、昏迷的、迷惑的、無知的
roga	*m.* 疾病、病

rodati	*pres.* 哭泣、悲傷、哭、泣
rosaka	*m.* 生氣、發怒
roseti	*caus.* 惹惱、使生氣、激怒、惹惱（< rosati）
vaṇṇaṃ bhāsati	稱揚、稱讚（vaṇṇa 讚美 + bhāsati 說）
vasalaka	*m.* 賤民、可憐人
vasala	*m.* 賤民、出生卑下的人
vigata	*pp.* 離去、滅、無……
vipanna	*pp.* 錯、已喪失（< vipajjati < vi-√pad）
vipannadiṭṭhin	*m.* 具邪見者、有邪見的人、異教徒
vivareyya	*opt.* 打開（< vivarati < vi-√vṛ）
vivitta	*pp.* 退隱的、獨自的（< viviccati < vi-vi-√vic）
vetana	*n.* 薪資、傭用
saṃvāsa	*m.* 來往、結交、共住、親近
saṭha	*a. m.* 詐欺者、詐偽的
sati kāyagatā	*f.* 身至念、關於身的念
santa	*pp.* 寂靜、安寧（< sammati < √śam）
sapadānaṃ	*adv.*（比丘托缽時）依序、次第地（不略過任一家）
samaññāta	*pp.* 被稱為、眾所周知的
samaṇaka	*m.* 沙門（仔）（ka 可有輕視的意味）
sayanâsana	*n.* 床座、住所、住處（sayana *n.* + āsana *n.*）

sasura = sassura	*m.* 岳父、公公（對格作 sasuṃ）
sāpateyya	*n.* 財物
sāra	*m.* 精華、心材、木心
Sāvatthī	*f.* 舍衛城
sudaṃ	*indec.* 的確、僅、甚至
subha	*a.* 令人愉快的、好的、愉悅的、淨的 [169]
suvaṇṇa	*a. n.* 金、金色的
suvaṇṇakāra	*m.* 金匠
susamāhita	*pp.* 善等持的、很專注的、很沉著的
seyyathāpi	猶如、例如、亦即

文法十二

§1. ubho 二者

出現在第九課（進階閱讀）的 ubhaya「二者」，是形容詞。本課出現的 ubho 則是代名詞，其格尾變化如下（於三種性皆適用）。如我們可預期的，它採複數格尾變化，因為巴利語中，幾乎沒有梵語的雙數形。

主、受	ubho / ubhe
與、屬	ubhinnaṃ
具、從	ubhohi / ubhobhi / ubhehi / ubhebhi
處	ubhosu / ubhesu

§2. asu **某（一）個**

或指「這樣的」，有單數與複數形：

<table>
<tr><th colspan="4">單</th></tr>
<tr><th></th><th>陽</th><th>中</th><th>陰</th></tr>
<tr><td>主</td><td>asu / amu / amuko</td><td rowspan="2">aduṃ</td><td>asu / amu</td></tr>
<tr><td>受</td><td>amuṃ</td><td>Amuṃ</td></tr>
<tr><td>屬 / 與</td><td colspan="2">amuno / amussa</td><td>amuyā / amussā</td></tr>
<tr><td>具</td><td colspan="2">amunā</td><td rowspan="2">amuyā</td></tr>
<tr><td>從</td><td colspan="2">amunā / amumhā / amusmā</td></tr>
<tr><td>處</td><td colspan="2">amumhi / amusmiṃ</td><td>amussaṃ / amuyaṃ</td></tr>
</table>

[170]

<table>
<tr><th colspan="4">複</th></tr>
<tr><th></th><th>陽</th><th>中</th><th>陰</th></tr>
<tr><td>主 / 受</td><td>amū / amuyo</td><td>amū / amūni</td><td>amū / amuyo</td></tr>
<tr><td>屬 / 與</td><td colspan="3">amūsaṃ / amūsānaṃ</td></tr>
<tr><td>具 / 從</td><td colspan="3">amūhi / amūbhi</td></tr>
<tr><td>處</td><td colspan="3">Amūsu</td></tr>
</table>

§3. **重複子音的格尾：**jaccā

-i 結尾與 ī 結尾的陰性語基，若在 -i 或 ī 之前有某些子音，則此語基可能會有一類子音重複的格尾變化。若語尾變化中子音之後是跟著 -iy-，便會有這種情形。受影響的子音屬齒音及反舌音[*4]，大多是 t, d, n 或 ṇ，重複子音時，-iy- 消失，且子音的變化如下：

-t- 變成 -cc-
-d- 變成 -jj-
-n-, -ṇ- 變成 -ññ-

其餘的格尾變化，直接加在雙子音之後。如此，jāti「出生、種姓」便可有如下的格尾變化（正常的格尾見第一課文法§1.2.3）：

	單	複
主、受		jacco
具、從、與	jaccā	
從	jaccā, jaccaṃ	

類似的情況，nadī「河流」有 najjo、najjā。

§4. 絕對屬格

第十課§1 介紹絕對屬格可表時間。它也可有「儘管」、「即使」、「雖然」的意思。採此意思時，常用現在分詞：[3]

mamṃ evaṃ vadantassa eva me mitto taṃ gāmaṃ pahāya gacchi

*4 即 t, ṭ, d, ḍ 等，見序論中的「字母與發音」。

3 參考 ITP 58。

雖然我那樣說，我的朋友仍離開那村莊。
mātāpitunnaṃ assumukhānaṃ rudantānaṃ so kumāro kesamassuṃ ohāretvā kāsāyāni vatthāni acchādetvā agārasmā anagāriyaṃ pabbaji
儘管他的父母哭泣得滿臉是淚，王子仍剃除鬚髮，著袈裟衣，從家離家、出家。 [171]
evaṃ vadantiyā eva attano mātuyā sā kaññā vāpiyaṃ nahāyituṃ gacchi
雖然她的母親那樣說，那女生仍然到那水槽（vāpi）[*5] 洗浴。

（注意：絕對屬格的主詞 attano mātuyā，被放在動詞 vadantiyā（帶屬格的分詞）之後。為了某些效果，會有這類不同的語序。）

§5. 複合的完成式

§5.1. 過去分詞加上 hoti，意味著分詞的動作，已經完成（很像英語的「已去、已做」等）。在此構句中，若動詞為「不及物」（無受詞）（即句子是主動句時），動作發出者帶主格；若動詞為「及物」（即句子是被動句時），則動作發出者可帶具格，如第六課§9 所示的主詞便採具格。分詞及 hoti 通常皆與主詞一致。若是主詞帶具格的句子，分詞與 hoti 要與受詞一致，就如同在無 hoti 的分詞句子中一樣：[4]

[*5] 此字在南亞常用來指灌溉用的水槽或寺院池塘。
[4] 參考 ITP 233。

so gehaṃ gato hoti 他已到家。

ena puññaṃ kataṃ hoti 他做了功德。

sā tattha gatā hoti 她去那裡了。

Sabbe bhūtā matā honti 所有生物已死。

§5.2. 過去分詞加上 bhavissati，表「原本可」（might have）、「原本會」（would have）[5]「應該已」（will have）的意味。注意，雖然 bhavissati 是未來形，但此結構的意思未必表未來，可以指推測「某事已發生」（類似英語 He will have gone by now.）。動作發出者的格，情況和帶 hoti 的結構一樣；性數格的一致，也是：

so adhunā gato bhavissati.

他此刻應該去了。

tena idaṃ kataṃ bhavissati.

他應該已做這事了。

bahujanā ettha āgatā bhavissanti.

很多人應該已來到這裡了。 [172]

§5.3. 未來被動分詞加 bhavissati，表示動作應該被做，或必須被做。在此結構中，動作的發出者作具格，無論動作是及物或不及物。[6]

Tvayā imaṃ kammaṃ kātabbaṃ bhavissati.

---

5 表示有可能發生，實際上卻沒有發生。

6 參考 ITP 235。

你應該做此業。

Mayā suve tattha gantabbaṃ bhavissati.

明天我應該 / 必須去那裡。

§6. vā 結構的一致

§6.1. 當「關係指示詞 ya-」與「vā」一起出現時，ya- 和在它之後且與它最接近的名詞，在性數格要一致：

yā itthī vā puriso vā 無論女人或男人
yo puriso vā itthī vā 無論男人或女人

§6.2. 當「vā 結構」是某分詞的主詞時，該分詞要和最接近的名詞（也就是，一串名詞的最後一個）〔在性數格上〕一致：

yadā itthī vā puriso vā Buddhaṃ saraṇaṃ gato hoti…
當女人或男人皈依佛時
yadā puriso vā itthī vā Buddhaṃ saraṇaṃ gatā hoti…
當男人或女人皈依佛時

注意，動詞 hoti 是單數，因為兩個 vā 結構都是單數。

§7. eso ahaṃ 這個我

與英語不同，在巴利語，指示詞 (e)so 可以加在任何人稱代名詞之前，以表強調，也就是「這個我」。因此，會見到 eso

ahaṃ、so ahaṃ、so tvaṃ 等等。[7] [173]

進階閱讀十二

Dhammacakkappavattana Sutta[*6]

Evaṃ me sutaṃ: Ekaṃ samayaṃ Bhagavā Bārāṇasiyaṃ viharati Isipatane Migadāye. Tatra kho Bhagavā pañcavaggiye bhikkhū āmantesi:

"Dve'me, bhikkhave, antā pabbajitena na sevitabbā:

1. Yo câyaṃ[*7] kāmesu kāmasukhallikânuyogo – hīno, gammo, pothujjaniko, anariyo, anatthasaṃhito.
2. yo câyaṃ attakilamathânuyogo – dukkho, anariyo, anatthasaṃhito.

Ete te, bhikkhave, ubho ante anupagamma majjhimā paṭipadā Tathāgatena abhisambuddhā cakkhukaraṇī, ñāṇakaraṇī, upasamāya, abhiññāya, sambodhāya, nibbānāya saṃvattati.

Katamā ca sā, bhikkhave, majjhimā paṭipadā Tathāgatena abhisambuddhā cakkhukaraṇī, ñāṇakaraṇī, upasamāya, abhiññāya, sambodhāya, nibbānāya saṃvattati?

Ayam'eva ariyo aṭṭhaṅgiko maggo, seyyathīdaṃ:

sammā diṭṭhi, sammā saṅkappo, sammā vācā, sammā kammanto, sammā ājīvo, sammā vāyāmo, sammā sati, sammā

---

7 亦參考 ITP 29。

*6 這是世尊成佛後第一次的說法，在此佛陀向過去曾與他一起修行，當時仍奉行苦行主義的五比丘，講說自己的法義。

*7 yo + ayaṃ = 「即此」。

samādhi.

Ayaṃ kho sā, bhikkhave, majjhimā paṭipadā Tathāgatena abhisambuddhā cakkhukaraṇī, ñāṇakaraṇī, upasamāya, abhiññāya, sambodhāya, nibbānāya saṃvattati.

Idaṃ kho pana, bhikkhave, dukkhaṃ ariyasaccaṃ:

jāti'pi dukkhā, jarā'pi dukkhā, vyādhi'pi dukkhā, maraṇampi dukkhaṃ, appiyehi sampayogo dukkho, piyehi vippayogo dukkho, yamp'icchaṃ na labhati tam'pi dukkhaṃ, saṅkhittena pañcupādānakkhandhā dukkhā.

Idaṃ kho pana, bhikkhave, dukkha-samudayaṃ ariyasaccaṃ: [174]

yâyaṃ taṇhā ponobbhavikā, nandirāgasahagatā tatra tatrâbhinandinī seyyathīdaṃ: kāmataṇhā, bhavataṇhā, vibhavataṇhā.

Idaṃ kho pana, bhikkhave, dukkhanirodhaṃ ariyasaccaṃ:

yo tassāyeva taṇhāya asesa-virāganirodho, cāgo, paṭinissaggo, mutti, anālayo.

Idaṃ kho pana, bhikkhave, dukkhanirodhagāminī paṭipadā ariyasaccaṃ:

Ayameva ariyo aṭṭhaṅgiko maggo, seyyathîdaṃ: sammā diṭṭhi, sammā saṅkappo, sammā vācā, sammā kammanto, sammā ājīvo, sammā vāyāmo, sammā sati, sammā samādhi.

*　　　　*　　　　*

1. 'Idaṃ dukkhaṃ ariyasaccan'ti me, bhikkhave, pubbe ananussutesu dhammesu cakkhuṃ udapādi, ñāṇaṃ udapādi, paññā udapādi, vijjā udapādi, āloko udapādi.

2. 'Taṃ kho pan'idaṃ dukkhaṃ ariyasaccaṃ pariññeyyan'ti

me, bhikkhave, pubbe ananussutesu dhammesu cakkhuṃ udapādi, ñāṇaṃ udapādi, paññā udapādi, vijjā udapādi, āloko udapādi.

3. 'Taṃ kho pan'idaṃ dukkhaṃ ariyasaccaṃ pariññātan'ti me, bhikkhave, pubbe ananussutesu dhammesu cakkhuṃ udapādi, ñāṇaṃ udapādi, paññā udapādi, vijjā udapādi, āloko udapādi.

1. 'Idaṃ dukkhasamudayaṃ ariyasaccan'ti me, bhikkhave, pubbe ananussutesu dhammesu cakkhuṃ udapādi, ñāṇaṃ udapādi, paññā udapādi, vijjā udapādi, āloko udapādi.

2. 'Taṃ kho pan'idaṃ dukkhasamudayaṃ ariyasaccaṃ pahātabban'ti me, bhikkhave, pubbe ananussutesu dhammesu cakkhuṃ udapādi, ñāṇaṃ udapādi, paññā udapādi, vijjā udapādi, āloko udapādi.

3. 'Taṃ kho pan'idaṃ dukkhasamudayaṃ ariyasaccaṃ pahīnan'ti me, bhikkhave, pubbe ananussutesu dhammesu cakkhuṃ udapādi, ñāṇaṃ udapādi, paññā udapādi, vijjā udapādi, āloko udapādi.

1. 'Idaṃ dukkhanirodhaṃ ariyasaccan'ti me, bhikkhave, pubbe ananussutesu dhammesu cakkhuṃ udapādi, ñāṇaṃ udapādi, paññā udapādi, vijjā udapādi, āloko udapādi.

2. 'Taṃ kho pan'idaṃ dukkhanirodhaṃ ariyasaccaṃ sacchikātabban'ti me, bhikkhave, pubbe ananussutesu dhammesu cakkhuṃ udapādi, ñāṇaṃ udapādi, paññā udapādi, vijjā udapādi, āloko udapādi. [175]

3. 'Taṃ kho pan'idaṃ dukkhanirodhaṃ ariyasaccaṃ sacchikatan'ti me, bhikkhave, pubbe ananussutesu dhammesu cakkhuṃ udapādi, ñāṇaṃ udapādi, paññā udapādi, vijjā udapādi, āloko udapādi.

1. 'Idaṃ dukkhanirodhagāminī paṭipadā ariyasaccan'ti me,

bhikkhave, pubbe ananussutesu dhammesu cakkhuṃ udapādi, ñāṇaṃ udapādi, paññā udapādi, vijjā udapādi, āloko udapādi.

2. 'Taṃ kho pan'idaṃ dukkhanirodhagāminī paṭipadā ariyasaccaṃ bhāvetabban'ti me, bhikkhave, pubbe ananussutesu dhammesu cakkhuṃ udapādi, ñāṇaṃ udapādi, paññā udapādi, vijjā udapādi, āloko udapādi.

3. 'Taṃ kho pan'idaṃ dukkhanirodhagāminī paṭipadā ariyasaccaṃ bhāvitan'ti me, bhikkhave, pubbe ananussutesu dhammesu cakkhuṃ udapādi, ñāṇaṃ udapādi, paññā udapādi, vijjā udapādi, āloko udapādi.

*　　　　*　　　　*

Yāva kīvañca me, bhikkhave, imesu catūsu ariyasaccesu evaṃ tiparivaṭṭaṃdvādasâkāraṃ yathābhūtaṃ ñāṇadassanaṃ na suvisuddham ahosi, n'eva tāvâhaṃ, bhikkhave, sadevake loke samārake sabrahmake sassamaṇabrāhmaṇiyā pajāya sadevamanussāya anuttaraṃ sammāsambodhiṃ abhisambuddho paccaññāsiṃ.

Yato ca kho me, bhikkhave, imesu catūsu ariyasaccesu evaṃ tiparivaṭṭaṃ dvādasâkāraṃ yathābhūtaṃ ñāṇadassanaṃ suvisuddhaṃ ahosi, athâhaṃ, bhikkhave, sadevake loke samārake sabrahmake sassamaṇabrāhmaṇiyā pajāya sadevamanussāya anuttaraṃ sammāsambodhiṃ abhisambuddho paccaññāsiṃ.

Ñāṇañca pana me dassanaṃ udapādi, akuppā me cetovimutti, ayaṃ antimā jāti, natthi'dāni punabbhavo"ti.

Idamavoca Bhagavā. Attamanā pañcavaggiyā bhikkhū Bhagavato bhāsitaṃ abhinandanti.

Imasmiñca pana veyyākaraṇasmiṃ bhaññamāne āyasmato

Koṇḍaññassa virajaṃ vītamalaṃ dhammacakkhuṃ udapādi: "yaṃ kiñci samudayadhammaṃ, sabbaṃ taṃ nirodhadhamman"ti.

Pavattite ca pana Bhagavatā dhammacakke bhummā devā saddamanussāvesuṃ:

"Etaṃ Bhagavatā Bārāṇasiyaṃ Isipatane Migadāye anuttaraṃ dhammacakkaṃ pavattitaṃ appaṭivattiyaṃ samaṇena vā brāhmaṇena vā devena vā mārena vā brahmunā vā kenaci vā lokasmin"ti. [176]

Bhummānaṃ devānaṃ saddaṃ sutvā Cātumahārājikā devā*8 saddamanussāvesuṃ: "Etaṃ Bhagavatā Bārāṇasiyaṃ Isipatane Migadāye anuttaraṃ dhammacakkaṃ pavattitaṃ, appaṭivattiyaṃ samaṇena vā brāhmaṇena vā devena vā mārena vā brahmunā vā kenaci vā lokasmin"ti.

Cātummahārājikānaṃ devānaṃ saddaṃ sutvā Tāvatiṃsā devā ...pe... Yāmā devā ...pe... Tusitā devā ...pe... Nimmānaratī devā ...pe... Paranimmitavasavattino devā ...pe... Brahmakāyikā devā saddamanussāvesuṃ:

"Etaṃ Bhagavatā Bārāṇasiyaṃ Isipatane Migadāye anuttaraṃ dhammacakkaṃ pavattitaṃ appaṭivattiyaṃ samaṇena vā brāhmaṇena vā devena vā mārena vā brahmunā vā kenaci vā lokasmin"ti.

Itîha tena khaṇena, tena layena, tena muhuttena yāva brahmalokā saddo abbhuggañchi. Ayañca dasasahassī lokadhātu saṅkampi sampakampi sampavedhi. Appamāṇo ca uḷāro obhāso loke pāturahosi atikkamma devānaṃ devânubhāvaṃ.

---

*8 Cātumahārājikā devā 與 Tāvatiṃsā devā 等等，是住在天界與梵界的天人。

Atha kho Bhagavā udānaṃ udānesi:

"Aññāsi vata bho Koṇḍañño, aññāsi vata, bho Koṇḍaññoti.

Iti h'idaṃ āyasmato Koṇḍaññassa Aññāsi-Koṇḍañño tv'eva nāmaṃ ahosî"ti. (SN 56.11)

進階閱讀十二 字彙說明

akuppa	*a.* 不可動搖的、堅定的、不動的
aññāsi	*aor.* 曾了解、盡知
aṭṭhaṅgika	*a.* 八重的、具有八種的
atikkamma	*ger.* 跨越、超過 < ati-√kam
attakilamatha	*m.* 自我折磨、苦行
ananussuta	*a. pp.* 未聽聞過的、未曾耳聞過的
anālaya	*a. m.* 無執著、無執著的（an-ālaya）
anussāveti	*caus.* 使聽到、宣揚、大聲說（< anu-√śru）
antima	*a.* 最終的、最後的
anta	*m.* 末端、盡頭、極端、目的
appaṭivattiya	*a.* 無法倒轉的、不可反轉的、不可抗拒的、不可逆轉的
appamāṇa	*a.* 無量的
abbhuggañchi	*aor.* 出發、上升、上傳（< abhi -ud-√gam）
abhiññā	*f.* 神通、通智、較高的智慧 [177]
abhinandati	*pres.* 感到高興、同意、歡喜
abhinandinī	*a. f. sg.* 歡喜的、感到歡喜的

	（< abhinandin）
abhisambuddha	*pp.* 現等覺、領悟、完全了知、徹底了悟 < √budh
allīyati	*pres.* 執著於……、執著、黏附（< ā-√lī）
asesa	*a.* 全部的、無遺的、無餘的、整個（a-sesa）
ākāra	*m.* 狀態、行相
udāna	*n.* 感興語、歡喜語、自說、有感而發的話
udānaṃ udānesi	有感而發
upagamma	*ger.* 靠近、前往（< upa-√gam）
upasama	*m.* 寂靜、寂止、止息
ubho	*a.* *num.* 二者、兩個、雙
uḷāra	*a.* 偉大的、高尚的、高級的、高貴的
khaṇa	*m.* 剎那
gamma	*a.* 下等的、粗俗的、卑下的、低劣的
gāminī	*a. f.* 導致……的、導向……的（< gāma + in）
cāga	*n.* 放棄、施捨
cetovimutti	*f.* 心解脫
ñāṇadassana	*n.* 智見
nandirāga	*m.* 喜貪
paccaññāsiṃ	*aor.* *1st sg.* 我了知自稱、同意、承認（< paṭijānāti）

pariññata	*pp.* 已被了知（< pari-√jñā）
pariññeyya	*fpp.* 應被了知的（< pari-√jñā）
parivaṭṭa	*pp. m.* 輪轉、循環（< pari-√vṛt）
pahātabba	*a. fpp.* 應被斷除的（< pa-√hā）
pahīna	*pp.* 已被斷（< pa-√hā）
pāturahosi	*aor.* 顯示、出現（< pātu-√bhū）
punabbhava	*m.* 後有、再生
pothujjanika	*a.* 屬於凡夫的
ponobhavika	*a.* 導向再生的
brahma	*m.* 婆羅門、創造者、梵天 Brahmuno（*D. G.*）brahmunā（*I.*）
bhaññamāna	*pass. ppr.* 正被說
bhavataṇhā	*f.* 有愛
bhāvetabba	*fpp.* 應被修習的（< bhāveti）
bhumma	*a.* 俗世的
muhutta	*m. n.* 頃刻、須臾、寸刻
yathābhūtaṃ	*adv.* 如實地、按照其存在的樣子
laya	*m.* 頃刻、須臾、少時
vata	*adv.* 肯定地、的確
vāyāma	*m.* 精進
vibhavataṇhā	*f.* 無有愛、對滅亡的喜愛
viraja	*a.* 無塵的、離塵的
vītamala	*a.* 離垢的
veyyākaraṇa	*n.* 解釋、說明、解說、記別、授記
saṅkappa	*m.* 思惟、思念、意向、意圖[178]

saṅkampati	*pres.* 顫動、震動（< saṃ-√kamp）
saṃhita	*pp.* 具有、包含
sacchikata	*pp.* 證得、作證、領悟
sacchikātabba	*fpp.* 應被作證的
samādhi	*m.* 定、三摩地
sampakampati	*pres.* 震動、晃動、被搖動（< saṃ-pa-√kamp）
sampavedhati	*pres.* 強烈震動、劇烈震動（< saṃ-pa-√vyath）
sambodha	*m.* 正覺、等覺
sambodhi	*f.* 正覺、等覺、三菩提
sammā	*adv.* 正確地、恰當地
sevitabba	*fpp.* 應被親近、應被依附 （< √sev）

字彙總整理

◎ 阿拉伯數字指各課的「基礎閱讀」，其後跟隨著「.1」者，則指該課的「進階閱讀」。

◎ 字母的順序，和字彙說明裡的順序一樣，如下：

a ā i ī u ū e o ṃ k kh g gh (ṅ) c ch j jh ñ ṭ ṭh ḍ ḍh ṇ t th d dh n p ph b bh m y r l v s h ḷ （詳見序論第二部分「字母與發音」）

◎ 若無特別說明，名詞皆為語基型態。

◎ 所列字根是巴利字根，乃譯者參考 Sayādaw U Sīlānanda 的 *Pali Root by Saddanīti*（2002）、水野弘元的《パーリ語辞典》（2005），及 A.K. Warder 的 *Introduction to Pali* (1999) 所補充。

* * *

A

akammaniya *a.* 不活動的、不活躍的、懶惰的、不適業的。3.1

akaraṇa *n.* 不作。2

akiñcana *m.* 一無所有、離煩者、無事者、無煩惱者。5

akuppa *a.* 不可動搖的、堅定的、不動的。12.1

akubbant *ppr. m.* 非作者、不實踐者。9

akusala *a.* 不擅長……的、不善的、壞的、不足的、有罪的。1

akusīta *a.* 勤奮的、不懶惰的。2.2

akkamati *pres.* 步行、接近、攻擊、踩、出發 < ā-√kam$_1$。*pp.* akkanta 踩。10.1

akkhi *n.* 眼睛。10.1

agandhaka *a.* 無氣味的。5

agāra *n.* 家、室、房屋、屋。6, 10

agārīyabhūta *a.* 有家的。6.1

agutta *a.* 沒有防護的、未被守護的。1

agga *n.* 頂、端、梢。10

aggi *m.* 火。7.1

aggikabhāradvāja *m.* 稱婆羅門中的拜火教徒、婆羅門的名字。8.1, 12

aṅga *n.* 構成分子、支、分、成員、成分。2

accāyata *a.* 太長的、太緊的。6.1

accāraddhaviriya *n.* 太過的精進。6.1

acchariya *a. n.* 極妙、不可思議事、令人驚歎的、出色的、不可思議的、妙極的。6

acchariyaṃ *a. n.* 極妙、不可思議事、不可思議的、妙極的、奇事、令人吃驚的事、希有的。8

ajalaṇḍikā *f.* 山羊的糞。10

Ajita 國名、阿逸多、阿耆多國。11

aja *m.* 公羊。8

ajjatagge *adv.* 從今天起。5.1

ajjhattaṃ *adv.*在內、內部地、主觀地。5.1

ajjhabhāsati *pres.* 說、講、說話、談話。11

ajjhāvasati *pres.* 居住。12

añjalikaraṇīya *a.* 值得禮敬的、值得合掌的。5.1

añña *m. a. indec.* 另外的、其他的、其餘的、另一個。1, 3, 8

aññatara *pron.* 某一個、某個、一個。5.1, 6.1

aññāti *pres.* 領悟、識別、了解、領悟。2

aññatra *adv.* 在……之外、除……外。2

aññatreva 除……之外。11.1

aññāsi *aor.* 曾了解。12.1

añña *a.* 其他的、另外的。1

aṭṭa *n.* 問題、狀況、訴訟、案件、麻煩。10.1

aṭṭhaṅgika *a.* 八重的、具有八種的。12.1

aṭṭhāsi *aor.* 住、站立 < tiṭṭhati < $\sqrt{}$ṭhā$_1$。10.1

aṇḍaka *n.* 蛋、雞蛋。10.1

atakkāvacara *a.*超越思惟的、超越邏輯的、深奧的。9.1

ati- *pref.* 極、非常、過度的、極端的、很大。10

atikkamma *ger.* 跨越、超過 < ati-$\sqrt{}$kam$_1$。12.1

Atipaṇḍita *m.* 過智者（人名）。10.1

atipāta *pp.* 殺害。12

atipāteti *caus. pres.* 殺害、令落下的、殺害、打倒。7

atirekatara *a.* 過多的。10.1

atirocati *pres.* 使失色、勝過、勝過、優於。6

atisithila *a.* 寬鬆的、鬆散的、太鬆、太散漫。6.1

atīta *pp.* 過去的、過去、已超越過去的、免於……

的。11.1

atīto *m.* 過去。10

attakilamatha *m.* 自我折磨、苦行。12.1

attan *m.* 自己。6

attānaṃ *m. sg. Ac.* 自己、我。4.1, 6

attāna *m. sg. I.* 獨自。6

attano *m. sg. G.* 自己的。7, 10

attamana *a.* 歡喜的、高興的。7

attānaṃ *m. sg. Ac.* 自己、本身。4.1

attha *m. n.* 利益、意思、目標、使用、目的。1, 4.1

atthaññū *m.* 知利益者、知目標者、知正確意義者。4.1

gahetvāna 奪取、捉住。6.1

atthaṃ vadati 描述特徵、賦予意義、說明、指出特徵。3

atthāya *adv.* 為了……、以……為目的。8

atthi *pres.* 是、有、存在。3

atha *adv. indec.* 現在、那時。2, 6

atha kho 現在、但是、然而、又。2

atho = atha 又、再者、同樣地。6.1

adanta *a.* 未調伏的、未受控制的。1

addasana *n.* 無見。9.1

adinna *n.* 未被給與之物。3 [180]

adinnâdāna *n.* 不與取、偷盜、拿取未被給與之物。6

aduṭṭha *a.* 無瞋、無害心的、無惡意的。3.1

aduṭṭha *m.* 無瞋者、無惡意者。3.1

adosa *m.* 無瞋、無恨。2.2

addasā *aor.* 3rd *sg.* 看見、見、理解 < √das1。6, 9.1

addhajhāma *a.* 燒了一半的。10.1

addhā 的確、確實。9

adhama *a.* 最低下的、最差的、低等的、下劣的。4

adhigacchati *pres.* 發現、獲得、到達。*pp.* adhigata。*inf.* adhigaṇtuṃ。2

adhigaṇhāti *pres.* 超越、勝過 < adhi-√grah。2, 6

adhiṭṭhahati *v.* 專注、實踐。6

adhiṭṭhāti = adiṭṭhahati *v.* 照顧。2

adhipajjati *pres.* 到達、成就 < adhi-√pad。6.1

adhivāha *a.* 帶……的、含……的、帶來……的、需要……的。3.1

X-adhivāha *a.* 含 X 的、需要 X 的。3.1

natīta *a.* 未過去的、不離……的。11.1

anattamana *a.* 不高興。11.1

anattamanatā *f.* 不高興 11.1

anattā *a.* 無我的、非我的。7.1

anattha *a. m. n.* 非義、非利、損失、無意義、無利益、傷害、災禍。1, 6.1

ananussuta *a. pp.* 未聽聞過的、未曾耳聞過的。12.1

anabhijjhā *f.* 無貪、無貪欲。3.1

anabhijjhālu *a. m.* 無貪的、不貪的、無貪者。3.1

analasa *a.* 不懶惰的。11.1

anavajja *a.* 無罪的、無過失的、無可責的。2.2

anavaṭṭhita *a.* 不沉著、不穩。8

Anāthapiṇḍika *m.* 給孤獨長者。12

anādāna *m.* 無取著者、無執著者。5

anādāya *ger.* 未取。6

anālaya *a. m.* 無執著、無執着的。12.1

anāsava *m.* 無漏者、離四漏者。9

animitta *a. n.* 無相、不受外相影響的。12

anutappa *fpp.* 應後悔的 < anutappati。6

anutappati *pres.* 後悔 <

√tap$_1$。8

anuttara *a.* 無上的。4.1

anudhammacārin *m.* 依法而行的人、如法行者。4

anupādiyati *v.* 取著。*ger.* anupādāya。4, 6.1

anuppatta *pp.* 已到達、已到達者、獲得 < √āp$_5$。6

anuppanna *a.* 未生的 < pad。1

anuppāda *m.* 不生、無生、未生、不存在。1

anuyuñjati *v.* 實踐、致力於 < √yuj$_2$。7

anuyoga *m.* 應用、實踐、實行、享受、致力。1.1

anurakkhati *pres.* 守、守護、保護 < √rakkh$_1$。7.1

anuvātaṃ *adv.* 順風、隨風。12

anusaya *m.* 癖好、傾向、隨眠、惡習。12

anusāsati *pres.* 統治、建言、建議、勸告、訓誡 < √sās。8

anussava *n.* 隨聞、傳統、傳說。7

aneka *a.* 許多、很多。12

anekaṃsikatā *f.* 不確定、不決定、疑。7.1

anotappin *a. m.* 無愧的。2.2

anta *m.* 端、目標、終極、目的。11

X-anta *a.* 以 X 為目標的。11

antakara *m.* 終止。12

antarato *adv.* 從內部 antara-to。6.1

antare *adv.* 在……之間。10

antaradhāna *n.* 滅沒、消失。1.1

antalikkha *n.* 虛空、空氣、氛圍。11

antima *a.* 最終的、最後的。12.1

anto *prep.* 在內、在……之後。12

anta *m.* 末端、盡頭、極端、目的。12.1

antosāṇiyaṃ *adv. f. sg. Ac.*

在幕後、在簾幕之後。10

andhakāra *m. n.* 暗、愚、黑暗。7.1

andhatama *n.* 深暗、黑暗。6.1

andhabhūta *a.* 愚盲、（心靈）眼盲的、無知的、盲目的。4.1

anveti *pres.* 進入、跟隨、跟從 < anu-√i_1。9

apagata *pp.* 離開、停止、遠去 < apa-√gam_7。9.1

apacita *pp.* 受尊敬的、尊敬 < apa-√ci_1。12

apadesa *m.* 教法理由、原因、論證、陳述。9

apaneti *pres.* 移除、引開、帶到、去除 < apa-√$nī_1$。10.1

aparabhāga *m.* 後時、後來。10.1, 11

apāyamukha *n.* 衰敗、損失的原因、苦處之因。9.1 [181]

apāya *m.* 損失、離去、惡趣、苦處 < apa-√i。7.1

api *indec.* 甚至、即使、但是、仍然。5, 6

api (pi) 也、即使。7.1

apica (api+ca) 此外、而且、再者、又。7.1

appa *a. n.* 少的。7

appasmim dadāti（見第七課文法）。7

appaka *a.* 少的、少量的。2

appaṃ *n.* 少量的、不多的。4

appaṭivattiya *a.* 無法倒轉的、不可反轉的、不可抗拒的、不可逆轉的。4.1, 12.1

appanigghosa *a.* 無聲的。12

appamatta *m.* 不放逸者、勤勞的。4.1

appamāṇa *a.* 無量的。12.1

appamattakaṃ *n.* 一點點。10

appamāda *m.* 不放逸、勤勉。1.1, 11

appātaṃkatā *f.* 無疾病。9

appābādhatā *f.* 健康。9

appiya *a. m.* 令人不悅的、不可愛的事物。3.1

appa *m.* 少量、一些。4

aphalā *f.* 不結果。5

aphāsuka *n.* 困難、疾病、不舒服。10.1

abbaṇa *a.* 無傷口 < a + vaṇa。9

abbhuggacchacchati *v.* 出發、上升、上傳。*aor.* abbhuggañchi < abhi-ud-√gam_7。12.1

abbhuta *a.* 未曾有的、不可思議的、令人驚奇的、罕有、令人吃驚的、令人訝異的。8

abyāpannacitta *m.* 無瞋、友善、無恚、無惡心、善意。3.1

abyāpāda *m.* 無恚、無惡心、善意。3.1

abhāvita *a.* 未被修、未被培養、未被訓練、未被修習的。10

abhikkanta *a.* 極好的、超勝的、令人驚歎的。*n.* 希有、殊勝、奇妙。5.1

abhijjhā *f.* 貪、貪欲。3

abhijjhālu *m.* 貪婪者。3

abhiññā *f.* 神通、通智、較高的智慧。12.1

abhiṇhaṃ *adv.* 重複地、經常、一直。12

abhinandati *pres.* 感到高興、同意、歡喜 < abhi-√$nand_1$。9, 12.1

abhibhavati *pres.* 打敗、克服、戰勝 < √$bhū_1$。7

abhibhūta *pp.* 被征服、被打敗。6.1

abhivaḍḍhati *pres.* 增大、增長、長成 < √$vaḍḍh_1$。6.1, 7

abhivassati *pres.* 下雨 < √$vass_1$。6

abhivādeti *pres.* 問訊、禮敬、問候、表敬意 < √vad_7。8

abhisambuddha *pp.* 現等覺、領悟、完全了知、徹底了悟 < √$budh_3$。12.1

abhisambudhāna *m.* 了悟。9.1

amata *n.* 甘露、不死、涅槃。4.1

amatapada *n.* 不死之路、不死處、不死道。4.1

amūḷha *a. m.* 不愚的、非愚者、無癡者。3.1

amoha *m.* 無癡。2.2, 10.1

ayaṃ *pron.* 這、這個。3

ayoguḷa *m.* 鐵丸、鐵球。5.1

ayya *m.* 尊者、大德；*a.* 尊貴的。10.1

arakkhita *a.* 無保護的、未被保護的、未被看顧的。1

araññaṃ *n.* 森林、阿蘭若。7

arahati *pres.* 值得…… √arah$_1$。10.1

arahant *m.* 阿羅漢、應供。4.1, 6

ariya *a. m.* 聖的、殊勝的、尊貴的、聖者。2, 4.1, 6

ariyasacca *n.* 聖諦。7.1

ariyasāvikā *f.* 女眾聖弟子。4

ariyassa vinaye *adv.* 在聖者的教法中、在聖者的律法裡。9.1

aruṇ'uggamana *n.* 明相、日出、破曉（aruṇa *m.* 曙光 + uggamana *n.* 上升）。10

alasa *a.* 懶惰的、怠惰的。11.1

aluddha *m.* 無貪者。3.1

alobho *m.* 無貪。2.2

alla *a.* 新鮮的、濕的。9.1

allīyati *pres.* 執著於……、執著、黏附。12.1

avakāsa *m.* 可能性、空間、機會。5

avaca *aor.* 說 < √vac$_1$。9.1

avacara *m.* 精通者、熟練……的、擅長……者、行者。7.1

avajānāti *v.* 輕蔑<ava-√ñā$_5$。12

avabujjhati *pres.* 領悟、覺悟、了解 < ava-√budh$_3$。6.1

avijjā *f.* 無明。3

avijjāgata *a.* 無明的、無知的。*m.* 無知者（avijjā + gata）。2, 3

avijānant *m.* 不了知。

avidūre *adv.* 在附近、不遠。10.1

aviddasu *a* 無智的、愚鈍的。4

aveccappasāda *m.* 證淨、不壞淨信。11.1

avoca *aor.* *3rd sg* 曾說、說、誦 < √vac_1。5.1

asaṃvuta *a.* 未被克制的、未守護的、未關閉的 < √var_1。1

asammosa *m.* 不迷惑、不昏亂、不糊塗。1 [182]

asuka *pron.* *a.* 如此這般的、這樣的。12

asesa *a.* 全部的、無遺的、無餘的、整個。12.1

assa *pron.* 這個 ayaṃ 的 sg.G。7

assa *opt.* *3rd sg* 有、存在 < atthi。8

assadda *a.* 不堅定、無信的（a + saddha）。2.2

assamiya *a.* 屬於寺院或阿蘭若的。6

assama *m.* 寺院、隱居處、廟宇、阿蘭若、修行處。6

assarūpaka *n.* 馬的影像或圖像。10

assumukha *a.* 有一張淚臉的、滿臉眼淚的。8

assa *m.* 馬。10

ahaṃ *pron.* 我（*sg. N.*）。

ahita *n.* 傷害、非利益、不利（a + hita）。3

ahirika *a. m.* 無慚的、無羞恥的、無恥的。2.2, 12

ahosi *aor.* 曾是、曾發生、是、發生 < √$bhū_1$。9.1

Ā

ākaṃkhati *pres.* 想要 < ā-√kaṅkh$_1$。11

ākaḍḍhati *pres.* 引、拉、牽引。11

ākāra *m. n.* 狀態、行相。12.1

ākāsadhātu *f.* 空界、空間、天空。6

ākāsa *m. n.* 外太空、天空、虛空。8.1

āgacchati *pres.* 來。*ppr.* āgacchant。3

ācariya *m.* 老師、阿闍黎。10

ācikkhati *pres.* 告知、說、說明 < ā-√cikkh$_1$。12

ājānāti *pres.* 了知、抓住、了解 < ā-√ñā$_5$。9.1

ājīva *m.* 生命、生活、生計、活命、謀生方式。4

ātura *a.* 生病的、悲慘的。11.1

ādāti *pres.* 拿。10.1

ādātukāma *a.* 想要取、想要把（儀式）整理起來。8

ādānaṃ *n.* 捉取、舉起、捉、取、放置 < ā-√dā。8

ādāya *ger.* 已取得、正取得、取、拿、已取（< ā-√dā）。9.1, 10.1

ādi *m. n.* 開始、……等等、起點。10

āditta *a. pp.* 燃燒的、耀眼的 < ādīpeti< ā-√dīp。5.1

ādiyati *pres.* 取、拿取、抓起、提起 < √dā$_3$。3

Ānandacetiya *n.* 阿難寺、阿難佛塔／僧院。9

Ānanda 阿難。8

ānisamsa *m. n.* 利益、福利、好結果。8

āpajjati *pres.* 到達、遇見、獲得 < √āp$_5$。10

Āpaṇa 地名。6

ābādha *m.* 疾病、苦惱。11

ābādhika *m.* 病人、生病。11.1

ābhā *f.* 光亮、光澤、發

光、光澤、光輝。6

āma *indec*. 是的。3

āmanteti *aor*. 對……講話、稱呼、說。āmantesi < ā-√mant$_7$。9

āmisa *n*. （生）肉、物質、食物、欲、感官欲貪、肉欲。4.1, 7.1

aṃisagaruka *a*. 重物欲者、重視物質、享樂的人、貪婪的、貪婪者。7.1

āmisacakkhuka *a*. 著眼於物質的、著眼於物質享受的。7.1

āyasakya *n*.不名譽、壞名聲、恥辱。6.1

āyasmant *a*. 尊貴的、具壽。*Sg*. *N*. āyasmā。8

āyuṃ *n*. 長壽、活力、壽命。4, 6

āyunā *adv*. 在生命期間。āyu 的具格。6

ārati *f*. 禁絕、遠離 < ā-√ram$_1$。5

āraddha *pp*. 開始、著手、從事< ā-√rabh$_1$。9.1

āraddhaviriya *a*. 堅決的、充滿精進的、精進努力的。6.1

ārabhati *pres*. 開始 < ā-√rabh$_1$。1

ārama *m*. 園林、消遣休閒處、獻給佛陀或僧團使用的私人園林。8.1

āruhati *v*. 攀登 < ā-√ruh$_1$。10.1

āroceti *caus*. 說、告知、通知 < ā-√ruc$_7$。11.1

āropeti *caus*. 引向、令登上 < ā-√ruh$_1$。11

ālayarata *a*. 愛阿賴耶、愛執取的。9.1

ālayarāma *a*. 樂執取的。9.1

ālayasamudita *a*. 喜執取的。9.1

āloka *m*. 看見、視力、光、明亮、光明。7.1

āvahāti *v*. 帶來、含有 < ā-√vah。11

āvāha *m*. 結婚、帶來新娘、娶新娘。6

āvila *a.* 混濁的、被染汙的、擾動的、染汙的。4.1

āvuso *V.* 友啊！（客氣的稱呼）朋友、兄弟、老兄，一種禮貌性的稱呼（通常用於比丘之間互稱）。9

āveṇika *a.* 固有的、特有的、特別的。11.1

āsana *n.* 座椅、座位。6

āsava *m.* 漏、流出物、欲求、流出、欲望。4.1

āsītika *a.* 八十歲大的。11.1

āha *pf.* 曾說。5.1, 10

āharati *pres.* 帶來。*ger.* āharitvā < ā-√har1。10

āharāpeti *caus.* 令帶來、使帶來。10

āhāra *m.* 食物。10.1

āhu *pf.* 他們曾說。6

āhutī *f.* 供品、犧牲、犧牲物、奉獻物。8.1, 12

āhuneyya *a. fpp.* 值得尊敬的、應供養的、值得受供養的 < ā-√hu_1。5.1

Āḷavaka 鬼名、惡魔之名。11

Āḷavi 地名。11 [183]

ālāhana *n.* 火葬場。12

ālinda *m.* 玄關 12

I

iṅgha *indec.* 來吧、看、去吧。8.1

icchati *v.* 欲求、想要、喜歡。*pp.* 是 icchita < √is_7。6.1

icchā *f.* 欲求、希求。3.1

itara *a.* 其它的、另一個。10, 11

itikirā *f.* 謠傳、純臆測、傳說。7

ito *indec.* 由此、因此、今後、此後。8.1

ittara *a.* 暫時的、易變的、無常的。7.1

ittaratā *f.* 易變、易變性、不定性。

itthi *f.* 女人、女眾、婦人。1.1

itthirūpa *n*. 女人這個視覺對象、作為眼所緣的女人、美色。1.1

itthisadda *m*. 女人的聲音、女人這個詞、「女人」一詞。1.1

idaṃ *pron*. 這個。3

idapaccayatā *f*. 此緣性。9.1

idāni *adv*. 今、現在。10.1

idha *indec*. *adv*. 在這裡、於此，在此世間、現在。2

indriya *n*.（體驗的或感知的）能力、感官、根。4.1, 6.1

iva *indec*. 如、如同、恰似。4

issattha *n*. 射箭的技術。5

iha *adv*. 在這裡、現在、在此世、目前、在這世界。6.1

U

ukkā *f*. 火炬。12

ukkujjati *pres*. 豎直、使直立、扶起、轉正 < ud-√$kujj_1$。

uggaṇhāti *v*. 學習 < ud-√gah_1。 9

Uggatasarīra *m*. 某婆羅門的名字，意思是「身挺直的」。8

ucca *a*. 高的、崇高的、高貴的。8.1

uccaya *m*. 堆積、集積、累積 < ud-√ci_1。9

ujujātika *a*. 質直的、正直的、誠實的。11

ujjahati *pres*. 放棄 ud-√hā。12

uṭṭhahati *v*. 上升、起立。替代型有 vuṭṭhahati、vuṭṭhati < √$ṭhā_1$。9.1

uṭṭhāpeti *caus*. 舉起。替代型 vuṭṭāpeti。*ppr*. uṭṭāpiyamāna。11.1

uṇha *a*. 暖的、溫暖、熱的。10

utunī *f.* 值月事的女人、值經期的婦女。11.1

uttama *a.* 最上的、最好的、最高的。4, 5

uttara *a.* 北方的、自北方的。3.1

uttāna *a.* 平的、明顯的、膚淺的。4.1

udaka *n.* 水。4.1, 6

udapādi *aor.* 曾生起、生起。6.1

udabindu *m.* 水滴。6.1

udāna *n.* 感興語、歡喜語、自說、有感而發的話。12.1

udānaṃ udānesi 有感而發。12.1

uddhaṃ *adv.* 在上方、往上、向上、於上。10

uddhacca *n.* 掉舉、興奮、分心、激動。6.1

uddhata *pp.* 紛亂、不平衡的、掉舉的、被舉起的（< ud-√dhṛ）。4.1

uddhana *n.* 灶、爐、火爐。6

uddharati *pres.* 舉起、拉出、抽起、上舉。7.1

uddhumātaka *a.* 腫的、膨脹的。11.1

unnaḷa *a.* 高慢的。4.1

upakaṇṇake *adv.* 在耳邊、近耳地。11.1

upakkilesa *m.* 煩惱、染汙。4

upakkhaṭa *pp.* 已準備、已安排、準備好 < upa-√$kar_{1,3}$。8

upagamma *ger.* 靠近、前往 < √gam_7。5, 12.1

upajīvati *pres.* 靠……過活、維生、謀生 upa-√jiv_1。5

upaṭṭhāna *n.* 隨侍、照顧。10.1

upaddaveti *v.* 麻煩（某人）、煩擾。10

upadhi *m.* 依、執著、所依、輪迴的所依。4.1

upaneti *v.* 引導 < upa-√i_1。8

upapajjati *v.* 生起。7.1

upama *a.* 如……的、像……的、相同的、相似的。9.1

upamā *f.* 比喻、例子。4

upari *adv. prep. indec.* 在上面、在上、上面的、在上方。10.1

uparima *a.* 最上的、頭上、上方的。9.1

upasaṅkami *aro.* 接近、靠近 < √kam$_{1}$。5.1

upasaṃhita *a.* 具有……< √dhā$_{1}$。12

upasanta *pp.* 寂靜的 < √sam$_{1,3}$。12

upasama *m.* 寂靜、寂止、止息。12.1

upasampajja *ger.* 到達、成就、具足。（< upa-saṃ-√pad）3.1

upasampadā *f.* 獲得、成就、具足戒、具足、受戒。2

upāya *m. n.* 方法、手段、方便。10.1

upāsaka *m.* 優婆塞、信士。5.1

upekkhaka *a.* 平捨的。5.1

upeti *pres.* 到、接近、取得、達到 < upa-√i$_{1}$。5.1, 7.1

uppajjati *pres.* 生起、發生、出生、存在< ud-√pad。1, 6, 8.1

uppajjamāna *ppr.* 生起。7.1 [184]

uppanna *a. pp.* 已生的、存在的。1

uppādeti *caus.* 製造、產生、導致。11

uppāda *m.* 生起、出生、出現、存在。1, 2

ubhaya *a.* 兩者、兩個的、雙方的。9.1

ubhayattha *adv.* 在兩地、在兩處。10

ubho *a. num.* 二者、兩個、雙。12.1

uyyāna *n.* 園、庭園、公園。10

urabbha *m.* 公羊。8

usabha *m.* 公牛。8

usukāra *m.* 造箭者。4.1

ussāpana *n.* 舉起、樹立、豎立、直立。8

ussāpeti *v.* 舉起、豎立、立直。8

uḷāra *a.* 偉大的、高尚的、高級的、高貴的。12.1

ūhana *n.* 舉起、推論、推理、考慮、檢驗。6.1

E

eka *pron. num. a.* 一、單一、單一個、唯一、些、一些、獨自的。1, 4, 7

ekaka *a.* 單獨的。10

ekagga *a.* 平靜、一境的。12

ekaggacitta *a.* 心一境的、心專注的。4.1

ekaghana *a. n.* 緊密的、堅硬、硬實的、一塊的。4.1

ekaccī *a. f.* 某個、某些。11.1

ekacca *a. pron.* 某個、一些。6

eka-ja *a.* 投生一次的。12

ekato *adv.* 共同、合起來、一起、一同、一塊兒。10.1

ekanta- *adv. adj* 徹底地、完全的、極……。11.1

ekamantaṃ *adv.* 在旁邊、在一邊、在一旁。6.1

ekâsanabhojana *n.* 日中一食。9

ekāhamata *a.* 死後一天（< eka 一 + aha 天 + mata (√mar$_3$ 的 *pp.*) 死）。11.1

eke 某些、一些。4

eka *a.* 單獨的。7

etaṃ *pron.* 這、這個。2

etad = etaṃ *pron.* 這個、此。6

etadaggaṃ = etad aggaṃ 這是最好的。4.1

etadavoca = etad avoca 說此、這樣說。5.1

etadahosi 有如此的想法、

有這樣的想法。9.1

ettāvatā *adv.* 憑此、到目前為止、至此、以至於、僅憑此。11.1

ettha *adv.* 在這方面、在此、關於此、在此脈絡裡。4.1, 6.1

etha *imper.* 2nd *pl.* 來。7

eva *indec.* 的確、確實、正是、就是。1

evaṃ *adv.* 如是地、這樣地。1, 3

evaṃ *adv.* 如此地、這樣地。8

evameva 如此地、同樣地。2, 3

evarūpa *a.* 如此的、屬這類的。7

esa *pron.* 這個，eso 的替代形態。2, 6

esanā *f.* 尋找、希求 < ā-√is$_1$。11

eḷamūga *a.* 不受教的、愚笨的。2

O

okāsa *m.* 場合、時間。11

otarati *pres.* 下降、進入 < √tar$_1$。9

otāriyamāna *caus. pass. ppr.* 被迫下降者。9

otāreti *caus.* 令下降、降低、降低、往下帶。9

ottappa *n.* 愧、怕作壞事。6.1

otappin *a.* 有愧的。2.2

opamma *n.* 譬喻、比喻、例子。3

obhāsa *m.* 光明、光照、照亮。7.1

obhāsana *a. n.* 發光的、光、光耀、光芒。7.1

olambati *pres.* 掛在、攀附、依靠。10.1

oloketi *pres.* 看、見、眺望 < √lok$_7$。10

ovadati *pres.* 建議、教誡、指導、勸告 < √vad$_{1,7}$。8

K

ka *pron.* 誰、什麼。3

koci *m.* 任何（人）、某（人）、任何的、某個（ko + ci）。3

kacideva 某個（ka + ci + eva）。3

kacci *indec.* 也許、我想、我懷疑（不定疑問質詞，表示懷疑或不確定）。12

kaṭṭhaṃ *n.* 薪、木頭、柴。6

kata *pp.* 做、被做 < kar。10

katapuñño *m.* 行善者。10

kataññutā *f.* 感恩、謝意。5

katama *a.* 哪個、什麼。2

kattari *f.* 剪刀、小刀。10

katvā *ger.* 做後、完成後。6

kathaṃ *indec. adv.* 如何、怎樣。3

kathaṃ jīviṃ *m.* 怎樣生活的人。11

kathā *f.* 故事、言談、談論。10

katheti *pres.* 說、談。10

kadariya *m.* 吝嗇的人。12

kadalipatta *n.* 芭蕉葉、香蕉葉。10.1

kamma *n.* 業、行為、事。2.2

kammakilesa *m.* 煩惱欲、行為的墮落、業之染汙。9.1

kammañña *a.* 適業的、可用的。6.1

kammaniya *a.* 適合工作的、適業的、可用的。3.1, 6.1

kammanta *m. n.* 生意、事情、活動。2

kammapatha 業道、行為模式。11.1

kammin *m.* 行為者、作者。9

karaṇa *n.* 導致、製造、產生。8.1 [185]

X-karaṇa *a.* 製造 X 的。8.1

karīsa *n.* 糞、大便。11.1

karoti *pres.* 做、製造。*imper. 2nd sg.* karohi；*opt. 3rd* kāyira。2, 9

kalaha *m.* 爭吵、爭論。4.1

kalahajāta *a.* 愛爭吵的、好爭論的、好諍的（kalahav + jāta）。4.1

kalandakanivāpa *m.* 栗鼠飼養處、迦蘭陀迦園。9.1

Kalasigāma *m.* 地名。8.1

kalāpa *m.* 聚、束、紮、捆。6.1

kalyāṇa *a.* 真實的、善的、好的。4

kalla *a.* 賢明、明智的、聰明的。3.1

kasmā 為何。7.1

Kasmīra *m.* 罽賓、伽濕彌羅、喀什米爾（地名）。8.1

kassaka *m.* 先生、農夫、栽培者。5

kāmaguṇa *m.* 欲的種類、欲樂。12

kāma *m. n.* 欲、欲愛。4

kāyika *a.* 與身有關的、身的。4.1

kāyira *opt.* 做。9.1

kāya *m.* 身、身體。3

kāraṇa *n.*因、原因、引起。10.1

kāreti *caus.* 建構、製作、使製作、製造、使……做 < √kar_6。10, 11

kālaṃ karoti 死亡、命終。9.1

kālassa eva *adv.* 在早上、在早晨。9.1

kālakata *a.* 死亡的、死了的。8.1

kālakiriyā *f.* 死亡。6

Kālāma *m.*卡拉馬人（族名）。7

kāla *m.* 時間、早上、早晨、恰當的時機。4.1, 6, 9.1

kālaññū *m.* 知時者、知適宜時間（kāla + ññū）。4.1

kālena *adv.* 及時、適時、合時地。6

kiṃ *sg. Ac.* 嗎？什麼？表疑

問的質詞。3, 6

kiṃlakkhaṇa *a.* 有什麼特質的、以什麼為特質、有什麼特相的。3.1

kicca *n.* 義務、工作、責任。12

kiñcana *n. a.* 任何的、某、瑣事、執著。4.1, 6.1

kittāvatā *adv.* 怎麼說、從何說、以什麼角度、云何。6.1

kitti *f.* 稱譽、稱讚、名聲。8.1

kittisadda *m.* 稱譽之聲、稱讚的聲、稱讚、有名的。8.1

kinnu 為何、嗎、如何、是否……？（kiṃ + nu）。3

kinnukho 為何、如何。6

kira *indec.* 據說、有說、的確（表報導的質詞）。10

kiriyā *f.* 行為、做、唯作。8.1

kilamatha *m.* 疲累、使疲累、疲勞。9.1

kiliṭṭha *pp. n.* 染汙、不淨、汙染 < √$kilis_3$。10

kilissati *pres.* 被染汙、受染、做錯。8

kilesa *m.* 煩惱、不淨、（心靈上的）染汙。6.1

kīdisa *a.* 哪一種的、怎樣的。10.1

kīva *a. adv.* 多少、如何、多大。8.1

kīḷati *pres.* 遊戲、嬉戲、玩耍 < √$kīḷ_1$。10.1

kukkura *m.* 狗。11

kujjhati *pres.* 生氣、發怒、對……感生氣、不耐。< √$kudh_3$。7

kuñjara *m.* 大象。7.1

kuṭila *a.* 邪曲的、彎曲的、不誠實的。11

kuṇḍala *n.* 耳環。12

kuto *adv.* 從何處、從何時起、從哪裡。4

kudācana *adv.* 隨時。2

kuddha *m.* 生氣的人、忿怒者。6

kubbanta *ppr. m.* 實踐者、行為者。5

kumāraka *m.* 童子、少年、年輕的男孩。10.1

kumbha *m.* 大象前半身、壺、陶師。10

kula *n.* 家、傳承、家族。6

kusala *a. n. m.* 善行、有德的、善的、有效的、精通、功德、善巧者、精通……者。1, 2, 9.1

kusīta *a.* 怠惰的、懈怠的。2.2

kuhiṃ *adv.* 在哪裡、在何處。8.1

kūṭāgārasālā *f.* 有閣樓的房子、亭閣、重閣講堂。8.1

Keniya 人名。6

kesa *m.* 頭髮。9.1

koṭi *f.* 端、邊際、點、終點、頂點。10.1

koṭṭeti *pres.* 重擊、打、打擊、搗 < √kuṭ$_7$。12

koṭṭhāsa *m.* 部分、一份。10.1

kodhana *a.* 生氣的、有瞋的。6.1

kodha *m.* 瞋、生氣。6.1

kosajja *n.* 懶惰、怠惰。1.1

Kh

khaṇa *m.* 剎那。12.1

khaṇati *pres.* 挖、拔出 < √khan$_1$。7, 12.1

khaṇant *ppr.* 挖、挖掘者 < khaṇati < √khaṇ。6

khaṇḍadanta *a.* 牙壞了的。11.1

khattiya *m.* 剎帝利、王族。8.1

-khattuṃ *adv.* ……次（tikhattuṃ 三次）。

Khanti *f.* 忍耐、忍心。5

khandhaṭṭhika *n.* 脊柱、背、脊背。10.1 [186]

khamati *pres.* 合適……、堪忍、允許、……是合宜的、堪能……。5.1

khaya *m.* 盡、盡滅、滅盡。9.1

khalita *a.* 禿頭的。11.1

khāṇu *m.* 柱子、樹幹、木株、標樁。10.1

khādanīya *a. n. fpp.* 可吃的、食品。10

khipati *pres.* 掉、放、扔、使困擾 < √khip。10

khippaṃ *adv.* 快速地、快、迅速地、急速地。7.1, 8

khīṇa *a. pp.* 滅、結束、滅盡的 < √khī$_3$。10

khīra *n.* 乳、牛乳。4.1

khīrodakībhūta *a.* 如水乳交融，即和諧的（< khīra + udaka + bhūta）。4.1

khuddaka *a.* 小的。10

khetta *n.* 田、土地、國土。5.1

kho *indec.* 表強調的質詞。2

G

gacchati *pres.* 去。*pp.* gata *ger.* gantvā。1, 10

gaṇayat *ppr.* 記算。4

gaṇeti *v.* 計算 < √gaṇa$_8$。4

gaṇa *m.* 一群、許多、一伙、團體、群眾。10

gaṇhāti *pres.* 撿起、拿、獲得、撿起。*ger.* gahetvā < √gah$_5$。5.1

gatayobbana *a.* 過了年少的、青春已逝的、年老的。11.1, 12

gatta *n.* 肢體、五體、身體。10.1, 11

gandha *m. n.* 氣味、香味。1.1

gandha-jātāni *n. pl.* 各類氣味、香味。12

gabbha *m.* 子宮、胎、母胎。7.1

gabbhinī *f.* 孕婦、懷孕的女性。11.1

gambhīra *a.* 深的、甚深的。4.1

gamma *a.* 下等的、粗俗的、卑下的、低劣的。12.1

garahita *a. pp.* 被斥責、被譴責、不被認同的、被輕視的、受譴責的 < √garah₁。3

garu *m.* 尊貴的人、尊者、老師。7

garuka *a.* 重的、重要的、重大的、重視……的。7.1

garukaroti *pres.* 尊敬、尊重、勝重考慮。9.1

gahapati *m.* 家主、居士、資產家。8.1

gahapatika *a.* 居士的、屬於居士身分的。8

gahapatiputta *m.* 中產階級、族姓子、居士。9.1

gahetvā(na) *ger.* 取、拿 < ganhāti。6.1, 10

gāthā *f.* 偈頌、詩節。11.1, 12

X-gāmin *a. m.* 導向X的、趨向X的。11.1

gāminī *a. f.* 導致……的、導向……的。12.1

gāma *m.* 村、村落。5

gārava *m.* 尊敬、恭敬、尊重。5

gāvo *m.* 牛。go 的 *pl. Ac*。4

gilati *pres.* 吞、嚥。10

gihin *a. m. n.* 在家居士、在家的。4.1

gīvā *f.* 頸、脖子、喉嚨。10.1

guṇa *m.* 特質、成分、構成要素。6.1

gutta *a. pp.* 被保護、被防護的、被防護 < gopeti < √gup₁。1

guyha *a. fpp.* 祕密的、被隱藏的、隱密的< √guh₁。7.1

geha *n.* 家、住處。7.1

gocara *m.* 牧場、領域、行境。4.1

goṇa *m.* 公牛。10.1

Gotama *m.* 喬達摩、佛陀的家姓。5

gotta *n.* 家系、家世、血統、種姓。8

gopānasī *f.* 橫梁、椽、三角牆。11.1

gopānasīvaṅka *a.* 彎曲的、

彎如椽。11.1

gopālaka *m.* 牧羊人。11

gopa *m.* 牧人。4

gorakkhā *f.* 護牛、顧牛。5

Gh

ghaṃseti *caus.* 磨擦、磨 < √ghas$_1$。10

ghaṭa *m. n.* 壺、鍋、水壺。10

ghātayati *caus.* 使殺害、令殺害 < √ghaṭ$_8$。4.1

ghāna *n.* 鼻子。3.1

ghāyati *pres.* 嗅 < √ghā$_1$。3.1

ghosa *m.* 音聲、喧鬧聲、噪音、聲音。6

C

ca *conj.* 和、與。1

cala *a.* 會動的、不穩定的、善變的。7.1

cakka *n.* 輪。4.1

cakkavattin *m.* 轉輪王。4.1

cakkhu *n.* 眼睛。2

cakkhu-karaṇī *f.* 做眼、產生智慧。

cakkhumant *a. m.* 具慧者、具眼者。

catu *num.* 四。4

catuttha *a.* 第四。4

catutthaṃ *adv.* 第四次。11

candana *m. n.* 檀木、檀香。12

canda *m.* 月亮。6

capala *a.* 搖晃的、不穩定的。4.1

capalatā *f.* 游移性、不定性、不穩、善變。7.1

carati *pres.* 行走、行為、實踐、舉止、表現、走路、步行。7, 7.1

carita *m. n. pp.* 所行、行持、性格、行為、人格特質。7.1

X-carita *a.* 具 X 性格的。7.1

calita *pp. a.* 動搖、顫動。7.1

cavati *pres.* 離去、落下、死、去。2.2

cāga *a.* 放棄……。12.1

cāga *m.* 施捨。6

cārikā *f.* 旅程、行程、旅行、遊行。6 [187]

cāleti *caus. pres.* 動搖、使搖晃 < √cal_1。10

ci *indec.* 表不定的質詞。3

citta *n.* 心。1

cinteti *pres.* 思考、想 *pp.* < √$cint_7$。8.1

cirataraṃ *adv.* 相當長、較久、延遲。8.1

cirena *adv.* 很久以後。8.1

cuddasa *num.* 十四。9.1

ce *indec.* 如果。4

cetas *n.* 心、精神、意識。*sg. N.* ceto。*sg. I.* cetasā。6.1, 12

cetasika *a.* 屬於心的、心的、心所有的。4.1

cetovimutti *f.* 心解脫。12.1

cora *m.* 小偷、強盜、盜賊。5

Ch

cha *num.* 六。9.1

chaḍḍeti *pres.* 放棄、遺棄、吐、拋棄 < √chṛd。9

chaddisā *f.* 六方（東、西、南、北、上、下）。9.1

chanda *m.* 欲、想要、喜樂、意欲。1, 9

chavi *f.* 皮膚。8

chātajjhatta *a.* 飢餓的。10.1

chāyā *f.* 影子、（亮的）影像。8.1

chidda *n.* 洞、切口。10

chindati *pres.* 切斷、斷絕 < √chid。6.1, 9.1

chetvā(na) *ger.* 切斷、破壞 < chindati < √$chid_7$。5

chedana *n.* 切斷、破壞、斷、切、除去。6.1, 9.1

J

-ja *suf.* 因……而生。2.2

X-ja *a.* 因 X 而生的。2.2

jagat *n.* 世界、大地。*sg. L.* jagati。11

jaññā *opt. 3rd sg.* 了知、知道 < jānāti。12

jaṭila *m.* 結髮者、結髮外道。6

jana *m.* 人、個人。6

janana *a.* 引起……的、促使……的。*n.* 導致、引起、使發生。6.1

janapada *m.* 領域、鄉村、國土、地方、區域。2

janādhipa *m.* 國王、人主、人王。11.1

janeti *caus.* 產生、令生起、導致 < √jan_3。1

jammī *a. f.* 可憐的、卑鄙的、可鄙的。6.1

jarā *f.* 老、年老、衰老、衰退。3.1

jahāti *v.* 放棄、捨。*ger.* itvā < √$hā_1$。7

jaḷa *a.* 遲鈍的、笨的、癡呆的、愚鈍的。2

jaḷa *m.* 愚者、愚癡者。2

jāgarati *pres.* 醒著、保持清醒、警覺 < √$jāgar_1$。5

jāta *a. pp.* 出生、生起的、已生起的、生起、有……性質的、是< janati。6.1, 8.1, 11.1

X-jata 具有 X 的性質、成為 X。6.1

jātarūpa *a. n.* 黃金。4

jāti *f.* 生、誕生、新生。3.1

jānāti *pres.* 了知、已知、知道、理解。（< √jñā）*ger.* ñatvā。3.1, 4.1, 7

jānāpeti *caus.* 告知、通知、使知道。11

jāni *f.* 剝奪、損失。6.1

jāyati *pres.* 生起、他生起、出生 < √jan_3。4

jāla *n.* 網、羅網。4.1

jālā *f.* 火焰、焰光、燃燒。10.1

jāleti *caus.* 點燃、放火 < √jal。10

jiṇṇa / jiṇṇaka *a.* 脆弱的、老朽的、老舊的、虛弱的、衰老的。11.1, 12

jivhā *f.* 舌、舌頭。3.1

jīrati *v.* 衰敗、衰退。11

jīvati *pres.* 他活命、他生活、生存、生活、謀生。4

jīvita *n.* 活命、生命。2

jīva *m.* 生命、壽命。4

Jetavana *n.* 祇陀林、祇陀太子林、祇園。12

Jh

jhāpeti *caus.* 燒、使燃燒、燃燒。*ger.* jhāpetvā < √jhe$_1$。12

Ñ

ñatvā *ger.* 知道、理解 < jānāti。4.1

ñāṇa *n.* 智、知識、智慧。1, 7.1

ñāṇakaraṇī *a. f.* 作智、製造智慧。12.1

ñāṇadassana *n.* 智見。12.1

ñātaka *m.* 親戚、同族者。5, 11.1

ñāti *f.* 親族、親類。6.1

Ṭh

ṭhapeti *caus.* 放著、擱著、放、置 < √ṭhā$_{1,3}$。10

ṭhāti *f.* 站立、持續、停留。11

ṭhāna *n.* 場所、位置、處所、狀態、原因、可能性、

處、原理、結論。4, 5, 9.1

ṭhānaṃ...vijjati ……是可能的。4

ṭhitamajjhantike *adv.* 中午、午時、在中午。10

ṭhiti *f.* 堅持、持續、安立、住。1

Ḍ

ḍayhati *aor.* 被焚燒、荼毘、點燃< √dah$_1$。5.1

ḍasati *pres.* 咬、咀嚼、啃 < √daṃs$_{1,8}$。11

ḍasāpeti *caus.* 使咬、令刺 < ḍasati。10.1

T

takkara *a.* 這樣做的、如此做的。4

takkara *m.* 如此做的人、做彼者、盜賊。4

tagara *n.* 格香、有香味的灌木、冷凌香。12

taca *n.* 皮膚、樹皮、皮革。12

tacchaka *m.* 木匠。4.1

taññeva 彼 =taṃ+eva。5.1

taṇhā *f.* 渴望、愛、愛欲。4, 9.1

tatiya *a. num.* 第三的。1, 4

tato 於是、從此、之後、因此、從那時起。6.1, 7.1

tato paṭṭhāya 從那起。10

tatta *a. pp.* 熱的 < √tap$_{1,3}$。5.1

tattabhāva *m.* 炎熱、溫暖、熱的狀態。10

tattha *adv.* 那裡、在那裡、向那裡、到那裡。6.1 [188], 8.1

tatra *adv.* 在那裡。8.1, 9

tathatta *n.* 那樣的狀態。3.1, 7

tathā *adv.* 那樣地、如此。5.1

tathāgata *m.* 如來、佛陀的稱號、這樣去的人。2

tathāgatappavedita *a.* 如來宣說的。2

tanuka *a. m.* 稀疏的、少的、小的。

tanti *f.* 線、弦。6.1

tantissara *m.* 弦音、弦樂。6.1

tapati *pres.* 發熱、發光、發亮 √tap_1。4

tappati *aor.* 受苦、受折磨、被折磨 < √tap_3。10

taṃ *m. sg. Ac.; n. sg. N. / Ac.* 那個、他。2

tayidaṃ 因此、所以、如此，這……(taṃ idaṃ)。8

tasati *v.* 害怕。4.1

tasmā *sg. Ab.* 因此、從那裡、從此。3

tāta *m.* 爸、愛子、父、小孩、親愛的（用於父子間的稱呼）。9.1

tādisaka *a.* 那樣的、具有那種的特質的、天性、像那樣的。8.1

tādisa *a.* 那樣的、那類的。11.1

tāpayati *caus.* 折磨、使受苦 < √tap_3。6

tārā *f.* 星星。6.1

tārāgaṇa *m.* 星群、星系。6

tālapakka *n.* 棕櫚果、多羅果。8

tāvatiṃsabhavana *n.* 三十三天界、三十三天的居處。10.1

-ti = iti 表引號。1

tikicchati *pres.* 醫療、治好、治療。10.1

cikicchāpeti *caus.* 使治療、雇人治療。12

tiṭṭhati *pres.* 站、存在、持續、站立 < √$ṭhā_1$ 。*pp.* ṭhita。*ppr.* tiṭṭhant。1.1

tiracchāna *m.* 動物、畜生。11

tiriyaṃ *adv.* 在對面、跨過、橫跨地。11

tilaka *m.* 斑點、雀斑。11.1

tīṇi *n. pl. num.* 三。2.2

tīhamata *a.* 已死三天的（ti

+ aha + mata）。11.1

tu *indec.* 不過、的確、但是、然而。10.1

tuṭṭha *a. pp.* 高興 < tussati < √tus$_3$。10

tuṇhībhāva *m.* 沉默的狀態。10

tuṇhībhūta *a. pp.* 沉默、沉默的。8

tumhe *pron. pl. N.* 你們。3.1, 7

tejana *n.* 箭、箭桿、箭尖。3.1, 4.1

tena hi *indec.* 若如此、這樣的話。5.1

telapajjota *m.* 油燈。12

Th

thanayati *pres.* 吼、打雷、大吼 < √than$_8$。6

thala *n.* 高地、台地、高原。6

thūṇā *f.* 柱子、祭壇之柱。8

thūpāraha *a.* 值得有塔的、應得一座塔的。6

thūpa *m.* 塔。6

thera *m.* 長老、年長（比丘）。5.1

thoka *a.* 稍微、些許、少。10.1

D

dakkhiṇa *a.* 右邊、右、南方的。3.1, 6.1

dakkhiṇeyya *a. fpp.* 應受供養的。5.1

dakkha *a. n.* 能幹的、熟練的、聰明的、有能力的。11.1

dajjā *opt.* 給、布施 < dadāti。7

daṇḍaparāyana *a.* 依靠棍子的。10.1

daṇḍeti *pres.* 處罰< daṇḍa。

5.1

daṇḍa *m.* 棍、杖、樹枝。4, 10, 11.1

datvā *ger.* 已給與、布施已 < √dā$_{1}$。4

dadāti *pres.* 給與、布施。*opt.* dajjā。*ger.* datvā。7

danta *a. pp.* 已調伏的、被調伏< √dam$_{3}$。1

dabbī *f.* 杓子、湯匙。8

damatha *m.* 克制、調伏、訓練。

damayati *pres.* 調伏、馴服、控制 < √dam$_{3}$。4.1

dayā *f.* 憐愍、同情、善意。12

dassasi *fut. 2nd sg.* 你將給與 < deti。11

dassana *n.* 視野、見、洞察 < √das$_{8}$。2, 6, 10

dasseti *caus.* 顯示、令見、顯出、指出、說明 < √das$_{8}$。10

dahara *a. m.* 年輕的。11.1

daḷhaṃ *adv.* 堅固地、緊緊地、強烈地。10.1

dātta *n.* 杖、鐮刀、切割裝置。6.1

dāna *n.* 給與、布施。5

dānapati *m.* 施主、檀越、慷慨的施主。8.1

dāyaka *m.* （在家）施者、給予者。8.1

dāraka *m.* 小孩、幼兒。7.1

dāru *n.* 木頭。4.1

dārukhaṇḍaka *m. n.* 木片、木棍、斷木片。10

dāsī *f.* 女僕人、婢女。10.1

diguṇaṃ *adv.* 兩倍地、雙重的。5.1

dija *a. m.* 二生者、鳥、生兩次的。12

diṭṭha *pp.* 所見。7

dippatti *pres.*發光 < √dīp$_{3}$。4.1

dibba *a.* 天的。4

divasa *m.* 一日、一天、白天。10

disampati *m.* 國王。11.1

disā *f.* 方向、趨勢、指導。3.1, 9.1

disvā(na) *ger.* 已見、見、

見已 < √dis_1。5.1

dīgha *a.* 長的。3 [189]

dīgharattaṃ *adv.* 長時、很久。3

dīpaṃ *n.* 堅固的基礎、庇護處、避難所、庇護所、避難處。6.1

du- *num.* 二。8.1

dukkha *a. n.* 苦、苦的、令人不快的、有苦的。2.2, 3

dukkhita *pp.* 受苦的。11.1

dukkha *m. n.* 悲哀、苦。2.2

dugga *a. m. n.* 難路、險路。7.1

duggati *f.* 惡趣、悲慘的地方。7.1, 10

duccarita *n.* 惡行、壞行為。7

ducchanna *a.* 未覆蓋好的。10

duṭṭha *m.* 瞋恚的人。3；*a. pp.* 壞心的、壞的、有惡意的。7

dutiya *a. m. num.* 第二。dutiyaṃ *adv.* 第二次。1

duddasa *a.* 難見的、費解的、難解的、不易了知的。9.1

dunniggaha *a.* 難以約制的、難以約束的。8

duppañña *a.* 不智的、愚笨的。*m.* 愚者、劣慧者。2

dubbaṇṇa *a.* 壞色的、醜的、褪色的。6.1

dubbala *a.* 弱的、虛弱的、微弱的。10.1

dubbalabhāva *m.* 虛弱的狀態。12

dubbhāsita *a.* 惡說的。2

dummana *a.* 不快樂的、沮喪的。5.1

duraccaya *a.* 難超越、難克服的。6.1

duranubodha *a.* 難知的、難了的、難了悟的。9.1

dullabha *a.* 難得的、稀有的。6

dūra *a.* 遠的、遙遠的。8.1

deti *pres.* 給與、布施 < dadāti。*fut.* 2nd *sg.* 布施、給與 dassasi。11, 10.1

dentī *f.* 女性的布施者。4

X-deva *a.* 把 X 視作天的、以 X 為天、極尊敬 X 的。11.1

devasika *a.* 每天出現的。12

deva *m.* 天、王、天人、國王。5, 10

deseti *caus.* 教說、宣說、宣教、布道、說教。9

dosa *m.* 瞋、惡意、生氣、瞋恚、怨恨、過失、缺點。2.2, 3, 7.1

dvādasa *num. a.* 十二。8.1

dvāra *n.* 門。10

dvīhamata *a. pp.* 已死兩天的、死後兩天的。11.1

Dh

dhana *n.* 財產、財富。6.1

X-dhamma *a.* 具有 X 性質的。5.1

dhammakamma *n.* 如法的行為。4.1

dhammacariyā *f.* 正當的生活。5

dhammaññū *a. m.* 知法的、了知何為正當的、知法者。4.1

dhammapada *n.* 正當的話、法句、法徑。9,9.1

dhammavinaya *m.* 佛陀的教導、法與律、佛陀的教法。2

dhamma *m.* 教法、教義、身理或心理元素、要素、特質、法。1, 2, 4.1

dhātu *f.* 界、遺骨。6

dhāreti *pres.* 持有、容忍、保持、固定、接受 < $\sqrt{\text{dhar}_7}$。5.1

dhītar *f.* 女兒。10.1

dhovant *ppr. m.* 清洗者 < $\sqrt{\text{dhov}_1}$。6

N

na 不、未（表否定）。1

naṃ = aṃ。5.1

nagara *n.* 城市、都市、城鎮。3.1

nagaraguttika *m.* 市警長、巡城者、守城人（nagara + guttika；guttika *m.* 守護者）。3.1

naccati *pres.* 跳舞、玩樂 < √naṭ$_7$ 。10.1

nanu 是否（na + nu）。3

nandati *pres.* 歡喜、快樂 < √nand$_1$。10

nandirāga *m.* 喜貪。12.1

namayati *caus.* 俯身、彎曲、流行、使彎曲、運用< √nam$_1$。4.1

namassati *v.* 禮敬、行禮、禮拜、敬禮< √namass$_1$。9.1

nayati *pres.* 引導、帶領、導向、拿取 < √nī$_1$。4.1

naro *m.* 人。6.1

nava *num.* 九。9

navama *a. num.* 第九、第九次。7.1

nahāyati *v.* 洗浴、洗澡 < √nahā$_3$。10

Nāgasena *m.* 龍軍、那先（人名）。3, 5

nāga *m.* 大象。7

nānāvidha *a.* 各式各樣的。10

nāma *adv.* 的確、確實。5

nāma *n.* 名字。8

nāmaṃ karoti 取名。10.1

nāmagahana *n.* 命名、取名。10.1

nāmagotta *n.* 名字與（家）姓。8

nāvutika *a.* 九十歲的。11.1

nāḷī *a. f.* 容量單位、一杯的。10

nāḷimatta *a.* 約一 nāḷī 量的。10 [190]

nikkujjita *pp.* 被上下顛倒的、被顛倒的事物。12

nikkhamati *pres.* 出離、出

家、出發、從……出離。*ppr.* nikkhanta<nis-√kam$_1$。9.1

nigacchati *pres.* 進入、來到、墮入、落入、遭受 < √gam$_7$。6.1

nigama *m.* 市鎮、小鎮、小的鎮。10.1

niggāhaka *m.* 迫害者、壓迫者。12

nicca *a.* 恆常的、持續的、非短暫的、永恆的、常的。5.1

niṭṭhaṃ gacchati 下結論。9

niḍḍha *n.* 巢、地方。11

nittharati *pres.* 結束、完了。10

nidāna *n.* 來源、原因、起源、根源。2.2

X-nidāna 以 X 為因的、以 X 為根源的。2.2

niddāyitar *m.* 昏睡者、懶散的人、想睡的人。7.1

nindā *f.* 指責、責備。4.1

ninna *a. n.* 低地。6

nipaka *a.* 聰明的、成熟的。2, 7

nipajjati *pres.* 躺下<ni-√pad$_1$。12

nipanna *pp.* 躺下、臥躺、睡 < √pad$_1$。10.1

nipuṇa *a.* 深奧、巧妙的、熟練的、有效的、微細的、奧妙的。9.1

nipphatti *f.* 完結、完成、圓滿。10

nibbattati *pres.* 發生、生起 < nir-√vat$_1$。10.1

nibbāṇa *n.* 涅槃、寂滅 < nir-√vā$_1$。9.1

nibbidā *f.* 冷漠、厭離、無興趣。12

nibbiddha *pp.* 被刺透、洞悉、被刺穿 < √vidha$_3$。10.1

nibaddhaṃ *adv.* 總是、一直、持續地。11

nimanteti *pres.* 邀請 < nir-√mant$_7$。6

nimitta *n.* 念頭的對象、相、徵兆、原因、所緣。

6.1, 12

nimmakkhika *a.* 無蜜蜂的。10.1

niraya *m.* 煉獄、地獄、泥犁。7.1

nirāmisa *a.* 無 āmisa 的、無食的。4.1

nirupadhi *a.* 無執取的、無欲的、無依、無欲。4.1

nirodha *m.* 滅盡、滅、止滅。2.2, 9.1

nivattati *pres.* 回轉 < ni-√vat$_1$。11

nivāta *m.* 謙遜、溫和、彬彬有禮、無風。5

nivāpaputṭṭha *a.* 以飼料餵養的。7.1

nivāraṇatthaṃ *adv.* 為了防範、為了避免。10

nivāsanakaṇṇa *n.* 衣的褶邊、下裙的褶邊。11

nivāseti *caus.* 穿衣、打扮、著衣 < ni-√vas$_7$。8.1, 9.1

nivesanaṃ *n.* 定居住處、房屋。8.1

niveseti *caus.* 進入、建立、安排、確定 < ni-√vis$_1$。8

nisīdati *pres.* 坐下 < ni-√sīd$_1$。6.1

nissāya *ger.* 由於、因為。10

nîca *a.* 低下的。8.1

nīharati *pres.* 取出、驅逐、除去、伸出、拿出、趕出 < ni-√har$_1$。10.1

nu *indec.* 疑問質詞，那麼；嗎？。3, 6

nekkhamma *n.* 出離、捨世、離貪、離欲。4.1

nettika *n.* 灌溉者。4.1

no *indec. adv.* 不、否 = na+u。3.1

P

pakata *a. pp.* 被造、被做、所造作。2.2

X-pakata *a.* 由 X 所造作的、以 X 製造而成的。2.2

pakāseti *caus.* 闡揚、說明< √pāk1。12

pakopana *n.* 令煩亂、惱亂。*a.* 擾亂的、使搖動的。6.1

pakopa *m.* 激動、不安、生氣。7

pakkosati *pres.* 召喚、叫、召集。< √kus$_1$。12

pakkosāpeti *caus.* 召喚、召集、叫。10

pakkhandati *pres.* 躍向、撲向 < √khand。11

pakkhipati *pres.* 丟、放 < √khip$_1$。10

paggaṇhāti *pres.* 拿起、準備好、舉起、伸出、捉取< √gah$_5$。1, 8.1, 12

paṅka *m. n.* 泥、汙泥、泥地、泥巴。7.1

pacati *pres.* 煮、烤、加熱 < √pac$_1$。10

pacessati *fut.* 收集、集合 < pa-√ci$_{4,5}$。9.1

paṭi(s)suṇāti *v.*同意< √su$_4$。9

paccanubhoti *pres.* 經驗、體驗 < √bhū$_1$。11.1

paccakkhāya *ger.* 放棄< √khyā$_1$。6.1

paccaññāsiṃ *aor.* 1st *sg.* 我了知、自稱、同意、承認 < paṭijānāti *pres.* 承諾。10.1, 12.1

paccati *pass.* 成熟、變成熟 < √pac$_1$。9

paccatthika *a. m.* 對手、反對者、敵手、反對的、反對者。4.1

paccantima *a.* 邊界的、鄰接的、鄉村的。2

paccayo *m.* 原因、動機、支助。8.1；必需品、資具。12

X-paccaya *a.* 以 X 作為緣的、依靠X的。8.1

paccassosi *aor.* 贊成、同意、答應 < paṭi-√su$_4$。9.1

paccassosum *aor.* 3rd *pl.*。9

paccājāyati *pres.* 再生 < paṭi-ā-√jan$_3$。2

paccupaṭṭhāti *pres.* 現前、出現 < √ṭhā$_{1,3}$。6

paccekabuddha *m.* 沉默的

佛或獨自的佛、辟支佛。6, 11

pacchindati *pres.* 確定、解決、決定√chid$_{2,3}$。10.1

pacchima *a.* 西方的、最後的。3.1

pajahati / hāti *pres.* 放棄、斷除、捨、斷、捨斷< √hā$_{1}$。3, 7.1

pajā *f.* 眾生、人民、子孫、人們、後裔子孫、後代、後裔、人。9.1, 11.1

pajānāti *pres.* 了知、領悟、認識、了解 < pa-√jñā。5.1 [191]

pajjalati *pres.* 燃燒、發光、熾然。*pp.* pajjalita < pa-√jal$_{1}$。12

pañca *num.* 五。2.2, 3.1

pañcama *a.* 第五的。11.1

pañc'upādānakkhandha *m.* 五取蘊。3.1

pañjalika *a.* 合掌的。9.1

paññavant *a.* 有智慧（的人）。*m.* 智者、有慧者（-vanto *pl. N.*）*sg. N.* paññāvā。2.2

paññā *f.* 慧、智慧。2, 6.1

paññcakkhu *n.* 慧眼。2

paññājīvin *m.* 慧命。11

paññāpeti *caus.* 指出、令知、宣布、使知道、宣稱< pa-√ñā$_{1,5}$。8.1

paññāpent *ppr. m.*準備者、安排者。6

paññāyati *pass.* 顯得……、……是清楚的< √ñā$_{1,5}$。12

pañha *m.* 問題。11

paṭikkosati *v.* 譴責、反對、拒絕 < √kus$_{1}$。9

paṭigganhāti *pp.* 接受、承擔paṭi-√gah$_{5}$。*pp.* paṭiggahita。9

paṭiggahaṇa *n.* 接受者。4

paṭiggāhako *m.* 接受者。4

paṭicchanna *pp.* 被覆蓋√chad$_{7}$。12

paṭiccasamuppāda *m.* 緣起法。9.1

paṭicchādin *m.* 覆蓋……的、覆蓋、包圍的。9.1

paṭijīānāti *v.* 保證、宣稱。

10.1

paṭinissagga *m.* 捨離、捨棄。9.1, 12.1

paṭipanna *pp.* 行走、到達、向……行。9.1

paṭipajjati *pres.* 進入、行者、到達。11

paṭipadā *f.* 道跡、道路、方法、過程。

paṭibala *a.* 能夠、有能力的。2

paṭipucchati *pres.* 質問、回問、反問、問< √$pucch_1$。5.1, 6.1

paṭiyādeti *caus.* 準備、安排、用意。6, 10

paṭilābha *m.* 成就、獲得。2

paṭivattiya *a.* 可反轉的、可抗拒的。4.1

paṭivātaṃ *adv.* 逆風。12

paṭivijjha *imper.* 穿透、獲得、領悟、精通。*ger.* 貫通 < √$vidha_3$。6.1, 8.1

paṭivirata *pp.* 克制、戒除（支配 *Ab.*）< paṭi-√ram_1。4

paṭisandahati *pres.* 與……連結、再生、結生、受生 < paṭi-saṃ-√$dhā_1$。3

paṭisallīna *pp.* 獨處、宴坐、禪思、隱退 < paṭi-saṃ-√$lī_5$。6.1

paṭisevati *pres.* 追隨、追求、沉溺、經驗 < paṭi-√sev_1。4

paṭṭhāya *ger.* 從……起。10

paṭhama *a. m.* 第一。4

paṭhamataraṃ *a.* 盡早、首先、較先、較早。8.1

paṭhavī *f.* 大地、地。8.1

paṇidahati *pres.* 提出、希望、運用、指引、希求、引導、發願 < pa-ni-√$dhā_1$。*pp.* paṅihita。8.1

paṇīta *a.* 殊勝的、妙勝的、勝意向的。9.1

paṇḍaka *m.* 閹人、黃門、半折迦。7.1

paṇḍitamānin *m.* 自以為智者的人。9.1

paṇḍitavedanīya *a.* 智者可

了知的。9.1

paṇḍito *m.* 智者。4

paṇḍuruga *m.* 黃疸、貧血症。12

paṇṇa *n.* 葉子。10

patati *pres.* 掉落 < √pat$_1$。*ger.* patitvā。10.1

patikula *n.* 夫家。11.1

patiṭṭhāpent *ppr.* *m.* 放置者、放置、保持。6

patiṭṭhita *pp.* 被建立、被安置。6

patiṭṭhāti *pres.* 住立不移、安住在、固立在。2.2

patinandita *pp.* 高興< pati-√nand。6

patibbatā *f.* 賢妻。11.1

patirūpa *a.* 合宜的。8

patīta *pp.* 高興的、愉悅的 < pacceti。8

patta *pp.* 到達、成就。10

pattacivaraṃ *n.* 衣和缽。8.1, 9.1

padaṃ *n.* 字（在第四課有「地方、足、句、處所」之意）。4.1, 9

padahati *pres.* 努力、奮勉、精勤努力 < pa-√dhā$_1$。1

padīpeti *caus.* 點亮、照亮、點燈 < √dīp$_3$。3

padīpa *m.* 燈。3

padesa *m.* 地方、國土、地域、部分、區域。9, 11

pana *conj.* 雖然、但是、再者。3.1

panta *a.* 遙遠的、偏僻的、隱居的。12

papatati *pres.* 掉落、落下、下降。6.1

papupphaka *a.* 花箭、頂端有花的（欲）箭。9.1

pabbajita *m.* *pp.* 出家人、遊方者、出家< pa-√vraj。4.1, 6

pabbata *m.* 山、山岳、住在山上的人。11

pabhaṃguna *a.* 易壞的、脆弱的。11

pamatta *a.* *m.* *pp.* 懶惰、不努力的人、放逸的。4.1 [192]

pamādo *m.* 懶惰、放逸、怠

惰。1.1

pamuñcati *v.* 解開、解脫 < √muc$_2$。8

pamodati *pres.* 高興、享受、感到欣喜、歡喜、快樂 < √mud$_1$。4, 6

payāti *pres.* 向前、行進、出發、前進 < √yā$_1$。11

payirupāsati *pres.* 來往、結交 < √ās$_1$。8

para *a.* 另外的、其他（的）、他人的。3.1, 4, 9.1

paraṃ *adv.* 之後。7.1

para *m.* 其他人。6

paradāra *m.* 他人的妻子。3

parapessa *m.* 服務他人。5

paramparā *f.* 傳統、傳承、系列。7

parikkhipati *pres.* 捲、盤繞、包圍。10.1

parijiṇṇa *pp.* 衰老、老朽、損壞了、衰退了。11

parrññeyya *fpp.* 應了知的。12.1

paritassati *pres.* 興奮、擔心、受苦、憂、受折磨 < √tas$_3$。5

parinibbāti *pres.* 滅去、入滅、般涅槃 < √vā$_1$。9

paripajjati *v.* 落入、沉入、沉浸於。11.1

paripūrati *pres.* 充滿……、圓滿、滿了< √pūr$_1$。8

pariplava *a.* 動搖的、不穩固、不穩定、搖擺的。8

pariplavapasāda *m.* 信、平靜、清澈、清淨、信心仍不穩固者。8

paribyūḷhya *pp.* 具備、具有。6

paribhoga *m.* 受用、使用、受用物、食物。10.1

paribhojanīya *fpp.* 可被用的 < √bhuj$_2$。10

parimutta *m. pp.* 解脫者、徹底解脫的人。3

parivajjeti *caus.* 逃避、迴避、避免、避開 < √vajj$_8$。7.1, 12

pariyādāya *ger.* 已克服、打

敗了、已擊敗、已佔領< pari-ā-√dā。1.1

pariyādinnacitta *a.* 心已被擊敗的、心被……控制的。7

pariyāya *m.* 順序、過程、次序、方法、教說。12

pariyodapana *a. n.* 清淨、淨化。2

pariyodāta *pp.* 清淨、潔白、皎潔。8

parirundhati *pres.* 徹底地包圍、徹底阻礙、囚禁 < pari-√rudh$_{2}$。12

parivajjati *pres.* 避免、迴避、躲開、放棄 < pari-√vaj$_{8}$。6.1

parivaṭṭa *pp. m.* 輪轉、循環。12.1

parivatteti *caus.* 使轉動、轉動、改變 < pari-√vat$_{1}$。10.1

parivitakka *m.* 審查、遍尋、反省、考慮、想法。6.1

parivuta *a. pp.* 被跟隨、被圍繞 < √var$_{8}$。6

parisā *f.* 眾、群眾、團體。4.1

parisaññū *a. m* 知眾者。（parisā + ññū）4.1

parisuddha *a.* 清淨、完美的。8

parissaya *n. m.* 障礙、危險、麻煩。7

parihāyati *pres.* 減少、退墮、衰退、墮落、減損 < pari-√hā$_{3}$。1

para *pron.* 其他的。6

paro *adv.* 超越、多於。3.1

palavati *pres.* 漂、浮、遊蕩、跳 < √pal$_{1}$。6.1

palāpa *m.* 談論、閒聊、談話。11.1

palāyati *pres.* 逃走、跑走。10

palāla *m. n.* 藁、麥桿、稻桿、乾葉。10.1

palitakesa *a.* 有灰髮的。11.1

pavatti *f.* 轉起、事件。8.1

pavaḍḍhati *pres.* 增長、增、

成長、增加 < √vaḍḍh$_1$。6.1

pavattati *pres.* 進行、轉起、結果 < √vat$_1$。4.1

pavatteti *caus.* 轉動、滾動 < √vat$_1$。4.1

pavāti *pres.* 散發、吹送〔香味〕 < √vā$_1$。

pavisati *pres.* 進入< √vis$_1$。8.1, 9.1

pavedita *a. pp.* 被指出、被說明 < √vid$_1$。2

pavedhati 顫動< √byath$_1$。11.1

paveseti *caus.* 使進入、放入、製造、提供 < √vis$_1$。7.1, 10.1

pasaṃsati *pres.* 讚賞< √saṃs$_1$。5

pasaṃsā *f.* 賞讚、稱譽。4.1

pasanna *pp.* 喜、明淨、澄淨、淨信。10.1

pasahati *pres.* 壓抑、鎮壓、壓迫 < √sah$_1$。11

pasāda *m.* 澄淨、明淨、淨心、淨信、信仰。8

passati *pres.* 發現、覺悟、見、看、知道、看見（< √paś）。3.1, 6.1, 7.1

paharati *pres.* 打擊、打、拍傷 < √har$_1$。10

pahātabba *a. fpp.* 應被捨斷的（< pa-√hā）。7.1, 12.1

pahāna *n.* 捨斷、避免、破壞。1

pahāya *ger.* 已斷、捨已、捨斷已、已斷捨、斷捨、已斷除 < pa-√hā。7, 10

pahīṇa *a. pp.* 捨棄、捨斷（< pa-√hā）。3, 9.1

pahu *a.* 能夠的。12

paḷipanna *pp.* 掉入、沉入、吞。11.1

pākata *a.* 公開的、無隱藏的、未被控制的、一般的、庶民的。4.1

pākata *a.* 公開的、顯現的、顯露的、普通的、粗野的。7.1

pākaṭaṃ karoti 令顯現、表露、使證實、闡明。7.1

pākatindriya *a. n.* 放任諸

根的、根門敞開的。4.1
pākatika *a.* 自然狀態的、原本狀態的、自然的、原來的。10.1
pāṇa *m.* 呼息、生物、有情、生命。3, 12 [193]
pāṇâtipāta *pp. m* 殺生。6
pāṇi *m.* 手、拳。9
pāṇin *a. m.* 有生命的、生物。*sg. I.* pāninā。4.1
pāṇupetaṃ *adv.* 終生、盡形壽（字面義是「具有呼吸時」< pāṇa 呼吸 + upetaṃ（upeti 的過去被動分詞）接近、獲得。5.1
pāṇo *m.* 呼吸、生命。3
pātimokkha *n.* 波羅提木叉、戒、別解脫戒。12
pātubhūta *pp.* 出現、顯現（< pātu-√bhū）。3.1
pāturahosi *aor.* 顯示、出現。12.1
pāteti *caus.* 砍下、令掉落、使落下。aggiṃ pāteti = 點燃（火）。10
pādo *m.* 腳、足。10
pānaṃ *n.* 飲料、喝。4, 5
pānīyaṃ *n.* 飲用水。10
pāpaṃ *n.* 罪、惡、惡行、作惡者。2, 6, 9
pāpaka *a.* 壞的、邪惡的行為。1
pāpakaṃ *n.* 惡行。9.1
pāpakamma *n.* 惡業。5.1
pāpakārin *m.* 造惡者、作惡者。10
pāpaṇika *m.* 商人、店員。2
pāpiccha *m.* 心懷惡念者、心懷惡意的人。12
pāpuṇati *pres.* 到達< $\sqrt{}$āp$_{4,6}$。10
pāpeti *caus.* 帶到、使到達、製造、導致、令到達。10.1, 11
pāpa *m.* 作惡者。9
pāragaṅgāya *adv.* 過恆河、恆河的另一邊、在恆河彼岸。1, 11
pāricariyā *f.* 侍候、照料、隨侍。11.1
pāripūri *f.* 圓滿、完成。1

pārileyyaka *m.* 大象的名字。10

pāroha *m.* 嫩枝、榕樹的旁枝、從榕樹樹枝往下長的根。10

pāsāṇa *m.* 石頭。10

pāhuneyya *a. fpp.* 值得接受款待的。5.1

pi *adv. conj.* 也、即使。表強調的質詞。1

piṭaka *n.* 籃子、藏，指巴利聖典的三大種類。7

piṭakasampadāna *n.* 三藏的傳統、三藏的權威。7

piṇḍāya *adv.* 為了乞食（piṇḍa 的與格）。9.1

piṇḍa *m.* 摶食。8.1, 12

pitā (-ar) 父親。複合詞中作 pitu。9.1

piya *a. m. n.* 可愛的事物、可愛的。3.1, 4, 12

pivati *pres.* 喝。4

pilandhana *n.* 裝飾品。12

pisuna *a.* 離間的、背後中傷的、誹謗的。11.1

pīṭhasappin *m.* 跛者、跛子。10

puggala *m.* 人、個人。6

pucchati *pres.* 提問、詢問、問 < √$puccha_1$。8

puñña *n.* 福、善、福德、功德、有功績的行為。5.1, 6.1

puṭṭha *pp.* 養育、尋問、被問 < √$puccha_1$。10.1

putta *m.* 兒子。6, 12

puthu *a.* 廣、許多、多種的、很多、多樣、分別地、個別的、獨特的、各種的。5, 9.1

puna *conj.* 再、又。7.1

puna ca paraṃ *conj.* 再者、此外。8.1, 11.1

punappunaṃ *adv.* 一再地。7.1

punabbhava *m.* 後有、再生。12.1

puppha *n.* 花。5

pubbaṇhasamayaṃ *adv.* 在早上。2

pubbe *adv.* 之前、以前 < pubba。6.1

purato *adv.* 前方、在……之前。11

puratthima *a.* 東方的、向東的。3.1, 9.1

purisa *m.* 個人、人、男人、男眾。1, 3, 4, 6.1

purisapuggala *m.* 人、男人。6, 7

purisâdhama 惡人。4

purisuttama *m.* 高貴、最好的人。4

purohita *m.* 王的祭司。10

pūjanīya *a. fpp.* 值得受禮敬的。5

pūjā *f.* 禮敬、供給、供養。5

pūjeti *pres.* 禮拜、尊敬、供養 < √pūj$_{8}$。9.1

pūtisandeha *m.* 腐敗物的積聚、一團腐敗。11

pūreti *caus.* 充滿< √pūr$_{1}$。6

pe *indec.* 表重複的符號（省略符號）。2

pecca *ger. adv.* 死後 < pa-√i$_{1}$。6

pema *n.* 情愛。4

peseti *pres.* 送出< pa-√is$_{1}$。11

pessika *m.* 使者、僕人。5

pokkhara *n.* 蓮葉、蓮花葉。6.1

pothujjanika *a.* 屬於凡夫的。12.1

ponobhavika *a.* 導向再生的。12.1

porohicca *n.* 家庭祭司的職務。5

posa *m.* 男人、人。11.1

Ph

pharati *pres.* 填滿、布滿、遍滿、擴散、散布 < √phara$_{1}$。10 [194]

pharusa *a.* 粗糙的、惡劣的、刺耳的、粗暴的。11.1

phala *a.* 果、果實、有果的、結果。6.1

phalati *pres.* 將……分裂、分開、破了、裂了；熟、結實 < √phal$_{1}$。11

phāti *f.* 增加、發展、增大、增殖。2

phāleti *caus.* 弄裂、打破、切開、使破碎。6, 11

phāsuka *a.* 安逸、安樂的、舒服的。11

phusati *pres.* 觸、接觸、觸達；*pp.* phuṭṭha < √phus$_{1}$。3.1, 10.1

pheṇa *n.* 泡沫。9.1

pheṇûpama *a.* 如泡沫的、如泡沫般的 < pheṇa + upama。9.1

phoṭṭhabba *n.* *fpp.* 觸、所觸 < phusati。1.1

B

badarapadu *n.* 亮黃（新鮮）的棗實。8

bandhana *n.* 縛、結縛、拘束、束縛、羈絆。8

bala *n.* 力量、強壯、威力。4

balakāya *m.* 軍隊。6

balavant *m.* *a.* 強壯的、力士、大的、強的。複合詞中作 balava；*sg.* *N.* balavā。11, 12

balikataraṃ *adv.* 較強、較多、更多。5.1

bahi *adv.* 在外、外面的、外部的。11

bahu *a.* 許多的。4, 6, 8.1

bahu *a.* 多。4

bahutara *a.* 更多、許多。2

bahula *a.* 多、屢屢。12

bahulīkata *pp.* 經常練習、多運用、多訓練（bahulī 多+ kata 做）。3.1

Bārāṇasī *f.* 波羅奈、瓦拉納西。10

bāla *m.* 愚者、愚癡者。5

bālya *a.* 無知、愚蠢、愚鈍的。9.1

bāhusacca *a.* 博學的。5

baḷhagilāna *a.* 病重的。11.1

Bimbisāra *m.* 人名、頻婆沙羅、影勝。6

bila *n.* 凹地、洞穴、孔、窟窿、洞。10.1

biraṇa *n.* 毘羅那、香草。6.1

buddha *m. pp.* 覺者、佛陀、已醒悟者< √budh。1

buddha *pp.* 覺悟、醒了 < √budh$_1$。4.1

bodhisatta *m.* 菩薩。10.1

byañjana *n.* 音節、子音、符號、標記。9

byākaroti *pres.* 解釋、回答、闡明、解答。5.1

byāpannacitta *a. m.* 心惡毒的人、有瞋恚心的（byāpanna + citta）。3

byāpada *m.* 瞋、瞋恚。3

brahmaloka *m.* 梵界、梵天界。8.1

brahmā *m. sg. N.* 大梵天、梵王、梵天。4.1

brāhmaṇī pajā *f.* 大梵天的後裔、婆羅門世代（子孫）。11

brāhmaṇa *m.* 婆羅門。在佛典中，有時指說修梵行者，不論其種姓。4

brūti *pres.* 說、談、解釋、告訴 < √brū$_1$。5

Bh

Bhagavant *m.* 世尊、薄伽梵（佛陀的稱號）。5.1

bhaginī *f.* 姊妹。12

bhajati *pres.* 來往、結交、親近 < √bhaj$_1$。4

bhajassu *imper. 2nd sg.* 陪伴、結交、依附。12

bhañjati *pres.* 破、破壞 < √bhaj$_2$。8.1, 10.1

bhaññamāna *ppr.* 正被說。12.1

bhaṇati *pres.* 他說、說、談 < √bhaṇ$_1$。3

bhaṇḍa *n.* 貨物。10.1

bhaṇḍana *n.* 議論、訴訟、爭執、衝突。4.1

bhadante *V.* 大德啊、尊師啊（比丘們常用於稱呼佛陀的一種稱謂）。

bhadde *V.* 女士、親愛的、用以稱女性。10.1

bhadra *a. m.* 賢、好的、好人、善人。9

bhante *V.* 大德！尊者。3

bhabba *a.* 能夠的、有能力的。2

bhatta *n. pp.* 飯、煮開的米、食物 < √$bhaj_1$。11

bhaya *n.* 害怕、憂懼、令人畏懼之事物。4

bhariyā *f.* 妻子。11.1

bhava *ppr. m.* 人 < bhavant < √bhū。5

bhavati *pres.* 成為、存在、變成、是。3, 6

bhavanaṃ *n.* 住處、領域、世界。11

bhavissati *fut.* 將是、將有、將成為。6

bharati *pres.* 支持、維持、養育 < √$bhar_1$。12

bhāgavant *m.* 參與者、享有者。4

bhāginī *f.* 參與者、享有者。4

bhājana *n.* 器、容器、器具、用具。6

bhājana *n.* 分解、分開。10.1

bhātar *m.* 兄弟。12

bhāyati *pres.* 害怕、怖畏 < √bhī。4

bhāvanā *f.* 修習、修、修行。 [195]

bhāveti *caus.* 獲得、產生、增加、修得。*pp.* bhāvita。3

bhāva *m.* 本質、性、事實、……狀態、態。10.1

bhāsati *pres.* 說、誦、發光、照亮；*ppr. m.* bhāsamāno < √$bhas_1$。4, 6

bhāsati *v.* 照耀、發光（自 hāsate） < √$bhas_1$。4

bhikkhave *V.* 諸比丘（bhikkhu 的複數，呼格）。1, 9

bhikkhavo 諸比丘（bhikkhave 的另一形式）。9

bhikkhu *m.* 比丘。1

bhikkhusaṅgha *m.* 比丘僧團。6

bhijjati *aor.* 壞了、破了、分裂了、被弄壞了 < √bhid$_3$。10.1, 11

bhiyya *a. adv.* 更多、較多。8.1

bhiyyobhāva *m* 增加、成長（bhiyyo = 更多，bhāva = 狀態）。1

bhiru *a.* 懦弱的、膽小的。7

bhiruka *m.* 懦弱的人、膽小的人。7.1

bhuṅkaroti *pres.* 吠、叫罵。11

bhuñjati *pres.* 吃、享用、食用、受用、享受 < √bhuj$_2$。5, 6.1

bhumma *a.* 俗世的。12.1

bhussati *pres.* 吠。11

bhūtaṃ *pp. n.* 眾生。11

bhūmi *f.* 地、土地、大地、國土、階位。10.1

bheda *m.* 破壞、不和合、離間、種類、區分、分裂、分解。7.1

bhesajja *n.* 藥、醫藥、藥物。10.1, 12

bho *V.* 朋友啊！（敬語）。5

Bhoganagara *n.* 城名、寶加城。9

Bhogavant *a.* 有錢的、富裕的、富有的。11.1

bhoga *m.* 財物、擁有物、享受之物、財富。2

bhogga *a.* 邪惡的、彎曲的、歪的。11.1

bhojana *n.* 餐、食物、養分。4

bhovādin *m.* 指婆羅門（因為他們稱別人為 bho）。5

M

makkaṭa *m.* 猴子、猿、獼猴、蜘蛛。10.1

maghavant *m.* 因陀羅、諸天之王。5

maṅkubhāva *m.* 意志消沉、不滿足、困惑。10

maṅkubhūta *a.* 意志消沉、煩惱、不滿的、困擾的、不滿的、為難的、迷惑的。8.1

maṅgala *n.* 吉祥、祝福、好預兆、慶祝、節日。5

macca *a. m.* 人、人的、會死的。2

maccarin *m.* 有慳者、小氣鬼。6

maccu *m.* 死亡、死神。4

maccurājan *m.* 死王、死神。9.1

macchara *n.* 貪婪、忌妒、慳吝。12

majja *n.* 酒、讓人醉的飲料、醉人的東西。5, 6

majjhanhikasamayaṃ *adv.* 在中午。2

majjhima *a. m.* 中間、中的、中間的。2

majjha *a. m.* 中道、中道的、中間的。3.1, 11

maññati *pres.* 想、認為、以為。2, 9.1

maṭṭa *pp.* 擦亮、磨亮的 < √majj$_{1}$。12

maṇikā *f.* 壺、甕、罐。6

maṇḍalamāla *m.* 涼亭、有尖頂的圓形屋。6

mata *pp.* 死了、死亡、死者、死的 < √mar$_{1}$。4.1, 6

mattisambhava *a.* 母親生的。5

mata *a. adv.* 大約、僅有的、只有。8.1

mattaññu *a.* 知量的、知節制的。4.1

mattā *f.* 適量、量、數量、正確的方法。4.1

matthaka *m.* 頭、頂上、先端、頂端。10.1

madhu *m.* 蜜、蜂蜜。10.1

madhu-paṭala *m.* 蜂蜜堆、蜂巢。10.1

manas *n.* 意、心。3.1, 11.1

manasikaroti *pres.* 思惟、作意、注意、思考、認知、記住。9

manasikāra *m.* 注意、作意、思惟。6.1

manāpa *a.* 宜人的、合意的、令人歡喜的、讓人滿意的、合意的、有魅力的。8.1

manuja *m.* 人。6.1

manussa *m.* 人類、人。2

manussabhūta *a. m.* 人、成為人的。4.1

manussa *m.* 人、人類。2

manorama *a.* 令人愉快、可喜的、歡喜的。12

mantita *a. pp.* 忠告、建議、密言、建言 < √mant$_8$。7.1

manda *a.* 愚蠢的、笨的、慢的、遲鈍的、傻瓜、愚鈍者。7.1

maraṇa *n.* 死、死亡（< marati）。3.1

marīcidhamma *a.* 有陽炎性質的。9.1

mala *n.* 不淨、垢穢、汙垢。12

mallikā *f.* 茉莉花（Mallikā，勝鬘夫人）。12

mahato *m. sg. D.* 大 < mahant。1

mahanta *a.* 大的、偉大的。6

mahagghasa *a.* 大食漢、貪婪者、大食、貪欲、貪吃的、貪心的。7.1

mahallaka *a. n.* 老的、老人、年老的。11.1

mahā *a. m. sg. N.* 大、偉大、巨大、大的。7.1, 8

Mahāli 摩訶利（人名）。8.1

Mahāmatta *m.* 大臣、大官。5.1 [196]

mahāyañña *m.* 大獻供、大祭祀、大布施。6

mahārājan *m.* 大王。3

Mahāvana *n.* 大林、森林的

名稱。8.1

mā *adv.* 表示禁止、否定、表禁止的質詞。7

Māgadha *a.* 摩竭陀的、摩竭陀國的。6

māṇavaka *m.* 摩納、學童、青年、少年、童子（婆羅門）。6

mātaṅga *m.* 大象、象、象的種類。7

mātar *f.* 母親。12

mātūgama *m.* 婦人、女人、婦女。11.1

māna *m.* 慢、慢心、憍慢。12

mānasa *a.* 意、心意、意圖、心的意向、心的行為、心的。6.1, 10.1

mānasa *n.* 意、心意。6.1

mānânusaya *m.* 慢的傾向、慢隨眠。12

mānusa *a. n. m.* 人（的）、人類。4

māneti *caus.* 尊敬、奉事、敬重。9.1

māyāvin *m.* 誑者、幻士、幻術者、不誠實的人。12

māra *m.* 魔、摩羅、魔王、死神、死亡。4.1, 9.1。

māluvā *f.* 蔓、藤、（長的）藤蔓、爬藤類的植物 6.1

micchā *adv.* 邪、錯誤地、錯誤的、不正確的。4

micchâcāra *m.* 邪行、錯誤的行為。6

micchādiṭṭhi *f.* 錯誤的見解、邪見。1

micchādiṭṭhika *m.* 見解錯誤者、邪見者。1

mitta *m. n.* 友、友人、朋友。4, 6.1

middhi *n.* 懈怠者、懶散者。7.1

mīyati *pres.* 死去、死 < √mar_1。4.1

mukha *n.* 嘴、臉、口、方法。10

mukhara *a.* 饒舌的、吵的、說話鄙俗的、吵鬧的。4.1

mukharatā *f.* 多言、愛說

話。10

muñcati *caus.* 解開、釋放、放開、被解除。11

muṇḍaka *a. m.* 禿頭的、禿頭的人 < √man_3。12

muta *a. pp.* 所覺、所思。7

mutta *m. pp.*被釋放、解脫、解脫者、解脫、被放開 < √muc_2。4.1

mutta *n.* 尿、小便。11.1

mutta *m.* 解脫者。3

musā *adv.* 虛妄地、錯誤地、妄、虛妄。3

musāvāda *m.* 妄語、虛誑語。 6

muhutta *m. n.* 一瞬間、須臾。12.1

mūla *n.* 根、根源。7

mūlaka *n.* 代價、錢。10.1

mūḷha *m.* 愚者。3, *a.* 愚昧、愚癡、昏迷的、迷惑的、無知的。12

megha *m.* 雲、雨雲、烏雲。6

methuna *a. n.* 淫欲的、性的、與性有關的。4

methuna-dhamma *m.* 淫法、性交、性行為、行淫。4

medhāvin *a. m.* 智慧的、智者。8

medhāvinī *f.* 有智慧的女人。11.1

meraya *n.* 迷羅耶、發酵的酒。4

modati *pres.* 歡喜、快樂、喜、喜悅 < √mud_1。10

moha *m.* 癡、愚癡、錯覺、困惑。2.2

Y

yaṃ *pron.* 某個、那個、如英語的 that 。*indec.* 當……時 < ya。1, 5.1, 6.1

yaṃ that, since, for when（意思須視上下文而定）。5.1

yaṃ yadeva 無論哪一個、任何一個。8.1

yakkha *m.* 鬼、夜叉、藥叉、鬼神。11

yañña *m.* 供犧、獻供、祭祀、供奉祭品、布施。6, 8

yato 因為、因此。9.1

yathayidaṃ 也就是、亦即、即 (yathā + idaṃ)。1

yathā *indec.* 就像、如、如同……、像……。3

yathā kathaṃ pana 那麼、如何、云何、怎麼會。9.1

yathābhūtaṃ *adv.* 如實地、按照其存在的樣子 (yathā bhūtaṃ)。12.1

yattha *adv.* 在某某處、無論何處。8

yattha kāmanipātin *a.* 掉落 / 執取於任何所欲之處的。8

yadā *adv.* 當、在……時（< ya-dā）。*indec.* 當……時（< ya + dā）。3.1, 6.1

yadidaṃ 即、也就是、比如、亦即。6

yannūna *indec.* 那麼、不如……吧！讓我…… (yaṃ + nūna)。6.1

yamaloka *m.* 閻羅界、死者之世界。 9.1

yava *m.* 麥、大麥、穀類。6.1

yaso (yasas) *n.* 名稱、稱譽、名聲、聲譽。6

yācita *pp.* 被請求、乞求 < yācati < √yāc$_1$。7

yāja *m.* 獻供、施。

yājaka *adj. m.* 獻供者、司祭者。5

yāti *pres.* 去、行進、進前、行、進行下去 < √yā$_1$。9

yāva *adv. prep.* 直到……、一直到、到……程度、只要……。8, 9

yāvajīvaṃ *adv.* 只要活著、盡形壽。8

yāvañc'idaṃ 也就是、換言之、只要是……、亦即、就……而言、到……為止 (yāvaṃ ca idaṃ)。8

yutta *adj. n.* 適當的、適合的。10.1

yūpa *m.* 獻祭用的柱子、犧

牲用的柱子、宮殿。8

yo *m. N.* 凡、他、關係代名詞 < ya。3

yogâvacara *m.* 瑜伽行者、禪修者、修行者、勤勉的學生。6.1

yoga *m.* 軛、束縛、繫縛、結合、關係、瑜伽、瞑想、修行、努力、應用。7.1

yojana *n.* 長度單位，由旬，約四到八英哩。5

yodhâjīva *m.* 戰士、武士。5

yonija *a.* 胎生的。5

yonisomanasikāra *m.* 適當的注意、如理作意。8.1

R

rakkhati *pres.* 保護、照顧、控制、防衛 < √rakkh。7

rajata *n.* 銀、任何非金的錢幣、銀器。4

rajja *n.* 王國、王位、王權、統治、政權。11.1

rajjaṃ karoti 統治、在位、國治。10.1

rañño *m. sg. D. / G.* 王的。11.1 [197]

raṭṭhaṃ *n.* 土地、國家、王朝、王國、統治。5

rata *a. pp.* 樂於、專心於、致力於、喜好、樂著、愛樂 < ramati < √ram。4.1, 7.1

rati *f.* 喜愛。4

ratti *f.* 夜晚。5

ratta *pp. m.* 貪婪者、貪婪、入迷、狂熱、染著。7.1

rasa *m.* 口味、味道、滋味。1.1, 3.1

rahada *m.* 湖。4.1

rahogata *a.* 獨自一人的、獨處的、獨自。6.1

rāgaggi *m.* 貪火。7.1

rāga *m.* 貪、欲望。4, 6.1

Rājagaha *m.* 地名、王舍城。9.1

rājan *m.* 國王 *sg. G.* rañño。

1.1

rājaputta *m.* 王的兒子、王子。5.1

rukkhadevatā *f.* 樹神、樹的守護神。10.1

rukkha *m.* 樹。8.1

rucira *a.* 可愛的、令人愉快的、引人注意的。5

rujati *pres.* 破壞、傷害、惱害、使痛苦、疼。10.1

rūpa *n.* 色、視覺所緣。1.1

rūpavant *a.* 美麗的。11.1

roga *m.* 疾病、病。11, 12

rodati *pres.* 哭泣、悲傷、哭、泣 < √ruda$_1$。8

roseti *caus.* 惹惱、使生氣、激怒、惹惱。12

L

lakkhaṇaṃ *n.* 特徵、相、標誌。3.1

X-lakkhaṇa *a.* 具 X 的特徵的。3.1

labhati *pres.* 獲得、得到、有機會。*pp.* laddha；*inf.* laddhuṃ；*fpp.* laddhabba。2, 10.1

laya *m. n.* 頃刻、須臾、少時。12.1

lahu *a.* 輕快的、輕的。8

lahuṭṭhāna *n.* 輕快、身體輕盈、健康。9

lābha *m.* 得、利、利得、利養、獲得。10.1

lāvaka *m.* 切割者、切削的人、收割者。6.1

Licchavi 一國的種族名、離車族。8.1

luddha *a. m. pp.* 貪婪者、貪的、貪心的。3, 7

lunāti *pres.* 剪、切、收割。6.1

loka *m.* 世間、世界、宇宙。4.1, 6

lobha *m.* 貪婪、貪心、垂涎。2.2

lolatā *f.* 貪婪、思慕、貪婪。7.1

V

vagga *a.* 分開的、別離的、不合的 < vi-agga。4.1

vacana *n.* 說話、談話、講話。9

vaca *m.* 語、言、話、言語。複合詞中作 vacī 或 vacā。6, 6.1

Vacchagotta *m.* 某婆羅門的名字，意思是「屬於婆蹉種姓的」。8

vacchatara *m.* 犢牛、一頭小公牛。8

vacchatarī *f.* 一只使斷奶的母小牛犢、一只小母牛、小母牛。8

vañceti *caus.* 欺瞞、欺騙 < √$vañc_8$。10.1

vaṭarukkha *m.* 孟加拉榕樹、大榕樹。10

vaḍḍhati *pres.* 增長、增加、成長 < √$vaḍḍh_1$。6.1

vaṇa *m. n.* 傷口。9

vaṇṇaṃ bhāsati 稱揚、稱讚。12

vaṇṇavanta *a.* 美貌的、美的。5

vaṇṇa *m.* 顏色、氣色、膚色、外表、稱讚。4, 6, 8

vata *indec.* 肯定地、的確。12.1

vattha *n.* 布、衣料、衣服、衣裳、布料。9.1, 11

vadati *pres.* 他說、說、說、講 < √vad_1。3

vadeti *pres.* 說、談 < √vad_8。6

vadha *m.* 殺死、殺戮、殺害、破壞、毀滅。6.1

vana *n.* 森林、林。6.1

vanasaṇḍa *m. n.* 森林、密林、深林、叢林。10

vandati *pres.* 拜下、敬禮 < √$vand_1$。10

vayappatta *a.* 長大、適婚（約 16 歲）。10.1

varagāma *m.* 世襲的村落、作為禮物的村落。10

varāha *m.* 豬、野豬。7.1

valita *a. pp.* 皺皮的、有皺紋的。11.1

vasati *pres.* 住、居住 < √vas$_1$。11

vasanaṭṭhāna *n.* 住處、住宅。11

vasalaka *m.* 賤民、可憐人。12

vasala *m.* 賤民、出生卑下的人。12

vasundharā *f.* 大地。6

vasena *adv.* 由於、因為……。7.1

vassasatika *a.* 一百歲的、百歲、百年。11.1

vā *conj.* 或者。1

vācā *f.* 談話、言論。5, 6

vāṇija *m.* 商人。5

vāṇijjā *f.* 貿易、商品。10.1

vāta *m.* 風。4.1

vānara *m.* 猴子。6.1

vāma *a.* 左（邊）的、美的。6.1

vāyamati *pres.* 努力、精勤、奮鬥 < vi-ā- √yam$_1$。1, 12.1

vāriyamāna *pass. ppr.* 被阻止、被阻礙。11

vāra *m.* 時機、回、時間、場合。11

Vāseṭṭha 人名。5

vāḷamiga *m.* 野獸。10

vigata *pp.* 離去、滅、無……。12

vikkiṇṇavāca *a.* 雜語的 *m.* 閒話、雜話。4.1

vicarati *v pres.* 遊蕩、遊走、移來移去。10 [198]

vijaya *m.* 勝利。9.1

vijāyati *v.* 生下、產生 < √jan$_3$。11.1

vijātā *pp. f.* 已生產的婦女、產婦 < vijāyati。11.1

vijānana *n.* 識知、了別、識知的活動、辨識。3.1

vijānant *ppr.* 了知、了解。5

vijānāti *v.* 了知、辨識。3.1

vijeti *pres.* 勝過、征服 < vi-√ji$_1$。9.1

vijjati *pass.* 出現、被看見、顯得、似乎 < √vid$_3$。5, 11

vijjā *f.* 明、智慧、明智。3.1

vijjāgata *a. m.* 有明的人、有智者。3.1

vijjumālin *m.* 戴閃電花蔓的（vijju + mālā + in）。6

vijjobhāsa *m.* 光明智、明智的光芒。7.1

viññāya *ger.* 已見、已知 < vi-√jñā。5.1

viññāṇa *n.* 識、意識、神識、知覺。3.1

viññāta *pp.* 已知、所知、所解。7

viññū *m.* 了知者、明智的、智者。3

vitta *n.* 財富。11

vidaṃseti *pres.* 指出、令顯現（daṃseti = dasseti）；*caus.* 展現、顯露= vidasseti。7.1

viditvā *ger.* 了知、明白、知道、領悟。9.1

vidhameti *v.* 毀滅、破壞、驅逐 < √dham$_1$。7.1

vinayakamma *n.* 合律的行為、毘奈耶羯磨。4.1

vinaya *m.* 律、倫理規範。5, 9

vinā *indec.* 無……、缺乏……。11.1

vinicchita *pp.* 被決定、被裁決。10.1

vinipāta *m.* 險難處、墮處、受苦之處。7.1

vinīlaka *a.* 黑青、紫的、變色的、褪色的。11.1

vindati *v.* 了知、體認 < √vin$_1$。

viditvā / viditvā *ger.* 了知。9.1

vipanna *n.* 失去、走錯 < vi-√pad$_1$。12

vipannadiṭṭhin *m.* 具邪見者、有邪見的人、異教徒。12

vipariṇāma *m.* 變異、改變。5.1

vipassati *pres.* 清楚地看、觀 vi-√paś。4.1

Vipassin *m.* 毘婆尸佛（古七佛之一）。9.1

vipāka *m.* 結果、成果。2.2

X-vipāka *a.* 以 X 為其結果的、以 X 為果報（的）。2.2

vipubbaka *a.* 充滿膿的、潰爛的、充滿腐爛物的。11.1

vippamutta *m.* 解脫者。4

vippayoga *m.* 分開、分離、別離。3.1

vippasīdati *pres.* 安詳、寧靜、喜悅、明淨 < vi-pa-√sad。4.1

vippasanna *pp.* 寧靜、安詳、明淨、喜悅、清淨的、明亮的、高興的。8

vibbhantacitta *a.* 心遊移的、心困惑的。4.1

vibhavataṇhā *f.* 無有愛、對滅亡的喜愛。12.1

vimala *a.* 無垢的、乾淨的、清淨、離垢。6

vimuccati *aor.* 被釋放、自由的、被解放的。6.1

viya *indec.* 好像、猶如、像、如（表示比較的質詞）。6.1

viraja *a.* 無塵的、離塵的。12.1

virati *f.* 遠離、徹底的戒除。5

viravati *pres.* 叫、鳴、吼叫、尖叫 < √ru$_1$。10.1

virāga *m.* 離貪、滅、消逝。9.1

viriya *n.* 精進、努力、能量。1, 6.1

viriyārambha *a. m.* 努力的、精進的、努力精進。1.1

virocati *pres.* 放光、是明亮的、發光 < √ruc$_1$。4

vilūna *a.* 剃除的、稀疏的、剃了……的、缺乏……的。11.1

vivara *m. n.* 洞、穴。11

vivaṭa *a. pp* 打開的、無遮掩的、被打開、公開的 < √var$_8$。10

vivaṭamatta 只要一打開……。10

vivadati *pres.* 爭吵；*ppr.* Vivadamāna 在爭吵的。4.1

vivarati *pres.* 打開、揭露。

vivaṭa *pp.*。7.1

vivādāpanna *a.* 爭吵的、爭論的。4.1

vivāda *m.* 爭吵、爭辯。4.1

vivāha *m.* 婚姻、帶走新娘、結婚、嫁新娘。6

vivitta *a.* 退隱的、獨自的。12

visaṃ *n.* 毒藥。9

visaṃyutta *a. pp. m.* 無結者、無執取者 < vi-saṃ-√yuj。5

visattikā *f.* 染著、執取、貪愛。6.1

visama *a.* 不平衡的、不平等的、不和諧的。4.1

visārada *a. m.* 冷靜的、自信的、沉著的、知道自己該如何行事、知如何自處的。8.1

visuddhi *f.* 清淨。10

visesato *adv.* 特別地、完全、尤其 < visesa-to。4.1

vihaññati *pass.* 受苦 < vihanati < √han$_1$。10

viharati *pres.* 居住、住、持續、停留 < √har$_1$。3.1, 6.1

vihiṃsati *v.* 傷害、壓迫 < √his$_2$。6

vihesā *f.* 惱害、煩惱、苦惱之事。9.1

vīṇā *f.* 魯特琴。6.1 [199]

vītamala *a.* 離垢的。12.1

vīmaṃsati *pres.* 檢視、考慮、檢驗、品嘗、觀。11

vuccati *pass.* 被說、被叫；*ppr.* vuccamāna < √vac$_1$。4.1, 10

vuṭṭhahati *pres.* 上升、起立= uṭṭhahati, uṭṭhati < vi-ud-√ṭha$_1$。9.1

vuṭṭāpiyamāna *caus. ppr.* 被舉起 = uṭṭāpiyamāna。11.1

vuṭṭhi *f.* 雨。10

vutta *pp.* 言說、講話、被說 < vadati < √vad$_1$。7.1

ve *indec.* 的確、確實。5, 6

vejjekamma *n.* 醫療。10.1

vejja *m.* 醫生。10.1

vetana *n.* 薪資、僱用。12

vedanā *f.* 感受、受。5.1

Venāgapura 城市名。8

Venāgapurika *a.* 屬於 Venāgapurika 城的。8

vepulla *n.* 廣大、豐富、滿、豐富。1

veyyākaraṇa *n.* 解釋、說明、解說、記別、授記。12.1

vera *n.* 憎恨、敵人、惡意。2

veramaṇī *f.* 戒除、禁除、制止、離、避免。6, 11.1

velā *f.* 時間點、時間。11, 11.1

Vesālī *f.* 毘舍離城（地名）。8.1

vehāsa *m.* 天空、空氣。11

veḷuvana *n.* 竹林。9.1

vohāra *m.* 貿易、字詞、事業。5

vyākaroti *pres.* 解釋、闡清、回答。11

vyādhi *m.* 病、病患、不調（< vi-ā-√dhā）。3.1

S

sa- *pref.* 自己的。2

saṅkappa *m.* 思惟、思念、意向、意圖。12.1

saṅkamati *pres.* 跨越、轉世、轉生；*a. pp.* 被跨越的、被經過的 saṅkanta < $\sqrt{\text{kam}_1}$。3

saṅkamant *ppr. m.* 轉世者、跨越者。3

saṅkampati *pres.* 顫動、震動 < $\sqrt{\text{kap}_7}$。12.1

saṅkhāra *m.* 行、受制約的事物、有為法、共同作用的心理要素、五蘊之一。5.1, 9.1

saṅkhittena *adv.* 簡之、簡略地。3.1

saṅgaha *m.* 幫助、攝受、保護。5

saṅgâtiga *m.* 超越束縛者、超越執著的人。5

saṅgha *m.* 僧、僧團、團

體。1

saṃyama *m.* 控制、節制、克制 < saṃ-√yam。5

saṃyojana *n.* 結、縛束 < saṃ-√yuj。5

saṃvattati *pres.* 導向、有助於 < √vat$_1$。1

saṃvāsa *m.* 來往、結交、共住、親近。12

saṃvijjati *aor.* 存在、被見到、看似、顯得 < √vid$_3$。6.1

saṃvidahati *pres.* 整理、安排、準備、提供 < √dhā。10.1

saṃvuta *a. pp.* 被控制、被克制的、受節制的 < saṃvarati < √var$_{1,8}$。1

saṃvesiyati *caus. pass.* 被放到床上、被送到（床上）< *ppr.* saṃvesiyamāna < √vis$_1$。11.1

saṃsāra *m.* 輪迴。5

saṃhita *pp.* 具有、包含。12.1

saka *a.* 自己的。11.1

sakaṭa *m.n.* 車子。10.1

sakiñcana *m.* 有煩惱者、有事者。5

sakuṇa *m.* 鳥。8.1

sakunta *m.* 鳥。4.1

sakubbant *ppr. m.* 行為者、實踐者、有實踐的。5

sakkacca *n.* 恰當地、好好地、仔細地、徹底地。2

sakkaroti *pres.* 尊敬、重視 < sat-√kar$_6$。9.1

sakkā *indec.* 能夠的、有可能的。3, 6.1, 8.1, 9

sakkoti *pres.* 能夠；*fut.* sakkhissati < √sak$_6$。10

sakkharā *f.* 小圓石。10

Sakya *m.* 族名（佛陀的族名）、釋迦。6

sasga *m.* 天堂、快樂的地方。4

sace *indec.* 如果。7

sacca *n.* 真實、真理、諦、真諦。3.1, 6, 7

sacchikaroti *v.* 證得、作證、領悟；sacchikata *pp.*；

sacchikātabba *fpp.* 應被作證的。12.1

sañjānāti *pres.* 知道、認知、覺察、查覺。9

saññā *f.* 想、感知、認知、指標、號誌。5.1, 10

saññāṇa *n.* 標誌、標記、徵兆、相徵。11

saṭha *a. m.* 詐欺者、詐偽的。12

sata *a. pp.* 具念、有正念的、保持正念的 < √smṛ。5.1

sata *num. n.* 一百、百。6, 8

sata *ppr.* 存在、有 = sat < atthi。11.1

satakkaku *a.* 雲的一個稱號、烏雲的描述語（「有百峰的」）。6

sati kāyagatā 身至念、關於身的念。12

satimant *a. m.* 具念的。7

satta *pp.* 執著、依附。7

satta *m.* 有情、眾生。2, 7.1

satthar *m.* 老師、佛陀。9

sadā *adv.* 總是、一直、永遠。5

sadevaka *a.* 有諸天的、與諸天一起的、與天人一起的。9.1

sadda *m.* 聲音、字詞。1.1

saddha *a.* 堅決的、有信的。2.2, 6

saddhā *f.* 決心、信。11 [200]

saddhiṃcara *m.* 忠誠的伙伴、同伴、同行者。7

saddhamma *m.* 真實的教法、正法。1.1

saddhiṃ *indec. adv.* 和……一起、與……一起。6, 6.1

sanantana *a.* 恆常的、古老的。2

sanikaṃ *adv.* 逐漸地、慢慢地、漸漸地。10.1

santuṭṭhi *f.* 滿足、知足、喜足。5

sant *a. ppr. m.* 善人、好人、好的、善的 = sat = santa。6, 8.1

sant *ppr.* 有、存在 < atthi。5.1

santa *a. pp.* 平靜的、寧靜的、寂靜、寂止、安寧 < sammati < √sam$_3$。9.1, 12

santa *m. pp.* 疲累的人、疲累 < sammati < √sam$_3$。5

santikaṃ *adv.* 在……附近、在……面前。7

sandasseti c*aus.* 比較、確認；sandassiyamāna *pass. ppr.* 被比較的< sandassati。9

sandiṭṭhika *a.* 可見的、憑經驗得來的、可經驗的、在經驗上可證實的、有現世利益的。5.1

sandissati *aor.* 與……一致、符合、一起被看、教導、吻合、存在。9

sandosa *n.* 汙染、汙染、冒瀆。6.1

sapadānaṃ *adv.* （比丘托缽時）依序、次第地（不略過任一家）。12

sappa *m.* 蛇。10.1

saphala *a.* 有成果的、有效的、成果豐富的、有益的。5

sabaṭṭhaka *a.* 每項有八個的（禮物）。10

sabba *a. pron.* 一切、一切的。2, 7

sabbena sabbaṃ *adv.* 完全地、徹底地、全部。

sama *a.* 平等的、和諧的。4.1, 6.1

samakaṃ *adv.* 平等地、同時。8.1

samagga *a.* 和合的、統一的。4.1

samaññāta *a.* 被稱為……、眾所周知的。12

samaṇaka *m.* 沙門（仔）（ka 可含有鄙視的意味）。12

samaṇa *m.* 沙門。4

samatā *f.* 平等、平衡。6.1

samativijjhati *pres.* 穿過、刺穿、穿透。10

samatta *pp.* 被完成、被獲得、到達、成就 < √āp$_{4,6}$。

samatha *m.* 奢摩他、止、滅、止息。9.1

samanupassati *pres.* 見、注意到、正確了解。1

samannāgata *pp.* 具備、具足、具有。2

samaya *m.* 時間、時間點、時期、時。6.1

samādapeti *pp. caus.* 鼓勵、激發、激起 < saṃ-ā-√dā$_{1,3}$。

samādinna *pp.* 被受持、被接受、被採納。3.1, 7

samādiyati *pres.* 承擔、受持 < saṃ-ā- √dā$_{1,3}$。6

samādhi *m.* 定、三摩地。12.1

samādhinimitta *n.* 定相、禪修的所緣、定的所緣。2

samāna *ppr.* 存在、有。11.1

samāhita *pp.* 等持的、收在一起的、沉著的、專注的。4.1

samiñjati *pres.* 搖動、被搖動、被移動。4.1

samīrati *pres.* 被移動、晃動。4.1

samudaya *m.* 集、生起、根源、因、原因、生起。2.2

X-samudaya *a.* 以 X 為因的、以 X 為根源、X 的根源。2.2

samudda *m.* 海洋。11

sameti *pres.* 符應、與……一致、同意、符合。8, 11

sampakampati *pres.* 震動、晃動、被搖動。12.1

sampajāna *ppr. a.* 正知、正知的 < saṃ-pa-√jñā。4.1

sampajjalita *pp.* 燃燒、著火的、著火、起火 < saṃ-pa-√jval。5.1

sampati *adv.* 現在、剛剛。8

sampayoga *m.* 結交、交往。3.1

samparāyika *a.* 來世的、屬於下一個世界、當來的、後世的。8.1

samparivattasāyin *m.* 睡得翻來覆去的。7.1

sampavedhati *pres.* 強烈震動、劇烈震動。12.1

sampha *a.* 瑣碎的、愚蠢的、綺語。11.1

sambahula *a.* 眾多的、許多的。10.1

sambodha *m.* 正覺、等覺。12.1

sambodhi *f.* 正覺、等覺、三菩提。12.1

samma *V.* 朋友啊、哈囉、打招呼。10.1

sammajjati *pres.* 掃、擦、掃除 < √majj$_{1,7}$。10

sammati *pres.* 止息了、平靜了、靜下、停止 < √sam$_3$。2

sammada *m.* 食後的睡意、醉、陶醉。6.1

sammappaññā *f.* 正慧、正智。7.1

sammappajāna *a.* 正知者、正知。4

sammā *adv.* 正確地、恰當地。12.1

sammādiṭṭhi *f.* 正見。11.1

sammādiṭṭhika *m.* 正見者、具正見者。1

sammādiṭṭhin *m.* 具正見者。11.1

sammāsambuddha *m.* 正等覺者、正等覺、完全覺悟的人。6

sammukha *a.* 當面的、在場的、在面前的。9

sammūḷha *a. pp.* 困惑、昏迷困惑的、迷惑的、笨的< √muh$_3$。2 [200]

sammodati *pres. aor.* 感到歡喜、交換友善的問候、共喜；sammodi *aor.* 欣喜。5.1, 6.1

sammodamāna *ppr.* 共歡喜、同意、共喜 < sammodati。4.1

sammosa *m.* 困惑、迷惑。1

sayanâsana *n.* 床座、住所、住處。12

saraṇa *n.* 慰藉處、避難所、皈依處。1

saravatī *a. f.* 有聲的、有旋律的、有悅耳的。6.1

sarīra *n.* 身體、舍利。10

sara *m.* 聲音。10.1

sallakkheti *pres.* 觀察、思考、認為。11

sallapati *pres.* 說、談、談話 < √lap_7。10

savaṇa *n.* 聽聞（< √śru）。2

sasura *m.* 岳父、公公。12

sassamaṇa-brāhmaṇa *a.* 含沙門、婆羅門的。11

sahati *pres.* 征服、戰勝 < √sah_1。6.1

sahāya *m.* 朋友。7

sahita *n.* 典籍。4

sākacchā *f.* 討論、談話、對談。5

sākhā *f. n.* 枝、枝條、支流、樹枝。10, 10.1

sāṇi *f.* 帷幕、簾、篷、簾幕。10

sādiyati *caus.* 挪用、承擔、享用、享受（< √svad）。4

sādutara *a.* 較甜的、較甘美的、更快樂的。11

sādhu *a.* 好的、善的。8

sādhuka *a.* 好的、善的。10.1

sādhuvihāridhīra *m.* 聖行者、堅定不移者、具善行者、堅定者、善活的智者。7

sāpateyya *n.* 財物。12

sāmaṃ *adv.* 自己、自行。6

sāmañña *n.* 沙門的狀態、梵行。4

sāmin *m.* 擁有者、主人、先生、丈夫。10.1

sâmisa *a.* 有 āmisa 的、與 āmisaṃ 有關的< sa-āmisa。4.1

sāyaṃhasamayaṃ *adv.* 在傍晚。2

sāyati *pres.* 嘗味道、嘗味、吃 < √sad_7。3.1

sāra *m.* 精華、心材、木心。12

sārada *a.* 秋天的、新鮮的。8

sālittakasippa *n.* 投石的技藝、丟石的技術。10

sāvaka *m.* 弟子、聲聞。6

sāvajja *a.* 該被呵責的、有過失的、有罪的。2.2

Sāvatthī *f.* 舍衛城。12

sāveti *caus.* 說、宣布、公布 < √su_4。8

sāsana *n.* 教法、信息、訊息。2, 9

sâsava *a.* 有漏的 < sa-āsava。4.1

sāḷikapotaka *m.* 九官 / 鸚鵡的幼鳥、雛鳥。10.1

Sāḷha *m.* 人名。

siṅghātaka *m. n.* 十字、十字路。3.1

sikkhā *f.* 學、訓練、學科。6.1

sikkhāpada *n.* 學處、規定。6

Sigālaka *m.* 人名。9.1

sineha *m.* 情愛、潤滑。11

sippa *n.* 技藝、科學、專門知識、手工藝、技術、知識。5

sippika *m.* 技工、工匠。5

sira *m. n.* 頭。11.1

sīghataraṃ *adv.* 較快、時間更短。8.1

sīlavatī *a. f.* 具戒的女眾。11.1

sīlavant *a.* 具戒的。11.1

sīlasampanna *m.* 具戒者。6

Sīvaka *m.* 人名。5.1

sīsa *n.* 頭、頂。10.1

Sīha *m.* 人名。8.1

su *indec.* 的確、確實。11

sukha *n.* 快樂、舒適、幸福、安樂。2.2

sukhakāma *a.* 想要快樂的。11

sukhâvaha *a.* 帶來快樂的。8

sugati *f.* 善趣、善道、快樂的地方。8.1

sugatin *m.* 有德之士、善趣者、具善行者。9

suggati = sugati *f.* 善趣。10

sucarita *n.* 善行、好行為。7

suciṇṇa *pp.* 被好好練習過的。11

succhanna *a. pp.* 好好覆蓋了的。10

suṇāti *v.* 聽聞；sutvā(na) *ger.* 已聽聞 < √śru。3.1, 4.1

suta *pp.* 被聽、所聞、所聽的、被聽。7, 9

sutta *n.* 修多羅、經。9

sudaṃ *indec.* 的確、僅、甚至。12

sududdasa *a.* 極難見的／理解的。8

sudesita *a.* 被善教的、被好好地教過的。9.1

sunakha *m.* 狗。11

sunipuṇa *a.* 非常微細的。8

Suppavāsā *f.* 人名（女性）。4

subha *a.* 令人愉快的、好的、愉悅的、淨的。12

subhariyā *f.* 賢妻。11.1

subhāvita *a.* 被善修的、被善習的。10

subhāsita *a.* 善說的、被善說的。2 [202]

subhāsitadubbhāsita *n.* 被善說的與被惡說的、適合說的、不適合說的。2

sumana *a.* 心愉快的、快樂、喜悅的。2, 5.1

surā *f.* 酒。4

suvaṇṇa *a. n.* 金、金色的。12

suvaṇṇakāra *m.* 金匠。12

suvimuttacitta *a.* 心已善解脫的。4

susamāhita *a.* 善等持的、很專注的。12

susikkhita *a.* 訓練良好的、被好好實踐過的、善學、好好學習過的。5

susirarukkha *m.* 中空的樹。10.1

suhajja *m.* 朋友、好心人。6.1, 11.1

sūpa *m. n.* 湯、肉湯、咖哩。8

sūra *a. m.* 勇者、有勇氣的、勇敢的、英勇的。11.1

sekha *m.* 有學、學習者。9.1

seṭṭha *a.* 最佳的、極好的、最佳、殊勝、最優。11

seṭṭhatā *f.* 優勝、最勝處、最佳、一流。5

seti *pres.* 居住、躺、住、睡 < √sī1。6.1

senāpati *m.* 將軍。8.1

Seniya *m.* 族名（直譯作「屬於軍隊的」）。6

semāna *ppr.* 躺的。11.1

seyyathā *adv.* 就如、就像、猶如。8

seyyathāpi 猶如。12

seyya *a.* 更好的、較好的。11.1

sela *m.* 石頭。4.1

Sela *m.* 人名。6

sevati *pres.* 親近、實踐、依附、服務、練習； sevitabba *fpp.* 應被親近、應被依附。7.1, 12.1

sevanā *f.* 結交、來往。5

so *pron. m. sg. N.* 他、那個。3

soka *m.* 愁、悲傷。4

socati *v.* 悲傷 < √suc_1。10

Soṇa *m.* 二十億（耳）、人名。6.1

soṇḍika *m.* 酒徒、酒屋、酒鬼、賣酒者。7.1

soṇḍī *f.* 岩上的自然水槽、岩石中天然的水池。10

soṇḍa 酒徒、酒癮者、酗酒者。7.1

soṇḍā *f. m.* 象鼻。10

sota *n.* 耳朵。3.1

sodheti *pres.* 清潔、清淨、清除。10

sovacassatā *f.* 服從、順從、柔和。5

svātana *n.* 明天。6

H

hatta *n.* 象鼻。10

hatthin *m.* 大象。10

hatthirūpaka *n.* 象的形狀、形相。10

hattha *m.* 手。6.1, 10

hadaya *n.* 心、心臟。11

hanati = hanti *pres.* 打、傷害、殺、殺害。3, 6

handa *indec.* 現在、那麼。11.1

harati *pres.* 帶走、移除 < √hṛ。9

have *indec.* 的確、誠然、確實。11

hiṃsati *pres.* 壓迫、傷害 < √his$_2$。11

hita *n.* 利益、福利。3

hitvā *ger.* 捨斷、捨棄 < jahāti < √hā。7

hirimant *a.* 有慚的。2.2, 6.1

hirī *f.* 慚、羞恥心。6.1

hīna *a.* 低的、卑下的、下等的、較差的。6.1

hīnāya āvattati 轉向低處、還俗。6.1

hutvā *ger.* 是、成為 < hoti, bhavati。10.1

hurāhuraṃ *adv.* 一世一世地、從這一世到另外一世。6.1

heṭṭhā *adv.* 在下方、以下、在……下面。10

heṭṭhima *a.* 較低的、在……下面、最下的。9.1

hetu *n.* 因、原因、理由。7.1, 8.1

X-hetu *a.* 以 X 為因的；*adv.* 由於 X，因為 X。7.1

hoti *pres.* 是、成為。3

huraṃ *adv.* 於他世、在另一個存有裡、在另一世。4

中譯參考

第一課 基礎閱讀

讀本一

我皈依佛。
我皈依法。
我皈依僧。
第二遍我皈依佛。
第二遍我皈依法。
第二遍我皈依僧。
第三遍我皈依佛。
第三遍我皈依法。
第三遍我皈依僧。（出自《小誦》第一段〈三皈依〉）

讀本二

「諸比丘！心若未被調伏，會導致大損失。」
「諸比丘！心若已調伏，會導致大利。」
「諸比丘！心若未被守護，會導致大損失。」
「諸比丘！心若已被守護，會導致大利。」
「諸比丘！心未被保護時，會導致大損失。」
「諸比丘！心受保護時，會導致大利。」
「諸比丘！心未受節制時，會導致大損失。」
「諸比丘！心受節制時，會導致大利。」
「諸比丘！我不見另外的一法如心一樣，當如此未被調伏、守護、保護，未受節制之時，會導致大損失。諸比丘！當心未被調伏、守護、保護，未受節制之時，會導致大損失。」（出自《增支部．第一集．第四品》）

讀本三

「諸比丘！邪見者會生起未生的不善法，且已生的不善法會轉增。

諸比丘！我不見另外的一法如邪見一般；由於它，未生的善法不生，已生的善法損減。

諸比丘！邪見者不會生起未生的善法，且已生的善法會損減。」

「諸比丘！我不見另外的一法如正見一般；由於它，未生的不善法不生，已生的不善法損減。

諸比丘！正見者不生未生起的不善法，且已生的不善法會損減。」（出自《增支部．第一集．第十六品．第二小品》）[2]

讀本四

「比丘為了未生的惡不善法之不生而生欲、精勤、精進、舉心、努力。

……為了已生的惡不善法之斷捨而生欲、精勤、精進、舉心、努力。

……為了未生的善法之生起而生欲、精勤、精進、舉心、努力。

……為了已生的善法之持續、不惑、增廣、增長及圓滿而生欲、精勤、精進、舉心、努力。」

（出自《增支部 · 第一集 · 第十八品》）

第一課　進階閱讀

讀本一

「諸比丘！我不見另外的一法如放逸一樣，能如此地導致正法的忘失與消逝。諸比丘！放逸能導致正法的忘失與消逝。」

「諸比丘！我不見另外的一法如不放逸一樣，能如此地帶來正法的久住、不忘失與不滅。諸比丘！不放逸能帶來正法的久住、不忘失與不滅。」

「諸比丘！我不見另外的一法如怠惰一樣，能如此地導致正法的忘失與消逝。諸比丘！怠惰能導致正法的忘失與消逝。」

「諸比丘！我不見另外的一法如努力精進一樣，能如此地帶來正法的久住、不忘失與不滅。諸比丘！努力精進能帶來正法的久住、不忘失與不滅。」

「諸比丘！我不見另外的一法如致力於不善法一樣，能如此地導致正法的忘失與消逝。諸比丘！致力於不善法能導致正法的忘失與消逝。」

「諸比丘！我不見另外的一法如致力於善法且不致力於不善法一樣，能如此地導致正法的久住、不忘失與不滅。諸比丘！致力於善法且不致力於不善法，能導致正法的久住、不忘失與不滅。」（《增支部 · 第一集 · 第十品》）

讀本二

「諸比丘！我不見另外的形貌如女色一樣，能如此地征服男人的心。諸比丘！女色能征服男人的心。」

「諸比丘！我不見另外的音聲如女人的聲音一樣，能如此地征服男人的心。諸比丘！女人的聲音能征服男人的心。」

「諸比丘！我不見另外的香味如女人的香味一樣，能如此地征服男人的心。諸比丘！女人的香味能征服男人的心。」

「諸比丘！我不見另外的味道如女人的味道一樣，能如此地征服男人的心。諸比丘！女人的味道能征服男人的心。」

「諸比丘！我不見另外的碰觸如女人的碰觸一樣，能如此地征服男人的心。諸比丘！女人的碰觸能征服男人的心。」

「諸比丘！我不見另外的形貌如男色一樣，能如此地征服女人的心。諸比丘！男色能征服女人的心。

「諸比丘！我不見另外的音聲如男人的聲音一樣，能如此地征服女人的心。諸比丘！男人的聲音能征服女人的心。」

「諸比丘！我不見另外的香味如男人的香味一樣，能如此地征服女人的心。諸比丘！男人的香味能征服女人的心。」

「諸比丘！我不見另外的味道如男人的味道一樣，能如此地征服女人的心。諸比丘！男人的味道能征服女人的心。」

「諸比丘！我不見另外的碰觸如男人的碰觸一樣，能如此地征服女人的心。諸比丘！男人的碰觸能征服女人的心。」（《增支部・第一集・第一品》）

第二課 基礎閱讀

讀本一

獲得人身難，人的生活難，
聽聞正法難，諸佛出世難。
不作諸惡，令善生起，
淨化自心，是諸佛教。
（《法句經 · 第十四品》，第 182-183 偈）

在這世上，瞋不曾因瞋而止息，
但瞋因無瞋而止息。這是永恆的真理。
（《法句經 · 第一品》，第 5 偈）

讀本二

「諸比丘！商人有三個特質時，無法獲得尚未獲得的財富，也無法增加已得的財富。哪三個特質？諸比丘！關於此，商人早上、中午及傍晚，皆不謹慎地照顧事業。諸比丘！商人有這三個特質時，無法獲得尚未獲得的財富，也無法增加已得的財富。

諸比丘！同樣地，比丘有三個特質時，無法獲得尚未獲得的善法，也無法增長已得的善法。哪三個質色？諸比丘！關於此，比丘早上、中午及傍晚，皆不謹慎地照顧定相。諸比丘！比丘有這三個特質時，無法獲得尚未獲得的善法，也無法增長已得的善法。

諸比丘！商人有三個特質時，能夠獲得尚未獲得的財富，也能增加已得的財富。哪三個特質？諸比丘！關於此，商人早上、中午及傍晚，皆謹慎地照顧事業。諸比丘！商人有這三個特質時，能獲得尚未獲得的財富，也能增加已得的財富。

諸比丘！同樣地，比丘有三個特質時，能夠獲得尚未獲得的善法，也能增長已得的善法。哪三個特質？諸比丘！關於此，比丘早上、中午及傍晚，皆謹慎地照顧定相。諸比丘！比丘有這三個特質時，能獲得尚未獲得的善法，也能增長已得的善法。」（《增支部・第三集・第十九經》）

讀本三

「……諸比丘！同樣地，生於人間的眾生少，而生於人間之外的眾生較多。……諸比丘！同樣地，生於中國的眾生少，生於邊地的眾生較多。

……諸比丘！同樣地，具慧、不愚、堪受法，能分辨善說與惡說的眾生少，而惡慧、愚笨、不堪受法、無能分辨善說與惡說的眾生較多。

……諸比丘！同樣地，具有聖慧眼的眾生少，而無知、愚昧的眾生較多。

……諸比丘！同樣地，得見如來的眾生少，而不得見如來的眾生較多。

……諸比丘！同樣地，得聽聞如來所教示的法與律的眾生少，而不得聽聞如來所教示的法與律的眾生較多。」（出自《增支部・第一集・第十六品・第四小品》）

第二課 進階閱讀

讀本一

「諸比丘！這三個是業生起的原因。

哪三個呢？

貪是業生起的原因，瞋是業生起的原因，以及癡是業生起的原因。

由貪所造作，依貪而生，以貪為因、以貪為根源的業，是不善的，有過失的，有苦的果報，會導致業的生起，不會導致業的止滅。

由瞋所造作，依瞋而生，以瞋為因、以瞋為根源的業，是不善的，有過失的，有苦的果報，會導致業的生起，不會導致業的止滅。

由癡所造作，依癡而生，以癡為因、以癡為根源的業，是不善的，有過失的，有苦的果報，會導致業的生起，不會導致業的止滅。

諸比丘！這就是業生起的三種原因。

諸比丘！業的生起（還）有三種原因。

哪三種原因呢？

不貪是業生起的原因，不瞋是業生起的原因，以及不癡是業生起的原因。

由不貪所造作，依不貪而生，以不貪為因、以不貪為根源的業，是善的，無過失的，有樂的果報，會導致業的止滅，不會導致業的生起。

由不瞋所造作，依不瞋而生，以不瞋為因、以不瞋為根源的業，是善的，無過失的，有樂的果報，會導致業的止滅，不會導致業的生起。

由不癡所造作，依不癡而生，以不癡為因、以不癡為根源的業，是善的，無過失的，有樂的果報，會導致業的止滅，不會導致業的生起。

諸比丘！這確實是業生起的三種原因。」（《增支部·第三集·第一一二經》）

讀本二

「諸比丘！具有這五種特質的比丘遠離（正法之德），不能在正法上堅定不移。

哪五種特質呢？

諸比丘！無信的比丘遠離（正法之德），不能在正法上堅定不移。

諸比丘！無慚的比丘遠離（正法之德），不能在正法上堅定不移。

諸比丘！無愧的比丘遠離（正法之德），不能在正法上堅定不移。

諸比丘！懈怠的比丘遠離（正法之德），不能在正法上堅定不移。

諸比丘！無慧的比丘遠離（正法之德），不能在正法上堅定不移。

諸比丘！具備這五種特質的比丘遠離（正法之德），不能在正法上堅定不移。

諸比丘！具有這五種特質的比丘未遠離（正法之德），能在正法上堅定不移。

哪五種特質呢？

諸比丘！具信的比丘未遠離（正法之德），能在正法上堅定不移。

諸比丘！有慚的比丘未遠離（正法之德），能在正法上堅定不移。

諸比丘！有愧的比丘未遠離（正法之德），能在正法上堅定不移。

諸比丘！不懈怠的比丘未遠離（正法之德），能在正法上堅定不移。

諸比丘！具慧的比丘未遠離（正法之德），能在正法上堅定不移。

諸比丘！具備這五種特質的比丘未遠離（正法之德），能在正法上堅定不移。」（《增支部 · 第五集 · 第八經》）

第三課　基礎閱讀

讀本一

「大德龍軍！有任何眾生從此身轉生到另一身嗎？」

「大王！沒有。」

「大德龍軍！如果沒有從此身轉生到另一身的眾生，不就沒有從惡業解脫的眾生嗎？」

「大王！有的！如果不結生，將會從惡業解脫。大王！因為結生了，所以未從惡業解脫。」

（出自《彌蘭陀王問 · 第五佛陀品》，第七問「轉至另一身」）

……

「大德龍軍！不轉生且不結生嗎？」

「大王！是的！不轉生且不結生。」

「大德龍軍！怎樣不轉生且不結生呢？請打個比喻吧！」

「大王！就如某人從一燈點亮另一燈，是否那〔第二〕燈從另一燈轉移呢？」

「大德！不是的。」

「大王！同樣地，不轉生且不結生。」

（出自《彌蘭陀王問經・第五佛陀品》，第五問「不轉生不結生」）

讀本二

「那麼，娑羅訶！你以為如何？貪存在嗎？」

「是的！大德！」

「娑羅訶！我稱此事為貪——娑羅訶！貪婪者貪心地殺生、偷盜、找他人之妻、說妄語……因此長時受非利與苦。」

「是的！大德！」

「你以為如何？瞋存在嗎？」

「是的！大德！」

「娑羅訶！我稱此事為瞋恚。——娑羅訶！有瞋者懷恨地殺生、偷盜、找他人之妻、說妄語……因此長時受非利與苦。」

「是的！大德！」

「你以為如何？癡存在嗎？」

「是的！大德！」

「娑羅訶！我稱此事為癡。——娑羅訶！愚癡者無知地殺生、偷盜、找他人之妻、說妄語……因此長時受非利與苦。」

「是的！大德！」

「娑羅訶！你以為如何？這些事是善或不善？」
「不善。大德！」
「有過失或無過失？」
「有過失。大德！」
「受智者斥責或稱讚？」
「受智者斥責。大德！」
（《增支部・第三集・第六十六經》）[30]

讀本三

「諸比丘！你們要修善！因為修善是可能的，所以我這樣說：『諸比丘！要修善。』諸比丘！的確，不善斷除時，若會帶來損失與苦，則我不這樣說：『諸比丘！要斷捨不善。』諸比丘！因為不善被斷除時，會帶來利益與安樂，所以我這樣說：『諸比丘！要斷除不善。』

諸比丘！因為斷除不善是可能的，所以我這樣說：『諸比丘！要斷捨不善。』諸比丘！的確，修善時若會帶來損失與苦，則我不這樣說：『諸比丘！要修善。』諸比丘！因為修善時會帶來利益與安樂，所以我這樣說：『諸比丘！要修善。』」（《增支部・第二集・第二品》，第 19 段）

第三課 進階閱讀

讀本一

「娑羅訶！那麼，你認為如何？不貪存在嗎？」
「是的！尊者。」

「婆羅訶！我稱此事為不貪——不貪者，不貪婪，不殺生、不偷盜、不淫他妻、不說妄語，且不鼓勵他人那樣做。這為此人長時帶來利益與快樂。」

「是的！尊者！」

「婆羅訶！那麼，你認為如何？不瞋存在嗎？」

「是的！尊者！」

「婆羅訶！我稱此事為不瞋——不瞋者，心不瞋，不殺生、不偷盜、不淫他妻、不說妄語，且不鼓勵他人那樣做。這為此人長時帶來利益與快樂。」

「是的！尊者！」

「婆羅訶！那麼，你認為如何？不癡存在嗎？」

「是的！尊者。」

「婆羅訶！我稱此事為不癡——不愚癡者，具明慧，不殺生、不偷盜、不淫他妻、不說妄語，且不鼓勵他人那樣做。這為此人長時帶來利益與快樂。」

「是的！尊者！」

「婆羅訶 ！那麼，你認為如何？這些法是善的，或是不善的？」

「尊者！是善的！」

「是有過失的，或是無過失的？」

「尊者！是無過失的！」

「是被智者所譴責的，或是被智者所稱讚的？」

「尊者！是被智者所稱讚的！ 」

「當〔這些法〕被成就、獲得時，將導向利益與快樂，不是嗎？」

「尊者！當〔這些法〕被成就、獲得時，將導向利益與快樂。」

「娑羅訶！當你自己了知：『這些法是善的、無過失的、被智者所稱讚的；這些法被成就、獲得時，將會導向利益與快樂。』那時，你應持續地具足（它們）。」（《增支部・第三集・第六十六經》）

讀本二

1.「諸比丘！我不見另外的一法如心一樣，當它未被修練時，是如此的不可用。諸比丘！心未被修練時，是不可用的。」

2.「諸比丘！我不見另外的一法如心一樣，當它被修練後，是如此的可用。諸比丘！心被修練後，是可用的。」[42]

3.「諸比丘！我不見另外的一法如心一樣，當它未被修練時，會導致巨大的損失。諸比丘！心未被修練時，會導致巨大的損失。」

4.「諸比丘！我不見另外的一法如心一樣，當它被修練後，會帶來巨大的利益。諸比丘！心未被修練時，會帶來巨大的利益。」

5.「諸比丘！我不見另外的一法如心一樣，當它未被修練、未顯現時，會導致巨大的損失。諸比丘！心未被修練、未顯現時，會導致巨大的損失。」

6.「諸比丘！我不見另外的一法如心一樣，當它被修練、顯現後，會帶來巨大的利益。諸比丘！心未被修練、顯現後，會帶來巨大的利益。」

7.「諸比丘！我不見另外的一法如心一樣，當它未被修練、未多運用時，會導致巨大的損失。諸比丘！心未被修練、未多運用時，會導致巨大的損失。」

8.「諸比丘！我不見另外的一法如心一樣，當它被修練、多運用後，會帶來巨大的利益。諸比丘！心被修練、多運用後，會帶來巨大的利益。」

9.「諸比丘！我不見另外的一法如心一樣，當它未被修練、未多運用時，會招致苦。諸比丘！心未被修練、未多運用時，會招致苦。」（《增支部・第一集・第三品》）

讀本三

諸比丘！這是苦聖諦：

「生是苦，老是苦，死是苦……與不可愛者牽連是苦，與可愛者分離是苦，所求不得是苦。總之，五取蘊是苦。」（《長部・第二十二大念住經》）

讀本四

「尊者龍軍！識以何為相？」

「大王！識以了知為相。」

「請作個譬喻。」

「大王！如同巡城者坐在城市中央的十字路口，能夠看見某人自東方來，某人自南方來，某人自西方來，某人自北方來；大王！同樣地，人藉由識了知以眼所見的色，藉由識了知以耳所聽的聲，藉由識了知以鼻所嗅的氣味，藉由識了知以舌所嘗的味道，藉由識了知以身所觸的觸，藉由識了知以心所識知的法。」

「大王！如此，識以了知為相。」

「尊者龍軍！您很有智慧。」（《彌蘭陀王問經 · 第三品》，第十二問「識之相」）

第四課 基礎閱讀

讀本一

「諸比丘！同樣地，沙門婆羅門的染汙有這四種，被這些染汙所染時，沙門婆羅門不發光、不發熱、不發亮。

哪四種？

諸比丘！某些沙門婆羅門，他們喝酒、不戒喝酒。諸比丘！這是沙門婆羅門的第一個染汙，被這染汙所染時，沙門婆羅門不發光、不發熱、不發亮。

諸比丘！某些沙門婆羅門，他們行淫、不戒行淫。諸比丘！這是沙門婆羅門的第二個染汙，被這染汙所染時，沙門婆羅門不發光、不發熱、不發亮。

諸比丘！某沙門婆羅門，他們受取金銀、不戒受取金銀。諸比丘！這是沙門婆羅門的第三個染汙，被這染汙所染時，沙門婆羅門不發光、不發熱、不發亮。

諸比丘！某些沙門婆羅門，他們依邪命而活、不戒邪命。諸比丘！這是沙門婆羅門的第四個染汙，被這染汙所染時，沙門婆羅門不發光、不發熱、不發亮。

諸比丘！這些是沙門婆羅門的四個染汙，被這些染汙所染時，沙門婆羅門不發光、不發熱、不發亮。

某些沙門婆羅門無知地喝酒、行淫、受持金銀、邪命而活。」（《增支部 · 第四集 · 第五十經》）

讀本二

「蘇帕瓦莎！女眾聖弟子布施食物時，給與受施者四種依處。

哪四種？

給與壽命、給與好氣色、給與安樂、給與力量。 [46]

再者，由於給與壽命，她也享有或人或天人的壽命。由於給與好氣色，她也享有或人或天人的好氣色。由於給與安樂，她也享有或人或天人的安樂。由於給與力量，她也享有或人或天人的力量。

蘇帕瓦莎！女眾聖弟子布施食物時，給與了受施者這四種依處。」（《增支部・第四集・第五十七經》）

讀本三

莫結交惡友、莫結交最糟的人；
應該結交善友、最棒的人。
（《法句經・第六品》，第 78 偈）

一切〔眾生〕畏懼棍杖，一切〔眾生〕害怕死亡；
引自己為例，自不殺亦不教人殺。
一切〔眾生〕畏懼棍杖，就一切〔眾生〕而言，
生命皆是可愛的；引自己為例，自不殺亦不教人殺。
（《法句經・第十品》，第 129-130 偈）

雖然那人誦了許多經典，如果放逸、不加以實踐，就如同牧牛人算數他人的牛，不享有沙門法。

雖然他僅誦少許的經典，但隨順法而行，斷除貪、瞋、癡，正知、心善解脫，於現世、來世無所取著，則他仍然享有沙門法。（《法句經 · 第一品》，第 19-20 偈）

憂愁依可愛事而生，恐懼依可愛事而生；
從可愛事解脫者，沒有憂愁，何來恐懼？
憂愁依愛而生，恐懼依愛而生；
從愛解脫者，沒有憂愁，何來恐懼？
憂愁依喜而生，恐懼依喜而生；
從喜解脫者，沒有憂愁，何來恐懼？
憂愁依欲而生，恐懼依欲而生；
從欲解脫者，沒有憂愁，何來恐懼？
憂愁依渴愛而生，恐懼依渴愛而生；
從渴愛解脫者，沒有憂愁，何來恐懼？
（《法句經 · 第十六品》，第 212-216 偈）

第四課 進階閱讀

讀本一

「諸比丘！有二眾。

哪二眾？

膚淺之眾與深藏之眾。

諸比丘！何者是膚淺之眾？

諸比丘！就此，若眾中有比丘掉舉、憍慢、浮動、饒舌、雜話……不正知、不專注、心躁動、放任諸根。

諸比丘！這被說為膚淺之眾。

諸比丘！何者是深藏之眾？

諸比丘！就此，若眾中有比丘不掉舉、不憍慢、不浮動、不饒舌、不雜話……正知、專注、心一境、密護諸根。

諸比丘！這被說為深藏之眾。

諸比丘！有此二眾。」（《增支部・第二集・第四十三經》）

「諸比丘！有二眾。

哪二眾？

離眾與和合眾。[57]

諸比丘！何者是離眾？

諸比丘！就此，若眾中有比丘好爭執、爭論、爭吵。

諸比丘！這被說為離眾。

諸比丘！何者是和合眾？

諸比丘！就此，若眾中有比丘和合、共喜、不爭論、水乳交融。

諸比丘！這被說為和合眾？

諸比丘！有此二眾。」（《增支部・第二集・第四十四經》）

「諸比丘！有二眾。

哪二眾？

不等眾與等眾。

諸比丘！何者是不等眾？

諸比丘！就此，若眾中，非法之業起，不起如法之業；非律之業起，不起如律之業；非法之業發光，如法之業不發光；非律之業發光，如律之業不發光。

諸比丘！這被說為不等眾。

諸比丘！何者是等眾？

就此，若眾中，如法之業起，不起非法之業；如律之業起，不起非律之業；如法之業發光，非法之業不發光；如律之業發光，非律之業不發光。

諸比丘！這被說為等眾。

諸比丘！有此二眾。」（《增支部·第二集·第五十經》）

讀本二

不放逸是往不死之道，放逸是趣死之道。
不放逸者不死，放逸者猶如已死。
處於不放逸的智者，完全了知此事，
喜於不放逸，愛好聖者的行境。
（《法句經·第二品》，第 21-22 偈）

猶如湖水縱深、清澈、無濁；
智者亦於聞法後安詳寧靜。
（《法句經·第六品》，第 82 偈）

猶如硬實的岩石不為風所動；
智者於指責與稱讚不為所動。
（《法句經·第六品》，第 81 偈）

世間愚盲，少許能見；
少許趣至樂處，如脫網之鳥。
（《法句經·第十三品》，第 174 偈）

灌溉者引水，造箭者彎箭；
木匠彎木，智者調伏自己。
（《法句經・第六品》，第 80 偈）

讀本三

「諸比丘！有兩種樂。

哪兩種？在家樂與出家樂。

諸比丘！有此兩種樂。諸比丘！此兩種樂之中，此為最上，亦即出家樂。

諸比丘！有兩種樂。

哪兩種？欲樂與離欲樂。諸比丘！有此兩種樂。諸比丘！在此兩種樂之中，此為最上，亦即離欲樂。」

諸比丘！有兩種樂。

哪兩種？依樂與無依樂。諸比丘！有此兩種樂。諸比丘！在此兩種樂之中，此為最上，亦即無依樂。

諸比丘！有兩種樂。

哪兩種？有漏樂與無漏樂。諸比丘！有此兩種樂。諸比丘！在此兩種樂之中，此為最上，亦即無漏樂。

諸比丘！有兩種樂。

哪兩種？有食樂與無食樂。諸比丘！有此兩種樂。諸比丘！在此兩種樂之中，此為最上，亦即無食樂。

諸比丘！有兩種樂。

哪兩種？聖樂與非聖樂。諸比丘！有此兩種樂。諸比丘！在此兩種樂之中，此為最上，亦即聖樂。

諸比丘！有兩種樂。

哪兩種？身樂與心樂。諸比丘！有此兩種樂。諸比丘！在此兩種樂之中，此為最上，亦即心樂。」（《增支部 · 第二集 · 第六十五至七十一經》）

讀本四

「諸比丘！具備五個特質的轉輪王，依法轉輪。此輪不為任何人、任何敵對者或任何生物所反轉。

哪五個？ [59]

諸比丘！就此，轉輪王知益、知法、知量、知時、知眾。

諸比丘！具備這五個特質的轉輪王，依法轉輪。此輪不為任何人、任何敵對者或任何生物所反轉。

諸比丘！同樣地，具備五特質的如來 · 阿羅漢 · 正等覺者，依法轉動無上法輪。此輪不為沙門、婆羅門、天、魔、梵或世上任何生命所反轉。

哪五個？

諸比丘！就此，如來 · 阿羅漢 · 正等覺者知益、知法、知量、知時、知眾。

具備此五特質的如來 · 阿羅漢 · 正等覺者，依法轉動無上法輪。此輪不為沙門、婆羅門、天、魔、梵或世上任何生命所反轉。」（《增支部 · 第五集 · 第一三一經》）

第五課 基礎閱讀

讀本一

「友！喬達摩！非善士能知非善士，說：『此人是非善士』嗎？」

「婆羅門！非善士能知非善士，說：『此人是非善士』。這是不可能的、沒機會的。」

「友！喬達摩！非善士能知善士，說：『此人是善士』？」

「婆羅門！非善士能知善士，說：『此人是善士』。這是不可能的、沒機會的。」

「友！喬達摩！善士能知非善士，說：『此人是非善士』？」

「婆羅門！善士能知非善士，說：『此人是非善士』。這是可能的、有機會的。」

「友！喬達摩！善士能知善士，說：『此人是善士』？」

「婆羅門！善士能知善士，說：『此人是善士』。這是可能的、有機會的。」（《增支部·第四集·第一八七經》）

讀本二

「瓦塞塔！你應知道，人類中靠看牛謀生的人，
他是農夫，不是婆羅門。
瓦塞塔！你應知道，人類中靠種種工藝謀生的人，
他是工匠，不是婆羅門。
瓦塞塔！你應知道，人類中靠生意謀生的人，

他是商人，不是婆羅門。

瓦塞塔！你應知道，人類中靠服務別人謀生的人，

他是僕役，不是婆羅門。

瓦塞塔！你應知道，人類中靠偷盜謀生的人，

他是盜賊，不是婆羅門。

瓦塞塔！你應知道，人類中靠箭術謀生的人，他是軍人，不是婆羅門。

瓦塞塔！你應知道，人類中靠家庭祭司的工作來謀生的人，他是祭司，不是婆羅門。

瓦塞塔！你應知道，人類中享用國土、村落的人，他是國王，不是婆羅門。

我不稱『從胎生、母親所生的〔婆羅門〕』為婆羅門，如果仍有煩惱的話，他只是稱呼別人：『朋友』的人而已。

無煩惱、無取著者，我稱他為『婆羅門』。 [64]

斷除一切結已，不受憂惱；超越取著，離結縛者，我稱他為『婆羅門』。」（《經集 · 第三品 · 第九瓦塞塔經》）

讀本三

帝釋依不放逸，達至諸天的最勝處；

他們稱讚不放逸，總是斥責放逸。

（《法句經 · 第二品》，第 30 偈）

猶如美麗的花朵，鮮豔而無香味；同樣地，對不實踐的人而言，善說的話是無用的。

恰如美麗的花朵，鮮豔且芬芳；同樣地，對實踐者而言，善說的話具有大果。

（《法句經 · 第四品》，第 51-52 偈）

對醒著的人而言，夜晚是很長的；
對疲累的人而言，一由旬是很長的；
對愚癡、不知正法的而言，輪迴是很長的。
（《法句經 · 第五品》，第 60 偈）

讀本四

不親近愚者，但親近智者，
禮敬應恭敬者，這是最上吉祥。
多聞、工巧、善學律、
善說語，這是最上吉祥。
布施、法行、幫助親戚、
無罪之行為，這是最上吉祥。
離惡、不喜惡，戒除飲酒，
於諸〔善〕法不放逸，這是最上吉祥。
恭敬、謙遜、知足、感恩、
適時聞法，這是最上吉祥。
忍辱、調柔、往見沙門，
適時論法，這是最上吉祥。
（《經集 · 第二品 · 第四經》）

第五課 進階閱讀

讀本一

「諸比丘！具備六種特質的比丘是值得供養、值得款待、應受布施、值得合掌的，乃世間無上福田。

哪六種？

諸比丘！於此，比丘以眼見色時，不喜不憂，捨住，具念、正知。

諸比丘！於此，比丘以耳聞聲時，不喜不憂，捨住，具念、正知。

諸比丘！於此，比丘以鼻嗅香時，不喜不憂，捨住，具念、正知。

諸比丘！於此，比丘以舌嘗味時，不喜不憂，捨住，具念、正知。

諸比丘！於此，比丘以身觸所觸時，不喜不憂，捨住，具念、正知。

諸比丘！於此，比丘以意知法時，不喜不憂，捨住，具念、正知。

諸比丘！具備此六種特質的比丘是值得供養、值得款待、應受布施、值得合掌的，乃世間無上福田。」（《增支圓 · 第六集 · 第一經》）

讀本二

「師婆加！那麼，就此，我反問你。請按你所接受的來加以說明。

師婆加！你以為如何？當內有貪時，你知道『我內有貪』嗎？或者，當內無貪時，你知道『我內無貪』嗎？」

「是的！尊者。」

「師婆加！當內有貪時，你知道『我內有貪』嗎？或者，當內無貪時，你知道『我內無貪』。同樣地，師婆加！法是可現見的……

師婆加！你以為如何？當內有瞋時……

……當內有癡時……

……當內有貪法時……

……當內有瞋法時……

……當內有癡法時，你知道『我內有癡法』嗎？或者，當內無癡法時，你知道『我內無癡法』嗎？」

「是的！尊者！」

「師婆加！當內有癡法時，你知道『我內有癡法』嗎？或者，當內無癡法時，你知道『我內無癡法』。同樣地，師婆加！法是可現見的……」

「尊者！真是殊勝、真是殊勝！尊者！……請世尊接受我為今後盡形壽皈依的優婆塞。」（《增支部·第六集·第五品·第五經》）

讀本三

王說：「尊者龍軍！誰的過失較多——明知而造惡業者，或不知不覺地造惡業者？」

長老說：「大王！不知不覺地造惡業者，他的過失較多。」

「尊者龍軍！那麼，對於不知不知覺地造惡業的王子、王之大臣，我們會加倍地處罰。」

「大王！你認為如何？哪個會被燒得較嚴重？一個明知而故意去拿燒燙、燃燒、著火的鐵球的人，還是不知不覺地去拿〔燒燙、燃燒、著火的鐵球〕的人？」

「尊者！不知不覺地去拿的人，他會被燒得較嚴重。」

「大王！同樣地，不知不覺地造惡業者，他的過失較多！」

「尊者龍軍！您很有智慧。」（《彌蘭陀王問經 · 第七品》，第八問「知與不知之造惡者」）[75]

讀本四

「諸比丘！你認為如何？色是常的或無常的？」

「尊者！無常的。」

「無常者，是苦的或樂的？」

「尊者！苦的。」

「將無常、苦、會變化的，視作：『這是我的、我是這個、這是我的我』，這是明智的嗎？」

「尊者！不是。」

「受……想……行……識是常的或無常的？」

「尊者！無常的。」

「無常者，是苦的或樂的？」

「尊者！苦的。」

「將無常、苦、會變化的，視作：『這是我的、我是這個、這是我的我』，這是明智嗎？」

「尊者！不是。」（《相應部 · 第二十二相應 · 第五十九經》）

第六課 基礎閱讀

讀本一

五學處：

1. 我受持離殺生之學處。
2. 我受持離偷盜之學處。
3. 我受持離邪淫之學處。
4. 我受持離妄語之學處。
5. 我受持離酒、醉人物等放逸事之學處。

（《小誦・第二段・十學處》）

讀本二

如同行於空中無垢的月亮，
依光明超勝世上一切星群；
同樣地，具戒、有信的人，
依布施超勝世上所有慳吝之人。
如同打著雷、戴著閃電花蔓、鑲有百邊的雲，
下雨在大地，遍滿高原與低地；
同樣地，正等覺者具備正見、
並有智慧的弟子，以五事勝過慳吝者：
壽命、聲譽、好氣色、安樂、
擁有財富。他死後遊樂天界。
（《增支部・第五集・第四品・第一經》）

讀本三

爾時，塞拉婆羅門，為三個年輕人所伴隨……前往結髮者凱尼亞的寺院。

塞拉婆羅門看見，在結髮者凱尼亞的寺院裡，有一些人在挖火爐、一些人在砍柴、一些人在洗缽、一些人在擺置水壺、一些人在準備座椅，而結髮者凱尼亞則自己在準備圓帳篷。

看見這些後，塞拉婆羅門向結髮者凱尼亞說：「朋友凱尼亞將要娶新娘？或者，要嫁新娘？或者要準備大供養？還是為了明天邀請塞尼亞．頻鞞娑邏王和其軍隊？」

「朋友塞拉！我並未要娶新娘，或嫁新娘，也未為了明天邀請塞尼亞．頻鞞娑邏王和其軍隊。但我準備大供養。從釋迦族出家的釋迦族之子．沙門喬達摩與比丘大眾，在安古塔羅帕遊行，……到達了安帕那……。我為明天邀請他與比丘大眾。」

「朋友凱尼亞！你說『佛陀』嗎？」[78]

「朋友塞拉！我說『佛陀』。」

「朋友凱尼亞！你說『佛陀』嗎？」

「朋友塞拉！我說『佛陀』。」

「即便『佛陀』這個聲音在世上也是難得的！」

（《經集．第三品．第七經》）

讀本四

「諸比丘！這兩種人若出世現於世上，乃為了眾人的利益、安樂、福利，為了眾人的利益、安樂、福利而出現……。

哪兩種？

如來．阿羅漢．正等覺者和轉輪王。諸比丘！兩種人若出世現於世上，乃為了眾人的利益、安樂、福利，為了眾人的利益、安樂、福利而出現……。」

「諸比丘！這兩種人若出現於世上，乃出現為奇人。

哪兩種？

如來‧阿羅漢‧正等覺者和轉輪王。諸比丘！這兩種人若出世現於世上，乃出現為奇人……。」

「諸比丘！兩種人的死是眾人所遺憾之事。

哪兩種？

如來‧阿羅漢‧正等覺者和轉輪王。諸比丘！這兩種人的死是眾人所遺憾之事。」

「諸比丘！這兩種人值得有塔。

哪兩種？

如來‧阿羅漢‧正等覺者和轉輪王。諸比丘！這兩種人值得有塔。」（《增支部‧第二集‧第五品‧第六經》）

讀本五

應當說不會傷害自己、也不會傷害他人的話，
的確這種話是善說。
應當說讓人歡喜的可愛語，
應當不取諸惡〔語〕，對他人說可愛語。[79]
實語是甘露語，這是古老的真理，
他們說：「善人安立於真諦、利益與法」。
（《經集‧第三品‧第三經》）

第六課 進階閱讀

讀本一

「索那！你獨處、靜默時，心念曾如是地生起：『我是世尊努力精進的弟子們中的一員。但是，我的心尚未無取著地從諸漏解脫。我家族裡有財富，我可以邊享受財富，邊做功德。讓我捨棄學（戒），轉向低處，邊享受財富邊做功德吧！』嗎？」

「尊者！是的。」

「二十億！你認為如何——你以前做居士時，精於琴弦之音嗎？」

「尊者！是的。」

「二十億！你認為如何——當你的琴弦太緊的時候，你的琴會有聲音、好用嗎？」

「尊者！不會。」 [91]

「二十億！你認為如何——當你的琴弦太鬆的時候，你的琴會有聲音、好用嗎？」

「尊者！不會。」

「二十億！當你的琴弦不過緊也不過鬆，安立在平衡狀態的時候，你的琴會有聲音、好用嗎？」

「尊者！會的。」

「二十億！同樣地，努力精進過度會導致掉舉；精進太鬆則會導致懶惰。因此，二十億！現在你應保持精進平衡的狀態，精通諸根的平衡，這樣來把握禪修所緣。」（《增支部·第六集·第五十五經》）

讀本二

忿怒者醜陋，且睡不安穩。
得利益，又失利。
被忿怒所征服的人，生氣地以身、語製造傷害後，
便損失財富。
沉醉於忿怒之醉，蒙受不名譽。
親戚、朋友、知己，避開忿怒者。
忿怒引生損失，忿怒讓心紛亂，
人不知由內而生的怖畏。
忿怒者不知利益，忿怒者不見法；
忿怒征服這在黑暗中的人。
他無慚無慚，言語無敬意；
被忿怒征服的人，沒有任何的皈依處。
（《增支部・第七集・第六十經》）

讀本三

王說：「尊者龍軍！作意以何為相？慧以何為相？」

「大王！作意以『舉起』為相；慧以『破壞』為相。」

「作意如何以『舉起』為相？慧如何以『破壞』為相？請打個比喻。」

「大王！你知道收割大麥之人嗎？」 [92]

「尊者！是的，我知道。」

「大王！收割者如何收割大麥呢？」

「尊者！他們以左手捉住麥束，以右手執鐮刀將麥束切斷。」

「大王！猶如收割大麥的人以左手捉住麥束，以右手執鐮刀將麥束切斷；同樣地，大王！修行者用作意捉住心，用慧切斷煩惱。大王！如是，作意以『舉起』為相；慧以『破壞』為相。」

「尊者龍軍！您很有智慧。」（《彌蘭陀王問經・第一品》，第八問「作意之相」）

讀本四

爾時，某個婆羅門往詣世尊，到已，與世尊共歡喜……坐在一邊。坐於一邊後，該婆羅門對世尊說：

「友喬達摩！人們說：『法是可見的、法是可見的。』友喬達摩！怎麼說法是可見的……？」

「婆羅門！那麼，就此，我將反問你，請按你所接受的來加以說明。婆羅門！你認為如何？內有貪時，你知道：『我內有貪』嗎？內無貪時，你知道：『我內無貪』嗎？」

「友！是的。」

「婆羅門！你內有貪時，知道：『我內有貪』；內無貪時，知道：『我內無貪』。如是，婆羅門！法是可見的……。」

「婆羅門！你認為如何？內有貪時……略……。」

「內有癡時……。」

「內有身之過失……。」

「內有語之過失……。」

「內有意過時，你知道：『我內有意之過失』嗎？內無意之過失時，你知道：『我內無意之過失』嗎？」

「友！是的。」[93]

「婆羅門！你內有意之過失時，知道：『我內有意之過失』；內無意之過失時，知道：『我內無意之過失』，如是，婆羅門！法是可見的……。」

「友！喬達摩！真是殊勝！友！喬達摩！真是殊勝！……請尊者喬達摩接受我為今後盡形壽皈依的優婆塞。」（《增支部・第六集・第五品・第六經》）

讀本五

就行放逸的人而言，貪愛如藤蔓般增長；
他從一世漂流至另一世，如林中希求果實的猴子。
凡此世中被此下劣的貪愛與執取所征服者，
他的愁鬱增長，猶如滋長的碧羅那草；
凡征服此下劣難以超越的貪愛者，
愁鬱從彼身掉落，猶如水滴從蓮花掉落。
（《法句經・第二十四品》，第 334-336 偈）

第七課 基礎閱讀

讀本一

「卡拉瑪！你們不要因傳說而來、不要依傳承、傳言、藏經的權威而來……不要因認為『沙門是我們的老師』而來。卡拉瑪！當你自己了知：『這些法是不善，這些法有過失，這些法被智者所斥責，這些法在被接受、受持時，將導向非利與苦。』卡拉瑪！那時你們會斷除它們。

卡拉瑪！你們怎麼想？人內有貪生起時，為人帶來利益還是非利？」

「非利，大德！」

「卡拉瑪！又這貪心的人，被貪所征服、心被貪所控制，殺生、偷盜、淫他妻、說謊，並教唆他人那麼做，他會因此而長時有不利與苦嗎？」

「是的！大德！」

「卡拉瑪！你們以為如何？人內有瞋生起時，為人帶來利益還是非利？」

「非利！大德！」

「卡拉瑪！又這懷瞋的人，被瞋所征服、心被瞋所控制，殺生、偷盜、淫他妻、說謊，並教唆他人那麼做，他會因此而長時有不利與苦嗎？」

「是的！大德！」

「卡拉瑪！你們以為如何？人若內有癡生起時，為人帶來利益還是非利？」

「非利！大德！」

「卡拉瑪！又這愚癡的人，被癡所征服、心被癡所控制，殺生、偷盜、淫他妻、說謊，並教唆他人那麼做，他會因此而長時有不利與苦嗎？」

「是的！大德！」

「卡拉瑪！你們以為如何？這些法是善還是不善？」

「不善，大德！」

「有過失還是無過失？」

「有過失，大德！」

「被智者所斥責或被智者所稱讚？」

「被智者所斥責，大德！」

「接受、受持時，會導致非利與苦，還是不會？你認為如何？」

「大德！接受、受持時，會導致非利與苦。對此，我們是這麼想的。」（《增支部 · 第三集 · 第六十五經》）

讀本二

「婆羅門！我不說：『一切所見應被說。』我也不說：『一切所見不應被說。』我不說：『一切所聞應被說。』我也不說：『一切所聞不應被說。』我不說：『一切所覺應被說。』我也不說：『一切所覺不應被說。』我不說：『一切所識應被說。』我也不說：『一切所識不應被說。』」

「婆羅門！說所見時，不善法轉增，善法轉減，我說：『如是所見，不應被說。』婆羅門！不說所見時，他善法轉減，不善法轉增，我說：『如是所見，應被說。』」

「婆羅門！說所聞時，不善法轉增，善法轉減，我說：『如是所聞，不應被說。』婆羅門！不說所聞時，他善法轉減，不善法轉增，我說：『如是所聞，應被說。』」

「婆羅門！說所覺時，不善法轉增，善法轉減，我說：『如是所覺，不應被說。』婆羅門！不說所覺時，他善法轉減，不善法轉增，我說：『如是所覺，應被說。』」

「婆羅門！說所識時，不善法轉增，善法轉減，我說：『如是所識，不應被說。』婆羅門！不說所識時，他善法轉減，不善法轉增，我說：『如是所識，應被說。』」（《增支部 · 第四集 · 第一八三經》）

讀本三

應該說實語，不生氣——若被請求，
即使所有很少，也應該給與。
憑此三依處，能夠到達諸天面前。
（《法句經 · 第十七品》，第 224 偈）

應當控制身瞋，應當克制於身；
斷除身惡行，當以身做善行。
應當控制語瞋，應當克制言語；
斷除語惡行，當以語做善行。
應當控制意瞋，應當克制於意；
斷除意惡行時，當以意做善行。
（《法句經 · 第十七品》，第 231-233 偈）

凡於世上殺生、妄語、偷盜、找他人之妻，
或沉溺於飲酒者，他在此世自掘己根。
（《法句經 · 第十八品》，第 246-247 偈）

讀本四

如果獲得聰慧的朋友、
同伴、堅毅的善住者；
當克服一切危難，
具念、愉悅地與他同行。
如果未得聰慧的朋友、
同伴、堅毅的善住者；

應當如國王捨棄已征服的土地，
獨自而行，如林中瑪唐加大象。
（《法句經·第二十三品》，第 328-329 偈）

第七課 進階閱讀

讀本一

「婆羅門！此三種火應被斷除、應被捨離、不應習近。哪三種？貪火、瞋火、癡火。」

「婆羅門！為何貪火應被斷除、應被捨離、不應習近？婆羅門！貪婪者被貪所征服、心被貪所擊敗，以身行惡行，以語行惡行，以意行惡行。他以身行惡行，以語行惡行，以意行惡行後，在身壞、死後，生至苦處、惡趣、墮處、地獄。因此，貪火應被斷除、應被捨離、不應習近。

婆羅門！為何瞋火應被斷除、應被捨離、不應習近？婆羅門！瞋恚者被瞋所征服、心被瞋所擊敗，以身行惡行，以語行惡行，以意行惡行。他以身行惡行，以語行惡行，以意行惡行後，在身壞、死後，生至苦處、惡趣、墮處、地獄。因此，瞋火應被斷除、應被捨離、不應習近。 [105]

婆羅門！為何癡火應被斷除、應被捨離、不應習近？婆羅門！癡者被癡所征服、心被癡所擊敗，以身行惡行，以語行惡行，以意行惡行。他以身行惡行，以語行惡行，以意行惡行後，在身壞、死後，生至苦處、惡趣、墮處、地獄。因此，癡火應被斷除、應被捨離、不應習近。婆羅門！此三種火應被斷除、應被捨離、不應習近。」（《增支部·第七集·第五品·第四經》）

讀本二

王說：「尊者龍軍！慧以什麼為相？」「大王！之前，我已說：『慧以破壞為相。』慧也以『照明』為相。」

「尊者！云何慧以照亮為相？」

「大王！慧生起時，驅除製造黑暗的無明、產生光亮之明，展現智之光芒，令聖諦顯露；由於它，行者以正慧觀見『無常』、『苦』、『無我』。」

「請做個比喻！」

「大王！猶如有人送燈進入黑暗的屋子裡，被送入的燈驅除黑暗製造者，產生光亮，展現光芒，令色相顯露；同樣地，大王！慧生起時，驅除製造黑暗的無明、產生光亮之明，展現智之光芒，令聖諦顯露；由於它，行者以正慧觀見『無常』、『苦』、『無我』。」

「大王！如是，慧以照明為相。」

「尊者龍軍！您很有智慧。」（《彌蘭陀王問經・第一品》，第四十問「慧之相」）

讀本三

「尊者龍軍！這九種人會揭露而守不住祕密的建言。哪九種？貪行者、瞋行者、癡行者、膽怯者、重物質者、女人、酒徒、半折迦、小孩。」

長老說：「他們有何過失？」

「尊者龍軍！貪行人會由於貪而揭露、守不住祕密的建言。尊者！瞋行人會由於瞋而揭露、守不住祕密的建言。癡行人會由於癡而揭露、守不住祕密的建言。膽小者會由於害怕而揭露、守不住祕密的建言。重物質享受者會為了物質享受而揭露、守不住祕密的建言。女人會由於善變而揭露、守不住祕密的建言。酒徒會由於貪酒而揭露、守不住祕密的建言。半折迦會由於疑而揭露、守不住祕密的建言。小孩會由於游移不定而揭露、守不住祕密的建言。」

有說：

「貪者、瞋者、癡者、膽怯者、重物質者、女人、酒徒、半折迦，第九是小孩。世上有這九種人。

善變、游移、不定，由於這些原因，祕密的建言迅速地顯露。」（《彌蘭陀王問經・序話》）[106]

讀本四

人懶惰、好吃、
嗜睡、躺著滾來滾去，
像被餵飼料的胖豬，
一再愚蠢地入胎。
應該愛樂不放逸，守護自心；
應該把自己從惡趣拔出，猶如陷於泥沼的大象。（《法句經・第二十三品》，第 325、327 偈）

第八課　基礎閱讀

讀本一

爾時，維那格普里卡城的婆羅門與居士往詣世尊，有些人到了後，向世尊問訊，坐在一旁；有些人與世尊共歡喜……坐在一旁；有些人宣說了名字與族名之後坐在一旁；有些人沉默地坐在一旁。維那格普里卡城的婆蹉種婆羅門，坐在一旁後，向世尊說：

「友喬達摩！真是太妙了！友喬達摩！真是稀有啊！友喬達摩的諸根欣悅、膚色明淨、光潔。[1]友喬達摩！如同秋日淡黃滇刺棗樹果的明淨、光潔，同樣地，友喬達摩的諸根欣悅、膚色明淨、光潔。友喬達摩！如多羅果剛剛脫離樹枝，明淨、光潔；同樣地，友喬達摩的諸根欣悅、膚色明淨、光潔。」（《增支部 · 第三集 · 第七品 · 第三經》）

讀本二

那時，婆羅門烏格塔沙里羅準備了大祭祀。為了大祭祀，五百頭公牛被帶到祭祀柱子。為了大祭祀，五百頭小公牛、五百頭小母牛、五百頭山羊，以及五百頭公羊被帶到祭祀柱子。那時，婆羅門烏格塔沙里羅往詣世尊，到已與世尊共歡喜……坐於一邊。

坐一邊已，婆羅門烏格塔沙里羅對世尊說：

「友喬達摩！我曾聽說，生火、豎立祭祀柱有大果、大利益。」

「婆羅門！我也曾聽說：生火、豎立祭祀柱有大果、大利益。」第二遍，婆羅門烏格塔沙里羅……第三遍婆羅門烏格塔

---

1 《雜阿含經》卷 5：「諸根和悅，貌色鮮明。」《雜阿含經》卷 37：「諸根喜悅，顏貌清淨，膚色鮮白。」《雜阿含經》卷 43：「諸根欣悅，顏貌清淨，膚色鮮白。」《中阿含經》卷 56：「諸根清淨，形色極妙，面光照耀。」

沙里羅對世尊說：「友喬達摩！我曾聽說，生火、豎立祭祀柱有大果、大利益。」

「婆羅門！我也曾聽說：生火、豎立祭祀柱有大果、大利益。」

「友喬達摩！我們所聽說的和友喬達摩所聽說的完全一致。」當婆羅門烏格塔沙里羅如是說後，阿難尊者對婆羅門烏格塔沙里羅說：

「婆羅門！不應這樣問如來：『友喬達摩！我曾聽說，生火、豎立祭祀柱有大果、大利益。』應這樣問如來：『大德！我想生火，豎祭祀柱。大德！請世尊您教導我。大德！請世尊您指導我，以便我會長時有利益與安樂。』」（《增支部・第七集・第五品・第四經》）

讀本三

調御那難以捉摸、快速、
隨欲而著的心是善；被調御的心會帶來安樂。
智者應守護那難見、極微細、
隨欲而著的心；被守護的心會帶來安樂。
心不穩定、不知正法、
淨信動搖者，他的慧不會圓滿。
（《法句經・第三品》，第 35-36、38 偈）

愚者即使盡壽親近智者，
他也不知法，恰如杓子不知湯味一樣。
有智慧的人即使向另一位智者學習一會兒，
也能快速地了知法，恰如舌頭了知湯味一樣。

做後惱悔、淚臉哭著受其果報，
這種業若做時是不善的。
做後不後悔，愉快、喜悅地享受其果報，
這種業若做時是善的。
（《法句經 · 第五品》，第 64-65、67-68 偈）

應自己先住於確當之事，
再勸導他人，〔如此做時〕智者無煩惱。
（《法句經 · 第十二品》，第 158 偈）

第八課　進階閱讀

讀本一

一時，世尊住在毘舍離大林重閣講堂。那時，師和將軍往詣世尊，到已，向世尊問訊，坐在一邊。坐在一邊後，師和將軍對世尊說：「尊者！世尊能否指出可親見的布施之果報？」

世尊說：「師和！可以。」「對大眾而言，布施的施主，是可愛的、討人歡喜的。師和！對大眾而言，布施的施主，是可愛的、討人歡喜的。這是可親見的布施之果報。」

「再者！師和！賢良善士與布施的施主來往。師和！賢良善士與布施的施主來往，這是可親見的布施之果報。」

「再者！師和！布施的施主好名聲遠播。師和！布施的施主好名聲遠播，這是可親見的布施之果報。」

「再者！師和！布施的施主走近任何人眾，或剎帝利眾、或婆羅門眾、或居士眾、或沙門眾，皆沉著、不亂地前往。師和！布施的施主走近任何人眾，或剎帝利眾、或婆羅門眾、或居士眾、或沙門眾，皆沉著、不亂地前往。這是可親見的布施之果報。」

「再者！師和！布施的施主身壞、死亡後，往生善趣、樂處。師和！布施的施主身壞、死亡後，往生善趣、樂處，這是當來的布施之果報。」（《增支部・第五集・第三十四經》）

讀本二

一時，世尊住在舍衛城大林重閣講堂。爾時，離車族的摩訶利往詣世尊，到已，向世尊問訊後，坐於一邊。坐於一邊時，離車族的摩訶利對世尊說：

「尊者！什麼是造作惡業與惡業生起的因緣？」

「離車族的摩訶利！貪是造作惡業、惡業生起的因緣。離車族的摩訶利！瞋是造作惡業、惡業生起的因緣。離車族的摩訶利！癡是造作惡業、惡業生起的因緣。離車族的摩訶利！不如理作意是造作惡業、惡業生起的因緣。離車族的摩訶利！被錯誤地導引的心是造作惡業、惡業生起的因緣。」（《增支部・第十集・第五品・第七經》）

讀本三

無忿怒、無敵意、無欺誑、不毀謗；
這樣的比丘，死後不憂愁。
無忿怒、無敵意、無欺誑、不毀謗；
這恆常守護根門的比丘，死後不憂愁。
無忿怒、無敵意、無欺誑、不毀謗；
這具足善戒的比丘，死後不憂愁。

無忿怒、無敵意、無欺誑、不毀謗；
這善知識比丘，死後不憂愁。
無忿怒、無敵意、無欺誑、不毀謗；
這具足善慧的比丘，死後不憂愁。
（《長老偈 · 八偈集》，第 2 偈）

讀本四

王說：「尊者龍軍！一個在此世死後生到梵界的人，及一個在此世死後生到喀什米爾的人，哪個較慢生？哪個較快生？」

「大王！同時。」「請打個比喻！」「大王！你出生的城市在哪裡？」

「尊者！有個名為卡拉西加馬〔的城市〕，我出生在那裡。」

「大王！卡拉西加馬，從這裡是多遠？」

「尊者！量有兩百由旬。」

「大王！喀什米爾，從這裡是多遠？」

「尊者！十二由旬。」

「大王！來，請您想一下卡拉西加馬。」

「尊者！想了。」

「大王！來，請您想一下喀什米爾。」

「尊者！想了。」

「大王！哪一個在很久後被想到？哪一個，較快被想到？」

「尊者！一樣。」

「大王！同樣地，一個在此世死後生到梵界的人，及一個在此世死後生到喀什米爾的人，他們以相同的時間生到彼處。」

「請再做個比喻！」

「大王！你認為如何？兩隻鳥依空而行，其中一隻停在高的樹上，一隻停在矮的樹上，當牠們並排時，哪隻鳥的影子會較先落在地上？哪隻鳥的影子較久才落在地上？」

「尊者！同時。」

「大王！同樣地，一個在此世死後生到梵界的人，及一個在此世死後生到喀什米爾的人，他們以相同的時間生到彼處。」（《彌蘭陀王問經·第七品》，第五問「抵達兩世間不同時」）

第九課 基礎閱讀

讀本一

有一段時間，世尊停留在婆加城的阿難陀寺。在那裡，世尊對比丘們說：「諸比丘啊！」

比丘們向世尊回答：「大德！」

世尊說：「諸比丘！我將說四大廣說，聽好，好好注意，我將要說了。」

那些比丘回答世尊說：「是的！大德。」

世尊說：

「諸比丘！什麼是四大廣說？諸比丘！於此，某比丘可能會這麼說：『朋友！我當面從世尊那裡聽到、得知：這是法，這是律，這是大師之教。』諸比丘！對那比丘所說，不應歡喜，也不應拒絕。不喜、不拒後，學會那些句子後，應放入經、與律比較。如果它們被放於經，與律比較時，不入經也不合律，對此應結論：『這實際上不是世尊．阿羅漢．正等覺所說……』如此，諸比丘！你們應捨置這說法。」

「再者，諸比丘！某比丘可能這樣說：『朋友！我當面從世尊那裡聽到、得知：這是法，這是律，這是大師之教。』諸比丘！對那比丘所說，不應歡喜，也不應拒絕。不喜、不拒後，學會那些句子後，應放入經、與律比較。如果它們被放於經，與律比較時，入經且合律，對此應結論：『這的確是世尊．阿羅漢．正等覺所說……』諸比丘！你們應憶念這第一個廣說。」（《增支部．第四集．第十八品．第十經》）

讀本二

「諸比丘！我食一座食[2]。諸比丘！我食一座食時，知少病、健康、輕快、有力與樂住。諸比丘！你們也要食一座食，諸比丘！當你們食一座食之時，你們會知道少病、健康、輕快、有力與樂住。」（《中部．第六十五跋陀利經》）

讀本三

如果人造作惡，不要屢屢造作，
莫於彼生欲，惡的積聚是苦。
若人作福，應屢屢造作， [122]
應於彼生欲，福的積聚是樂。
只要惡不成熟，惡人仍視為善，
當惡成熟時，惡人方見惡。

---

2 在此指日中一食。

只要善未成熟，善人仍視為惡。
當善成熟時，善人方見善。
（《法句經・第九品》，第 117-120 偈）

如果手上無傷口，即便人以手帶毒，
毒不入無傷口者，〔同樣地〕不造作者則無惡。
（《法句經・第九品》，第 124 偈）

有些人生於〔人〕胎，有惡業者生地獄。
善行者去天界，無漏者般涅槃。
（《法句經・第九品》，第 126 偈）

第九課 進階閱讀

讀本一

如是我聞：一時，世尊住在王舍城竹林園栗鼠飼養處。那時候，族姓子師迦拉卡在早晨起床，出王舍城，淨衣、淨髮、合掌，向諸方禮拜——東方、南方、西方、北方、下方、上方。

爾時，世尊於早晨著好衣、持著衣缽，為了托缽入王舍城。世尊看見在早晨起床，出王舍城，淨衣、淨髮的族姓子師迦拉卡，合掌向諸方禮拜——東方、南方、西方、北方、下方、上方。看到後，向族姓子師迦拉卡說：「族姓子！您為什麼在早晨起床，出王舍城，淨衣、淨髮，合掌向諸方禮拜——東方、南方、西方、北方、下方、上方？」

「尊者！父親臨終時這麼說：『兒子！你該禮拜諸方！』尊者！尊敬、重視、尊重、敬仰父親的話，所以我在早晨起床，出王舍城，淨衣、淨髮的族姓子師迦拉卡，合掌向諸方禮拜——東方、南方、西方、北方、下方、上方。」「族姓子！在聖者的教導中，不應如此禮拜六方。」

「尊者！在聖者的教導中，應如何禮拜六方？尊者！拜託！在聖者的教導中應怎樣禮拜六方，請世尊那樣地為我開示法。」

「族姓子！那麼，你仔細聽、好好注意，我要說了。」

族姓子師迦拉卡同意說：「是的！尊者。」

世尊說：「族姓子！聖弟子斷除四種業之染汙；不依四處造作惡業；不近財富損失的六種原因。如是，他遠離十四種惡、涵蓋六方、邁向二世之勝利。他身壞、死亡後往生善趣樂處世界。」（《長部・第三十一尸伽羅越經》）

讀本二

諸比丘！毘婆尸世尊阿羅漢正等覺者這麼想：「我來教導法吧！」諸比丘！爾時毘婆尸世尊阿羅漢正等覺者這麼想：「我所證得的這個法甚深、難見、難了、寂靜、勝妙、非思惟所及、微細、智者所知。此世間眾生愛所執、樂能執、喜所執與能執。對於愛所執、樂能執、喜所執與能執的世間眾生而言，此處是難見的——即此緣性・緣起。再者，此處是難見的，即一切行的止息、一切依的捨棄、貪愛之盡、離貪、滅盡、涅槃。如果我教示法，而別人不了解我，對我而言，這會是疲累、擾亂之事。」（《長部・第十四大因緣經》）

讀本三

誰將征服此大地、此閻摩世界及其諸天？
誰將辨識善示的法徑，如善巧者辨識花朵？
有學將征服此大地、此閻摩世界及其諸天；
有學將辨識善示的法徑，如善巧者辨識花朵？
了知身體如泡沫、有陽炎性質，
覺悟者斬斷魔王的花箭，達至不為死神所見之處。
（《法句經・第四品》，第 44-46 偈）

知道自己愚笨的愚者，因此也是智者，
而認為自己是智者的愚者，便被說為是愚者。
（《法句經・第五品》，第 63 偈）

第十課　基礎閱讀

讀本一

有一段時間，大師捨離群眾，獨自進入一座森林。名為婆利雷亞卡的象王也離開象群，獨自進入同一座森林，見到世尊坐於樹下，便以腳清潔樹下，以象鼻取樹枝打掃。從此，牠每天以象鼻執壺，取來、備好可用的飲用水；需要熱水時，牠準備熱水。怎麼〔準備〕呢？ 摩擦樹枝來生火，放柴進入加火，然後他烤石頭，再以樹枝令石頭滾入小池子。之後，伸入象鼻，探知水的狀態後，向大師問訊。於是，大師到那裡洗澡。然後，牠帶種種水果來布施。

當大師為托缽入村時，牠把大師的衣缽放在前額，與大師一同前往。晚上，為了阻止野獸，牠以象鼻執大木棍，在森林裡巡邏，直到黎明。（出自《持味》）

讀本二

據說，過去在瓦拉那西，有一位跛者，投石技已臻極致。他坐在城門的榕樹下，丟石頭切斷樹的葉子。村裡的小孩說「給我們看大象的形狀、給我們看馬的形狀」時，他便當場現出他們想要的形狀，並獲得食物等。

有一天，國王走到園林，到了那個地方。小孩們把那跛者放在榕樹之間後便跑掉。 當國王中午走到樹下時，切割的影子便遍滿國王的身體。他心想「這是什麼」，往上看，看見樹葉上有大象等的形狀，便問說：「這是誰作的？」聽見回答「跛子」，便令人招喚他，對他說：「我的祭司很聒噪，〔我〕只說少少，他說很多，讓我很煩。你能夠把一杯的山羊糞丟到他嘴裡嗎？」「大王！我能。備好山羊糞，您與祭司一起坐在帷幕後，我會知道該怎麼做。」

國王照做。另一人以刀尖在帷幕上割洞，當祭司與國王說話時，只要他嘴巴一打開，便將山羊糞一個一個丟到嘴裡。祭司吞下每個進入嘴裡的東西。跛子在山羊糞耗盡後，搖動帷幕，國王因這信號，得知山羊糞已耗盡，便說：「老師！我和您說話時，我無法結束談話。因為你太多話，即使你吞下了一杯的山羊糞，卻還未沉默。」 [134]

那婆羅門變得意志消沉，從此無法張嘴和國王說話。國王令人召喚跛子說：「因為你，我得到快樂。」心滿意足地給與

名為「一切具八」的財物，在城的四方給他四座很好的村落。（《〈法句經〉注》，第二冊，第 70 頁）

讀本三

猶如雨灌入屋頂沒蓋好的屋子，
同樣地，貪會灌入沒修行的心。
猶如雨不會灌入屋頂蓋好的屋子，
同樣地，貪不會灌入有修行的心。.
他今世憂愁、來世也憂愁，造惡者兩處皆憂愁。
自見染汙業已，他憂愁、受苦。
他今世歡喜、來世也歡喜，作福者兩處皆歡喜。
自見清淨業已，他歡喜、愉悅。
他今世受苦、來世也受苦，造惡者兩處皆受苦。
想著「我已造惡」而受苦，生惡趣者受更多苦。
他今世歡喜、來世也歡喜，作福者兩處皆歡喜。
想著「我已作福」而歡喜，生善趣者更是歡喜。
（《法句經・第一品》，第 13-18 偈）

第十課　進階閱讀

讀本一

爾時，一隻猴子看見那大象日復一日地照顧世尊，心想：「我也要做一些事。」有一天，他看見無蜜蜂的蜂窩，弄斷樹枝，將蜂巢與樹枝帶到大師面前，切斷一片芭蕉葉，放在那裡，給與大師。大師拿了。猴子心想：「他會吃嗎？還是不會？」心想：「如何了？」在查看時，看到大師拿了後坐著不動，便拿起樹枝端、轉啊轉；查看時，看到蛋，便將它們拿到大師面前給大師。世尊吃了。猴子心滿意足，拿了樹枝在跳舞。牠所拿的樹枝和所踩的樹枝都斷了，跌落在一樹樁的頂端，身體被刺穿。懷著對大師的淨信而命終，他出生在三十三天界。（《持味》）

讀本二

在過去，一位醫師在村落城鎮行醫時，見到一位視力不好的女人便問說：「你有什麼不舒服？」

「我不能以眼見物。」

「我為你治療？」

「先生！請。」

「你會給我什麼？」

「如果你能夠讓我的雙眼變成原來的樣子，我和我的兒女會做你的僕人。」醫生提供了治療。因一次的治療，雙眼就恢復原本的狀態。女人想：「我曾答應：『我和我的兒女將做他的僕人。』我將欺騙他。」當醫生問說：「女士！怎樣？」她說：「以前我的眼睛稍微會痛，現在痛得更厲害。」（《持味》）

讀本三

據說，以前，一個醫生為了行醫在村子裡遊行，未得到任何的工作，餓肚子地離開後，見到許多小孩在村門附近玩耍，心想：「讓這些小孩被蛇咬，再治好他們，我將得到食物。」

探頭到一個樹洞，看見在睡覺的蛇，說：「喂！小朋友！有一隻幼鳥，來捉牠吧。」那時，一個小孩捉緊蛇的脖子，將之取出來，知道牠是蛇，大叫著將蛇丟在站在不遠處的醫生的頭上。蛇盤繞著醫生的背，狠狠地咬下去，當場讓那醫生命盡 。（《法句經注》）

讀本四

過去！當婆訶馬達塔在波羅奈為王時，菩薩出生在波羅奈的商人家。在命名的那天，〔大人〕為他取名為「智者」。長大後和另一個商人一塊兒做生意，那人的名字是「過智者」。他們從波羅奈用五百車帶著貨物到各地做生意，獲利後又回波羅奈。在分財物時，過智者說：「兩份獲利是我的。」

「為了什麼原因？」

「你是智者！我是過智者。智者應得一份，過智者兩份。」

「我們倆人的資本和牛不是完全一樣嗎？為什麼你應該獲得兩份？」

「因為我是過智者。」

如是他們討論、爭執著。

之後，過智者心想：「有一個辦法！」令自己的父親進到一棵中空的樹，說：「我們來的時候，你要說：『過智者應該獲得兩份。』」走向菩薩後，他說：「哈囉！樹神知道我分兩份是適合或不適合，走吧，我們問祂。」過智者帶菩薩到那裡，說：「樹神閣下，請裁決我們的諍訟。」他的父親轉變聲音後說：「那麼！說吧。」

「閣下！這位是智者；我是過智者。我們一塊兒做生意，就此，該如何分？」

「智者應得一份；過智者應得兩份。」

菩薩聽到諍訟被如此地裁決後，心想：「現在！我會知道這是神還是非神。」帶來稻草，填滿洞穴後便放火。過智者的父親，被火焰所觸時，因為身體一半被燒，往上攀爬，捉住樹枝、攀附著之時，掉落到地上，說了這個偈頌：

「智者善，過智者不善」。（《本生經注》）

第十一課 基礎閱讀

讀本一

過去，一位牧牛人住在瞻部洲阿逸多國。一位辟支佛總是在他家用餐。在他家有一隻狗。辟支佛用餐時，總是給那隻狗一團飯。那狗因此對辟支佛產生感情。牧牛人每天兩次去服侍辟支佛。狗也跟他去。

有一天，牧牛人對辟支佛說：「大德！當我不能〔來〕，我會派這隻狗，有此象徵時，請您就來。」此後，在不能的日子，他便派狗。僅以一句話，那狗便跳起來去到辟支佛的住處，吠三次宣布自己的到來後，便躺在一邊。當辟支佛看好時間要離開時，牠便吠著走在前頭。辟支佛有一天測試那狗，走另一條路。狗便橫立在前面，吠著，使他走另一條路。

有一天，辟支佛走另一條路，即使狗橫立阻止，他也未回頭，用腳引開狗，繼續前進。狗知道辟支佛未回頭，便咬衣邊拉著他，引他到應走的路。如是，該狗對辟支佛生起強烈的情愛。

後來，辟支佛的袈裟朽壞了。於是牧牛人布施做衣的布料給他。辟支佛告訴牧牛人說：「我將到安樂處做衣。」他答說：「大德！不要在外面住很久！」狗聽到他們的談話站了起來。 站著對升至天空離去的辟支佛吠叫，這時牠的心也碎了。

這些動物質直、不欺。但人們想一套，說一套。（出自《持味》）

讀本二

如是我聞。有一段時間，世尊住在阿羅毘，在夜叉阿羅婆迦的地域。那時，夜叉阿羅婆迦往詣世尊，到已對世尊說：

「沙門！出去！」「好的！朋友！」世尊便出去。

「沙門！進來！」「好的！朋友！」世尊便進來。

第二遍，夜叉阿羅婆迦對世尊說：

「沙門！出去！」「好的！朋友！」世尊便出去。

「沙門！進來！」「好的！朋友！」世尊便進來。

第三遍，夜叉阿羅婆迦對世尊說：

「沙門！出去！」「好的！朋友！」世尊便出去。

「沙門！進來！」「好的！朋友！」世尊便進來。

第四遍，夜叉阿羅婆迦對世尊說：

「沙門！出去！」

「朋友！我不出去，你該做什麼，就做吧！」

「沙門！我將問你一個問題。如果你不為我解答，我將迷亂你的心，撕裂你的心，或捉你的腳，把你丟到恆河的另一邊。」

「朋友！我不見在這有天有梵的世上，在有天、有人、有沙門、婆羅門的群眾裡，有誰能夠迷亂我的心，撕裂我的心，或捉我的腳，把我丟到恆河的另一邊。但是，朋友！問你想要問的吧！」

那時，夜叉阿羅婆迦以偈對世尊說：

「什麼是人們最勝的財富？
什麼善行會帶來快樂？
諸味中最甜的是什麼？
他們說，有什麼樣生活的人是〔過著〕最勝的生活？」
「信是人們最勝的財富。
如法的善行帶來快樂。
真理的確是諸味中最甜。
他們說依慧生活者是〔過著〕最勝的生活？」
（《經集 · 第一品 · 第十經》

讀本三

在這世上，無論進入空中、大海或山的洞穴裡，
都找不到一個住在那裡而可從惡業解脫的地方。
在這世上，無論進入空中、大海或山的洞穴裡，
都找不到一個住在那裡而可不受死亡壓迫的地方。
（《法句經 · 第九品》，第 127-128 偈）

若人以棍杖傷害想要快樂的眾生，
同時自己追求快樂，他死後不會得到快樂。
若人不以棍杖傷害想要快樂的眾生，
同時自己追求快樂，他死後會得到快樂。
（《法句經 · 第十品》，第 131-132 偈）

這色身漸衰、危脆，是諸疾之巢、
腐物之聚，敗壞——的確，生命的終點是死亡。
（《法句經·第十一品》，第 148 偈）

讀本四

那時，世尊對諸比丘說：「諸比丘！色非我。諸比丘！如果這色是我，它不會導致疾病，可得色：『願我的色這樣、我的色不要這樣。』諸比丘！因為色是非我，因此色會導致疾病，不得色：『願我的色這樣、我的色不要這樣。』

諸比丘！受非我。諸比丘！如果這受是我，它不會導致疾病，可得受：『願我的受這樣、我的受不要這樣。』諸比丘！因為受是非我，因此受會導致疾病，不得受：『願我的受這樣、我的受不要這樣。』

諸比丘！想非我。諸比丘！如果這想是我，它不會導致疾病，可得想：『願我的想這樣、我的想不要這樣。』諸比丘！因為想是非我，因此想會導致疾病，不得想：『願我的想這樣、我的想不要這樣。』

諸比丘！行非我。諸比丘！如果這行是我，它不會導致疾病，可得行：『願我的行這樣、我的行不要這樣。』諸比丘！因為行是非我，因此行會導致疾病，不得行：『願我的行這樣，我的行不要這樣。』

諸比丘！識非我。諸比丘！如果這識是我，它不會導致疾病，可得識：『願我的識這樣、我的識不要這樣。』諸比丘！因為識是非我，因此識會導致疾病，不得識：『願我的識這樣、我的識不要這樣。』」（《律》第一冊，第 7-8 頁）

第十一課 進階閱讀

讀本一

「你未曾見過人們之中，八十歲的、九十歲的，或一百歲的男人或女人，衰老、駝背如屋椽、佝僂、拄杖而行、顫動而行、患病、年華已逝、齒壞、髮灰、稀疏、禿頭、皮皺、身體布滿斑點？

聰明、年老的你，未曾想過：『我也會老，未超越老。現在，我要以身、語、意，行善？』

你未曾見過人們中男人或女人生病、受苦、病重、躺陷在自己放出的大便，被別人扶起，被別人送到〔床上〕嗎？ [157]

聰明、年老的你，未曾想過：『我也會病，未超越病。現在，我要以身、語、意，行善？』

你未曾見過人們中男人或女人，死了一天、兩天、或三天，腫脹、發紫、長膿？

聰明、年老的你，未曾想過：『我也會死，未超越死。現在，我要以身、語、意行善』？」（《增支部．第三集．第三十六經》）

讀本二

「諸比丘！什麼是正見？

諸比丘！關於苦的智、關於苦因的智、關於苦滅的智、關於趨苦滅道的智，諸比丘！這被說為『正見』。」（《中部．第一四一諦分別經》）

「友！當聖弟子了知不善、了知不善之根，了知善、了知善之根；友！憑此，聖弟子成為具正見者、具足法的不壞淨信，已入正法。

友！什麼是不善？什麼是不善之根？什麼是善？什麼是善之根？

友！殺生是不善，拿取未與之物是不善，於諸欲邪行是不善，虛妄的言語是不善，毀謗的言語是不善，粗惡的言語是不善，無關緊要的言談是不善，貪是不善，瞋是不善，邪見是不善。友！這被說為不善。應以『不善業道』之名了知這十種法。

友！什麼是不善之根？貪是不善之根，瞋是不善之根，癡是不善之根。友！這被說為不善之根。 [158]

友！什麼是善？避免殺生是善，避免拿取未與之物是善，避免於諸欲邪行是善，避免虛妄的言語是善，避免毀謗的言語是善，避免粗惡的言語是善，避免無關緊要的言談是善，不貪是善，不瞋是善，正見是善。友！這被說為善。應以『善業道』之名了知這十種法。

友！什麼是善之根？不貪是善之根，不瞋是善之根，不癡是善之根。友！這被說為善之根。」（《中部．第九正見經》）

讀本三

「諸比丘！具備五個特質的女人是非常不受男人喜愛的。
哪五個？無美色、無財富、無戒、懶惰、不得子嗣。
諸比丘！具備這五個特質的女人是非常不受男人喜愛的。
諸比丘！具備五個特質的女人是非常受男人喜愛的。
哪五個？具美色、具財富、具戒、不懶惰、得子嗣。

諸比丘！具備這五個特質的女人是非常受男人喜愛的。」（《相應部 · 第三十七相應 · 第一經》）

「諸比丘！具備五個特質的男人是非常不受女人喜愛的。
哪五個？無男色、無財富、無戒、懶惰、不得子嗣。
諸比丘！具備這五個特質的男人是非常不受女人喜愛的。
諸比丘！具備五個特質的男人是非常受女人喜愛的。
哪五個？具男色、具財富、具戒、不懶惰、得子嗣。
諸比丘！具備這五個特質的男人是非常受女人喜愛的。」（《相應部 · 第三十七相應 · 第二經》）

讀本四

「諸比丘！這五種是女人特有的苦，是女人會遭遇的，而非男人。哪五種？

諸比丘！就此，女人尚年輕時，到夫家，沒有親戚。諸比丘！這是第一種女人特有的苦，是女人會遭遇的，而非男人。

諸比丘！女人有月事。諸比丘！這是第二種女人特有的苦，是女人會遭遇的，而非男人。

諸比丘！女人懷胎。諸比丘！這是第三種女人特有的苦，是女人會遭遇的，而非男人。

諸比丘！女人生產。諸比丘！這是第四種女人特有的苦，是女人會遭遇的，而非男人。

諸比丘！女人服侍男人。諸比丘！這是第五種女人特有的苦，是女人會遭遇的，而非男人。

諸比丘！有這五種女人特有的苦，是女人會遭遇的，而非男人。」（《相應部 · 第三十七相應 · 第三經》）

讀本五

爾時，憍薩羅國波斯匿王往詣世尊，到已，向世尊問訊後坐在一邊。另一個人往詣憍薩羅國波斯匿王，到已，在憍薩羅國波斯匿王耳邊說：「大王！茉莉皇后生了個女兒。」說完後，憍薩羅國波斯匿王顯得不高興。

世尊知道憍薩羅國波斯匿王不高興，那時便說了這些偈頌：

「王！有些女人比男人更優秀，
有智慧、具足戒，尊重婆婆，為賢妻。
她會生出一個男的，勇敢、成為國王，
那樣的賢妻的兒子，會治理王國。」（《相應部・第三相應・第十六經》）

第十二課 基礎閱讀

讀本一

如是我聞。有一段時間，世尊停留在舍衛城，祇陀林的給孤獨長者園中。那時，世尊於早晨穿好衣、拿著衣缽，進入舍城托缽。那時候，婆羅門阿奇卡巴羅多加的住處，有火燃燒，舉行祭祀。那時，世尊為缽食次第而行，到了婆羅門阿奇卡巴羅多加的住處。婆羅門阿奇卡巴羅多加看到世尊從遠處走來。看到後對世尊說：「禿子，站住！沙門仔，站住！賤民，站住！」他這麼說後，世尊對婆羅門阿奇卡巴羅多加說：「婆羅門！你知道什麼是賤民？什麼事讓人成為賤民嗎？」

「喬達摩朋友！我不知什麼是賤民，什麼事讓人成為賤民。

若尊者喬達摩為我說法，讓我得知，什麼是賤民，什麼事讓人成為賤民，那就太好了。」

「婆羅門！因此，你要注意，好好聽，我要說了。」婆羅門阿奇卡巴羅多加回答世尊：「好的！朋友！」世尊說：

「若人忿怒、有瞋，覆罪，
邪見、欺誑，應知彼為賤民。
若人殺害出生一次或出生兩次的眾生，
對生物沒有同情心，應知彼為賤民。
若人摧毀、包圍村落與城市，
為惡名昭彰的迫害者，應知彼為賤民。
若人有能力而不扶養衰老、
青春已逝的父母親，應知彼為賤民。
若人以言語傷害、激怒父親、母親、
兄弟、姊妹、岳父 / 公公，應知彼為賤民。
若人易怒、極小氣、壞心、慳吝、欺誑、
無慚、無愧，應知彼人為賤民。
不因出生而為賤民，不因出生而為婆羅門，
因行為而成賤民，因行為而成婆羅門。」

如是說已，婆羅門阿奇卡巴羅多加對世尊說：「友喬達摩！真是太好了。友喬達摩！真是太好了。友喬達摩！如同人扶起跌倒的、彰顯被覆蓋的、為盲者指示道路而在黑暗中點油燈，同樣地，友喬達摩以種種方式顯示正法。我皈依世尊喬達摩，皈依法及僧。願尊者喬達摩接受我為優婆塞，我從今以後盡形壽皈依。」（《經集 · 第一品 · 第七經》） [164]

讀本二

「你不會因經常來往而輕視智者嗎？
人間的持炬者，你是否敬重？」
「我不因反覆來往而輕視智者，
人間的持炬者，我恆常敬重。」
「捨棄可愛、悅意的五欲，
具信從家出離，讓苦終結。」
「結交諸善友，前往僻靜、隱蔽、安靜的住所，
並於飲食知節量。」
「衣、缽食、資具、住所，
這些皆莫貪著，莫再回到世間。」
「防護於別解脫戒與五根門，
應有身至念，要多修厭離。」
「遠離與貪相連的美淨之相，
應以不淨修習一境、善等持的心。」
「應修習無相，斷除慢隨眠，
之後，因慢之現觀，你將寂靜而行。」
如此，世尊反覆地以這些偈頌教誡羅睺羅尊者。
（《經集．第二品．第十一經》）

讀本三

那時，阿難尊者往詣世尊，到已，向世尊問訊，坐在一邊。坐在一邊時，阿難尊者向世尊說：

「大德！有此三種香，它們的香味順風行，不逆風行。」
「哪三種？」

「根香、心材香、花香。大德！這是香味順風行但不逆風行的三種香。」

「大德！是否有任何種的香，其香味可順風行、可逆風行、順逆風皆可行？」

「阿難！有某些香，其香味順風行、逆風行、順逆風亦行。」

「大德！什麼類的香，其香味順風行、逆風行、順逆風亦行？」

「阿難！於此，若於某村或城鎮，有一男人或女人皈依佛、皈依法、皈依僧，離殺生、偷盜、邪淫、妄語、離酒類醉人的放逸處，具戒、有善法，以離汙垢、慳吝的心住於家。……。沙門婆羅門便稱讚那地方：『在這樣的村子或城鎮裡，有一男人或女人皈依佛、皈依法、皈依僧，離殺生、偷盜、邪淫、妄語、離酒類醉人的放逸處，具戒、有善法，以離汙垢、慳吝的心住於家。』……

諸天人也稱讚那地方：『在這樣的村子或城鎮裡，有一男人或女人皈依佛、皈依法、皈依僧，……具戒、有善法，以離汙垢、慳吝的心住於家。』阿難！這就是那種香，其香味能順風行、逆風行，順逆風行。」

「花香不逆風行，檀木、香灌木、茉莉也不行。善人的香逆風而行，善人的香遍一切處。」（《增支部 · 第三品 · 第八十經》）

讀本四

在舍衛城，有一位婆羅門，名叫「阿迪那普巴卡」（未曾給過的）。他以前未曾給任何人任何東西。他有一個獨子，甚是喜愛。婆羅門想要送給兒子一個飾品，心想：「如果我叫金匠，就要給工錢。」便自己搗金，將耳環磨亮，送給兒子。因此，他的兒子被叫作「麻它昆達利」（摩亮的耳環）。

在他十六歲時，生了黃疸病。婆羅門到醫生們面前問：「你們為這種病開什麼藥？」他們告訴他這種那種的樹皮。他便取來作藥。雖然那樣做了，但他的病仍然猛烈。婆羅門知道兒子虛弱便找來一位醫生。醫生看了他，「我們只有一種功用，請找另一位醫生來讓他治療吧！」說後便離去。

婆羅門知道兒子的死期到了，「為了見他而來來往往的人，會看到屋內的財富，所以我要把他弄到外面。」把兒子帶到外面讓他躺在走廊。當他死亡後，婆羅門火化他的身體，每天到火化場哭泣：「獨子啊！在哪裡？獨子啊！在哪裡？」（出自《持味》）

第十二課 進階閱讀

《轉法輪經》

如是我聞。一時世尊住在波羅奈．仙人墮處的鹿野苑。在那裡，世尊對五比丘說：

「諸比丘！這兩個極端，應斷，不應依從。

哪兩個？

1. 致力於欲樂的享受，是低下、粗俗、屬於凡夫的、非聖的、不具利益的。

2. 致力於自我折磨，是苦的、非聖的、不具利益的。

諸比丘！如來所自覺的中道，不近這兩種極端，能作眼、作智，導向寂靜、通智、正覺與涅槃。

諸比丘！什麼是如來所自覺的中道，能作眼、作智，導向寂靜、通智、正覺與涅槃？

就是這八支聖道，也就是：

正見、正思惟、正語、正業、正命、正精進、正念、正定。

諸比丘！這是如來所自覺的中道，能作眼、作智，導向寂靜、通智、正覺與涅槃。

諸比丘！這是苦聖諦。

生是苦、老是苦、病是苦、死是苦、愛別離是苦、怨憎會是苦、求而不得是苦，總之，五取蘊是苦。

諸比丘！這是苦集聖諦：[174]

引生再有、與喜貪共俱、處處愛著的貪愛，也就是，欲愛、有愛、無有愛。

諸比丘！這是苦滅聖諦：

貪愛之無餘滅盡、捨、棄、解脫、無執取。

諸比丘！這是趨苦滅道聖諦：

此八支聖道，也就是：正見、正思惟、正語、正業、正命、正精進、正念、正定。

* * *

1. 諸比丘：於以往所未聽聞過的法，我眼生、智生、慧生、明生、光生，了知：『這是苦聖諦。』

2. 諸比丘：於以往所未聽聞過的法，我眼生、智生、慧生、明生、光生，了知：『應遍知苦聖諦。』

3. 諸比丘：於以往所未聽聞過的法，我眼生、智生、慧生、明生、光生，了知：『已遍知苦聖諦。』

1. 諸比丘：於以往所未聽聞過的法，我眼生、智生、慧生、明生、光生，了知：『這是苦集聖諦。』

2. 諸比丘：於以往所未聽聞過的法，我眼生、智生、慧生、明生、光生，了知：『應斷苦集聖諦。』

3. 諸比丘：於以往所未聽聞過的法，我眼生、智生、慧生、明生、光生，了知：『已斷苦聖諦。』

1. 諸比丘：於以往所未聽聞過的法，我眼生、智生、慧生、明生、光生，了知：『這是苦滅聖諦。』

2. 諸比丘：於以往所未聽聞過的法，我眼生、智生、慧生、明生、光生，了知：『應證苦滅聖諦。』 [175]

3. 諸比丘：於以往所未聽聞過的法，我眼生、智生、慧生、明生、光生，了知：『已證苦滅聖諦。』

1. 諸比丘：於以往所未聽聞過的法，我眼生、智生、慧生、明生、光生，了知：『這是趨苦滅道聖諦。』

2. 諸比丘：於以往所未聽聞過的法，我眼生、智生、慧生、明生、光生，了知：『應修趨苦滅道聖諦。』

3. 諸比丘：於以往所未聽聞過的法，我眼生、智生、慧生、明生、光生，了知：『已修趨苦滅道聖諦。』

* * *

諸比丘！只要我那與此四聖諦相關的、具三轉十二行相的如實知見，尚未變得極清淨時，我就不在天界、魔界、梵界、沙門婆羅門眾及人、天眾中，宣稱：『我了悟了無上正等菩提。』

諸比丘！當我那與此四聖諦相關的、具三轉十二行相的如實知見，變得極清淨之時，我在天界、魔界、梵界、沙門婆羅門眾及人、天眾中，宣稱：『我了悟了無上正等菩提。』

我的智與見已生起：『我的解脫是無可動搖的，這是最後一生，如今已無後有。』

世尊說了這些話。五比丘很高興，對世尊的話感到很歡喜。

這解析被說之時，具壽憍陳如生起了遠塵、離垢的法眼：『一切生起的，皆會滅去。』

當世尊轉動法輪後，地居天大喊：『世尊已在波羅奈・仙人墮處的鹿野苑轉動了無法被世上任何沙門、婆羅門、天、魔、梵天所逆轉的無上法輪。』 [176]

四大王天聽到地居天的聲音後也大喊：『世尊已在波羅奈・仙人墮處的鹿野苑轉動了無法被世上任何沙門、婆羅門、天、魔、梵天所逆轉的無上法輪。』

三十三天人聽聞四大王天的聲音後也……夜摩天……兜率天……化樂天……他化自在天……梵眾天也大喊：『世尊已在波羅奈・仙人墮處的鹿野苑轉動了無法被世上任何沙門、婆羅門、天、魔、梵天所逆轉的無上法輪。』

如此，剎那間、頃刻間、一瞬間，聲音上傳乃至於梵界。十千世界震動、晃動、搖動。無量殊勝的光芒勝過天人的天威，出現在世間。

那時，世尊有感而發：

『的確！憍陳如知道了，憍陳如知道了。』

因此，具壽憍陳如有『阿若憍陳如』的稱號。」

（《相應部・第五十六品・第十一經》）

巴利語文法表格

名詞格尾變化表（單數）（nāmavibbati: ekavacana）

		-a		**-ā**	**-i**			**-ī**
性		m	n	f	m	n	f	f
格	**N**	-o *-e*	-aṃ *-e*	-ā	-i	-i -iṃ	-i -ī	-ī -i
	V	-a -ā *-e, o*	-a -aṃ	-e *-ā* *-a*	-i -e	-i	-i -ī	-ī -i
	Ac	-aṃ	-aṃ	-aṃ	-iṃ	-iṃ -i	-iṃ	-iṃ *-iyaṃ*
	I	-ena *-ā* *-asā*	—	-āya *-ā*	-inā	—	-iyā -yā	-iyā -yā
	Ab	-ā -ato -asmā -amhā	—	-āya -āto *-ato*	-inā -ito -ismā -imhā	—	-iyā -yā -ito	-iyā -yā *-ito* *-īto*
	D / G	-āya(D) -assa *-ā*	—	-āya	-ino -issa	—	-iyā -yā	-iyā -yā
	L	-e -asmiṃ -amhi *-asi*	—	-āya -āyaṃ	-ismiṃ -imhi -ini *-e, -o*	—	-iyā -iyaṃ -āyaṃ -yaṃ *-o, -u*	-iyā -yā -iyaṃ -yaṃ

		-u			**-ū**		**-o**	**-an**	
性		m	n	f	m	f	m	m	n
格	**N**	-u *-o*	-u -uṃ	-u	-ū -u -ūṃ^{nt}	-ū -u	-o -oṇo	-ā *-no*	-a -aṃ
	V	-u *-o*	-u -uṃ	-u	-ū -	-ū -u	-o -oṇo	-a -ā	-a
	Ac	-uṃ *-unam*	-uṃ u	-uṃ	-uṃ	-uṃ	-avaṃ -avuṃ -oṇaṃ	-aṃ -ānaṃ	-a -aṃ
	I	-unā	—	-uyā	-unā	-uyā	-avena	-anā -ena	-anā -unā -ena -ā
	Ab	-unā -uto -usmā -umhā *-u*	—	-uyā -uto	-uto -usmā -umhā	-uyā	-avā -avasmā -avamhā	-anā -asmā -amhā -ato	-unā -asmā -amhā
	D / G	-uno -ussa *-u*	—	-uyā	-uno -ussa	-uyā	-avassa	-ano -assa	-uno -assa
	L	-usmiṃ -umhi -u	-usmiṃ -umhi -u *-uni*	-uyā -uyaṃ	-usmiṃ -umhi	-uyā -uyaṃ	-ave -avasmiṃ -avamhi	-ne -ni -ismiṃ -imhi	-ani -āni *-e*

		-ant	-ant	-in	-as	-us	-ar	
性		m	n	m	n	n	m	f
格	N	-ā, -aṃ -anto, -*o* -ato	-antaṃ -aṃ	-ī -i	-o	-u -uṃ	-ā -a -*o*	-ā
	V	-ā, -a -anta -aṃ	-antaṃ -aṃ	-ī -*ini*	-o -a, -ā -aṃ	-u -uṃ	-ā -a -*e*	-ā -a -*e*
	Ac	-aṃ -antaṃ -ataṃ	-antaṃ -*aṃ*	-iṃ -inaṃ	-o -aṃ	-u -uṃ	-āraṃ -uṃ -*aṃ*	-araṃ
	I	-atā -antena	—	-inā	-asā -ena -anā	-usā -unā	-arā -āra -unā	-arā -uyā -yā
	Ab	-atā -antasmā -antamhā -*antato*	—	-inā -ismā -imhā -ito	-asā -asmā -amhā -ā -ato	-usā -unā	-arā -ārā -ito -*u*	-arā -uyā -yā -ito
	D / G	-ato -antassa	—	-ino -issa	-aso -assa	-uno -ussa	-u -uno -ussa	-u -yā -uyā -āya
	L	-ati -ante -antasmiṃ -antamhi	—	-ini -ismiṃ -imhi -*ine*	-asi -e -asmiṃ -amhi	-usi -uni	-ari	-ari -uyā -yā -uiyaṃ

名詞格尾變化表（複數）（nāmavibbati: bahuvacana）

		-a-		ā	-i			-ī
性		m	n	f	m	n	f	f
格	N	-ā -*āse* -*o* -*āso*	-ā -āni -ā	-ā -āyo	-ī -ayo -iyo -ino	-īni -ī	-ī -yo -iyo -yā	-īyo -yo -iyo -āyo
	V	-ā	-āni -ā	-ā -āyo	-ī -ayo -iyo	-īni -ī	-ī -yo -iyo	-īyo -yo -iyo -āyo
	Ac	-e -*āni*	-āni -e	-ā -āyo	-ī -ayo -iyo -*e*	-īni -ī	-ī -yo -iyo	-īyo -yo -iyo -āyo
	I	-ehi -*ebbhi* -*e*	—	-āhi -*ābbhi*	-īhi -ībhi -ihi -ibhi	—	-īhi -*ībbhi*	-īhi -*ībbhi*
	Ab	-ehi -*ebbhi* -*ato*	—	-āhi -*ābbhi*	-īhi -ībhi -ihi -ibhi	—	-īhi -*ībbhi*	-īhi -*ībbhi*
	D / G	-ānaṃ -*uno*	—	-ānaṃ	-inaṃ -īnaṃ	—	-īnaṃ	-inaṃ -īnaṃ -iyanaṃ -īyanaṃ
	L	-esu	—	-āsu	-isu -īsu	—	-isu -īsu	-isu -īsu

		-u			-ū		-o	-an	
性		m	n	f	m	f	m	m	n
格	**N**	-ū -avo -*uyo* -*uno*	-ūni -ū	-ū -uyo	-ū, -uvo -uno -ūno -ūni	-ū -uyo -ūyo	-avo -āvo	-ā -āno	-āni
	V	-ū -avo -ave -*uno*	-ūni -ū	-ū -uyo	-ū -uvo -uno -ūno	-ū -uyo	-avo	-ā -āno	—
	Ac	-ū -avo -*uyo* -*uno*	-ūni -ū	-ū -uyo	-ū -uvo -uno -ūno	-ū -uyo	-avo -oṇe	-ano -āno	-āni
	I	-uhi -*ubbhi* -ūhi -*ūbbhi*	—	-ūhi -ūbhi	-ūhi -*ūbbhi*	-ūhi -ūbhi	-ohi -obhi -avehi	-ūni,-uhi -ehi -*ebbhi* -*ūbbhi*	-ehi
	Ab	-uhi -*ubbhi* -ūhi -*ūbbhi*	—	-ūhi -*ūbbhi*	-ūhi -*ūbbhi*	-ūhi -ūbhi	-ohi -obhi -avehi	-ūni,-uhi -ehi -*ebbhi* -*ūbbhi*	-ehi
	D / G	-unaṃ -ūnaṃ *-unnam*	—	-ūnaṃ	-ūnaṃ	-ūnaṃ	-avaṃ -unnaṃ -onaṃ -oṇānaṃ	-naṃ -ūnaṃ -*ānam*	-ānaṃ
	L	-usu -ūsu	—	-ūsu	-ūsu	-ūsu	-osu -āvesu	-esu -usu -ūsu	-esu

		-(m/v)ant		-in	-as	-us	-ar	
性		m	n	m	n	n	m	f
格	N	-anto -antā	-antāni -anti	-ī -ino *-iyo* *-ayo* *-inā*	-ā -āni	-ūni -ū	-aro -āro	-aro -ā
	V	-anto -antā	-antāni -anti	-ī -ino	-ā -āni	-ūni -ū	-āro	-aro
	Ac	-anto -ante	-antāni -anti	-ī -ino -aye -ine -iye	-e -āni	-ūni -ū	-āro, -aro -are, -āre -*e*, -*uno* -*ū*	-aro -are
	I	-antehi -*antebhi*	—	-īhi -ībhi -ihi -ibhi	-ehi -ebhi	-uhi -ubhi	-arehi, -ārehi -ūhi, *ūbhi* -*arebhi* -*ārebhi*	-arehi -ūhi, -*ūbhi* -*arebhi*
	Ab	-antehi -*antebhi*	—	-īhi -ībhi -ihi -ibhi	-ehi -ebhi	-uhi -ubhi	-arehi, -ārehi -ūhi, *ūbhi* -*arebhi* -*ārebhi*	—
	D / G	-ataṃ -*antaṃ* -*antānaṃ*	—	-īnaṃ -inaṃ	-ānaṃ	-ūnaṃ -usaṃ	-ūnaṃ, -ānaṃ -arānaṃ -ārānaṃ -unnaṃ	—
	L	-antesu	—	-īsu -isu	-esu	-usu	-ūsu, -usu -aresu, -āresu	—

¤ 斜體畫底線者，表極少用，且通常出現在偈頌或後期的藏外文獻。

¤ 畫直線「—」者，表與左欄相同。

¤ 此表格參考了水野弘元文法書 *A Grammar of the Pali Language* 及錫蘭 Bhikkhu Ñāṇatusita 於 2005 年所製的文法表格。

動詞語尾變化表

<table>
<tr><td></td><td colspan="2">語基
(stem)</td><td colspan="4">動詞語尾變化(inflection)
(ākkhyāta-vibhatti)</td></tr>
<tr><td rowspan="4">直說法
現在
pres.
(present tense)
(indicative active)
(vattamāna lakāra)
{101, 183}
[12]</td><td rowspan="4">現在語基</td><td rowspan="2">1st conjunction：「字根」裡的母音「重音化」或「複重音化」（若為 a, ā, o, e），再加上「語基構成音」 a。如√bhū→bhava, √dā→dā。</td><td colspan="2">為他
(Parassapada, active)</td><td colspan="2">為己
(Attanopada, middle)</td></tr>
<tr><td>Sg.</td><td>Pl.</td><td>Sg.</td><td>Pl.</td></tr>
<tr><td rowspan="2">2：√ +ṃa，如√rudh→rundha-, √bhuj→bhuñja

3：√ +ya，如 √div →dibba-, √jhā→jhāya

4：√ +ṇo，如 √su →suṇo-, √sak→sakko-

5：√長母音→短母音+nā。如√ki→kiṇā-

6：√ +u / o，如√tan→tano- / tanu-

7：√ u→o, i→e + e, aya。ex. √cur →core-

8：不規則, ex: √gam → gaccha-</td><td>1. -mi

2. -si
3. -ti</td><td>1. -ma

2. -tha
3. -nti</td><td rowspan="2">1. -e

2. se
3. te</td><td rowspan="2">1. -mhe, -mahe, -mha, -mase, -mhase
2. -vhe
3. -nte, -re</td></tr>
<tr><td colspan="2"><table><tr><td rowspan="4">guṇa 與 vuddhi</td><td></td><td>重音化</td><td>複重音化</td></tr><tr><td>a</td><td>a</td><td>ā</td></tr><tr><td>i, ī</td><td>e, ay</td><td>e, āy</td></tr><tr><td>u, ū</td><td>o, av</td><td>o, āv</td></tr></table></td></tr>
</table>

		為他		為己	
		Sg.	**Pl.**	**Sg.**	**Pl.**
願望法 *opt.* （可能法） (optative) (potential tense) (sattamī) {116, 187} [87]	現在語基 (present stem)	1. -yaṃ, -eyya(ṃ) -eyyāmi, -e 2. -eyyāsi, -e, -eyya, 3. -eyya, -e, -ya, -ye,-ā	1. -eyyāma, -ma, -emu, -emasi 2. -etha, -ātha, -eyyātha 3.-eyyuṃ, -uṃ, -eyyu, -yu	1. -e, -eyyaṃ 2. -etho 3. -etha, -eta, -ātha	1. -emase, -emasi, -eyyāmhe 2. -eyyavho 3. -eraṃ
		Sg.	**Pl.**	**Sg.**	**Pl.**
條件法 *cond.* (conditional tesne) (kākātipattī) {117} [331]	a + 未來語基 (future stem)	1. -ssaṃ 2. -sse, -ssa, -ssasi 3. -ssā, -ssati	1.-ssāmā, -ssamha 2. -ssatha 3. -ssaṃsu	1. -ssaṃ 2. -ssase 3. -ssatha	1. -ssamhase 2. -ssavhe 3. -ssaṃsu
		Sg.	**Pl.**	**Sg.**	**Pl.**
命令法 *imper.* (imperative tense) (pañcamī) {115, 185} [34]	現在語基 (present stem)	1. -mi 2. -, -hi 3. -tu	1. -ma 2. -tha 3. -ntu	1. -e 2. -ssu 3. -taṃ	1. -mase 2. -vho 3. -ntaṃ

<table>
<tr><td>直說法未來
fut. (future tense)
(bhavissantī)
{113, 184} [54]</td><td>ā 現在語基
(present stem)
+issa, iha</td><td>（同直接法現在式）</td></tr>
<tr><td>使役動詞
caus.
(causative tense)
(kārita)
{121} [78]</td><td>1. √母音為 i, ī, u, ū,→複重音化
母音為 a→ā
2. √-u, ū + e, aya
3. √-長母音 + āpe, āpaya
4. √-短母音 + 子音→重音化
5. √-母音+雙子音
→母音不變，加 āpe, āpaya</td><td rowspan="6">由於「人稱」(purisa, person)、「數」(vacana, numeral)、「態」(kāraka, mood)（為己，為他）、「法」(vibhatti, general tense)（直說、願望、命令、條件）、「時」(special tense)（過去 (aorist, imperfect, perfect)、現在、未來）等而做變化。</td></tr>
<tr><td>被動詞
pass.
(passive)
(kammapada)
{119} [51]</td><td>現在語基 + 接尾詞
(suffix, paccaya) ya, iya, īya</td></tr>
<tr><td>強意動詞
(intensitive)
{126} [331]</td><td>1. 重覆部分語根。
2. 重覆語根 + ya。</td></tr>
<tr><td>名動詞
demon.
(denominative)
{127} [316]</td><td>1. 名詞、代名詞、形容詞、擬聲音等的語基。
2. 名詞、代名詞、形容詞、擬聲音等的語基 + āya, iya, e, aya, a。</td></tr>
<tr><td>示意動詞
(desiderative)
{126} [352]</td><td>①重覆語根 (reduplicate root)+ sa。</td></tr>
</table>

Aorist *aor.* (ajjatanī) [23]	動詞語尾變化（**inflection**） **(ākkhyāta-vibhatti)**			
	為他(Parassapada)		**為己(Attanopada)**	
	Sg.	**Pl.**	**Sg.**	**Pl.**
Aorist-1 {103, 186}	1. -aṃ, -a, -u, -tthaṃ 2. -a, -ā -o, -u, ū 3. -, -a, -ā, -u, ū	1. -imha, -imhā, -ma, -mhase 2. -attha, -tha 3. -, -u, ū, -uṃ	1. 無 2. -ase 3.-attha -tha(-ta)	1. -amhase, -amahe, -amhasa 2. -avhaṃ 3. -atthaṃ, -re, ruṃ
	為他		**為己**	
	Sg.	**Pl.**	**Sg.**	**Pl.**
Aorist-2 {105}	1. -iṃ, -i, i(s)saṃ 2. - i, -ī 3. -i, -isi	1.-imha,-imhā 2. -ittha 3. -iṃsu, -(is)uṃ	1. 無 2. -ise, -ittho 3. -ittha	1. -imhe 2. -ivhaṃ 3.-iṃsu, -(is)uṃ
	為他		**為己**	
	Sg.	**Pl.**		
Aorist-3 {109}	1. -siṃ, -si 2. -si 3. -si	1. -(si)mha 2. -(si)ttha 3. -(si)ṃsu, -suṃ	無	
直說法完了 *pf.* (perfect) [170]{113}	**root**	**3sg.**	**3pl.**	
	ah 說 vid 知 as 有	āha	āhu, āhaṃsu vidu, viduṃ āsuṃ	

<table>
<tr><th colspan="3">**分詞語基**
(stem of participle) (Kita)</th></tr>
<tr><td rowspan="2">現在分詞 *ppr.*
(missakiriyā)
(present participle)
(paccuppanna kita)
[46]</td><td>主動（active)
{133}</td><td>現在語基
(present stem) + t (nt), nta, māna, āna</td></tr>
<tr><td>被動（passive)
{134}</td><td>現在被動語基 + māna, āna</td></tr>
<tr><td colspan="2">過去被動分詞 *ppp.*
(past participle passive) [39] {135}</td><td>√ or 現在語基 -(i) + ta, na</td></tr>
<tr><td colspan="2">過去主動分詞
(past participle active) [274] {137}</td><td>①*ppp.* + vat, āvin ②完了形 + vas</td></tr>
<tr><td rowspan="2">未來分詞
(kicca kita)
(future participle)
[104]</td><td>主動
(future participle
active) {139}</td><td>未來語基(future stem) + t, nta, māna</td></tr>
<tr><td>被動 *fpp.*
（gerundive,
future participle
pasive）{138}</td><td>√ or 現在語基
(i) + tabba, ya, eyya, teyya, tāya, anīya</td></tr>
<tr><td colspan="2">連續體（gerund, *ger.*; absolutive, *abs.*)
(tvādiyantapada) [48] {129}</td><td>√ or 現在語基
(i) + tvā, tvāna, tūna, ya</td></tr>
<tr><td colspan="2">不定體 *inf.* (infinitive)(tumanta)
[134] {130}</td><td>√ or 現在語基
(i) + tuṃ, tuye, tāye, tu</td></tr>
</table>

接頭詞 *pref.* (prefix) (upasagga) [7, 98] {146}	a- (非、不) ati- (上、過、超越) adhi- (超、增上) anu- (隨、依據、較少) anto-, antara- (內、間) apa- (離) abhi- (對、勝) ava-, o- (向下，反復) tiro- (通、橫斷) du- (惡) ni- (向下、離) nir- (無)	pa- (向前) paṭi- (對、反、返) parā- (回、過) pari- (完全地) su- (善、好好地) u-, ud- (向上，昇) upa- (接近) pātu-, pātur- (出現) ā- (向) vi- (離、散、表否定、強調) saṃ- (與一起，完全，表強調)

資料來源：括弧 {} 內的數字表 *A Grammar of the Pali Language* 的頁碼。

括弧 [] 內的數字，表 *Introduction to Pail* 的頁碼。

代名詞（sabbanāma）語尾變化表

ahaṃ 我、tvaṃ 你

{82}	**ahaṃ 我**		**tvaṃ 你**	
	Sg.	**Pl.**	**Sg.**	**Pl.**
Nominative (N.) paṭhama-vibbhatti / kattu-v.	ahaṃ	mayaṃ, vayaṃ amhe, amhase no	tvaṃ, tuvaṃ taṃ	tumhe, vo
Accusative (Ac.) dutiya-v / upayoga-v / kamma-v.	maṃ, mamaṃ	asmākaṃ amhākaṃ asme, amhe, no	tvaṃ, tuvaṃ taṃ tavaṃ, tyaṃ	tumhe, vo tumhākaṃ
Instrumental (I.) tatiya-v. (karaṇa-v.) Ablative (*Ab.*) pañcamī-v / apadāna-v / nassakka-v.	mayā, me	amhehi, no	tvayā, tayā, te	tumhehi, vo
Dative (D.) catuttha-v / sampadāna-v. genitive (*G.*) chaṭṭhī-v / sāmi-v.	mama, mayhaṃ me, mamaṃ amhaṃ, me	asmākaṃ amhākaṃ amhaṃ no	tuyhaṃ tumhaṃ tava, tavaṃ, te	tumhākaṃ tumhaṃ, vo
Locative (L.) sattamī-v.	mayi	amhesu	tvayi, tayi	tumhesu

so, taṃ, sā 彼

{82}	masculine (pulliṅga)		neutral (napuṃsaka-liṅga)		feminine (itthiliṅga)	
	Sg.	**Pl.**	**Sg.**	**Pl.**	**Sg.**	**Pl.**
Nom. 主	so, sa	te, ne	taṃ, tad, naṃ	tāni	sā	tā, tāyo
Acc. 受 / 對	taṃ, naṃ		taṃ, tad, naṃ	tāni	taṃ	nā, nāyo
Instr. 具	tena, nena	tehi, nehi	tena, nena	tehi, nehi	tāya, nāya	tāhi nāhi
Abl. 從	tasmā, tamhā		tasmā, tamhā			
Dat. 與 **Gen.** 屬	tassa, nassa (assa)	tesaṃ tesānaṃ nesaṃ nesānaṃ	tassa nassa	tesaṃ tesānaṃ nesaṃ nesānaṃ	tassā, tassāya tissā, tissāya, tāya	tāsaṃ tāsānaṃ
Loc. 位 / 處	tasmiṃ, tamhi, nasmiṃ, nāmhi	tesu, nesu	tasmiṃ, tamhi nasmiṃ namhi	tesu nesu	tassaṃ, tāsaṃ tissaṃ, tāyaṃ	tāsu

ima 此

<table>
<tr><th rowspan="2">{83}</th><th colspan="2">m.</th><th colspan="2">n.</th><th colspan="2">f.</th></tr>
<tr><th>Sg.</th><th>Pl.</th><th>Sg.</th><th>Pl.</th><th>Sg.</th><th>Pl.</th></tr>
<tr><td>Nom.</td><td>ayaṃ</td><td rowspan="2">ime</td><td>idaṃ, imaṃ</td><td rowspan="2">imāni</td><td>ayaṃ</td><td rowspan="2">imā,
imāyo</td></tr>
<tr><td>Acc.</td><td>imaṃ</td><td>idaṃ, imaṃ</td><td>imaṃ</td></tr>
<tr><td>Instr.</td><td>iminā,
aminā
anena</td><td rowspan="2">imehi,
ehi</td><td>iminā, aminā
anena</td><td rowspan="2">imehi
ehi</td><td rowspan="2">imāya</td><td rowspan="2">imāhi</td></tr>
<tr><td>Abl.</td><td>imasmā,
imamhā</td><td>imasmā, imamhā
asmā</td></tr>
<tr><td>Dat.
Gen.</td><td>imassa
assa</td><td>imesaṃ
imesānaṃ
esaṃ,
esānaṃ</td><td>imassa
assa</td><td>imesaṃ
imesānaṃ
esaṃ
esānaṃ</td><td>imāya, imissā,
imissāya, assā,
assāya</td><td>imāsaṃ
āsaṃ
imāsānaṃ</td></tr>
<tr><td>Loc.</td><td>imasmiṃ
imamhi
asmiṃ</td><td>imesu
esu</td><td>imasmiṃ
imamhi
asmi</td><td>imesu
esu</td><td>imāya, imāyaṃ
imissā, imissaṃ
imissāya,
imissāyṃ
assā, assaṃ</td><td>imāsu</td></tr>
</table>

eta 此

<table>
<tr><th rowspan="2">{84}</th><th colspan="2">m.</th><th colspan="2">n.</th><th colspan="2">f.</th></tr>
<tr><th>Sg.</th><th>Pl.</th><th>Sg.</th><th>Pl.</th><th>Sg.</th><th>Pl.</th></tr>
<tr><td>Nom.</td><td>eso, esa</td><td rowspan="2">ete</td><td>etaṃ, etad</td><td rowspan="2">etāni</td><td>esā</td><td rowspan="2">etā, etāyo</td></tr>
<tr><td>Acc.</td><td>etaṃ</td><td>etaṃ, etad</td><td>etaṃ</td></tr>
<tr><td>Instr.</td><td>etena</td><td rowspan="2">etehi</td><td>etena</td><td rowspan="2">etehi</td><td rowspan="2">etāya</td><td rowspan="2">etāhi</td></tr>
<tr><td>Abl.</td><td>etasmā
etamhā</td><td>etasmā
etamhā</td></tr>
<tr><td>Dat.
Gen.</td><td>etassa</td><td>etesaṃ</td><td>etassa</td><td>etesaṃ</td><td>etassā, etassāya
etissā, etāya</td><td>etāsaṃ</td></tr>
<tr><td>Loc.</td><td>etasmiṃ
etamhi</td><td>etesu</td><td>etasmiṃ
etamhi</td><td>etesu</td><td>etāyaṃ, etassaṃ
etāsaṃ, etissaṃ, etāya</td><td>etāsu</td></tr>
</table>

ka 何（疑問代名詞 interrogative pronoun）

{85}	m.		n.		f.	
	Sg.	**Pl.**	**Sg.**	**Pl.**	**Sg.**	**Pl.**
Nom.	ko	ke	kiṃ	kāni	kā	kā, kāyo
Acc.	kaṃ		kiṃ		kaṃ	
Instr.	kena	kehi	kena	kehi	kāya	kāhi
Abl.	kasmā kamhā		kasmā, kamhā			
Dat. Gen.	kassa kissa	kesaṃ kesānaṃ	kassa kissa	kesaṃ kesānaṃ	kassā kāya	kāsaṃ kāsānaṃ
Loc.	kasmiṃ kamhi kismiṃ kimhi	kesu	kasmiṃ kamhi kismiṃ, kimhi	kesu	kassā, kassaṃ kāya kāyaṃ	kāsu

kaci 何（whatever, whoever）（不定代名詞 indefinite pronoun）

{85}	m.		n.		f.	
	Sg.	**Pl.**	**Sg.**	**Pl.**	**Sg.**	**Pl.**
Nom.	koci	keci	kiñci	kānici	kāci	kāci, kāyoci
Acc.	kañci		kiñci		kañci	
Instr.	kenaci	kehici	kenaci	kehici	kāyaci	kāhici
Abl.	kasmāci		kasmāci			
Dat. Gen.	kassaci, kissaci	kesañci	kassaci kissaci	kesañci	kassāci kāyaci	kāsañci
Loc.	kasmiñci kismiñci	kesuci	kasmiñci kismiñci	kesuci	kassāci, kassañci kāyaci, kāyañci	kāsuci

ya（關係代名詞 relative pronoun）

{84}	m.		n.		f.	
	Sg.	Pl.	Sg.	Pl.	Sg.	Pl.
Nom.	yo	ye	yaṃ, yad	yāni	yā	yā, yāyo
Acc.	yaṃ		yaṃ, yad		yaṃ	
Instr.	yena	yehi	yena	yehi	yāya	yāhi
Abl.	yasmā yamhā		yasmā, yamhā			
Dat. Gen.	yassa	yesaṃ, yesānaṃ	yassa	yesaṃ yesānaṃ	yassā, yāya	yāsaṃ yāsānaṃ
Loc.	yasmiṃ yamhi	yesu	yasmiṃ yamhi	yesu	yassā, yassaṃ yāya yāyaṃ	yāsu

sabba 一切（代名詞的形容詞 pronominal adjective）

{85}	m.		n.		f.	
	Sg.	Pl.	Sg.	Pl.	Sg.	Pl.
Nom.	sabbo	sabbe	sabbaṃ	sabbāni	sabbā	sabbā sabbāyo
Voc.	sabba/ā		sabba/ā		sabbe	
Acc.	sabbaṃ		sabbaṃ		sabbaṃ	
Instr.	sabbena	sabbehi sabbebhi	sabbena	sabbehi sabbebhi	sabbāya	sabbāhi sabbābhi
Abl.	sabbasmā, ~mhā, sabbato sabbaso		sabbasmā ~mhā sabbato		sabbāya	
Dat. Gen.	sabbassa	sabbesaṃ sabbesānaṃ	sabbassa	sabbesaṃ sabbesānaṃ	sabbassā sabbāya	sabbāsaṃ sabbāsānaṃ
Loc.	sabbasmiṃ sabbamhi	sabbesu	sabbasmiṃ sabbamhi	sabbesu	sabbassā sabbassaṃ sabbāya sabbāyaṃ	sabbāsu

{86}另有：pubba 前，para 其他，apara 後，añña 其他，aññatara 二者之一，aññatama 隨一，katara 何者，katama 何者，itara 其他，uttara 更上，uttama 最上的，amuka asuka 此，adhara 下，ubhaya 兩者，dakkhiṇa 右、南，ekacca 某。

asu **此**

{84}	m		n		f	
	Sg.	**Pl.**	**Sg.**	**Pl.**	**Sg.**	**Pl.**
Nom.	asu, amu	amū	aduṃ, amuṃ	amūni, amū	asū	amū, amuyo
Acc.	amuṃ		aduṃ, amuṃ		amuṃ	
因巴利語中不太使用，以下省略						

註：1. 括弧 { } 內的數字，表示水野弘元的 *A Grammar of the Pali Language* 的頁碼。
2. 括弧 [ ] 內的數字，表示 A.K. Warder 的 *Introduction to Pali* 的頁碼。

格的用法與複合詞

格的用法

格（Vibbati）	用法
Nominative 主 (Paṭhamā)	1. 主動句中，動作發出者（邏輯主語）。 2. 被動句中，動作接受者（直接受詞）。
Vocative 呼 (Aṭṭhamī)	1. 用來呼喚、引人注意的格。用於稱呼、祈求、邀請等。
Accusative 受 (Dutiyā)	1. 主動句中，動作接受者。（常有雙受格的句型） 2. 當副詞，可表時間、空間、方法。 3. 與 antarā, paccā, yathā, vinā 等連幅。4. 絕對受格。
Instrumental 具 (Tatiyā)	1. 被動句、使役句中的動作發出者。2. 表原因、理由。3. 與……一起。4. 表工具。5. 表方法。6. 絕對具格。7.「yean…tena」的句型。8. 表地點。9. 表時間。10. 表比較的對象。11. 與 alaṃ、kiṃ 連用。
Dative 與／為 (Catutthī)	1. 表目的、結果。2. 表方向。3. 表時間。4. 與 namo（禮敬）、alaṃ（夠了）、kallaṃ（合適）、bhabba（能夠）等連用。
Ablative 從 (Pañcamī)	1.「起點」、「分離點」。2. 表原因、動機。3. 被比較的對象。4. 與特定的詞連用，如 aññatra, uddhaṃ, adho, yāva, pubbe, tiro, ārā 等連用。
Genitive 屬 (Chaṭṭhi)	1. 表擁有。2.「……之中」、「就……的例子而言」。 3. 動作發出者。4. 動作接受者。5. 絕對屬格。 6. 與特定動詞、形容詞、介系詞連用。
Locative 處 (Sattamī)	1. 表時間或空間上的「在……」、「……之中」。2. 表比較。3. 表「關於……」。4. 絕對位格。5. 與 kusala（善於）連用。

複合詞

<table>
<tr><th colspan="4">Samāsa 複合詞 Compound 的用法</th></tr>
<tr><td colspan="2">1. 鄰近釋
(Adverbial compound)</td><td>Avyayībhāva
（成為不變化詞）</td><td>前字為不變詞，後字為有格尾的詞。語意以前字為主，組成後，成不變化詞，如：yathā + bhūtaṃ = yathābhūtaṃ（如實地……）。</td></tr>
<tr><td colspan="2">2. 依主釋
(Dependent determinative compound)</td><td>Tappurisa
（他的僕人）</td><td>前字為後字的「定語」（即，前語用來描述後語）（也有前後對調的例外），將複合詞拆開（viggaha）後，兩者的格位不同。如：vijjācaraṇasampanno（明行足），lokavidū（世間解）（A+B=B）。</td></tr>
<tr><td rowspan="2">依主釋之一</td><td>2.1. 持業釋
(Descriptive determinative cp.)</td><td>Kammadhāraya
（持有特徵）</td><td>前字作後字的形容詞或同位格。拆開後，性數格皆須一致。（性依後字）。如：pubbapuriso = pubbo puriso（前人）。（A+B=B=A）</td></tr>
<tr><td>2.1.1. 帶數釋
(Numerical compound)</td><td>Digu
（雙牛）</td><td>前字為數詞，「性」依後字。但集合體時為中性單數。如 catusaccāni（四諦），pañcakkhandhā（五蘊）。</td></tr>
<tr><td colspan="2">3. 有財釋
（多財釋）
(Possessive / Attributive compound)</td><td>Bahubhīhi
（米很多的地方）</td><td>兩個詞組成（拆開後，性數格應一致），但複合詞所意指的是成員以外的另一個詞。（形成後的複合詞之性會隨所意指的事物而改變）（A+B = C）如：kondañño pattadhammo viditadhammo（憍陳如至法、知法）。</td></tr>
<tr><td colspan="2">4. 相違釋
(Copulative compound)</td><td>Dvandva
（一對）</td><td>幾個詞並列，成複數詞，性依後字。作集合名詞時，是（中性）單數詞。如：udaya + vyaya = udayabbayaṃ（生滅）（A+B = A & B）。</td></tr>
<tr><td colspan="3">5. 句法複合詞
(Syntactic compound)</td><td>兩個獨立的字常常一起出現在句中，所以後來合成一個複合詞，如 viceyya-dāna（審慎的布施）、ehipassika（來看的），adhicca-samuppanna（無因生的）、paṭiccasamuppāda（緣起）。</td></tr>
</table>

文法索引

【七畫】

【八畫】

【九畫】

【十畫】

【十一畫】

【十二畫】

【十四畫】

【十五畫】

【十八畫】

【十九畫】

【二十一畫】

國家圖書館出版品預行編目資料

展讀巴利新課程：進入佛陀的語言世界 / James W. Gair, W. S. Karunatillake著；溫宗堃編譯. -- 初版. -- 臺北市：法鼓文化, 2015.03
面；　公分
譯自：A new course in reading Pali : entering the world of the Buddha
ISBN 978-957-598-667-4 (平裝)

1.巴利語

803.4092　　104002334

法鼓文理學院譯叢 1
Dharma Drum Institute of Liberal Arts Translation Series 1

展讀巴利新課程：進入佛陀的語言世界

A New Course in Reading Pāli: Entering the World of the Buddha

著者	James W. Gair & W.S. Karunatillake
編譯	溫宗堃
主編	莊國彬
出版	法鼓文化
總監	釋果賢
總編輯	陳重光
編輯	羅珮心、李金瑛
封面設計	黃聖文
地址	臺北市北投區公館路186號5樓
電話	(02)2893-4646
傳真	(02)2896-0731
網址	http://www.ddc.com.tw
E-mail	market@ddc.com.tw
讀者服務專線	(02)2896-1600
初版一刷	2015年3月
建議售價	新臺幣550元
郵撥帳號	50013371
戶名	財團法人法鼓山文教基金會—法鼓文化
北美經銷處	紐約東初禪寺 Chan Meditation Center (New York, USA) Tel: (718)592-6593 Fax: (718)592-0717

Published by and in arrangements with
©Motilal Banarsidass Publishers Private Liminted
A-44, Naraina Industrial Area, Phase – 1, New Delhi – 110028
Website: www.mlbd.com, Email: mlbd@vsnl.com

Dharma Drum Institute of Liberal Arts Translation Series 1
First published in March 2015
Dharma Drum Publishing Corp.
Translator: Tzungkuen Wen
5F, No. 186, Gongguan Rd., Beitou District, Taipei City, 11244 Taiwan

法鼓文化

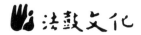